Milan Kundera

Der Scherz

Roman

Aus dem Tschechischen
von Susanna Roth

Carl Hanser Verlag

Titel der Originalausgabe:
Žert
Československý spisovatel, Prag 1967
Für die vorliegende Übersetzung
wurde die Originalausgabe vom Autor durchgesehen.

ISBN 3-446-14648-2

Satz: LibroSatz Kriftel
Druck und Bindung: May + Co Darmstadt
Printed in Germany

Erster Teil

Ludvik

So fand ich mich nach vielen Jahren auf einmal zu Hause wieder. Ich stand auf dem Hauptplatz (den ich als kleines Kind, als Junge und als junger Mann unzählige Male überquert hatte), und ich verspürte keine Rührung; ich dachte vielmehr, daß dieser flache Platz, dessen Dächer der Rathausturm überragte (er glich einem Soldaten mit altertümlichem Helm), aussah wie ein großer Exerzierplatz einer Kaserne, und daß die militärische Vergangenheit dieser mährischen Stadt, einer ehemaligen Bastion gegen die Einfälle der Magyaren und der Türken, ihrem Gesicht Züge unauslöschlicher Scheußlichkeit eingegraben hatte.

Während langer Jahre hatte mich nichts an meinen Geburtsort zurückgezogen; ich sagte mir, er sei mir gleichgültig geworden, und das schien mir natürlich: ich lebte ja schon fünfzehn Jahre nicht mehr dort, geblieben waren einige Bekannte oder Kameraden (denen ich auch lieber aus dem Weg ging), meine Mutter lag hier in einem fremden Grab, um das ich mich nicht kümmerte. Aber ich hatte mich selbst betrogen: was ich Gleichgültigkeit nannte, war in Wirklichkeit Haß; seine Ursachen entgingen mir, denn in meinem Geburtsort waren mir gute wie böse Dinge widerfahren, wie in allen anderen Städten auch, doch dieser Haß war da; er wurde mir gerade im Zusammenhang mit dieser Reise bewußt: die Aufgabe, die mich hatte hierherfahren lassen, hätte ich schließlich auch in Prag erledigen können; die gebotene Gelegenheit, das Vorhaben in meiner Geburtsstadt in die Tat umzusetzen, begann mich aber plötzlich gerade deshalb unwiderstehlich zu reizen, weil es sich um eine zynische, niedrige Aufgabe handelte, die mich höhnisch von dem Verdacht befreite, aus sentimentaler Rührung über die verlorene Zeit hierher zurückgekehrt zu sein.

Noch einmal musterte ich hämisch den häßlichen Platz, kehrte ihm dann den Rücken und ging durch eine Straße zum Hotel, in dem ich ein Zimmer reserviert hatte. Der Portier reichte mir einen Schlüssel mit hölzerner Birne und sagte: »Zweiter Stock.« Das Zimmer war nicht gerade einladend: an der Wand ein Bett, in der Mitte ein kleiner Tisch mit einem einzigen Stuhl, neben dem Bett ein prunkvoller Mahagoni-Toilettentisch mit Spiegel, neben der Tür ein winziges, zersprungenes Waschbecken. Ich legte die Aktentasche auf den Tisch und öffnete das Fenster: man sah in einen Hof und auf Häuser, die dem Hotel ihre schmutzigen, nackten Rücken zeigten. Ich schloß das Fenster, zog die Vorhänge zu und trat zum Waschbecken, das zwei Hähne hatte, der eine rot, der andere blau gekennzeichnet; ich probierte sie aus, und aus beiden floß kaltes Wasser. Ich sah mir den Tisch an; der war einigermaßen annehmbar, eine Flasche und zwei Gläser würden gut darauf Platz haben, schlimmer war aber, daß nur eine Person an dem Tisch sitzen konnte, weil es im Raum keinen zweiten Stuhl gab. Ich rückte den Tisch ans Bett und versuchte, mich daran zu setzen, doch das Bett war zu niedrig und der Tisch zu hoch; das Bett sank überdies tief unter mir ein, und mir wurde sogleich klar, daß es nicht nur schwerlich als Sitzgelegenheit dienen, sondern auch die Funktion eines Bettes nur zweifelhaft erfüllen würde. Ich stemmte mich mit beiden Fäusten dagegen; dann legte ich mich hinein und hob die Füße mit den Schuhen behutsam in die Höhe, um die Decke und das Bettuch nicht zu beschmutzen. Das Bett sackte unter mir ein, und ich lag darin wie in einer Hängematte oder in einem ganz schmalen Grab: es war unvorstellbar, mit noch jemandem in diesem Bett zu liegen.

Ich setzte mich auf den Stuhl, heftete den Blick auf die lichtdurchtränkten Vorhänge und versank in Gedanken. In diesem Moment vernahm ich vom Flur her Schritte und Stimmen; es waren zwei Personen, ein Mann und eine Frau; sie unterhielten sich, und jedes Wort war zu verstehen: sie sprachen über einen Petr, der von zu Hause ausgerissen war, und über eine Tante Klara, die blöde war und den Jungen verhätschelte; dann waren ein Schlüssel in einem Schloß und das Öffnen einer Tür zu hören, die Stimmen redeten im Nebenzimmer weiter; ich hörte das Seufzen der Frau (ja, sogar ein einfaches Seufzen war zu hören!) und den Vorsatz des Mannes, diese Klara endlich gehörig ins Gebet zu nehmen.

Ich stand auf und hatte meinen Entschluß gefaßt; ich wusch mir noch im Waschbecken die Hände, trocknete sie mit dem Handtuch ab und verließ das Hotel, obwohl ich zunächst nicht wußte, wohin ich gehen würde. Ich wußte nur eines: wollte ich das Gelingen dieser Reise (einer ziemlich weiten und beschwerlichen Reise) nicht allein durch die Ungemütlichkeit eines Hotelzimmers in Gefahr bringen, mußte ich mich mit meiner vertraulichen Bitte an irgendeinen hiesigen Bekannten wenden, obwohl mir das widerstrebte. Ich ließ mir die alten Gesichter aus der Jugendzeit schnell durch den Kopf gehen, wies sie aber alle schon deshalb zurück, weil die Vertraulichkeit der gewünschten Gefälligkeit es erfordert hätte, mühsam die langen Jahre zu überbrücken, in denen ich diese nicht gesehen hatte – und dazu verspürte ich nicht die geringste Lust. Dann aber erinnerte ich mich, daß hier vermutlich jemand lebte, ein Zuzügler, dem ich vor Jahren zu einer Stelle verholfen hatte und der, wie ich ihn kannte, sehr froh sein würde, wenn er die Gelegenheit bekäme, meine Gefälligkeit mit einem Gegendienst zu vergelten. Er war ein Sonderling, streng moralisch und zugleich seltsam unruhig und unstet; seine Frau hatte sich meines Wissens vor Jahren nur deswegen von ihm scheiden lassen, weil er überall sonst, nur nicht bei ihr und dem gemeinsamen Sohn lebte. Jetzt bangte ich nur noch, ob er nicht wieder geheiratet hatte, denn das hätte die Erfüllung meines Wunsches erschwert, und ich eilte rasch zum Krankenhaus.

Das hiesige Krankenhaus war ein Komplex von Gebäuden und Pavillons, die verstreut in einem ausgedehnten Park lagen; ich betrat ein kleines Häuschen neben dem Eingangstor und bat den Pförtner hinter dem Tisch, mich mit der Virologie zu verbinden; er schob mir das Telefon bis an den Rand des Tisches entgegen und sagte: »Null Zwei.« Ich wählte Null Zwei und erfuhr, daß Dr. Kostka vor wenigen Sekunden weggegangen und zum Ausgang unterwegs sei. Ich setzte mich auf eine Bank in der Nähe des Tors, um ihn nicht zu verfehlen, und musterte die Männer, die in blauweiß gestreiften Krankenhauskitteln herumstanden, und dann sah ich ihn: er kam gedankenverloren daher, hochgewachsen, hager, sympathisch unscheinbar, ja, er war es. Ich stand auf und ging geradewegs auf ihn zu, so, als wollte ich mit ihm zusammenprallen; er schaute mich betroffen an, erkannte mich aber sogleich und breitete die Arme aus. Seine Überraschung schien mir fast glücklich, und ich freute mich über die Spontaneität, mit der er mich begrüßte.

Ich erklärte ihm, daß ich vor knapp einer Stunde hier angekommen sei, wegen einer belanglosen Angelegenheit, die mich etwa zwei Tage hier aufhalten würde, und er äußerte freudiges Erstaunen, daß mich mein erster Weg zu ihm geführt hatte. Mit einem Mal war es mir unangenehm, daß ich ihn nicht uneigennützig, nur seinetwegen aufgesucht hatte, und daß auch die Frage, die ich ihm nun stellte (ich fragte ihn jovial, ob er wieder geheiratet habe), echte Anteilnahme nur vortäuschte und in Wirklichkeit berechnend praktischer Natur war. Er sagte mir (zu meiner Zufriedenheit), daß er noch immer allein lebe. Ich meinte, wir hätten einander viel zu erzählen. Er bejahte und bedauerte, nur eine gute Stunde Zeit zu haben, da er noch einmal ins Krankenhaus zurück müsse und abends mit dem Autobus die Stadt verlasse. »Sie wohnen nicht hier?« fragte ich bestürzt. Er versicherte mir, daß er hier wohne, er habe ein Appartement in einem Neubau, es sei aber »nicht gut, wenn der Mensch allein lebe«. Es stellte sich heraus, daß Kostka in einer anderen Stadt, zwanzig Kilometer von hier, eine Verlobte hatte, eine Lehrerin, angeblich sogar mit Zweizimmerwohnung. »Werden Sie irgendwann zu ihr ziehen?« fragte ich ihn. Er sagte, daß er in einer anderen Stadt nur schwer eine so interessante Arbeit bekäme, wie er sie dank meiner Hilfe hier gefunden hätte, daß seine Verlobte wiederum nur mit Mühe eine Stelle in diesem Ort bekommen könnte. Ich begann (ganz aufrichtig) die Schwerfälligkeit der Bürokratie zu verfluchen, die nicht in der Lage war, einem Mann und einer Frau entgegenzukommen und ihnen das Zusammenleben zu ermöglichen. »Beruhigen Sie sich, Ludvik«, sagte er mit liebenswürdiger Nachsicht, »so unerträglich ist das nicht. Ich verfahre zwar nicht wenig Geld und Zeit, meine Einsamkeit aber bleibt unangetastet, und ich bin frei.« »Wozu brauchen Sie Ihre Freiheit so sehr?« fragte ich ihn. »Wozu brauchen Sie

sie?« erwiderte er die Frage. »Ich bin ein Schürzenjäger«, antwortete ich. »Ich brauche die Freiheit nicht für Frauen, ich will sie für mich selbst«, sagte er und fuhr fort: »Wissen Sie was, kommen Sie auf einen Sprung zu mir, bis ich fahren muß.« Ich hatte mir nichts anderes gewünscht.

Wir verließen also das Krankenhaus und waren bald bei einer Gruppe von Neubauten angelangt, die unharmonisch aus einem noch nicht planierten, staubigen Grundstück (ohne Rasen, ohne Gehwege, ohne Straße) emporschossen und eine triste Kulisse am Stadtrand bildeten, an die eine öde Ebene weiter Felder grenzte. Wir traten durch eine der Türen, stiegen ein schmales Treppenhaus empor (der Aufzug war außer Betrieb) und blieben im dritten Stock stehen, wo ich auf einer Visitenkarte Kostkas Namen las. Als wir durch die Diele in das Zimmer traten, war ich höchst zufrieden: in einer Ecke stand eine breite, bequeme Couch; außer der Couch gab es im Zimmer ein Tischchen, einen Sessel, eine große Bücherwand und einen Plattenspieler mit Radio.

Ich lobte Kostkas Appartement und fragte ihn, wie sein Badezimmer aussehe. »Kein Luxus«, sagte er, erfreut über mein Interesse, und bat mich in die Diele, von der eine Tür in ein kleines, aber ganz gemütliches Badezimmer mit Wanne, Dusche und Waschbecken führte. »Wenn ich Ihre wunderschöne Wohnung so sehe, fällt mir etwas ein«, sagte ich. »Was machen Sie morgen nachmittag und abend?« »Leider habe ich morgen Spätdienst«, entschuldigte er sich zerknirscht, »ich komme erst gegen sieben zurück. Haben Sie am Abend keine Zeit?« »Am Abend vielleicht«, antwortete ich, »aber könnten Sie mir Ihre Wohnung nicht für den Nachmittag überlassen?«

Er war überrascht über meine Frage, sagte aber sofort (als fürchtete er, der Unfreundlichkeit verdächtigt zu werden): »Ich werde sie sehr gern mit Ihnen teilen.« Und er fuhr fort, als wollte er absichtlich nicht über die Gründe meiner Bitte mutmaßen: »Sollten Sie Probleme mit der Unterbringung haben, können Sie heute schon hier übernachten, ich komme nämlich erst in der Früh zurück, eigentlich nicht einmal das, denn ich gehe direkt ins Krankenhaus.« »Nein, das ist nicht nötig. Ich bin im Hotel abgestiegen. Das Zimmer ist aber ziemlich ungemütlich, und ich möchte den morgigen Nachmittag in einer angenehmen Umgebung verbringen. Natürlich nicht, um allein zu sein.« »Gewiß«, sagte Kostka und senkte leicht den Kopf, »das habe ich mir gedacht.« Etwas später sagte er: »Ich bin froh, daß ich Ihnen etwas Gutes tun kann.« Dann fügte er noch hinzu: »Falls es für Sie auch wirklich gut ist.«

Wir setzten uns an das Tischchen (Kostka kochte Kaffee) und unterhielten uns eine Weile (ich saß auf der Couch und stellte erfreut fest, daß sie solide war, sich weder durchbog noch quietschte). Kostka erklärte, daß er nun zurück ins Krankenhaus müsse, und weihte mich noch rasch in einige Geheimnisse seines Haushaltes ein; den Wasserhahn der Badewanne mußte man fest zudrehen, das warme Wasser floß gegen alle Gewohnheit aus dem mit »K« bezeichneten Hahn, die Steckdose für das Kabel der Musikanlage war unter der Couch versteckt, und im Schrank stand eine kaum angebrochene Flasche Wodka. Dann gab er mir einen Bund mit zwei Schlüsseln und zeigte mir, welcher zur Haustür und welcher zur Wohnungstür gehörte. Ich hatte im Laufe meines Lebens, in dem ich in vielen veschiedenen Betten geschlafen habe, einen besonderen Schlüsselkult entwickelt, und auch Kostkas Schlüssel steckte ich mir stillvergnügt in die Tasche.

Beim Weggehen äußerte Kostka den Wunsch, sein Appartement möge mir »etwas wirklich Schönes« bescheren. »Sicher«, sagte ich zu ihm, »es wird mir ermöglichen, eine schöne Destruktion zu vollbringen.« »Glauben Sie, daß Destruktionen schön sein können?« sagte Kostka, und ich lächelte in meinem Innern, weil ich ihn an dieser Frage (die sanftmütig vorgebracht, aber kampflustig gemeint war) genauso wiedererkannte, wie er gewesen war, als ich ihn vor mehr als fünfzehn Jahren kennenlernte. Ich mochte ihn, fand ihn zugleich aber etwas lächerlich, und in diesem Sinne gab ich ihm zur Antwort: »Ich weiß, Sie sind ein stiller Arbeiter an Gottes ewigem Bau und hören nicht gerne von Destruktionen, aber was soll ich tun: ich bin kein Maurer Gottes. Würden Gottes Maurer hier übrigens Werke aus wirklichen Mauern bauen, könnten unsere Destruktionen ihnen kaum etwas anhaben. Mir scheint aber, ich sehe statt Mauern überall nur Kulissen. Und die Destruktion von Kulissen ist eine durchaus gerechte Sache.«

Wir waren wieder dort angelangt, wo wir uns zuletzt (vor etwa neun Jahren) getrennt hatten; unser Streit war nun ziemlich abstrakt, da wir seine konkrete Grundlage gut kannten und sie uns nicht zu wiederholen brauchten; wir brauchten uns nur zu wiederholen, daß wir uns nicht geändert hatten, daß wir uns noch gleich unähnlich waren (wobei ich sagen muß, daß ich diese Unähnlichkeit an Kostka mochte und mit Vorliebe gerade mit ihm debattierte, weil ich mir auf diese Weise beiläufig stets von neuem vergegenwärtigen konnte, wer ich war und was ich dachte). Um mich nicht im Zweifel über seine Person zu lassen, antwortete er mir: »Was Sie gesagt haben, klingt schön. Aber sagen Sie mir: wenn Sie ein solcher Skeptiker sind, wo nehmen Sie die Gewißheit her, eine Kulisse von einer Mauer unterscheiden zu können? Haben Sie nie daran gezweifelt, daß die Illusionen, über die Sie lachen, tatsächlich nur Illusionen sind? Was ist, wenn Sie sich täuschen? Was ist, wenn es Werte sind und Sie ein Zerstörer von Werten?« Und dann sagte er: »Ein geringgeschätzter Wert und eine entlarvte Illusion haben nämlich die gleiche jämmerliche Gestalt, sie sehen sich ähnlich, und nichts ist leichter, als sie zu verwechseln.«

Ich begleitete Kostka durch die Stadt zurück zum Krankenhaus, ich spielte in der Tasche mit den Schlüsseln und fühlte mich wohl in der Gegenwart des alten Bekannten, der es verstand, mich wann und wo auch immer von seiner Wahrheit zu überzeugen, zum Beispiel gerade jetzt auf dem Weg über den holprigen Boden der neuen Siedlung. Kostka wußte allerdings, daß wir morgen den ganzen Abend vor uns hatten, und schweifte also vom Philosophieren zu Alltagssorgen ab; abermals vergewisserte er sich, daß ich morgen in der Wohnung auf ihn warten würde, wenn er um sieben nach Hause käme (Zweitschlüssel besaß er nicht), und er fragte mich, ob ich wirklich nichts mehr brauchte. Ich strich mir über die Wangen und sagte, ich müßte einzig noch zum Friseur, da ich einen unangenehmen Stoppelbart hätte. »Ausgezeichnet«, sagte Kostka, »ich werde Ihnen eine Vorzugsrasur besorgen.«

Ich widersetzte mich Kostkas Fürsorge nicht und ließ mich in einen kleinen Friseurladen führen, wo vor drei Spiegeln drei große Drehsessel prangten; auf zweien saßen Männer mit gesenkten Köpfen und eingeseiften Gesichtern. Zwei Frauen in weißen Kitteln beugten sich über sie. Kostka trat zu einer von ihnen und flüsterte ihr etwas zu; die Frau wischte die Klinge am Handtuch sauber und rief etwas in den Hinterraum des Ladens: ein Mädchen in weißem Kittel erschien und nahm sich des verwaisten Mannes auf dem Sessel an, während die Frau, mit der Kostka gesprochen hatte, mir zunickte und mit einer Handbewegung den verbleibenden Sessel zuwies. Kostka gab mir zum Abschied die Hand, ich setzte mich, lehnte den Kopf an die Stütze, und weil ich nach so vielen Lebensjahren mein eigenes Gesicht ungern sah, mied ich den Spiegel, der mir gegenüberhing, richtete den Blick in die Höhe und ließ ihn an der weißen, fleckigen Decke umherwandern.

Ich ließ den Blick auch dann noch an der Decke ruhen, als ich die Finger der Friseuse an meinem Hals spürte, wie sie mir das weiße Tuch in den Kragen schoben. Dann trat die Friseuse etwas zurück, ich hörte nur noch die Bewegungen der Klinge auf dem ledernen Schleifriemen und verharrte in einer Art süßer Reglosigkeit voll wohliger Gleichgültigkeit. Etwas später spürte ich die Finger auf meinem Gesicht, feucht und gleitend, wie sie mir die Rasiercreme auf der Haut verteilten, und ich machte mir die sonderbare, lachhafte Tatsache klar, daß irgendeine fremde Frau, die mich nichts anging und die ich nichts anging, mich zärtlich streichelte. Die Friseuse begann, den Schaum mit dem Pinsel zu verreiben, und es kam mir vor, als säße ich nicht, sondern hinge irgendwo in diesem weißen, fleckigen Raum, in den ich meinen Blick geheftet hatte. Und da stellte ich mir vor (denn die Gedanken hören auch in Augenblicken der Erholung nicht auf zu spielen), ich sei ein wehrloses Opfer und der Frau, die das Rasiermesser schliff, völlig ausgeliefert. Und weil mein Körper gleichsam im Raum zerrann und ich einzig mein von Fingern berührtes Gesicht fühlte, konnte ich mir mühelos vorstellen, daß ihre zärtlichen Hände meinen Kopf so hielten (drehten, liebkosten), als wäre dieser nicht ein Teil des Körpers, sondern nur für sich selbst da, so daß die scharfe Klinge, die auf dem Frisiertischchen wartete, diese herrliche Selbständigkeit des Kopfes nur noch zu vollenden brauchte.

Dann hielt die Friseuse in den Bewegungen inne, und ich hörte, wie sie zurücktrat, wie sie die Klinge nun tatsächlich zur Hand nahm, und ich sagte mir (denn die Gedanken spielten weiter), ich müßte mir ansehen, wie sie eigentlich aussah, die Besitzerin (die Aufrichterin) meines Kopfes, meine zärtliche Mörderin. Ich löste den Blick von der Decke und schaute in den Spiegel. Da aber staunte ich: das Spiel, mit dem ich mich vergnügte, nahm plötzlich seltsam wirkliche Züge an; mir schien nämlich, als würde ich die Frau, die sich im Spiegel über mich beugte, kennen.

Mit der einen Hand hielt sie mein Ohrläppchen fest, mit der anderen schabte sie sorgfältig den Schaum von meinem Gesicht; ich sah sie an, und da begann die Übereinstimmung, die ich soeben erstaunt festgestellt hatte, langsam zu zerrinnen und zu verschwinden. Sie beugte sich über das Waschbecken, streifte mit zwei Fingern die Seifenflocken von der Klinge, richtete sich auf und drehte den Sessel ein wenig herum; da begegneten sich unsere Blicke für den Bruchteil einer Sekunde, und wieder schien mir, als wäre sie es! Gewiß, das Gesicht war irgendwie anders, als gehörte es ihrer älteren Schwester, es war etwas fahl, welk und eingefallen; aber es waren ja fünfzehn Jahre her, seit ich sie zum letztenmal gesehen hatte! Während dieser Jahre hatte die Zeit ihrem wahren Gesicht eine trügerische Maske aufgesetzt, zum Glück aber eine Maske mit zwei Öffnungen, durch die ihre richtigen, echten Augen mich von neuem anblickten, so, wie ich sie gekannt hatte.

Dann aber verwischten sich die Spuren noch mehr: ein neuer Kunde betrat den Laden, setzte sich hinter meinem Rücken auf einen Stuhl und wartete, bis er an die Reihe kam; auf einmal sprach er meine Friseuse an; er redete über den schönen Sommer und über ein Schwimmbad, das außerhalb der Stadt gebaut wurde; die Friseuse antwortete (ich nahm eher ihre Stimme als die übrigens ganz belanglosen Worte wahr), und ich stellte fest, daß ich diese Stimme nicht erkannte; sie klang selbstverständlich, oberflächlich, nicht ängstlich, fast grob, es war eine völlig fremde Stimme.

Nun wusch die Friseuse mir das Gesicht, sie preßte die Handflächen auf meine Wangen, und ich begann (der Stimme zum Trotz) wieder zu glauben, daß sie es war, daß ich nach fünfzehn Jahren ihre Hände wieder auf meinem Gesicht spürte, daß sie mich wieder streichelte, lange und zärtlich (ich vergaß vollkommen, daß es nicht ein Streicheln, sondern ein Waschen war); ihre fremde Stimme antwortete dabei ständig diesem Kerl, der geschwätzig geworden war, aber ich wollte der Stimme nicht glauben, ich wollte lieber den Händen glauben, ich wollte sie an ihren Händen wiedererkennen; ich versuchte, am Maß der Liebenswürdigkeit in ihren Berührungen festzustellen, ob sie es war, und ob sie mich erkannt hatte.

Dann nahm sie das Handtuch únd rieb mir das Gesicht trocken. Der geschwätzige Kerl lachte laut über einen Witz, den er selbst erzählt hatte, und ich bemerkte, daß meine Friseuse nicht lachte, daß sie wahrscheinlich nicht registrierte, was der Kerl ihr sagte. Das erregte mich, denn ich sah darin einen Beweis, daß sie mich erkannt hatte und insgeheim aufgeregt war. Ich war entschlossen, sie anzusprechen, sobald ich aufgestanden war. Sie nahm das Tuch aus dem Kragen. Ich stand auf. Ich nahm ein Fünfkronenstück aus meiner Brusttasche. Ich wartete darauf, daß unsere Blicke sich noch einmal träfen, um sie beim Vornamen ansprechen zu können (der Kerl schwätzte noch immer), sie aber hielt den Kopf unbeteiligt abgewendet, nahm das Geld rasch und sachlich entgegen, so daß ich mir plötzlich vorkam wie ein Narr, der seinen eigenen Trugbildern glaubte, und ich fand den Mut nicht, sie anzusprechen.

Seltsam unzufrieden verließ ich den Laden; ich wußte nur, daß ich nichts wußte und es eine große *Grobheit* war, die Gewißheit über die Identität eines einst so geliebten Gesichts zu verlieren.

Ich eilte zurück ins Hotel (unterwegs bemerkte ich auf dem gegenüberliegenden Gehsteig Jaroslav, einen alten Jugendfreund, den Primas der hiesigen Zimbalkapelle; als würde ich aber vor aufdringlich lauter Musik fliehen, wandte ich den Blick rasch ab), und ich rief Kostka vom Hotel aus an; er war noch im Krankenhaus.

»Ich bitte Sie, heißt die Friseuse, der Sie mich anvertraut haben, Lucie Šebetková?«

»Heute heißt sie anders, aber sie ist es. Woher kennen Sie sie?« sagte Kostka.

»Aus schrecklich fernen Zeiten«, antwortete ich und ging nicht einmal zum Abendessen, ich verließ das Hotel (es dämmerte bereits) und bummelte ziellos herum.

Zweiter Teil
Helena

1.

Heute gehe ich früh schlafen, ich weiß zwar nicht, ob ich einschlafen kann, aber ich gehe früh schlafen, Pavel ist am Nachmittag nach Bratislava gefahren, ich fliege morgen früh nach Brünn, und dann fahre ich weiter mit dem Bus, Zdenka wird zwei Tage allein zu Hause sein, ausmachen wird ihr das nichts, es liegt ihr nicht viel an unserer Gesellschaft, das heißt an meiner Gesellschaft, Pavel vergöttert sie, Pavel ist der erste Mann, den sie bewundert, er versteht es auch, mit ihr umzugehen, wie er es mit allen Frauen verstanden hat, auch mit mir, und er versteht es immer noch mit mir, diese Woche hat er wieder angefangen, mit mir wie früher umzugehen, er hat meine Wangen gestreichelt und versprochen, mich auf der Rückfahrt von Bratislava in Südmähren abzuholen, wir müßten wieder einmal miteinander reden, vielleicht hat er selbst eingesehen, daß es so nicht weitergeht, vielleicht will er, daß alles wieder so wird, wie es einmal zwischen uns war, aber warum kommt er erst jetzt darauf, da ich Ludvik kenne? Ich habe Angst davor, aber ich darf nicht traurig sein, ich darf es nicht. *Nie soll Trauer mit meinem Namen verbunden sein*, dieser Satz von Julius Fučík ist meine Parole, als man ihn folterte und sogar unter dem Galgen war Fučík nicht traurig, und es stört mich nicht, daß die Freude heute aus der Mode ist, vielleicht bin ich dumm, aber die anderen sind es ebenfalls, ich weiß nicht, weshalb ich meine Dummheit gegen die ihre eintauschen sollte, ich will mein Leben nicht entzweibrechen, ich will, daß mein Leben eine Einheit ist, eine Einheit von Anfang bis zum Ende, und deshalb gefällt mir Ludvik so sehr, denn wenn ich mit ihm zusammen bin, muß ich meine Ideale und meinen Geschmack nicht ändern, er ist schlicht, einfach, fröhlich, klar, und das ist es, was ich liebe, was ich immer geliebt habe.

Ich schäme mich nicht, so zu sein, wie ich bin, ich kann nicht anders sein, als ich immer war, bis ich achtzehn war, kannte ich nur anständige Wohnungen anständiger Bürger und Lernen und nochmals Lernen, das wirkliche Leben lag hinter sieben Wänden, als ich dann neunundvierzig nach Prag kam, war plötzlich alles wie ein Wunder, ein solches Glück, daß ich es nie vergessen werde, und deshalb werde ich auch Pavel niemals aus meiner Seele verdrängen können, obwohl ich ihn nicht mehr liebe, obwohl er mir weh getan hat, ich kann es nicht, Pavel ist meine Jugend, Prag, die Fakultät, das Studentenheim und vor allem das berühmte Lieder- und Tanzensemble Julius Fučík, heute weiß niemand mehr, was das für uns war, dort habe ich Pavel kennengelernt, er sang Tenor und ich Alt, wir traten in Hunderten von Konzerten und bunten Abenden auf, wir sangen sowjetische Lieder, Lieder über den Aufbau bei uns und natürlich Volkslieder, die sangen wir am liebsten, die mährischen Volkslieder habe ich damals so geliebt, daß ich sie zum Leitmotiv meines Lebens machte. Sie verschmelzen für mich noch immer mit jener Zeit, mit meiner Jugend, mit Pavel, sie erklingen jedesmal, wenn die Sonne für mich aufgeht, sie erklingen also auch in diesen Tagen.

Und wie ich Pavel näher kennengelernt habe, das könnte ich heute niemandem mehr erzählen, es klingt wie schlechte Literatur, wir feierten den Jahrestag der Befreiung, und auf dem Altstädter Ring fand eine große Kundgebung statt, unser Ensemble war auch dort, wir gingen überall geschlossen hin, ein kleines Häufchen unter Zehntausenden, und auf der Tribüne standen Staatsmänner, unsere und ausländische, es gab viele Ansprachen und viel Applaus, und dann trat auch Togliatti ans Mikrophon und hielt eine kurze Ansprache auf italienisch, und der Platz antwortete immer wieder mit Rufen, Klatschen und Skandieren. Zufällig stand Pavel in diesem Riesengedränge neben mir, und ich hörte, daß er ganz allein etwas in dieses Geschrei hineinrief, etwas anderes, etwas Eigenes, ich blickte auf seinen Mund und begriff, daß er sang, nein, es war eher ein Schreien als ein Singen, er wollte, daß wir ihn hörten und mit einstimmten, er sang ein italienisches Revolutionslied, es gehörte zu unserem Repertoire und war damals sehr populär, *Avanti popolo, alla riscossa, bandiera rossa, bandiera rossa . . .*

Das war ganz er, er gab sich nie damit zufrieden, nur den Verstand der Menschen anzusprechen, er wollte ihre Gefühle wachrütteln, es kam mir wunderbar vor, den italienischen Arbeiterführer auf einem Prager Platz mit einem Revolutionslied seiner Heimat zu begrüßen, ich wünschte mir sehnlichst, daß auch Togliatti so gerührt wäre, wie ich es schon im voraus war, ich stimmte also aus vollen Kräften ein, und immer mehr Stimmen schlossen sich Pavel an, nach und nach unser ganzes Ensemble, aber das Geschrei des Platzes war fürchterlich, und wir waren nur ein Häufchen, wir waren fünfzig und sie mindestens fünfzigtausend, das war eine wahnwitzige Überzahl, das war ein verzweifeltes Ringen, während der ganzen ersten Strophe dachten wir, wir würden untergehen, niemand könnte unseren Gesang auch nur hören, dann aber geschah ein Wunder, nach und nach fielen immer mehr Stimmen ein, die Leute begriffen, und das Lied schälte sich langsam aus dem Riesenkrach des Platzes heraus wie ein Schmetterling aus einer mächtigen, dröhnenden Puppe. Schließlich flatterte dieser Schmetterling, dieses Lied, zumindest seine Schlußtakte, bis hin zur Tribüne, und wir schauten sehnsüchtig auf das Gesicht des grauhaarigen Italieners, und wir waren glücklich, als es uns schien, daß er mit einer Handbewegung auf das Lied reagierte, und ich war mir sogar sicher, obwohl ich es aus dieser Entfernung nicht sehen konnte, daß er Tränen in den Augen hatte.

Und in dieser Begeisterung und Rührung, ich weiß selbst nicht wie, faßte ich plötzlich Pavels Hand, und Pavel erwiderte den Druck, und als der Platz dann verstummte und jemand anders ans Mikrophon trat, hatte ich Angst, Pavel könnte meine Hand loslassen, aber er ließ sie nicht los, wir hielten uns weiter bis zum Ende der Kundgebung, und wir ließen uns auch nachher nicht los, als die Massen sich verstreuten und wir noch einige Stunden durch das blühende Prag bummelten.

Sieben Jahre später, als Zdenka schon fünf war, das werde ich nie vergessen, sagte er zu mir, *wir haben nicht aus Liebe, sondern aus Parteidisziplin geheiratet*, ich weiß, es war im Streit, es war eine Lüge, Pavel hat mich aus Liebe geheiratet und sich erst später verändert, aber dennoch ist es schrecklich, daß er mir das sagen konnte, gerade er hat doch immer wieder behauptet, die Liebe von heute sei etwas anderes, nicht Flucht vor den Menschen, sondern Stärkung für den Kampf, und so haben wir sie auch gelebt, mittags hatten wir nicht einmal Zeit zum Essen, wir verschlangen zwei trockene Brötchen im Sekretariat des Jugendverbandes und sahen uns den ganzen Tag nicht mehr, ich erwartete Pavel jeweils gegen Mitternacht, wenn er von seinen nichtendenwollenden sechs-, ja achtstündigen Versammlungen nach Hause kam, in meiner Freizeit tippte ich seine Referate, die er auf verschiedenen Konferenzen und Schulungskursen hielt, es lag ihm wahnsinnig viel daran, ich allein weiß, wie sehr ihm am Erfolg seiner politischen Auftritte lag, hundertmal wiederholte er in seinen Vorträgen, der neue Mensch unterscheide sich vom alten dadurch, daß er in seinem Leben den Widerspruch zwischen privat und öffentlich tilge, und nach Jahren warf er mir dann plötzlich vor, die Genossen hätten damals sein Privatleben nicht respektiert.

Wir gingen fast zwei Jahre miteinander, und ich wurde schon etwas ungeduldig, daran ist nichts Sonderbares, keine Frau kann sich mit einer bloßen Studentenfreundschaft zufriedengeben, Pavel gab sich damit zufrieden, er gewöhnte sich an die bequeme Unverbindlichkeit, in jedem Mann steckt etwas von einem Egoisten, und es liegt an der Frau, sich selbst und ihre weibliche Mission zu verteidigen, Pavel verstand das leider nicht so gut wie die Genossen des Ensembles, vor allem nicht so gut wie einige meiner Freundinnen, die sprachen sich dann untereinander ab, und schließlich wurde Pavel vor den Ausschuß geladen, ich weiß nicht, was man ihm dort gesagt hat, wir haben nie darüber gesprochen, aber viel Federlesens wird man mit ihm nicht gemacht haben, denn damals herrschte eine strenge Moral, es war übertrieben, vielleicht ist es aber doch besser, die Moral zu übertreiben und nicht die Unmoral wie heute. Pavel ist mir lange aus dem Weg gegangen, ich dachte schon, ich hätte alles verspielt, ich war verzweifelt, ich wollte mir das Leben nehmen, aber dann kam er zu mir, meine Knie zitterten, er bat mich um Verzeihung und schenkte mir einen Anhänger mit einem Bild des Kreml, sein liebstes Andenken, ich werde es immer tragen, es ist nicht nur ein Andenken an Pavel, es ist mehr, und ich weinte vor Glück, und vierzehn Tage später feierten wir Hochzeit, unser ganzes Ensemble war mit dabei, sie dauerte fast vierundzwanzig Stunden, es wurde gesungen und getanzt, und ich sagte Pavel, wenn wir beide einander verrieten, würden wir alle verraten, die mit uns Hochzeit feierten, wir würden auch die Kundgebung auf dem Altstädter Ring und Togliatti verraten, heute könnte ich darüber lachen, wenn ich daran denke, was wir danach alles verraten haben . . .

2.

Ich überlege, was ich morgen anziehen soll, am besten den rosa Pullover und den Regenmantel, darin habe ich die beste Figur, ich bin ja nicht mehr die Schlankeste, aber was soll's, vielleicht habe ich als Entschädigung für die Fältchen einen anderen Reiz, den ein junges Mädchen nicht hat, den Reiz eines durchlebten Schicksals, für Jindra ganz gewiß, der Ärmste, ich sehe ihn immer vor mir, wie enttäuscht er war, daß ich schon am Morgen fliegen würde und er allein fahren müßte, er ist glücklich, wenn er mit mir zusammensein kann, er spielt sich gern vor mir auf mit seiner neunzehnjährigen Männlichkeit, mit mir würde er bestimmt hundertdreißig fahren, damit ich ihn bewundere, ein lieber, nicht gerade hübscher Junge, im übrigen ein vorbildlicher Techniker und Fahrer, die Redakteure nehmen ihn gern mit ins Gelände für kleinere Reportagen, und was ist schon dabei, es ist angenehm, von jemandem zu wissen, daß er einen gern sieht, seit ein paar Jahren bin ich im Rundfunk nicht besonders beliebt, ich sei ein Störenfried, eine Fanatikerin, eine Dogmatikerin, eine Parteihündin und was weiß ich nicht alles, bloß werde ich mich nie dafür schämen, daß ich die Partei liebe und ihr meine ganze Freizeit opfere. Was ist mir in meinem Leben denn noch geblieben? Pavel hat andere Frauen, ich forsche ihnen nicht mehr nach, unsere kleine Tochter vergöttert ihren Vater, meine Arbeit ist seit zehn Jahren trostlos der gleiche Trott; Reportagen, Interviews, Sendungen über erfüllte Plansolls, über Musterkuhställe und Melkmaschinen, der Haushalt ist ebenso hoffnungslos, einzig die Partei hat sich mir gegenüber nie etwas zuschulden kommen lassen, und ich ihr gegenüber ebensowenig, selbst in den Zeiten nicht, als fast alle sie verlassen wollten, als sechsundfünfzig Stalins Verbrechen ans Licht kamen, die Leute verloren damals den Verstand, sie spuckten auf alles, es hieß, daß unsere Presse lüge, die Kultur verarme, die verstaatlichten Betriebe nicht funktionierten, die Genossenschaften auf dem Land gar nicht hätten gegründet werden dürfen, die Sowjetunion das Land der Unfreiheit sei, und am schlimmsten war, daß selbst die Kommunisten auf ihren eigenen Versammlungen so redeten, auch Pavel, und wieder klatschten ihm alle Beifall, Pavel wurde immer Beifall geklatscht, seit seiner Kindheit, er ist ein Einzelkind, seine Mutter schläft mit seinem Bild im Bett, ein Wunderkind, als Mann aber nur Durchschnitt, er raucht nicht und trinkt nicht, doch ohne Beifall kann er nicht leben, das ist sein Alkohol, sein Nikotin, und folglich war er froh, daß er den Menschen wieder ans Herz greifen konnte, er sprach so gefühlvoll über die schrecklichen Justizmorde, daß die Leute den Tränen nahe waren, ich spürte, wie glücklich er in seiner Entrüstung war, und ich haßte ihn.

Die Partei klopfte den Hysterikern zum Glück auf die Finger, sie verstummten, auch Pavel verstummte, der Posten eines Hochschuldozenten für Marxismus war zu bequem, als daß er ihn aufs Spiel gesetzt hätte, aber irgend etwas blieb in der Luft hängen, ein Keim von Apathie, von Mißtrauen, von Zweifelsucht, ein Keim, der still und heimlich wucherte, ich wußte nicht, was dagegen zu tun war, aber ich schmiegte mich nur noch enger an die Partei, als wäre die Partei ein lebendiges Wesen, ein Mensch, und seltsam, als wäre sie eher eine Frau als ein Mann, eine weise Frau, ich kann mich ganz vertraulich mit ihr unterhalten, da ich eigentlich nicht nur Pavel, sondern auch sonst niemandem mehr etwas zu sagen habe, auch die anderen mögen mich nicht besonders, das hat sich ja herausgestellt, als wir diese peinliche Affäre bereinigen mußten, als einer unserer Redakteure, ein verheirateter

Mann, ein Verhältnis mit einer Technikerin von uns hatte, mit einer jungen, ledigen Frau, einer verantwortungslosen Zynikerin, und die Frau des Redakteurs wandte sich in ihrer Verzweiflung an unseren Ausschuß, wir sollten ihr helfen, wir verhandelten den Fall viele Stunden lang, luden nacheinander die Ehefrau, die Technikerin und Zeugen vom Arbeitsplatz vor, wir versuchten den Fall von allen Seiten her zu verstehen und gerecht zu sein, der Redakteur bekam eine Parteirüge, die Technikerin wurde verwarnt, und beide mußten sie vor dem Ausschuß versprechen, sich zu trennen. Leider sind Worte nur Worte, sie sagten es nur, um uns zu besänftigen und trafen sich auch weiterhin, Lügen haben aber kurze Beine, wir erfuhren bald davon, und ich war dann für die radikalste Lösung, ich schlug vor, den Redakteur wegen bewußter Irreführung und Hintergehung der Partei aus derselben auszuschließen, denn was ist das für ein Kommunist, der die Partei belügt, ich hasse Lügen, aber ich setzte meinen Vorschlag nicht durch, der Redakteur bekam nur eine Rüge, dafür mußte die Technikerin den Rundfunk verlassen.

Man rächte sich damals, wie man nur konnte, man machte ein Monstrum, eine Bestie aus mir, eine richtige Kampagne war das, man begann, in meinem Privatleben herumzuschnüffeln, das war meine Achillesferse, eine Frau kann nicht ohne Gefühle leben, sonst wäre sie ja keine Frau mehr, warum sollte ich es abstreiten, ich habe die Liebe anderswo gesucht, denn daheim hatte ich sie nicht, ich habe sie ohnehin vergeblich gesucht, einmal brachten sie das auf einer öffentlichen Sitzung aufs Tapet, ich sei eine Heuchlerin, ich prangerte andere an, sie würden Ehen zerstören, ich wollte sie ausschließen, ausstoßen und vernichten, sei aber selber meinem Mann untreu, wann immer ich könnte, so sagten sie auf der Versammlung, aber hintenherum sagten sie noch viel Schlimmeres, ich sei vor der Öffentlichkeit eine Nonne und im Privatleben eine Hure, als könnten sie nicht begreifen, daß ich, gerade weil ich weiß, was eine unglückliche Ehe ist, anderen gegenüber so streng bin, nicht aus Haß, sondern aus Liebe zu ihnen, aus Liebe zur Liebe, aus Liebe zu ihrem Zuhause, zu ihren Kindern, weil ich ihnen helfen will, ich habe schließlich auch ein Kind und ein Zuhause, und ich habe Angst um sie!

Aber was soll's, vielleicht haben sie recht, vielleicht bin ich wirklich ein böses Weib, und man sollte den Menschen wirklich ihre Freiheit lassen, und niemand hat das Recht, sich in das Privatleben anderer einzumischen, vielleicht haben wir uns unsere Welt ganz falsch ausgedacht, und ich bin wirklich eine widerliche Kommissarin, die sich um Dinge kümmert, die sie nichts angehen, aber ich bin nun einmal so und kann nicht anders handeln als ich fühle, nun ist es zu spät, ich habe immer geglaubt, daß das menschliche Wesen unteilbar ist, daß nur der Kleinbürger sich heuchlerisch in ein öffentliches und ein privates Wesen spaltet, das ist mein Kredo, wonach ich immer gehandelt habe, auch damals.

Und daß ich vielleicht böse war, das gebe ich zu, ohne mich zu quälen, ich hasse die jungen Mädchen, diese kleinen Teufelinnen, die roh sind in ihrer Jugend, ohne eine Spur von Solidarität mit einer älteren Frau, die werden doch auch einmal dreißig und fünfunddreißig und vierzig, und mir braucht keine weiszumachen, daß sie ihn geliebt habe, was weiß so eine denn schon, was Liebe ist, die schläft mit jedem gleich beim ersten Mal, kennt keine Hemmungen, keine Scham, das kränkt mich zutiefst, wenn mich jemand nur deshalb mit solchen Mädchen vergleicht, weil ich als Verheiratete einige Verhältnisse mit andern Männern hatte. Bloß habe ich immer die Liebe gesucht, und wenn ich mich geirrt und sie nicht dort gefunden habe, wo ich sie suchte, habe ich mich schaudernd abgewandt und bin fortgegangen, ich bin anderswohin gegangen, obwohl ich weiß, wie einfach es wäre, den Jugendtraum von der Liebe zu vergessen, ihn zu vergessen, die Grenze zu überschreiten und sich im Reich einer sonderbaren Freiheit wiederzufinden, wo weder Schamgefühl oder Hemmungen noch Moral existieren, im Reich einer sonderbaren, ekelhaften Freiheit, wo alles erlaubt ist, wo es genügt zu lauschen, wie im Innern des Menschen der Sexus, dieses Tier, pulsiert.

Und ich weiß auch, daß ich beim Überschreiten dieser Grenze aufhören würde, ich selbst zu sein, ich würde zu einer anderen, ich weiß überhaupt nicht, wer ich dann wäre, und mir graut davor, vor dieser schrecklichen Verwandlung, und deshalb suche ich die Liebe, verzweifelt suche ich die Liebe, in die ich als jene eingehen dürfte, die ich bis jetzt noch bin, mit meinen alten Träumen und Idealen, denn ich will nicht, daß mein Leben entzweibricht, ich will, daß es ganz bleibt, vom Anfang bis zum Ende, und deswegen war ich so benommen, als ich dich kennenlernte, Ludvik, Ludvik . . .

3.

Es war eigentlich wahnsinnig komisch, als ich zum ersten Mal sein Arbeitszimmer betrat, machte er keinen besonderen Eindruck auf mich, und ich legte ohne Hemmungen los, was für Informationen ich von ihm brauchte, wie ich mir dieses Feuilleton für den Rundfunk vorstellte, als er dann aber mit mir zu diskutieren anfing, fühlte ich auf einmal, wie ich mich verhaspelte und verstrickte, wie dumm ich daherredete, und als er meine Verlegenheit bemerkte, lenkte er das Gespräch auf ganz gewöhnliche Dinge, ob ich verheiratet sei, ob ich Kinder hätte, wohin ich im Urlaub führe, und er sagte auch, daß ich jung aussähe und hübsch sei, er wollte mir das Lampenfieber nehmen, das war nett von ihm, ich habe Großmäuler gekannt, die sich nur aufzuspielen verstanden, obwohl sie nicht ein Zehntel von dem wußten, was er weiß, Pavel hätte nur über sich gesprochen, aber gerade das war so lustig, daß ich eine volle Stunde bei ihm war und über sein Institut immer noch so wenig wußte wie zuvor, ich schusterte das Feuilleton dann zu Hause zusammen, es ging mir aber nicht von der Hand, vielleicht war ich froh, daß ich es nicht schaffte, so hatte ich wenigstens einen Vorwand, ihn anzurufen, ob er nicht durchlesen wollte, was ich geschrieben hatte. Wir trafen uns in einem Café, mein unglückliches Feuilleton hatte vier Seiten, er las es, lächelte galant und sagte, es sei vorzüglich, er gab mir von Anfang an zu verstehen, daß ich ihn als Frau und nicht als Redakteurin interessierte, ich wußte nicht, ob ich mich darüber freuen oder beleidigt sein sollte, er war dabei aber nett, wir verstanden uns gut, er ist keiner von diesen Glashaus-Intellektuellen, die mir zuwider sind, er hat ein reiches Leben hinter sich, sogar in der Kohlengrube hat er gearbeitet, ich sagte ihm, daß ich gerade solche Menschen mochte, am meisten aber staunte ich, daß er aus Mähren stammte, daß er sogar in einer Zimbalkapelle gespielt hatte, ich wollte meinen Ohren nicht trauen, ich hörte das Leitmotiv meines Lebens, ich sah aus weiter Ferne meine Jugend auf mich zukommen und fühlte, wie ich Ludvik verfiel.

Er fragte mich, was ich die ganzen Tage mache, ich schilderte ihm meinen Alltag, und er sagte mir, ich höre noch immer seine halb scherzende, halb mitleidige Stimme, Sie leben falsch, Frau Helena, und dann erklärte er, das müßte sich ändern, ich müßte ein anderes Leben anfangen, ich müßte mich etwas mehr den *Freuden des Lebens* widmen. Ich sagte ihm, dagegen hätte ich nichts einzuwenden, ich sei schon immer eine Bekennerin der Freude gewesen, nichts sei mir verhaßter als all diese modisch traurigen Stimmungen und Spleens, und er sagte mir, das habe nichts zu bedeuten, wozu ich mich bekennte, Bekenner der Freude seien meistens die traurigsten Menschen, oh, wie recht Sie haben, wollte ich schreien, aber er sagte direkt und ohne Umschweife, er würde am nächsten Tag um vier vor dem Funkhaus auf mich warten, wir könnten zusammen aus Prag hinausfahren, in die Natur. Ich widersprach, ich sei schließlich verheiratet und könne nicht so ohne weiteres mit einem fremden Mann in den Wald fahren, doch Ludvik antwortete darauf scherzend, er sei gar kein Mann, sondern lediglich ein Wissenschaftler, dabei wurde er aber ein bißchen traurig, ja, traurig! Ich sah es, und mir wurde ganz warm vor Freude, daß er mich begehrte, daß er mich um so mehr begehrte, als ich ihm in Erinnerung rief, daß ich verheiratet war, weil ich mich ihm auf diese Weise gewissermaßen entzog, und der Mensch sehnt sich immer am stärksten nach dem, was sich ihm entzieht, ich trank diese Traurigkeit gierig von seinem Gesicht und erkannte in diesem Augenblick, daß er in mich verliebt war.

Und am nächsten Tag rauschte auf der einen Seite die

Moldau, während sich auf der anderen ein steiler Waldhang erhob, es war romantisch, ich liebe Romantik, ich benahm mich vermutlich ein bißchen närrisch, vielleicht schickt sich das nicht für die Mutter einer zwölfjährigen Tochter, ich lachte und hüpfte herum, ich nahm seine Hand und zwang ihn, ein Stück weit mit mir zu laufen, wir blieben stehen, mein Herz klopfte, wir standen einander ganz nah gegenüber, und Ludvik neigte sich etwas herunter und küßte mich flüchtig, sofort riß ich mich los, nahm ihn aber wieder an der Hand, und wieder liefen wir ein Stück, ich habe einen leichten Herzfehler, und mein Herz beginnt bei der kleinsten Anstrengung heftig zu klopfen, es genügt schon, ein Stockwerk die Treppe hochzulaufen, und so verlangsamte ich bald den Schritt, mein Atem beruhigte sich allmählich, und ich summte auf einmal die ersten Takte meines Lieblingsliedes, *Ei, fiel der Sonnenschein in unser Gärtelein* . . ., und als ich spürte, daß er mich verstand, begann ich laut zu singen, ich schämte mich nicht, ich fühlte, wie die Jahre von mir abfielen, die Sorgen, der Kummer, Tausende von grauen Schuppen, und dann saßen wir in einer kleinen Kneipe, wir aßen Wurst und Brot, alles war ganz gewöhnlich und einfach, der mürrische Wirt, das bekleckste Tischtuch, und dennoch war es ein herrliches Abenteuer, ich sagte zu Ludvik, wissen Sie überhaupt, daß ich in drei Tagen nach Mähren fahre, um eine Reportage über den Ritt der Könige zu machen? Er fragte mich, wohin, und als ich ihm den Ort nannte, antwortete er, ausgerechnet dort sei er zur Welt gekommen, noch so eine Übereinstimmung, die mir die Sprache verschlug, und Ludvik sagte, ich nehme mir frei, ich fahre mit Ihnen.

Ich erschrak, ich dachte an Pavel, an dieses Fünkchen Hoffnung, das er in mir entfacht hatte, ich bin meiner Ehe gegenüber nicht zynisch, ich bin bereit, alles zu tun, um sie zu retten, schon Zdenkas wegen, doch was soll ich lügen, vor allem meinetwegen, wegen allem, was einmal war, wegen der Erinnerung an meine Jugend, aber ich brachte die Kraft nicht auf, zu Ludvik nein zu sagen, ich brachte diese Kraft nicht auf, und jetzt sind die Würfel gefallen, Zdenka schläft, ich habe Angst, und Ludvik ist bereits in Mähren und wird morgen an der Bushaltestelle auf mich warten.

Dritter Teil
Ludvik

1.

Ja; ich ging bummeln. Ich blieb auf der Brücke über der March stehen und blickte stromabwärts. Wie häßlich die March doch war (so braun, als fließe in ihrem Flußbett nicht Wasser, sondern flüssiger Lehm), wie trostlos ihr Ufer: eine Straße mit fünf einstöckigen Häusern, die nicht miteinander verbunden waren, sondern einzeln dastanden, wie verwaiste Sonderlinge; vielleicht sollten sie ursprünglich den Kern einer Uferpromenade bilden, die in ihrer Pracht dann nicht mehr verwirklicht wurde; zwei von ihnen trugen Engelchen und kleine Motive aus allerdings schon abbröckelnder Keramik und Stukkatur: einem Engel fehlten die Flügel, die Motive waren teilweise bis auf die Ziegel abgeblättert, so daß man sie nicht mehr verstehen konnte. Dann endete die Straße der verwaisten Häuser, dahinter gab es nur noch eiserne Strommasten und Gras mit ein paar Gänsen, die sich verspätet hatten, und dann Felder, Felder ohne Horizont, Felder, die sich ausdehnten ins Nichts; Felder, in denen der flüssige Lehm der March sich verlor.

Städte haben die Fähigkeit, sich gegenseitig Spiegel vorzuhalten, und ich sah in dieser Szenerie (ich kannte sie von Kindheit an, doch damals hatte sie mir nichts gesagt) plötzlich Ostrava, diese Bergarbeiterstadt, die einem riesigen provisorischen Nachtasyl glich, voll von verlassenen Häusern und schmutzigen Straßen, die ins Leere führten. Ich war überrumpelt; ich stand hier auf der Brücke wie ein Mensch, der einem Maschinengewehrfeuer ausgesetzt war. Ich wollte mir die verwaiste Straße mit den fünf Häusern nicht länger ansehen, weil ich nicht an Ostrava denken wollte. Und so kehrte ich um und ging stromaufwärts am Ufer entlang.

Hier verlief ein Pfad, der auf einer Seite von einer dichten Pappelreihe gesäumt wurde: ein Weg mit einem herrlichen Panorama. Rechts davon fiel das mit Gras und Unkraut überwucherte Ufer zum Wasser ab, und dahinter, jenseits des

Flusses, waren Lagerhallen, Werkstätten und kleine Fabrikhöfe zu sehen; links vom Weg lag zunächst eine langgestreckte Müllhalde und dann weite, von den Eisenkonstruktionen der Strommasten durchlöcherte Felder. Ich ging auf der schmalen Allee über all das hinweg, als schritte ich auf einem langen Steg über ein Wasser – und wenn ich diese ganze Gegend mit weiten Gewässern vergleiche, so deshalb, weil sie Kälte verströmte und ich auf der Allee ging, als könnte ich abstürzen. Dabei wurde mir bewußt, daß das sonderbar Spukhafte dieser Landschaft nur ein Abklatsch dessen war, woran ich nach der Begegnung mit Lucie nicht denken wollte; als hätten die verdrängten Erinnerungen sich in alles geschlichen, was ich nun um mich herum sah, in die Öde der Felder, Höfe und Lagerhallen, in die Trübe des Flusses und in jene allgegenwärtige Kälte, die dieser ganzen Szenerie ihre Einheit verlieh. Ich begriff, daß ich den Erinnerungen nicht entkommen konnte; daß ich von ihnen umzingelt war.

2.

Wie ich zum erstenmal in meinem Leben Schiffbruch erlitt (und durch seine unfreundliche Vermittlung auch zu Lucie gelangte), darüber ließe sich ohne Schwierigkeit in einem leichtfertigen Ton und sogar mit einem gewissen Amüsement erzählen: alles wurde verschuldet durch meinen unseligen Hang zu dummen Scherzen und Marketas unselige Unfähigkeit, Scherze zu verstehen. Marketa gehörte zu den Frauen, die alles ernst nahmen (durch diese Eigenschaft verschmolz sie vollkommen mit dem Genius jener Zeit) und denen von den Schicksalsgöttinnen schon an der Wiege prophezeit wurde, daß ihre stärkste Eigenschaft die Gabe des Glaubens war. Damit will ich nicht etwa euphemistisch andeuten, daß sie dumm war; keineswegs: sie war ziemlich begabt und aufgeweckt und übrigens so jung (sie war neunzehn), daß ihre naive Leichtgläubigkeit eher zu ihrem

Charme als zu ihren Mängeln gehörte, dies um so mehr, als sie von unbestreitbaren körperlichen Reizen begleitet war. Wir alle an der Fakultät mochten Marketa und bemühten uns mehr oder weniger intensiv um sie, was uns (zumindest einige von uns) aber nicht daran hinderte, daß wir uns zugleich, wenn auch im Guten, ein bißchen über sie lustig machten.

Späße vertrugen sich allerdings schlecht mit Marketa, und noch viel schlechter mit dem Geist jener Zeit. Es war das erste Jahr nach dem Februar 1948; ein neues, wirklich ganz anderes Leben hatte begonnen, und das Gesicht dieses neuen Lebens, wie es in meinen Erinnerungen haftengeblieben ist, war ernst und starr, wobei dieser Ernst die sonderbare Eigenschaft hatte, daß er kein böses, sondern ein lächelndes Gesicht zeigte; ja, diese Jahre behaupteten von sich, die freudigsten aller Zeiten zu sein, und jeder, der sich nicht freute, wurde augenblicklich verdächtigt, daß ihn der Sieg der Arbeiterklasse betrübe oder (was kein geringeres Vergehen war) daß er *als Individualist* in seine private Traurigkeit versunken sei.

Ich empfand damals kaum private Traurigkeit, ich hatte vielmehr einen ausgesprochenen Sinn für Humor, und trotzdem kann man nicht sagen, ich hätte vor dem freudigen Gesicht jener Zeit vorbehaltlos bestanden, da meine Späße nicht ernst genug waren, während die Freude jener Zeit weder Streiche noch Ironie liebte, es war, wie gesagt, eine ernste Freude, die sich stolz »historischer Optimismus der siegreichen Klasse« nannte, eine asketische und feierliche Freude, ganz einfach Die Freude.

Ich erinnere mich, wie wir damals auf der Fakultät in sogenannten Studienzirkeln organisiert waren, deren Mitglieder sich häufig versammelten, um gegenseitig öffentlich Kritik und Selbstkritik zu üben und daraus die Bewertung jedes einzelnen zu erarbeiten. Wie jeder Kommunist hatte ich damals viele Funktionen inne (ich bekleidete einen bedeutenden Posten im Verband der Hochschulstudenten), und weil ich darüber hinaus kein schlechter Student war, konnte eine solche Bewertung für mich nicht negativ ausfallen. Dennoch fügte man den Sätzen der Anerkennung, in denen meine

Aktivitäten, mein gutes Verhältnis zum Staat und zur Arbeit sowie meine Kenntnisse des Marxismus hervorgehoben wurden, meistens noch hinzu, »Überreste von Individualismus« würden noch an mir haften. Ein solcher Vorbehalt brauchte nicht gefährlich zu sein, denn es gehörte zum guten Ton, auch in das beste Kadergutachten irgendeine kritische Bemerkung zu schreiben, dem einen »wenig Interesse für die Revolutionstheorie« vorzuhalten, dem anderen »ein kühles Verhältnis zum Volk« oder »wenig Wachsamkeit und Vorsicht« und noch einem anderen »ein schlechtes Verhältnis zu Frauen«; in dem Moment allerdings, da diese Bemerkung nicht mehr für sich allein stand, wenn ein weiterer Vorbehalt hinzukam und man zum Beispiel in einen Konflikt verwickelt oder Opfer eines Verdachts oder Angriffs wurde, dann konnten solche »Überreste von Individualismus« oder »schlechten Verhältnisse zu Frauen« zum Keim von Katastrophen werden. Und gerade darin lag etwas seltsam Verhängnisvolles, daß jeder, ja, jeder von uns einen solchen Keim in seiner Kaderkarte mit sich herumtrug.

Manchmal setzte ich mich gegen die Anschuldigung des Individualismus zur Wehr (mehr aus sportlichen Gründen denn wegen tatsächlicher Befürchtungen), und ich verlangte von meinen Kollegen, mir zu beweisen, inwiefern ich Individualist sei. Sie hatten dafür keine konkreten Belege; sie sagten: »Weil du dich so benimmst.« »Wie benehme ich mich denn?« fragte ich. »Du lächelst immer so sonderbar.« »Na und? Ich freue mich!« »Nein, du lächelst, als würdest du dir etwas dabei denken.«

Nachdem die Genossen beschlossen hatten, mein Benehmen und mein Lächeln seien die eines Intellektuellen (ein weiteres berühmtes Pejorativum jener Zeit), glaubte ich ihnen schließlich, weil ich mir nicht vorstellen konnte (das überstieg ganz einfach das Maß meiner Kühnheit), daß Die Revolution, der Zeitgeist selbst, daß alle anderen sich irrten, während ich als Einzelwesen recht hatte. Ich begann, mein Lächeln etwas zu kontrollieren, bald darauf spürte ich jedoch, wie sich in meinem Inneren zwischen dem, der ich war, und dem, der ich (gemäß dem Zeitgeist) hätte sein sollen und zu sein versuchte, ein kleiner Riß auftat.

Wer aber war ich damals wirklich? Ich will diese Frage ganz ehrlich beantworten: Ich war jemand, der mehrere Gesichter hatte.

Und die Gesichter mehrten sich. Etwa einen Monat vor den Ferien begann ich, Marketa näherzukommen (sie war im ersten, ich im zweiten Studienjahr), und ich versuchte, ihr auf ähnlich dumme Art zu imponieren, wie zwanzigjährige Männer aller Zeiten dies tun: ich setzte mir eine Maske auf; ich gab vor, (an Geist und Erfahrung) älter zu sein, als ich es war, ich gab vor, von allen Dingen Abstand zu haben, die Welt von oben herab zu betrachten und über meiner Haut noch eine andere, unsichtbare, kugelsichere Haut zu tragen. Ich ahnte, zu Recht übrigens, daß Scherzen ein verständlicher Ausdruck des Abstands war, und wenn ich schon immer gerne gescherzt hatte, scherzte ich mit Marketa besonders angestrengt, gekünstelt und ermüdend.

Wer aber war ich wirklich? Ich muß es nochmals wiederholen: Ich war jemand, der mehrere Gesichter hatte.

Ich war ernst, begeistert und überzeugt auf Versammlungen, stichelnd und hetzerisch mit meinen besten Kameraden; ich war zynisch und krampfhaft geistreich mit Marketa, und wenn ich allein war (und an Marketa dachte), war ich immer ratlos und schülerhaft aufgeregt.

War dieses letzte Gesicht vielleicht das echte?

Nein. Alle diese Gesichter waren echt: Ich hatte nicht wie ein Heuchler ein echtes und einige falsche Gesichter. Ich hatte mehrere Gesichter, weil ich jung war und selbst noch nicht wußte, wer ich war und wer ich sein wollte. (Durch das Mißverhältnis zwischen all diesen Gesichtern war ich verunsichert; ich war mit keinem ganz verwachsen und bewegte mich hinter ihnen unbeholfen und blind.)

Der psychologische und physiologische Mechanismus der Liebe ist so kompliziert, daß ein junger Mann sich in einem bestimmten Lebensabschnitt fast ausschließlich auf dessen Beherrschung konzentrieren muß und der eigentliche Inhalt der Liebe ihm entgeht – die Frau, die er liebt (ähnlich etwa wie ein junger Geiger sich nicht gut auf den Inhalt einer Komposition konzentrieren kann, solange er die manuelle Technik nicht soweit beherrscht, daß er beim Spielen nicht mehr daran denken muß). Wenn ich von meiner schülerhaften Aufregung beim Gedanken an Marketa sprach, muß ich hinzufügen, daß sie nicht so sehr meiner Verliebtheit als meiner Unbeholfenheit und Unsicherheit entsprang, deren Last ich spürte und die meine Gedanken und Gefühle viel mehr beherrschten als Marketa.

Die Last dieser Unbeholfenheit und Verlegenheit versuchte ich dadurch zu erleichtern, daß ich mich vor Marketa aufspielte: ich bemühte mich, gegenteiliger Meinung zu sein oder mich sogar über alle ihre Ansichten lustig zu machen, was nicht besonders schwierig war, denn sie war bei all ihrer Klugheit (und bei ihrer Schönheit, die – wie jede Schönheit – der Umgebung scheinbare Unnahbarkeit suggerierte) ein vertrauensvolles und einfaches Mädchen; sie hatte es nie verstanden, *hinter* die Dinge zu blicken, sondern sah immer nur diese selbst; sie kannte sich bestens aus in Botanik, es konnte aber vorkommen, daß sie eine Anekdote nicht begriff, die Kollegen ihr erzählten; sie ließ sich von jedem Enthusiasmus der Zeit mitreißen, im Moment jedoch, da sie Zeugin einer politischen Praktik im Sinne des Grundsatzes Der Zweck heiligt die Mittel wurde, stand sie ihr ebenso fassungslos gegenüber wie einer unverstandenen Anekdote; deshalb entschieden die Genossen schließlich, daß sie es nötig habe, ihre Begeisterung durch Kenntnisse über Strategie und Taktik der revolutionären Bewegung zu untermauern, und sie beschlossen, daß sie während der Semesterferien an einem zweiwöchigen Schulungslager der Partei teilzunehmen habe.

Dieses Schulungslager kam mir gar nicht gelegen, da ich beabsichtigte, während dieser vierzehn Tage mit Marketa allein in Prag zu sein und unsere Beziehung (die bisher aus Spaziergängen, Gesprächen und einigen Küssen bestand) auf konkretere Zwecke hinzusteuern; ich hatte nur diese zwei Wochen zur Verfügung (den folgenden Monat sollte ich in einer Landwirtschaftsbrigade mitarbeiten und die letzten vierzehn Tage der Ferien wollte ich bei meiner Mutter in Mähren verbringen), so daß ich es mit schmerzlicher Eifersucht hinnahm, daß Marketa meine Trauer nicht teilte, das Schulungslager keineswegs verfluchte, sondern mir sogar sagte, sie würde sich darauf freuen.

Vom Schulungslager (es fand in einem der böhmischen Schlösser statt) schickte sie mir einen Brief, der genauso war wie sie selbst: voll von aufrichtigem Einverständnis mit allem, was sie erlebte; alles gefiel ihr, sogar die Viertelstunde Frühgymnastik, die Referate, die Diskussionen und die Lieder, die dort gesungen wurden; sie schrieb mir, daß dort ein »gesunder Geist« herrsche; und aus lauter Fleiß fügte sie noch eine Betrachtung darüber hinzu, daß die Revolution im Westen nicht mehr lange auf sich würde warten lassen.

Genaugenommen war ich mit allem einverstanden, was Marketa behauptete, auch an die bevorstehende Revolution in Westeuropa glaubte ich; nur mit einer Tatsache war ich nicht einverstanden: daß sie glücklich und zufrieden war, während ich mich nach ihr sehnte. Und so kaufte ich eine Ansichtskarte und schrieb (um sie zu verletzen, zu schockieren und zu verwirren): Optimismus ist Opium für die Menschheit. Ein gesunder Geist stinkt nach Dummheit! Es lebe Trotzki! Ludvik.

3.

Auf diese provokative Ansichtskarte antwortete Marketa mit einem kurzen, banalen Brief, und auf meine weiteren Briefe, die ich ihr während der Ferien schickte, reagierte sie nicht mehr. Ich war irgendwo im Böhmerwald, fuhr mit der Hochschulbrigade Heu ein, und Marketas Schweigen versetzte mich in tiefe Traurigkeit. Ich schrieb ihr fast täglich; die Briefe waren voll von flehender und melancholischer Verliebtheit; ich bat sie, ob wir uns nicht wenigstens in den letzten beiden Ferienwochen sehen könnten, ich war bereit, nicht nach Hause zu fahren, meine einsame Mutter nicht zu sehen und Marketa wohin auch immer nachzureisen; das alles nicht nur, weil ich sie liebte, sondern vor allem, weil sie die einzige Frau an meinem Horizont war und die Situation eines jungen Mannes ohne Mädchen mir unerträglich vorkam. Aber Marketa beantwortete meine Briefe nicht.

Ich begriff nicht, was vor sich ging. Im August fuhr ich nach Prag, und es gelang mir, sie zu Hause ausfindig zu machen. Wir gingen wie gewöhnlich an der Moldau entlang spazieren und dann auf die Insel, die man Kaiserwiese nannte (jene trostlose Wiese mit Pappeln und verwaisten Spielplätzen); Marketa behauptete, daß sich zwischen uns nichts geändert hätte, und dementsprechend verhielt sie sich auch, aber gerade diese krampfhaft regungslose *Gleichheit* (die Gleichheit der Küsse, die Gleichheit des Gesprächs, die Gleichheit des Lächelns) war deprimierend. Als ich Marketa um eine Verabredung für den folgenden Tag bat, sagte sie mir, ich solle sie anrufen, wir würden dann etwas ausmachen.

Ich rief sie an; eine fremde Frauenstimme am Telefon teilte mir mit, daß Marketa aus Prag weggefahren sei.

Ich war unglücklich, wie nur ein Zwanzigjähriger unglücklich sein kann, wenn er ohne Frau ist; ein noch ziemlich schüchterner junger Mann, der die körperliche Liebe bisher erst wenige Male erlebt hatte, flüchtig und schlecht, der sich aber in seinen Gedanken unablässig mit ihr beschäftigt. Die Tage waren lang, sinnlos und kaum zu überleben; ich konnte nicht lesen, ich konnte nicht arbeiten, ich ging dreimal am Tag ins Kino und sah mir nacheinander alle Nachmittags- und Abendvorstellungen an, nur um die Zeit irgendwie totzuschlagen, nur um die schreiende Eulenstimme, die fortwährend aus meinem Inneren drang, irgendwie zu übertönen. Ich, von dem Marketa (dank meiner eifrigen Großtuerei) das Gefühl hatte, er sei der Frauen schon fast überdrüssig, ich wagte es nicht, auf der Straße ein Mädchen anzusprechen, eines der Mädchen, deren schöne Beine mir in der Seele weh taten.

Deshalb war ich eigentlich froh, als endlich der September kam und mit ihm der Unterricht und einige Tage zuvor schon meine Arbeit im Studentenverband, wo ich einen eigenen Raum und vielerlei Aufgaben hatte. Bereits am zweiten Tag wurde ich jedoch telefonisch ins Parteisekretariat beordert. Von diesem Moment an erinnere ich mich an jede Einzelheit: Es war ein sonniger Tag, ich verließ das Haus des Studentenverbandes und spürte, wie die Traurigkeit, die mich die ganzen Ferien über erfüllt hatte, langsam von mir abfiel. Ich ging gutgelaunt und neugierig zum Sekretariat. Ich klingelte, und der Ausschußvorsitzende, ein hochgewachsener junger Mann mit schmalem Gesicht, blondem Haar und eisblauen Augen, öffnete mir die Tür. Ich sagte »Ehre der Arbeit«, er begrüßte mich nicht und sagte: »Geh nach hinten, man erwartet dich.« Im hintersten Raum des Sekretariats warteten drei Mitglieder des Parteiausschusses der Hochschule auf mich. Sie sagten, ich solle Platz nehmen. Ich setzte mich und begriff, daß etwas Unheilvolles im Gange war. Alle drei Genossen, die ich gut kannte und mit denen ich mich gewöhnlich vergnügt unterhielt, gaben sich unnahbar; sie duzten mich zwar (wie es unter Genossen üblich ist), doch war es mit einem Mal kein *freundschaftliches* Duzen mehr, sondern ein amtliches, ein *drohendes*. (Ich gebe zu, daß ich seit jener Zeit eine Aversion gegen das Duzen habe; es sollte ursprünglich ein Ausdruck vertrauter Nähe sein, wenn die einander Duzenden sich aber fremd sind, so gewinnt es sogleich eine gegenteilige Bedeutung, es wird zu einem Ausdruck von Grobheit, so daß eine Welt, in der man sich normalerweise duzt, nicht eine Welt der allgemeinen Freundschaft, sondern der allgemeinen Respektlosigkeit ist.)

Ich saß also vor drei mich duzenden Studenten, die mir eine erste Frage stellten: ob ich Marketa kenne. Ich sagte, daß ich sie kenne. Sie fragten mich, ob ich mit ihr korrespondierte. Ich bejahte. Sie fragten mich, ob ich mich erinnerte, was ich ihr geschrieben hätte. Ich sagte, daran erinnerte ich mich nicht, aber in diesem Augenblick tauchte die Ansichtskarte mit dem provokativen Text vor meinen Augen auf, und ich begann zu ahnen, worum es hier ging. Du kannst dich also nicht erinnern? fragten sie mich. Nein, sagte ich. Und was hat Marketa dir geschrieben? Ich zuckte mit den Schultern, um den Eindruck zu erwecken, sie habe mir Intimitäten geschrieben, über die ich hier nicht sprechen wollte. Hat sie dir etwas über das Schulungslager geschrieben? fragten sie. Ja, das hat sie, sagte ich. Was hat sie dir darüber geschrieben? Daß es ihr dort gefalle, antwortete ich. Und was weiter? Daß die Referate und das Kollektiv gut seien, antwortete ich. Hat sie dir geschrieben, daß dort ein gesunder Geist herrsche? Ja, sagte ich, vielleicht hat sie so etwas Ähnliches geschrieben.

Hat sie dir geschrieben, daß sie erkannt habe, was die Stärke des Optimismus sei? fragten sie weiter. Ja, sagte ich. Und was hältst du von Optimismus, fragten sie. Von Optimismus? Was sollte ich davon halten? fragte ich. Betrachtest du dich selbst als Optimisten? fragten sie weiter. Ja, sagte ich schüchtern. Ich mache gern Späße, ich bin ein ganz lustiger Mensch, versuchte ich den Ton des Verhörs aufzulockern. Lustig kann auch ein Nihilist sein, sagte einer von ihnen, er kann zum Beispiel über leidende Menschen lachen. Lustig kann auch ein Zyniker sein, fuhr er fort. Glaubst du, daß man den Sozialismus ohne Optimismus aufbauen kann? fragte ein anderer. Nein, sagte ich. Dann bist du also dagegen, daß in unserem Land der Sozialismus aufgebaut wird, sagte der dritte. Wieso das? wehrte ich mich. Weil der Optimismus in deinen Augen Opium für die Menschheit ist, erwiderten sie aggressiv. Wieso Opium für die Menschheit? wehrte ich mich weiter. Versuch dich nicht herauszuwinden, du hast es geschrieben. Marx hat die Religion Opium für die Menschheit genannt, für dich aber ist unser Optimismus Opium! Du hast es Marketa geschrieben. Ich wäre neugierig, was unsere Werktätigen und Brigadearbeiter, die mehr als das Plansoll leisten, sagen würden, wenn sie erführen, daß ihr Optimismus Opium ist, hakte der andere sofort ein. Und der dritte fügte hinzu: Für einen Trotzkisten ist der Optimismus des Aufbaus immer Opium. Und du bist ein Trotzkist. Mein Gott, wie seid ihr denn darauf gekommen? wehrte ich mich. Hast du es geschrieben oder nicht? Vielleicht habe ich aus Spaß so etwas Ähnliches geschrieben, es ist doch schon zwei Monate her, ich erinnere mich nicht mehr. Wir können es dir in Erinnerung rufen, sagten sie und lasen mir meine Ansichtskarte vor: Optimismus ist Opium für die Menschheit. Ein gesunder Geist stinkt nach Dummheit! Es lebe Trotzki! Ludvik. Die Sätze klangen im kleinen Raum des politischen Sekretariats so schrecklich, daß ich mich in diesem Augenblick vor ihnen fürchtete und fühlte, daß sie zerstörerische Kräfte besaßen, denen ich nichts entgegensetzen konnte. Genossen, das sollte ein Spaß sein, sagte ich und spürte, daß niemand mir glauben konnte. Könnt ihr darüber lachen? fragte der eine Genosse die beiden anderen. Sie schüttelten den Kopf. Ihr müßtet eben Marketa kennen! sagte ich. Wir kennen sie, antworteten sie mir. Also seht, sagte ich, Marketa nimmt alles so ernst, und wir haben uns immer ein bißchen über sie lustig gemacht und versucht, sie zu schockieren. Das ist aber interessant, sagte einer der Genossen, nach deinen weiteren Briefen zu urteilen, schien es uns nicht so, als würdest du Marketa nicht ernst nehmen. Habt ihr denn alle meine Briefe an Marketa gelesen? Also, weil Marketa alles ernst nimmt, ergriff wieder einer das Wort, machst du dich über sie lustig. Aber sag uns, was ist es denn, das sie so ernst nimmt? Zum Beispiel die Partei, den Optimismus und die Disziplin, nicht wahr? Und all das, was sie ernst nimmt, ist für dich ein Grund zum Lachen. Genossen, begreift doch, sagte ich, ich kann mich nicht einmal mehr erinnern, wie ich es geschrieben habe, ich habe es schnell hingekritzelt, einige Sätze, so zum Spaß, ich habe gar nicht darüber nachgedacht, was ich schrieb, hätte ich mir dabei etwas Böses gedacht, hätte ich die Karte doch nicht auf einen Schulungskurs der Partei geschickt! Es ist egal, wie du es geschrieben hast. Ob schnell oder langsam, auf den Knien oder auf dem Tisch, du konntest nur etwas schreiben, was in dir steckt. Etwas anderes konntest du nicht schreiben. Hättest du es dir besser überlegt, hättest du es vielleicht nicht getan. So hast du es geschrieben, ohne dich zu verstellen. Nun wissen wir wenigstens, wer du bist. Nun wissen wir wenigstens, daß du mehrere Gesichter hast, eines für die Partei und eines für die anderen. Ich spürte, daß alle wirksamen Argumente meiner Verteidigung verloren waren. Dennoch wiederholte ich mehrmals: daß es ein Scherz war, bedeutungslose Worte, daß sich dahinter nur eine Laune verbarg und ähnliches mehr. Sie akzeptierten es nicht. Sie sagten, ich hätte meine Sätze auf eine offene Ansichtskarte geschrieben, so daß jedermann sie lesen konnte, daß diese Worte also eine *objektive* Tragweite hätten und ihnen keine Erklärung über meine Laune beigefügt worden sei. Dann fragten sie mich, was ich von Trotzki alles gelesen hätte. Ich sagte, nichts. Sie fragten mich, wer mir die Bücher ausgeliehen hätte. Ich sagte, niemand. Sie fragten mich, mit welchen Trotzkisten ich Kontakt hätte. Ich sagte, mit keinem. Sie sagten, sie würden mich mit sofortiger

Gültigkeit meiner Funktionen im Studentenverband entheben, und sie verlangen, daß ich ihnen die Schlüssel zu meinem Arbeitszimmer aushändigte. Ich hatte sie in der Tasche und gab sie ihnen. Dann sagten sie, daß mein Fall seitens der Partei von der zuständigen Grundorganisation an der naturwissenschaftlichen Fakultät behandelt würde. Sie standen auf und sahen an mir vorbei. Ich sagte »Ehre der Arbeit« und ging.

Dann fiel mir ein, daß ich in meinem Zimmer beim Studentenverband noch viele persönliche Dinge hatte. Ich habe nie einen ausgeprägten Ordnungssinn gehabt, und so lagen in der Schublade meines Schreibtisches neben verschiedenen persönlichen Schriftstücken auch meine Socken, und im Schrank stand zwischen den Akten ein angeschnittener Gugelhupf, den mir meine Mutter von zu Hause geschickt hatte. Ich hatte zwar gerade meine Schlüssel auf dem Bezirkssekretariat abgegeben, doch der Pförtner im Erdgeschoß kannte mich und gab mir seinen Dienstschlüssel, der zwischen vielen anderen Schlüsseln an einem Holzbrett hing; ich erinnere mich an alles bis in jede Einzelheit: der Schlüssel meines Arbeitsraumes war mit einer dicken Hanfschnur an einem Holztäfelchen befestigt, auf dem in weißer Farbe die Zimmernummer stand. Mit diesem Schlüssel öffnete ich also die Tür und setzte mich an den Schreibtisch; ich öffnete die Schublade und nahm meine Sachen heraus; ich tat es langsam und gedankenverloren, da ich in diesem Moment relativer Ruhe zu überlegen versuchte, was eigentlich mit mir geschehen war und was ich tun sollte.

Es dauerte nicht lange, und die Tür öffnete sich. Es waren wieder die drei Genossen aus dem Sekretariat. Diesmal gaben sie sich nicht mehr so kühl und verschlossen. Diesmal hatten sie laute und empörte Stimmen. Vor allem der Kleinste, der Kaderreferent des Ausschusses. Er schnauzte mich an, wie ich überhaupt hier hereingekommen sei. Mit welchem Recht. Er fragte mich, ob er mich von der Polizei abführen lassen solle. Was ich da im Tisch herumwühle. Ich sagte, ich sei nur gekommen, um meinen Gugelhupf und meine Socken zu holen. Er sagte, ich hätte nicht das geringste Recht, hierherzukommen, selbst wenn mein ganzer Schrank mit Socken vollgestopft wäre. Dann ging er zur Schublade und besah ein Blatt Papier nach dem anderen, ein Heft nach dem anderen. Es waren tatsächlich nur persönliche Schriftstücke, so daß er mir schließlich erlaubte, sie vor seinen Augen in einem Köfferchen zu verstauen. Ich legte auch meine zerknüllten, schmutzigen Socken hinein sowie den Gugelhupf, der auf einem fettigen Papier voller Krümel im Schrank gestanden hatte. Sie überwachten jede meiner Bewegungen. Ich verließ den Raum mit meinem Köfferchen, und der Kaderreferent sagte mir zum Abschied, ich solle mich hier nie wieder blicken lassen.

Kaum war ich außer Reichweite der Genossen vom Bezirk und der unbezwingbaren Logik ihres Verhörs, hatte ich das Gefühl, daß ich unschuldig war, daß man in meinen Sprüchen doch nichts Böses sehen konnte und ich zu jemandem gehen müßte, der Marketa gut kannte, dem ich mich anvertrauen konnte und der die Lächerlichkeit der ganzen Affäre begreifen würde. Ich entschied mich für einen Studenten unserer Fakultät, einen Kommunisten, und als ich ihm alles erzählt hatte, sagte er, im Sekretariat sei man zu orthodox und würde keinen Spaß verstehen, er aber, der er Marketa kenne, könne sich gut vorstellen, worum es gegangen sei. Im übrigen solle ich mich an Zemanek wenden, der dieses Jahr Parteivorsitzender der Fakultät würde und schließlich Marketa und mich gut kannte.

4.

Daß Zemanek Vorsitzender der Organisation werden würde, hatte ich nicht gewußt, und ich hielt das für eine ausgezeichnete Nachricht, weil ich Zemanek wirklich gut kannte und mir sogar sicher war, daß ich ihm schon aufgrund meiner mährischen Herkunft überaus sympathisch war. Zemanek sang nämlich für sein Leben gern mährische Lieder; es war damals große Mode, Volkslieder zu singen, aber nicht wie im Schülerchor, sondern mit über dem Kopf ausgestrecktem

Arm und einer etwas rauhen Stimme, und sich dabei zu gebärden wie ein wahrhaft *volksverbundener* Mensch, der bei einem Tanzfest unter dem Zimbal zur Welt gekommen ist.

Ich war an der naturwissenschaftlichen Fakultät eigentlich der einzige Mähre, was mir etliche Privilegien einbrachte; bei jedem feierlichen Anlaß, seien es Versammlungen, Feiern oder der Erste Mai, forderten die Genossen mich auf, die Klarinette zu nehmen und mit zwei, drei Amateuren, die sich unter den Kollegen fanden, eine mährische Kapelle nachzuahmen. So marschierten wir (mit Klarinette, Geige und Kontrabaß) schon im zweiten Jahr beim Maiumzug mit, und Zemanek, ein gutaussehender Mann, der sich gern produzierte, zog mit uns in einer geliehenen Volkstracht, er tanzte, streckte seinen Arm in die Höhe und sang. Dieser gebürtige Prager, der noch nie in Mähren gewesen war, spielte mit Vorliebe den Burschen vom Lande, und ich begegnete ihm voll Freundschaft, weil ich glücklich darüber war, daß die Musik meiner Heimat, schon immer Eldorado der Volkskunst, so bekannt und beliebt war.

Und Zemanek kannte auch Marketa, was einen weiteren Vorteil bedeutete. Bei verschiedenen studentischen Anlässen waren wir oft zu dritt zusammengewesen; einmal (das war in einer größeren Gruppe) dachte ich mir aus, daß im Böhmerwald Zwergstämme lebten, und ich untermauerte die Behauptung durch Zitate aus einem angeblich wissenschaftlichen Werk, das dieses bemerkenswerte Thema behandelte. Marketa wunderte sich, daß sie noch nie etwas davon gehört hatte. Ich sagte, das sei kein Wunder: die bürgerliche Wissenschaft habe die Existenz der Zwerge nämlich absichtlich verheimlicht, weil die Kapitalisten mit den Zwergen eine Art Sklavenhandel trieben.

Aber darüber müßte etwas geschrieben werden! rief Marketa. Warum wird darüber nicht geschrieben? Das wäre doch ein Argument gegen die Kapitalisten!

Vielleicht werde deshalb nicht darüber geschrieben, meinte ich nachdenklich, weil die ganze Angelegenheit etwas delikat und anstößig sei: die Zwerge verfügten nämlich über ganz außergewöhnliche Liebesfähigkeiten, und das sei der Grund, warum sie so gesucht wären und unsere Republik sie heimlich gegen fette Devisen exportierte, vor allem nach Frankreich, wo alternde Kapitalistendamen sie als Diener einstellten, um sie in Wirklichkeit aber für ganz andere Zwecke zu mißbrauchen.

Die Kollegen mußten ein Lachen unterdrücken, das nicht so sehr durch den besonderen Witz meines Hirngespinstes als vielmehr durch Marketas engagierten Gesichtsausdruck hervorgerufen wurde, denn sie war immer begierig, für (gegebenenfalls gegen) etwas zu entflammen; sie bissen sich auf die Lippen, um Marketa die Freude an ihrer Erkenntnis nicht zu verderben, und einige (in erster Linie Zemanek) sprangen mir zur Seite, um meinen Bericht über die Zwerge zu erhärten.

Als Marketa fragte, wie so ein Zwerg denn eigentlich aussehe, sagte Zemanek mit ernster Miene, daß Professor Vadura, den Marketa die Ehre habe zusammen mit ihren Kollegen gelegentlich hinter dem Katheder zu sehen, zwergischer Abstammung sei, und zwar entweder von einem oder sogar von beiden Elternteilen her. Dozent Hule habe Zemanek erzählt, daß er während eines Urlaubs im gleichen Hotel gewohnt habe wie das Ehepaar Vadura, die beide zusammen knapp drei Meter groß seien. Eines Morgens habe er, ohne zu ahnen, daß sie noch schliefen, ihr Zimmer betreten, und er sei erschrocken: sie lagen in einem Bett, aber nicht etwa nebeneinander, sondern hintereinander, Herr Vadura in die untere, Frau Vadura in die obere Hälfte des Bettes gerollt.

Ja, bestätigte ich, dann stamme aber nicht nur Vadura, sondern auch seine Frau von den Zwergen des Böhmerwaldes ab, denn hintereinander zu schlafen sei ein atavistischer Brauch aller dortigen Zwerge, die in der Vergangenheit ihre Hütten übrigens nie auf dem Grundriß eines Kreises oder eines Quadrats erbaut hätten, sondern auf einem ungewöhnlich langen Rechteck, weil nicht nur Ehepaare, sondern ganze Sippen die Gewohnheit hatten, in langen Ketten hintereinander zu schlafen.

Als ich mir nun an diesem schwarzen Tag jenes Gefasel in Erinnerung rief, schien mir daraus ein Hoffnungsfunke zu schimmern. Zemanek, dem man die Lösung meines Falls anvertrauen würde, kannte meine Art von Späßen, er kannte auch Marketa und würde verstehen, daß die Karte, die ich ihr geschrieben hatte, nur eine scherzhafte Provokation des Mädchens war, das wir alle bewunderten und (vielleicht gerade deshalb) so gerne neckten. Ich erzählte ihm also bei der erstbesten Gelegenheit von meinem Malheur; Zemanek hörte aufmerksam zu, runzelte die Stirn und sagte, man werde sehen.

Ich lebte vorerst in einem Provisorium; ich besuchte die Vorlesungen wie immer und wartete. Oft wurde ich vor verschiedene Parteiausschüsse geladen, die vor allem feststellen wollten, ob ich nicht irgendeiner trotzkistischen Gruppe angehörte; ich versuchte zu beweisen, daß ich nicht einmal richtig wußte, was Trotzkismus war; ich fing jeden Blick der verhörenden Genossen auf und suchte darin ihr Vertrauen; manchmal sah ich es tatsächlich, und dann war ich imstande, einen solchen Blick lange mit mir herumzutragen, ihn in meinem Innern aufzubewahren und daraus geduldig Hoffnung zu schöpfen.

Marketa ging mir weiterhin aus dem Weg. Ich begriff, daß es mit der Ansichtskarten-Affäre zusammenhing, doch in stolzer Trauer wollte ich sie nichts fragen. Eines Tages sprach sie mich aber im Korridor der Fakultät von sich aus an: »Ich möchte etwas mit dir besprechen.«

Und so machten wir nach mehreren Monaten wieder den gemeinsamen Spaziergang; es war bereits Herbst, wir trugen beide lange Regenmäntel, ja, lange, sie reichten bis weit unters Knie, wie es zu jener Zeit (einer durch und durch uneleganten Zeit) Mode war; es nieselte leicht, die Bäume am Ufer hatten keine Blätter mehr und waren schwarz. Marketa erzählte mir, wie sich alles zugetragen hatte: als sie im Ferien-Schulungslager war, wurde sie auf einmal von den leitenden Genossen vorgeladen und gefragt, ob sie irgendwelche Korrespondenz bekomme; sie bejahte. Sie fragten, von wem. Sie sagte, ihre Mutter würde ihr schreiben. Und sonst niemand? Hin und wieder ein Kollege, sagte sie. Kannst du uns sagen, wer? wurde sie gefragt. Sie nannte meinen Namen. Und was schreibt dir der Genosse Jahn? Sie zuckte mit den Achseln, weil sie keine Lust hatte, die Worte auf meiner Karte zu wiederholen. Hast du ihm auch geschrieben? fragten sie. Ja, sagte sie. Was hast du ihm geschrieben? fragten sie. Nur so, sagte sie, über die Schulung und überhaupt. Dir gefällt es im Schulungslager? fragten sie. Ja, sehr, antwortete sie ihnen. Und du hast ihm geschrieben, daß es dir gefällt? Ja, antwortete sie. Und was meint er dazu? fragten sie weiter. Er? meinte Marketa zögernd, na, er ist sonderbar, ihr müßtet ihn eben kennen. Wir kennen ihn, sagten sie, und wir möchten wissen, was er dir geschrieben hat. Kannst du uns seine Ansichtskarte zeigen?

»Du darfst mir nicht böse sein«, sagte Marketa zu mir, »ich mußte sie ihnen zeigen.«

»Du brauchst dich nicht zu rechtfertigen«, sagte ich zu Marketa, »sie haben sie ohnehin gekannt, noch bevor sie mit dir redeten; hätten sie sie nicht gekannt, hätten sie dich gar nicht vorgeladen.«

»Ich rechtfertige mich keineswegs, und ich schäme mich auch nicht dafür, daß ich sie ihnen zu lesen gegeben habe, so darfst du das nicht auffassen. Du bist Parteimitglied, und die Partei hat ein Recht zu wissen, wer du bist und was du denkst«, verwahrte sich Marketa, und dann sagte sie, sie sei entsetzt gewesen über das, was ich geschrieben hätte, wo wir doch alle wüßten, daß Trotzki der größte Feind all dessen gewesen sei, wofür wir kämpften und wofür wir lebten.

Was hätte ich Marketa erklären sollen? Ich bat sie, fortzufahren, und sie erzählte mir, was weiter geschah.

Marketa sagte, sie hätten die Karte gelesen und gestaunt. Sie fragten, was sie denn dazu sage. Sie sagte, es sei schrecklich. Sie fragten, warum sie nicht von selbst gekommen sei, um ihnen die Karte zu zeigen. Sie zuckte mit den Achseln. Sie fragten, ob sie nicht wisse, was Wachsamkeit und Aufmerksamkeit seien. Sie senkte den Kopf. Sie fragten, ob sie nicht wisse, wie viele Feinde die Partei habe. Sie sagte, sie wisse es, habe aber nicht geglaubt, daß der Genosse Jahn . . . Sie fragten, ob sie mich gut kenne. Sie fragten, wie ich sei. Sie sagte, sonderbar. Daß sie zwar manchmal glaube, ich sei ein standhafter Kommunist, daß ich dann aber Dinge sagte, die ein Kommunist nicht sagen dürfe. Sie fragten, was ich zum Beispiel so sagte. Sie sagte, sie könne sich an nichts Bestimmtes erinnern, aber mir sei nichts heilig. Sie sagten, das ginge auch aus dieser Karte hervor. Sie sagte, sie habe sich mit mir oft über viele Dinge gestritten. Und sie sagte ihnen auch, daß ich auf den Versammlungen eine andere Sprache spräche als mit ihr. Auf den Versammlungen sei ich angeblich die Begeisterung selbst, während ich mit ihr über alles nur scherzte und alles auf die leichte Schulter nähme. Sie fragten, ob sie denke, daß ein solcher Mensch Parteimitglied sein könne. Sie zuckte mit den Achseln. Sie fragten, ob die Partei den Sozialismus aufbauen könne, wenn ihre Mitglieder verkündeten, Optimismus sei Opium für die Menschheit. Sie sagte, eine solche Partei könne den Sozialismus nicht aufbauen. Sie sagten, das genüge. Und sie solle vorläufig nichts sagen; weil sie aufpassen wollten, was ich ihr weiter schriebe. Sie sagte ihnen, sie wolle mich nie wiedersehen. Sie antworteten, daß dies nicht richtig wäre, und sie mir im Gegenteil weiter schreiben sollte, damit ans Licht komme, was noch alles in mir stecke.

»Und du hast ihnen dann meine Briefe gezeigt?« fragte ich Marketa und wurde beim Gedanken an meine verliebten Ergüsse rot bis auf den Grund der Seele.

»Was hätte ich tun sollen?« sagte Marketa. »Aber ich konnte dir nach all dem wirklich nicht mehr schreiben. Ich werde doch jemandem nicht nur deshalb schreiben, um ihn aufs Glatteis zu führen. Ich habe dir noch eine Karte geschrieben, und damit war Schluß. Ich wollte dich nicht wiedersehen, weil ich dir nichts sagen durfte und Angst hatte, daß du mich etwas fragen könntest und ich dir ins Gesicht lügen müßte; ich lüge nämlich nicht gern.«

Ich fragte Marketa, was sie bewogen habe, sich doch heute mit mir zu treffen.

Sie sagte, der Grund sei Genosse Zemanek. Sie habe ihn nach den Ferien auf dem Flur in der Fakultät getroffen, und er habe sie in einen kleinen Raum gebeten, in dem das Sekretariat der Parteiorganisation der naturwissenschaftlichen Fakultät untergebracht war. Er sagte ihr, er sei davon unterrichtet worden, daß ich ihr eine Ansichtskarte mit parteifeindlichen Parolen ins Schulungslager geschickt hätte. Er fragte sie, was für Sätze es gewesen seien. Sie sagte es ihm. Er fragte sie, was sie dazu meine. Sie sagte, daß sie die Sätze verurteile. Er sagte, das sei richtig, und er fragte sie, ob sie noch mit mir befreundet sei. Sie wurde verlegen und antwortete ausweichend. Er sagte ihr, daß in der Fakultät über sie ein sehr positives Gutachten aus dem Schulungslager vorliege, und daß die Organisation auf sie zähle. Sie sagte, daß sie sich darüber freue. Er sagte, er wolle sich nicht in ihr Privatleben einmischen, denke aber, daß man einen Menschen an seinem Umgang erkenne, daran, wen er sich zum Partner wähle, und daß es nicht von Vorteil für sie wäre, wenn sie sich ausgerechnet für mich entschiede.

Dies war Marketa angeblich wochenlang durch den Kopf gegangen. Sie ging schon einige Monate nicht mehr mit mir, so daß Zemaneks Aufforderung im Grunde genommen überflüssig war; und dennoch hatte gerade diese Aufforderung sie dazu bewogen, darüber nachzudenken, ob es nicht grausam und moralisch unhaltbar sei, jemandem nahezulegen, sich nur deshalb von seinem Partner zu trennen, weil dieser einen Fehler begangen habe, und ob es deshalb nicht ungerecht gewesen sei, daß sie sich von mir losgesagt hatte. Sie hatte den Genossen aufgesucht, der die Schulung geleitet hatte, und ihn gefragt, ob die Weisung immer noch gelte, daß sie mir nichts von dem sagen dürfe, was sich im Zusammenhang mit der Ansichtskarte abgespielt habe, und nachdem sie erfahren hatte, daß es keinen Grund mehr gab, etwas zu verheimlichen, sprach sie mich an und bat um eine Aussprache.

Und jetzt vertraute sie mir also an, was sie betrübte und belastete: ja, sie habe schlecht gehandelt, als sie beschloß, mich nicht mehr zu sehen; schließlich sei kein Mensch verloren, wenn er auch noch so große Fehler begangen habe. Sie habe sich auch an den sowjetischen Film »Das Ehrengericht« (einen in Parteikreisen damals sehr populären Film) erinnert, in dem ein sowjetischer Forscher und Arzt seine Entdeckung zuerst der ausländischen und nicht der eigenen Öffentlichkeit bekanntmachte, was nach *Kosmopolitismus* (einem anderen berühmten Pejorativum jener Zeit) und nach Verrat roch. Marketa erwähnte vor allem ganz gerührt das Ende dieses Films: der Forscher wurde von einem Ehrengericht seiner Kollegen verurteilt, die liebende Ehefrau verließ ihren verurteilten Mann aber nicht, sondern versuchte, ihm Kraft einzuflößen, damit er seine schwere Schuld wiedergutmachen konnte.

»Du hast also beschlossen, mich nicht zu verlassen«, sagte ich.

»Ja«, sagte Marketa und nahm meine Hand.

»Ich bitte dich, Marketa, denkst du denn, ich hätte ein schweres Verschulden begangen?«

»Ich denke schon«, sagte Marketa.

»Denkst du, ich habe das Recht, in der Partei zu bleiben?«

»Ich denke nicht, Ludvik.«

Ich wußte, wenn ich mich auf das Spiel einließ, mit dem Marketa sich identifizierte und dessen Pathos sie sichtlich aus voller Seele erlebte, dann würde ich alles erreichen, worum ich mich vor Monaten vergeblich bemüht hatte: angetrieben vom Pathos des Erlösungstriebs wie ein Dampfschiff vom Dampf, hätte sie sich mir jetzt bestimmt auch mit ihrem Körper hingegeben. Unter einer Voraussetzung freilich: daß ihr Erlösungstrieb auch wirklich voll befriedigt würde; und um befriedigt zu werden, müßte das zu erlösende Objekt (oh weh, ich selbst!) sein tiefes, sein abgrundtiefes Verschulden auch einsehen. Das aber konnte ich nicht. Ich stand direkt vor dem ersehnten Ziel, vor Marketas Körper, und dennoch konnte ich ihn mir um diesen Preis nicht nehmen, weil ich meine Schuld nicht gestehen und das unerträgliche Urteil nicht anerkennen konnte; ich konnte es nicht mitanhören, wie jemand, der mir nahestehen sollte, diese Schuld und dieses Urteil akzeptierte.

Ich war nicht einverstanden mit Marketa, ich wies ihre Hilfe zurück und verlor sie, aber stimmte es, daß ich mich unschuldig fühlte? Gewiß, ich überzeugte mich immer wieder von der Lächerlichkeit der ganzen Affäre, gleichzeitig aber begann ich (und das erscheint mir heute, aus einem Abstand von vielen Jahren, das Peinlichste und das Bezeichnendste), die drei Sätze auf der Ansichtskarte mit den Augen derjenigen zu sehen, die meinen Fall untersuchten; ich begann mich vor diesen Sätzen zu fürchten und war erschrocken darüber, daß sie unter dem Deckmantel des Spaßes vielleicht wirklich etwas sehr Schwerwiegendes über mich verrieten, daß ich nämlich nie ganz mit dem Körper der

Partei verschmolzen und nie ein echter proletarischer Revolutionär gewesen war, sondern bloß *beschlossen* (!) hatte, »mich den Revolutionären anzuschließen« (denn wir empfanden das proletarisch Revolutionäre keineswegs als Sache der *Wahl*, sondern des *Wesens*: der Mensch ist entweder ein Revolutionär, und dann verschmilzt er mit der Bewegung zu einem kollektiven Körper, er denkt mit ihrem Kopf und fühlt mit ihrem Herzen, oder er ist es nicht, und dann bleibt ihm nichts anderes übrig, als es sein zu *wollen*, aber auch dann ist er immer schuldig, kein Revolutionär zu sein: er ist schuldig durch seine Selbständigkeit, sein Anderssein, sein Nicht-Verschmelzen).

Wenn ich mich heute an meinen damaligen Zustand erinnere, denke ich als Analogie an die uneingeschränkte Macht des Christentums, das dem Gläubigen eine fundamentale und permanente Sündhaftigkeit einredete; auch ich (und wir alle) standen der Revolution und ihrer Partei mit ständig gesenktem Haupt gegenüber, so daß ich mich allmählich damit versöhnte, daß meine Sätze ein Verschulden darstellten, obwohl sie als Scherz gemeint waren, und in meinem Kopf spielte sich eine selbstkritische Gewissenserforschung ab: ich sagte mir, die Sätze seien mir nicht zufällig eingefallen, die Genossen hätten mir (offenbar zu Recht) schon früher »Überreste von Individualismus« und »Intellektualismus« vorgeworfen; ich sagte mir, daß ich angefangen hatte, mich allzu selbstgefällig an meiner Bildung, meinem Stand als Student und meiner intellektuellen Zukunft zu laben, und daß mein Vater, ein Arbeiter, der im Krieg im Konzentrationslager umgekommen war, meinen Zynismus wohl kaum verstanden hätte; ich warf mir vor, daß seine proletarische Gesinnung in mir leider abgestorben war; ich machte mir alle möglichen Vorwürfe und fand mich mit der Notwendigkeit einer Bestrafung ab; ich versuchte nur noch, eines zu verhindern: aus der Partei ausgeschlossen und somit zu ihrem *Feind* gestempelt zu werden; als gebrandmarkter Feind dessen zu leben, wofür ich mich schon als Junge entschieden hatte und woran mir wirklich gelegen war, hätte mich zur Verzweiflung gebracht.

Eine solche Selbstkritik, die zugleich eine flehentliche

Verteidigung war, hatte ich hundertmal für mich allein, mindestens zehnmal vor verschiedenen Ausschüssen und Kommissionen und schließlich auf der entscheidenden Plenarversammlung der Fakultät vorgebracht, wo Zemanek (effektvoll, brillant und unvergeßlich) das einleitende Referat über mich und mein Vergehen hielt und dann im Namen des Ausschusses den Antrag stellte, mich aus der Partei auszuschließen. Die Diskussion entwickelte sich nach meinem selbstkritischen Auftritt zu meinen Ungunsten; niemand trat für mich ein, und schließlich hoben alle (es waren etwa hundert, darunter meine Lehrer und meine nächsten Kollegen), ja, alle bis auf den letzten hoben die Hände, um nicht nur meinen Ausschluß aus der Partei zu billigen, sondern auch (und darauf war ich überhaupt nicht gefaßt gewesen) meinen unfreiwilligen Abgang von der Schule.

Noch in der Nacht nach der Versammlung setzte ich mich in den Zug und fuhr nach Hause; mein Zuhause konnte mir aber schon deshalb keinen Trost bieten, weil ich es tagelang nicht wagte, meiner Mutter, die auf mein Studium so stolz war, zu sagen, was vorgefallen war. Dafür kam schon am zweiten Tag Jaroslav zu Besuch, ein Kamerad vom Gymnasium und der Zimbalkapelle, in der ich als Schüler gespielt hatte, und er jubelte, als er mich zu Hause antraf; er würde übermorgen heiraten, und ich müßte sein Trauzeuge sein. Ich konnte dies meinem alten Kameraden nicht abschlagen, und es blieb mir nichts anderes übrig, als meinen Niedergang mit einer fröhlichen Hochzeit zu feiern.

Jaroslav war nämlich zu allem Überfluß auch ein eingefleischter mährischer Patriot und ein Kenner der Volkskunst, der die eigene Hochzeit für seine volkskundlichen Leidenschaften mißbrauchte und sie nach alten Bräuchen organisierte: in Trachten, mit einer Zimbalkapelle, mit einem Brautwerber, der blumenreiche Reden hielt, mit einer Braut, die über die Türschwelle getragen wurde, und mit Liedern, einfach mit all diesen den ganzen Tag dauernden Zeremonien, die er allerdings mehr aus volkskundlichen Büchern als aus seiner lebendigen Erinnerung rekonstruiert hatte. Ich bemerkte aber etwas Sonderbares: mein Kamerad Jaroslav, der frischgebackene Leiter eines aufblühenden Lieder- und

Tanzensembles, hielt zwar alle möglichen alten Bräuche ein, er ging aber (offenbar mit Rücksicht auf seine Karriere und den atheistischen Parolen folgend) mit seinen Hochzeitsgästen nicht zur Kirche, obwohl eine traditionell volkstümliche Hochzeit ohne Pfarrer und Gottes Segen undenkbar war; er ließ den Brautwerber alle zeremoniellen Reden rezitieren, hatte aber sämtliche biblischen Motive sorgfältig gestrichen, obwohl gerade sie das wichtigste bildliche Material volkstümlicher Hochzeitsreden darstellten. Die Traurigkeit, die mich daran hinderte, mich mit der feuchtfröhlichen Hochzeitsgesellschaft zu identifizieren, brachte es mit sich, daß ich in der Ursprünglichkeit dieser Volksbräuche den Geruch von Chloroform wahrnahm und auf dem Grund dieser scheinbaren Spontaneität einen Hauch von Falschheit entdeckte. Und als Jaroslav mich bat, die Klarinette zu nehmen (in sentimentaler Erinnerung an mein früheres Wirken in der Kapelle) und mich zu den übrigen Musikanten zu setzen, lehnte ich ab. Es war nämlich das Bild vor mir aufgetaucht, wie ich in den letzten beiden Jahren auf der Maikundgebung spielte und der Prager Zemanek in seiner Tracht neben mir tanzte, die Arme in die Höhe streckte und sang. Ich konnte die Klarinette nicht in die Hand nehmen und spürte, wie mir dieses ganze folkloristische Gejohle zuwider war, zuwider, zuwider, zuwider . . .

5.

Da ich das Recht zu studieren verloren hatte, verlor ich auch den Anspruch auf Aufschub des Militärdienstes, und so wartete ich nur noch auf die Einberufung im Herbst; die Wartezeit füllte ich mit zwei längeren Einsätzen in Arbeitsbrigaden aus: zunächst arbeitete ich an einer Straße, die irgendwo bei Gottwaldov repariert wurde, gegen Ende des Sommers meldete ich mich zur Saisonarbeit in der Konservenfabrik Fruta, wo Obst verarbeitet wurde, dann kam endlich der Herbst, und eines Morgens traf ich nach langem

Umherirren (und einer schlaflosen Nacht im Zug) in der Kaserne in einem unbekannten und häßlichen Vorort von Ostrava ein.

Ich stand mit anderen jungen Männern, die zu derselben Kompanie einberufen worden waren, auf dem Kasernenhof; wir kannten uns nicht; im Zwielicht der anfänglichen Anonymität treten Züge von Grobheit und Fremdheit am anderen scharf hervor; so war es auch damals, und das einzige, was uns als Menschen verband, war unsere ungewisse Zukunft, über die wir kurze Vermutungen austauschten. Einige behaupteten, wir seien bei den »Schwarzen«, andere bestritten das, noch andere wußten nicht einmal, was das bedeutete. Ich wußte es, und daher nahm ich diese Mutmaßungen mit Bestürzung auf.

Dann wurden wir von einem Zugführer abgeholt und in eine Baracke geführt; wir drängten uns durch einen Flur in einen ziemlich großen Raum, in dem rundherum riesige Plakate mit Parolen, Fotografien und kunstlosen Zeichnungen hingen; an der Frontseite war eine große, aus rotem Papier ausgeschnittene Aufschrift angebracht: WIR BAUEN DEN SOZIALISMUS AUF; unter dem Schriftzug stand ein Stuhl und daneben ein altes, mageres Männchen. Der Zugführer zeigte auf einen von uns, und der mußte sich auf den Stuhl setzen. Der Alte band ihm ein weißes Tuch um den Hals und griff in seine Aktentasche, die an einem Stuhlbein lehnte; er entnahm ihr eine Haarschneidemaschine und fuhr dem jungen Mann damit über den Schädel.

Dieser Friseurstuhl war der Beginn eines Fließbandes, das uns in Soldaten verwandeln sollte: vom Stuhl, auf dem wir unsere Haare ließen, wurden wir in den Nebenraum beordert, wo wir uns nackt ausziehen, die Kleider in eine Papiertüte stecken, sie mit einer Schnur zubinden und an einem Schalter abgeben mußten; nackt und kahlköpfig gingen wir dann durch den Flur in einen weiteren Raum, wo wir Nachthemden faßten, in den Nachthemden gingen wir durch eine weitere Tür, wo wir Militärschuhe, halbhohe Knobelbecher, erhielten; in diesen Knobelbechern und im Nachthemd marschierten wir über den Hof in eine weitere Baracke, wo wir Hemden, Unterhosen, Fußlappen, Gürtel und Uniformen bekamen (die Kragenspiegel der Hemden waren schwarz!); und endlich gelangten wir zur letzten Baracke, wo ein Unteroffizier mit lauter Stimme unsere Namen verlas, uns in Mannschaften einteilte und in der Baracke die Räume und die Betten zuteilte.

So rasch wurde jeder von uns seines persönlichen Willens beraubt und zu etwas gemacht, was äußerlich einer (umgeordneten, abgeordneten, eingeordneten) Sache und innerlich einem (leidenden, wütenden, angstvollen) Menschen glich; noch an demselben Tag wurden wir zum Appell geführt, dann zum Abendessen, dann zu den Betten; in der Frühe wurden wir geweckt und in die Kohlengrube geführt; in der Grube wurden wir nach Gruppen in Arbeitskolonnen eingeteilt und mit Werkzeug (Bohrer, Schaufel und Lampe) versehen, mit dem keiner von uns umzugehen verstand; dann brachte uns der Förderkorb untertage. Als wir mit schmerzendem Körper wieder ausfuhren, wurden wir von Unteroffizieren erwartet, die uns antreten ließen und wieder in die Kaserne zurückführten; wir aßen, und am Nachmittag mußten wir exerzieren, nach dem Exerzieren saubermachen, dann waren politische Erziehung und obligatorisches Singen an der Reihe; statt Privatleben ein Raum mit zwanzig Betten. Und so ging es Tag für Tag.

Die Versachlichung, von der wir heimgesucht waren, kam mir in den ersten Tagen ganz undurchsichtig vor; die unpersönlichen, verordneten Funktionen, die wir ausführten, ersetzten alle unsere menschlichen Äußerungen; diese Undurchsichtigkeit war allerdings nur relativ, verursacht einmal durch die tatsächlichen Umstände, dann aber auch durch den noch nicht angepaßten Blick (wie wenn man vom Licht in einen dunklen Raum tritt); langsam wurde es durchsichtiger, und so sah man allmählich in diesem »Zwielicht der Versachlichung« wieder das Menschliche am Menschen. Ich muß allerdings gestehen, daß ich einer der letzten war, die es schafften, ihre Sicht an die veränderten Lichtverhältnisse anzupassen.

Das lag daran, daß ich mich mit meinem ganzen Wesen weigerte, mein Los zu akzeptieren. Die Soldaten mit den schwarzen Kragenspiegeln exerzierten nur ohne Waffen und arbeiteten in der Grube. Sie wurden für ihre Arbeit zwar bezahlt (in dieser Hinsicht waren sie bessergestellt als andere Soldaten), aber für mich war das ein schwacher Trost, wenn ich daran dachte, daß es sich hier ausschließlich um Leute handelte, denen die junge sozialistische Republik keine Waffen anvertrauen wollte, weil sie sie als ihre Feinde betrachtete. Selbstverständlich brachte dies eine härtere Behandlung sowie die Gefahr einer Verlängerung des Militärdienstes über die zwei Pflichtjahre hinaus mit sich, aber ich war ganz einfach entsetzt von der Tatsache, daß ich mich mitten unter denen befand, die ich für meine Erzfeinde hielt, und daß meine eigenen Genossen mich ihnen zugeordnet hatten (definitiv, unwiderruflich und für den Rest des Lebens gebrandmarkt). Darum verbrachte ich die erste Zeit unter den Schwarzen als erbitterter Einzelgänger; ich wollte mich meinen Feinden nicht anpassen, wollte mich nicht an sie gewöhnen. Mit Ausgang sah es in der damaligen Zeit sehr schlecht aus (ein Soldat hatte keinen *Anspruch* auf Ausgang, er bekam ihn nur als *Belohnung*, was praktisch bedeutete, daß er ungefähr einmal in vierzehn Tagen herauskam – an einem Samstag), an den Tagen aber, da die Soldaten sich gruppenweise in die Kneipen und auf die Mädchen stürzten, blieb ich lieber allein; ich legte mich in der Stube auf mein Bett und versuchte, etwas zu lesen oder gar zu studieren (ein Mathematiker braucht für seine Arbeit schließlich nur Papier und Bleistift), und ich rieb mich auf in meinem Unangepaßtsein; ich glaubte, hier eine einzige Aufgabe zu haben: den Kampf fortzuführen um mein Recht, kein »Feind« zu sein, um mein Recht, von hier fortzukommen.

Mehrere Male suchte ich den Politkommissar der Abteilung auf und versuchte ihn davon zu überzeugen, daß ich irrtümlich bei den Schwarzen gelandet war, daß ich wegen Intellektualismus und Zynismus und nicht als Feind des Sozialismus aus der Partei ausgeschlossen worden war; ich erklärte ihm von neuem (zum wievielten Mal schon!) die lächerliche Geschichte mit der Ansichtskarte, diese Geschichte, die allerdings überhaupt nicht mehr lächerlich war, sondern im Zusammenhang mit meinen schwarzen Kragenspiegeln immer verdächtiger wurde und etwas von mir Verschwiegenes zu verbergen schien. Ich muß aber der Wahrheit zuliebe sagen, daß der Politkommissar mich geduldig anhörte und unerwartet viel Verständnis für mein Verlangen nach Gerechtigkeit zeigte; er erkundigte sich tatsächlich irgendwo oben (was für eine unsichtbare Ortsbestimmung!) nach meinem Fall, rief mich aber schließlich zu sich und sagte mit aufrichtiger Bitternis: »Warum hast du mich hintergangen? Ich habe erfahren, daß du Trotzkist bist.«

Ich begriff allmählich, daß es keine Kraft gab, die jenes Bild von meiner Person hätte verändern können, das irgendwo im höchsten Gerichtssaal menschlicher Schicksale aufbewahrt lag; ich begriff, daß dieses Bild (wie unähnlich auch immer es mir sein mochte) viel wirklicher war als ich selbst; daß nicht das Bild mein, sondern ich sein Schatten war; daß nicht das Bild beschuldigt werden konnte, mir nicht ähnlich zu sein, sondern daß ich der Unähnlichkeit schuldig war; daß diese Unähnlichkeit mein Kreuz war, das ich niemandem aufbürden konnte, sondern selbst tragen mußte.

Nichtsdestoweniger wollte ich nicht kapitulieren. Ich wollte meine Unähnlichkeit tragen; ich wollte auch weiterhin der sein, von dem beschlossen worden war, daß es ihn nicht gab.

Es dauerte etwa vierzehn Tage, bis ich mich schlecht und recht an die mühselige Arbeit in der Grube gewöhnt hatte, an den schweren Bohrer in der Hand, dessen Vibrationen ich noch am nächsten Morgen im ganzen Körper spürte. Aber ich rackerte mich ehrlich und mit einer Art Verbissenheit ab; ich wollte Leistungen eines Stoßarbeiters vollbringen, und bald gelang mir das auch.

Doch niemand sah darin einen Ausdruck meines politischen Bewußtseins. Schließlich wurden wir alle für unsere Arbeit bezahlt (man zog uns zwar etwas ab für Unterkunft und Verpflegung, aber auch so bekamen wir genug ausbezahlt!), und deshalb arbeiteten auch viele andere, welche Gesinnung auch immer sie hatten, mit beachtlichem Einsatz, um diesen überflüssigen Jahren wenigstens etwas Nützliches abzutrotzen.

Obwohl man uns alle als fanatische Feinde des Regimes ansah, wurden in den Kasernen sämtliche Formen des öffentlichen Lebens, die in sozialistischen Kollektiven üblich sind, gewahrt; als Feinde des Regimes veranstalteten wir unter Aufsicht des Politkommissars täglich politische Podiumsgespräche, wir kümmerten uns um die Wandzeitungen, auf die wir Fotografien sozialistischer Staatsmänner klebten und Schlagwörter über eine glückliche Zukunft zeichneten. Anfänglich meldete ich mich fast demonstrativ zu all diesen Arbeiten. Aber auch darin sah niemand ein Zeichen meiner Überzeugung, denn es meldeten sich auch andere, wenn sie wollten, daß der Kommandeur auf sie aufmerksam wurde und ihnen Ausgang gewährte. Keiner der Soldaten faßte diese politische Aktivität als politische Aktivität auf, sondern als belangloses Affentheater, das man vor denen, die einen in der Gewalt hatten, aufführen mußte.

Und dann begriff ich, daß mein Trotz vergeblich war, daß sogar meine »Unähnlichkeit« nur noch von mir selbst wahrgenommen wurde, während sie für die anderen unsichtbar war.

Unter den Unteroffizieren, denen wir ausgeliefert waren, war auch ein kleiner schwarzhaariger Slowake, ein Korporal, der sich von den anderen durch Mäßigkeit und einen absoluten Mangel an Sadismus unterschied. Er war bei uns beliebt, obwohl einige boshaft behaupteten, seine Güte entspränge allein seiner Dummheit. Die Unteroffiziere trugen im Unterschied zu uns selbstverständlich Waffen und hielten von Zeit zu Zeit Schießübungen ab. Einmal kehrte der kleine schwarzhaarige Korporal mit großem Ruhm von einer solchen Übung zurück, weil er beim Wettschießen den ersten Platz errungen hatte. Viele von uns gratulierten ihm sofort lautstark (halb aus Gutmütigkeit, halb aus Spaß); der kleine Korporal errötete nur.

Zufällig war ich an diesem Tag einmal allein mit ihm, und um das Gespräch nicht einschlafen zu lassen, fragte ich ihn: »Wie machen Sie das, daß Sie so gut schießen?«

Der kleine Korporal sah mich forschend an und sagte dann: »Ich habe so meine Art, mir zu helfen. Ich stelle mir vor, daß es sich nicht um eine Zielscheibe aus Blech, sondern um einen Imperialisten handelt. Und dann kriege ich eine solche Wut, daß ich ins Schwarze treffe!«

Ich wollte ihn fragen, wie er sich so einen Imperialisten vorstelle (was für eine Nase, was für Haare und Ohren, was für einen Hut er habe), doch er kam meiner Frage zuvor und sagte mit ernster, nachdenklicher Stimme: »Ich weiß nicht, warum ihr mir alle gratuliert. Wenn Krieg wäre, würde ich schließlich auf euch schießen!«

Als ich das aus dem Mund dieses gutmütigen Kerls hörte, der uns nicht einmal anschreien konnte und deswegen auch prompt versetzt wurde, da begriff ich, daß mir der Faden, der mich mit der Partei und den Genossen verbunden hatte, hoffnungslos aus der Hand geglitten war. Ich stand außerhalb meiner Lebensbahn.

6.

Ja. Alle Fäden waren gerissen.

Das Studium war abgebrochen, die Teilnahme an der Bewegung, die Arbeit, die Beziehung zu den Freunden, abgebrochen war die Liebe und das Suchen nach Liebe, abgebrochen war ganz einfach der ganze sinnvolle Ablauf des Lebens. Nichts war mir geblieben als die Zeit. Diese lernte ich auf eine so intime Weise kennen wie nie zuvor. Es war nicht jene Zeit, mit der ich früher in Berührung gekommen war, eine Zeit, die sich in Arbeit, Liebe und alle möglichen Tätigkeiten verwandelte, eine Zeit, die ich achtlos wahrgenommen hatte, weil sie selbst unaufdringlich gewesen war und sich dezent hinter meiner eigenen Aktivität verborgen hatte. Jetzt kam sie mir entblößt entgegen, aus eigenem Antrieb, in ihrer ursprünglichen, eigentlichen Form, und sie zwang mich, sie beim richtigen Namen zu nennen (denn nun lebte ich die reine Zeit, die reine leere Zeit), damit ich sie keine Sekunde vergaß, damit ich immer an sie dachte und ihre Last unablässig fühlte.

Wenn Musik gespielt wird, hören wir eine Melodie und vergessen, daß es sich nur um eine Gestalt von Zeit handelt; wenn das Orchester verstummt, hören wir die Zeit, die Zeit selbst. Ich lebte in einer Pause. Aber nicht in einer Orchesterpause (deren Länge durch das Pausenzeichen genau gekennzeichnet ist), sondern in einer Pause ohne Schlußpunkt. Wir konnten nicht (wie man das in allen anderen Kompanien tat) täglich die Zentimeter von einem Maßband abschneiden, um zu sehen, wie der zweijährige Militärdienst sich Tag für Tag verkürzte; die Schwarzen konnten nämlich beliebig lange bei der Armee behalten werden. Der vierzigjährige Ambroz war schon das vierte Jahr hier.

Bei der Armee zu sein und daheim eine Frau oder eine Verlobte zu haben, war sehr bitter; es bedeutete, im Geist ständig vergeblich über ihre unbewachbare Existenz zu wachen. Und es bedeutete auch, sich fortwährend auf ihre gelegentlichen Besuche zu freuen und ständig zu zittern, daß der Kommandeur den für diesen Tag festgesetzten Ausgang verweigerte und die Frau vergebens an das Kasernentor käme. Man erzählte sich unter uns Schwarzen (mit schwarzem Humor), daß die Offiziere diese unbefriedigten Soldatenfrauen erwarteten, daß sie sich ihrer erbarmten und dann die Früchte der Sehnsucht ernteten, die den in der Kaserne zurückgehaltenen Soldaten zugestanden hätten.

Und dennoch: für jene, die daheim eine Frau hatten, zog sich ein Faden durch diese Pause, ein dünner vielleicht, ein beängstigend dünner, zerreißbarer Faden, aber immerhin ein Faden. Ich hatte keinen solchen Faden; zu Marketa hatte ich jeden Kontakt abgebrochen, und wenn ich irgendwelche Briefe bekam, waren sie von meiner Mutter . . . Was? Das soll kein Faden sein?

Nein, es ist kein Faden; sofern das Zuhause nur das elterliche Zuhause ist, ist es kein Faden; es ist nichts als Vergangenheit: Briefe, die einem die Eltern schreiben, sind Botschaften von einem Festland, von dem man sich entfernt hat; ja, ein solcher Brief bestätigt einen in der Entwurzelung, indem er an den Hafen erinnert, aus dem man unter so redlichen, mit großen Opfern erkauften Bedingungen ausgefahren ist; ja, sagt ein solcher Brief, der Hafen ist noch immer da, er überdauert, geborgen und schön, in seiner Altertümlichkeit, aber *der Weg dorthin, der Weg ist verloren*!

Ich gewöhnte mich also langsam daran, daß mein Leben

seine Kontinuität verloren hatte, daß es meinen Händen entglitten war und mir nichts anderes übrigblieb, als auch innerlich dort zu sein, wo ich wirklich und unwiderruflich war. Und so gewöhnte sich mein Blick allmählich an jenes *Zwielicht der Versachlichung*, und ich begann, die Menschen um mich herum wahrzunehmen; zwar später als die anderen, zum Glück aber doch nicht so spät, daß ich mich ihnen schon völlig entfremdet hätte.

Aus jenem Zwielicht tauchte zuerst Honza auf (so wie er auch jetzt als erster aus dem Zwielicht der Erinnerung auftaucht), ein Brünner (er sprach einen herrlichen Vorstadtslang), der unter die Schwarzen geraten war, weil er einen Polizisten zusammengeschlagen hatte. Zusammengeschlagen hatte er ihn angeblich, weil er sich mit ihm, einem ehemaligen Mitschüler von der Hauptschule, gestritten hatte, diese Erklärung nahm das Gericht ihm aber nicht ab, Honza saß ein halbes Jahr im Knast und kam dann direkt zu uns. Er war gelernter Monteur, und es war ihm offensichtlich völlig egal, ob er jemals wieder als Monteur arbeiten oder irgend etwas anderes tun würde; er hing an nichts und legte seiner Zukunft gegenüber eine Gleichgültigkeit an den Tag, die die Quelle seiner dreisten und sorglosen *Unabhängigkeit* war.

In bezug auf dieses seltene Gefühl der Freiheit konnte nur Bedrich sich mit Honza messen, der größte Sonderling auf unserer Stube mit den zwanzig Betten; er war erst zwei Monate nach der regulären September-Einberufung zu uns gestoßen, da er ursprünglich zu einer Infanterie-Einheit eingerückt war, wo er sich aber hartnäckig geweigert hatte, eine Waffe in die Hand zu nehmen, weil dies gegen seine persönlichen und seine strengen religiösen Prinzipien verstieß; man wußte sich dort keinen Rat mit ihm, besonders, als man seine Briefe an Truman und Stalin abfing, in denen er die beiden Staatsmänner pathetisch beschwor, im Namen der sozialistischen Verbrüderung sämtliche Armeen abzuschaffen; aus Verlegenheit gestatteten sie ihm als einzigem Soldaten, ohne Waffen am Exerzieren teilzunehmen, und er führte die Befehle »Gewehr über« und »Gewehr ab« perfekt, aber mit leeren Händen aus. Er nahm auch an den ersten politischen

Lektionen teil und meldete sich fleißig zur Diskussion, in der er gegen die imperialistischen Kriegshetzer eiferte. Als er jedoch auf eigene Faust ein Plakat anfertigte, auf dem er zur Niederlegung aller Waffen aufrief und es in der Kaserne aufhängte, klagte ihn der Militärstaatsanwalt wegen Aufruhrs an. Das Gericht war jedoch so verwirrt über seine Friedensreden, daß es ihn an Psychiater überwies, nach längerem Zögern von der Anklage freisprach und zu uns schickte. Bedrich war froh; das war das Bemerkenswerte an ihm: er war der einzige, der sich die schwarzen Kragenspiegel freiwillig erkämpft hatte und glücklich war, sie zu besitzen. Darum fühlte er sich hier frei – obwohl sich dieses Gefühl bei ihm nicht wie bei Honza in Dreistheit äußerte, sondern im Gegenteil in stiller Disziplin und zufriedenem Arbeitswillen.

Alle anderen waren viel stärker von Befürchtungen und Bedrängnis erfüllt: der dreißigjährige Varga, ein Ungar aus der Südslowakei, der keine nationalen Vorurteile kannte und daher im Krieg gleich in mehreren Armeen mitgekämpft und mehrere Gefangenschaften auf beiden Seiten der Front durchgemacht hatte; der rothaarige Petran, dessen Bruder ins Ausland geflüchtet war und beim Grenzübertritt eine Wache erschossen hatte; der zwanzigjährige Stanislav, ein närrischer Schönling aus einer Prager Arbeitervorstadt, über den der dortige Volksausschuß in einem vernichtenden Gutachten geschrieben hatte, er habe sich während eines Umzugs am Maifeiertag besoffen und vor den Augen der jubelnden Bürger *vorsätzlich* auf den Rand des Bürgersteigs gepinkelt; Pavel Pekny, ein Jurastudent, der in den Februartagen mit einer Handvoll Kollegen gegen die Kommunisten demonstriert hatte (er hatte bald begriffen, daß ich politisch in dasselbe Lager gehörte wie diejenigen, die ihn nach dem Februar von der Fakultät gewiesen hatten, und er war der einzige, der mich seine boshafte Genugtuung spüren ließ, daß auch ich mich da befand, wo er war).

Ich könnte noch an weitere Soldaten erinnern, die mein damaliges Schicksal teilten, aber ich will nur das Wesentliche festhalten: am meisten mochte ich Honza. Ich erinnere mich an eines unserer ersten Gespräche; es war während der kurzen Pause im Stollen, als wir (an unserem Frühstück kauend) nebeneinandersaßen und Honza mir aufs Knie schlug: »Na, Taubstummer, wer bist du denn eigentlich?« Ich war damals tatsächlich taubstumm (in meine ewige innere Selbstverteidigung gekehrt), und ich versuchte, ihm mühevoll zu erklären (mit gekünstelten und gesuchten Worten, die ich unmittelbar darauf als unangenehm empfand), wie ich hierhergekommen war und warum ich eigentlich nicht hierhergehörte. Er sagte zu mir: »Du Arschloch, gehören wir denn etwa hierher?« Ich wollte ihm meine Ansicht nochmals auseinandersetzen (und ich suchte nach natürlicheren Worten), Honza aber sagte bedächtig, nachdem er den letzten Bissen heruntergeschluckt hatte: »Wärst du so groß, wie du dumm bist, hätte die Sonne dir längst den Schädel versengt.« Aus diesem Satz grinste mich der plebejische Geist der Vorstädte lustig an, und ich schämte mich auf einmal dafür, daß ich immer noch verhätschelt auf meinen verlorenen Privilegien bestand, dabei beruhte meine Überzeugung doch gerade auf der Ablehnung von Privilegien.

Mit der Zeit wurden Honza und ich Freunde (Honza bewunderte mich, weil ich alle mit der Lohnauszahlung verbundenen Rechenprobleme schnell im Kopf lösen konnte und so mehrmals verhinderte, daß wir übers Ohr gehauen wurden); einmal hänselte er mich, weil ich meinen Ausgang immer wie ein Idiot in der Kaserne verbrachte, und er überredete mich dazu, mich seiner Clique anzuschließen. An diesen Ausgang erinnere ich mich gut; wir waren damals eine größere Gruppe, ungefähr acht, Stanislav und Varga waren mit dabei, auch Marek, ein Kunststudent, der das Studium aufgegeben hatte (er war zu den Schwarzen gekommen, weil er auf der Kunstgewerbeschule unbeirrt kubistische Bilder gemalt hatte, wogegen er jetzt, um sich hin und wieder Vorteile zu verschaffen, alle Räume mit großen Kohlezeichnungen von Hussitenkriegern mit Streitkolben und Dreschflegeln ausmalte). Es gab nicht viele Möglichkeiten, wohin man gehen konnte: der Zutritt zur Innenstadt von Ostrava war uns untersagt, erlaubt waren einzelne Viertel, dort wiederum nur wenige Lokale. Wir gingen in den nächstgelegenen Vorort und hatten Glück, denn in der Turnhalle, auf die sich kein Verbot bezog, fand ein Tanzfest statt. Wir bezahlten am Eingang einen geringen Betrag und drängten uns ins Innere. Im großen Saal gab es viele Tische und viele Stühle, Leute waren weniger da: alles in allem etwa zehn Mädchen; Männer ungefähr dreißig, die Hälfte davon Soldaten aus der dortigen Artilleriekaserne; als sie uns sahen, wurden sie aufmerksam, und wir spürten auf der Haut, wie sie uns musterten und zählten. Wir setzten uns an einen langen freien Tisch und verlangten eine Flasche Wodka, doch die häßliche Serviererin erklärte streng, der Alkoholausschank sei hier verboten, worauf Honza acht Limonaden bestellte; dann ließ er sich von jedem von uns einen Geldschein geben und kam nach kurzer Zeit mit drei Flaschen Rum zurück, aus denen wir unter dem Tisch die Limonadengläser auffüllten. Wir taten es in größter Heimlichkeit, weil wir sahen, wie die Artilleristen uns aufmerksam überwachten, und wir wußten, daß es ihnen absolut nichts ausgemacht hätte, unseren unerlaubten Alkoholkonsum zu verraten. Die waffentragenden Einheiten hegten nämlich eine tiefe Feindschaft gegen uns: sie sahen in uns einerseits verdächtige Elemente, Mörder, Verbrecher und Feinde, die (im Sinne der damaligen Spionageliteratur) jederzeit bereit waren, ihre friedlichen Familien hinterrücks zu ermorden, andererseits (und das war vielleicht wichtiger) beneideten sie uns, weil wir Geld hatten und uns überall fünfmal mehr leisten konnten als sie.

Darin lag nämlich das Besondere unserer Situation: wir kannten nichts als Müdigkeit und Plackerei, alle zwei Wochen wurden unsere Schädel kahlgeschoren, damit uns die Haare nicht etwa ungehöriges Selbstvertrauen einflößten, wir waren Entrechtete, die im Leben nichts Gutes mehr zu erwarten hatten, aber wir hatten Geld. Viel war es zwar nicht, aber für einen Soldaten und seine zwei Ausgänge im Monat war es ein so großes Vermögen, daß er in diesen wenigen Stunden der Freiheit (an diesen wenigen erlaubten Orten) wie ein Krösus auftreten und so die chronische Machtlosigkeit der übrigen langen Tage kompensieren konnte.

Während also auf dem Podium eine schlechte Blaskapelle abwechselnd Polka und Walzer spielte, und sich auf dem

Parkett einige Paare drehten, musterten wir in Ruhe die Mädchen und tranken genüßlich Limonade, deren alkoholischer Beigeschmack uns jetzt schon über alle anderen im Saal erhob; wir waren bester Laune; ich spürte, wie mir ein berauschendes Gefühl fröhlicher Geselligkeit in den Kopf stieg, ein Gefühl der Kameradschaft, wie ich es nicht mehr empfunden hatte, seit ich zum letzten Mal mit Jaroslav in der Zimbalkapelle gespielt hatte. Und Honza hatte inzwischen einen Plan ausgeheckt, wie man den Artilleristen so viele Mädchen wie möglich abspenstig machen konnte. Der Plan war in seiner Einfachheit vorzüglich, und wir begannen, ihn rasch in die Tat umzusetzen. Am energischsten machte sich Marek ans Werk, und weil er ein Aufschneider und Komödiant war, führte er seine Aufgabe zu unserem Vergnügen so auffällig wie möglich aus: er forderte eine stark geschminkte Schwarzhaarige zum Tanz auf und führte sie danach an unseren Tisch, er goß sich selbst und ihr Rumlimonade ein und sagte dann bedeutungsvoll zu ihr: »Also, abgemacht!«; die Schwarzhaarige nickte und die beiden stießen an. In diesem Moment ging auch schon ein Bursche in Artillerieuniform mit zwei Korporalssternen an den Aufschlägen an uns vorbei; er stellte sich vor die Schwarzhaarige hin und sagte mit grober Stimme zu Marek: »Du erlaubst doch?« »Selbstverständlich, Kamerad«, sagte Marek. Während die Schwarzhaarige zum idiotischen Rhythmus einer Polka mit dem leidenschaftlichen Korporal herumhopste, bestellte Honza eine Taxe; nach zehn Minuten war der Wagen da, und Marek bezog Posten am Ausgang; die Schwarzhaarige tanzte die Polka zu Ende, entschuldigte sich beim Korporal, daß sie zur Toilette müsse, und nach einem Weilchen hörte man, wie ein Wagen wegfuhr.

Nach Marek erzielte der alte Ambroz einen Erfolg, indem er sich ein ältliches Mädchen von erbärmlichem Äußeren angelte (was vier Artilleristen nicht daran hinderte, sie verzweifelt zu umwerben); zehn Minuten später war die Taxe da, und Ambroz fuhr mit der Frau und Varga (der behauptete, mit ihm würde keine gehen) weg, um sich im vereinbarten Wirtshaus am anderen Ende der Stadt mit Marek zu treffen. Dann schafften es noch zwei von uns, ein Mädchen zu entführen, so daß wir nur noch zu dritt in der Turnhalle waren: Stanislav, Honza und ich. Die Artilleristen sahen uns mit immer bedrohlicheren Blicken an, denn sie begannen einen Zusammenhang zwischen unserer verringerten Anzahl und dem Verschwinden der drei Frauen aus ihrem Jagdrevier zu ahnen. Wir versuchten, unschuldig auszusehen, spürten aber, daß eine Schlägerei in der Luft lag. »Jetzt nur noch eine letzte Taxe für unseren ehrenvollen Rückzug«, sagte ich und blickte voller Bedauern auf eine Blondine, mit der es mir am Anfang einmal gelungen war zu tanzen, doch hatte ich nicht den Mut aufgebracht, ihr zu sagen, sie solle mit mir wegfahren; ich hatte gehofft, es nach dem nächsten Tanz tun zu können, doch die Artilleristen bewachten sie bereits so scharf, daß ich nicht mehr an sie herankam. »Nichts zu machen«, sagte Honza und erhob sich, um zu telefonieren. Als er aber den Saal durchquerte, erhoben sich die Artilleristen von ihren Tischen und stürzten auf ihn zu. Die Schlägerei stand kurz vor ihrem Ausbruch, und Stanislav und mir blieb keine andere Wahl, als auch aufzustehen und auf den bedrängten Kameraden zuzugehen. Das Häufchen Artilleristen hatte Honza wortlos umzingelt, doch tauchte plötzlich ein angetrunkener Feldwebel auf (vermutlich hatte auch er eine Flasche unter dem Tisch stehen) und brach das bedrohliche Schweigen: er begann zu predigen, sein Vater sei während der Zeit der Ersten Republik arbeitslos gewesen, und er hätte die Nerven nicht mehr, sich mitanzusehen, wie diese Bürgersöhnchen mit ihren schwarzen Kragenspiegeln sich hier breitmachten, daß er dafür wirklich keine Nerven mehr habe und seine Kameraden auf ihn aufpassen sollten, damit er diesem da (er meinte Honza) nicht eins in die Fresse schlüge. Honza schwieg, und als in der Rede des Feldwebels eine kurze Pause eintrat, fragte er höflich, was die Genossen Artilleristen denn von ihm verlangten. Daß ihr abhaut, sagten die Artilleristen, und Honza sagte, daß wir genau das im Sinn hätten, daß sie uns aber ermöglichen sollten, eine Taxe zu bestellen. In diesem Moment schien der Feldwebel einen Anfall zu bekommen: Scheiße, schrie er mit hoher Stimme, verdammte Scheiße, wir schuften, kommen nie raus, wir malochen uns kaputt, wir haben keine Kohle, und sie, diese

Kapitalisten, diese Saboteure, diese Arschlöcher fahren in der Taxe herum, das geht wirklich zu weit, und wenn ich sie eigenhändig erwürgen muß, in einer Taxe kommen die nicht von hier weg!

Alle waren im Bann dieses Streites; um die Uniformierten herum standen nun auch Zivilisten und das Saalpersonal, das einen Zwischenfall befürchtete. Und in diesem Moment sah ich meine Blondine; sie war allein an ihrem Tisch zurückgeblieben, dann stand sie auf (ohne den Streit zu beachten) und ging in Richtung Toilette; unauffällig entfernte ich mich von der Ansammlung und sprach sie beim Ausgang an, wo sich die Garderobe und die Toilette befanden (außer der Garderobenfrau war niemand dort); ich war in der Situation eines Nichtschwimmers im Wasser und mußte handeln, Schüchternheit hin oder her; ich griff in die Tasche, zog ein paar zerknitterte Hundertkronenscheine heraus und sagte: »Wollen Sie nicht mit uns kommen? Sie hätten mehr Spaß als hier!« Sie blickte auf die Scheine und zuckte mit den Achseln. Ich sagte, ich würde draußen auf sie warten, sie nickte, verschwand in der Toilette und verließ das Gebäude kurz darauf im Regenmantel; draußen lächelte sie mich an und erklärte, man sehe mir sofort an, daß ich nicht sei wie die anderen. Das hörte ich nicht ungern, ich hakte mich bei ihr unter und führte sie auf die andere Straßenseite, um die Ecke, von wo aus wir beobachten wollten, wann Honza und Stanislav vor dem Ausgang der Turnhalle (der von einer einzigen Laterne erleuchtet war) auftauchten. Die Blondine fragte mich, ob ich Student sei, und als ich bejahte, vertraute sie mir an, daß man ihr gestern aus der Garderobe in der Fabrik Geld gestohlen habe, das nicht ihr, sondern der Firma gehörte, und daß sie verzweifelt sei, weil man sie deswegen vor Gericht stellen könnte; sie fragte mich, ob ich ihr nicht etwas leihen könnte, ich griff in die Tasche und gab ihr zwei zerknitterte Hunderter.

Wir hatten noch nicht lange gewartet, da traten die beiden Kameraden in ihren Mänteln und mit den Feldmützen auf dem Kopf heraus. Ich pfiff ihnen zu, in diesem Moment stürzten aber drei andere Soldaten (ohne Mäntel und Mützen) aus der Halle und rannten hinter ihnen her. Ich hörte die drohende Intonation von Fragen, deren Worte ich nicht verstand, deren Sinn ich jedoch erahnen konnte: sie suchten meine Blondine. Dann stürzte sich einer von ihnen auf Honza, und die Schlägerei war in vollem Gange. Ich lief zu ihnen hin. Stanislav mußte nur mit einem Artilleristen fertigwerden, Honza hingegen mit zweien; sie hatten ihn schon beinahe zu Boden gedrückt, ich kam zum Glück im richtigen Augenblick hinzu und fing an, mit den Fäusten auf einen von ihnen einzuschlagen. Die Artilleristen hatten angenommen, in der Überzahl zu sein, und von dem Moment an, da das Kräfteverhältnis ausgewogen war, verlor sich ihr anfänglicher Elan; als einer von ihnen unter einem Schlag Stanislavs zu Boden sank, nutzten wir ihre Verwirrung aus und räumten schnell das Schlachtfeld.

Die Blondine hatte gehorsam an der Ecke gewartet. Als meine Kameraden sie sahen, wurden sie fast verrückt vor Begeisterung, sie sagten, ich sei eine Kanone, und wollten mir um den Hals fallen. Honza zog eine volle Flasche Rum unter seinem Mantel hervor (ich verstand nicht, wie er es geschafft hatte, sie über die Rauferei hinwegzuretten) und hob sie in die Höhe. Wir waren in glänzender Stimmung, nur wußten wir nicht, wohin wir gehen sollten: aus dem einen Lokal hatte man uns hinausgeworfen, zu den anderen hatten wir keinen Zutritt, die Taxe war uns von unseren wütenden Gegnern verweigert worden, und auch hier draußen war unsere Existenz durch Strafexpeditionen bedroht, die die anderen noch gegen uns unternehmen konnten. Wir machten uns durch ein schmales Gäßchen aus dem Staub, gingen eine Zeitlang zwischen Häusern weiter, und dann gab es nur noch Zäune auf der einen Seite und eine Mauer auf der anderen; an einem Zaun zeichnete sich ein Leiterwagen ab und daneben eine Landmaschine mit Blechsitz. »Ein Thron«, sagte ich, und Honza hob die Blondine auf den Sitz, der sich etwa einen Meter über dem Boden befand. Wir reichten die Flasche im Kreis herum und tranken alle vier, die Blondine wurde bald sehr gesprächig und sagte herausfordernd zu Honza: »Wetten, daß du mir keinen Hunderter leihst?« Honza war großzügig, er warf ihr einen Schein hin, und das Mädchen hatte im Nu den Mantel hochgehoben und den Rock geschürzt, und etwas später zog sie auch noch den Slip aus. Sie nahm mich an der Hand und preßte mich an sich, ich hatte aber Lampenfieber, riß mich von ihr los und stieß Stanislav zu ihr hin, der keine Sekunde zögerte und ganz entschieden zwischen ihre Beine trat. Sie blieben kaum zwanzig Sekunden zusammen; ich wollte dann Honza den Vortritt lassen (einerseits wollte ich den Gastgeber spielen, andererseits hatte ich immer noch Lampenfieber), aber diesmal war die Blondine resoluter, sie zog mich an sich, und als ich nach aufmunternden Berührungen endlich in der Lage war, mich mit ihr zu vereinigen, flüsterte sie mir zärtlich ins Ohr: »Ich bin doch deinetwegen da, du Dummerchen«, und dann begann sie zu stöhnen, so daß ich auf einmal tatsächlich das Gefühl hatte, es handle sich um ein zärtliches Mädchen, das mich liebte und das ich liebte, sie stöhnte und stöhnte und ich machte weiter, bis ich plötzlich Honzas Stimme hörte, die irgendeine Schweinerei sagte, und in dem Moment wurde mir bewußt, daß sie nicht ein Mädchen war, das ich liebte, ich löste mich noch vor dem Ende abrupt von der Blondine, so daß sie fast erschrak und sagte: »Spinnst du?«, aber da war auch schon Honza bei ihr, und das lautstarke Stöhnen ging weiter.

Wir kehrten an jenem Tag erst gegen zwei Uhr nachts in die Kaserne zurück. Um halb fünf mußten wir bereits wieder aufstehen zur freiwilligen Sonntagsschicht, für die unser Kommandeur Prämien erhielt, und wir verdienten uns damit den Ausgang. Wir waren unausgeschlafen, hatten noch Alkohol im Körper, und obwohl wir wie Phantome im Halbdunkel des Stollens umherwankten, dachte ich gern an das nächtliche Erlebnis zurück.

Schlimmer war es vierzehn Tage später: Honza hatte wegen irgendeines Vorfalls Ausgangssperre, und ich zog mit zwei Jungs von einem anderen Zug los, die ich nur sehr flüchtig kannte. Um auf Nummer Sicher zu gehen, begaben wir uns zu einer Alten, die wir wegen ihrer ungeheuerlichen Länge Laternenpfahl nannten. Sie war häßlich wie die Nacht, aber es half nichts, denn der Kreis der Frauen, die wir bekommen konnten, war sehr begrenzt, insbesondere durch unsere erheblich eingeschränkten zeitlichen Möglichkeiten. Die Notwendigkeit, die (so kurze, so selten gewährte) Freizeit um jeden Preis zu nutzen, führte uns Soldaten dazu, das Sichere dem Erträglichen vorzuziehen. Im Laufe der Zeit war durch den Austausch von Informationen ein (allerdings schäbiges) Netz solcher mehr oder minder sicheren (aber kaum erträglichen) Frauen geschaffen und allen zur Verfügung gestellt worden.

Laternenpfahl gehörte zu diesem allgemeinen Netz; das störte mich überhaupt nicht; als die beiden Jungs über ihre abnorme Länge scherzten und schon etwa fünfzigmal den Witz wiederholt hatten, man müsse erst einen Ziegelstein finden, um sich daraufzustellen, wenn es soweit war, da waren mir diese (derben und langweiligen) Späße seltsamerweise irgendwie angenehm, und sie verstärkten in mir die rasende Lust auf eine Frau; auf irgendeine Frau; je weniger individualisiert, je weniger beseelt, desto besser; um so besser, wenn es eine *x-beliebige* Frau wäre.

Obwohl ich viel getrunken hatte, fiel die rasende Lust auf eine Frau von mir ab, als ich den sogenannten Laternenpfahl erblickte. Alles kam mir ekelhaft und unnütz vor, und weil weder Honza noch Stanislav noch sonst jemand, den ich gemocht hätte, mit dabei waren, wurde ich am folgenden Tag von einem fürchterlichen Katzenjammer überwältigt, der auch die Geschichte von vor vierzehn Tagen in meine skeptischen Bedenken einbezog, und ich schwor mir, nie mehr ein Mädchen auf einer Landmaschine oder einen betrunkenen Laternenpfahl zu wollen ...

Hatten sich in meinem Inneren etwa moralische Prinzipien geregt? Unsinn; es war ganz einfach Ekel. Warum aber Ekel, wenn ich noch wenige Stunden zuvor rasende Lust auf eine Frau verspürt hatte, wobei das boshaft Rasende dieser Lust ausgerechnet damit zusammenhing, daß es mir grundsätzlich egal war, wer diese Frau sein würde? War ich vielleicht empfindlicher als die anderen und ekelte ich mich vor Prostituierten? Unsinn: ich war von Wehmut befallen.

Von Wehmut über die hellsichtige Erkenntnis, daß das, was ich erlebt hatte, nicht etwas Außergewöhnliches war, für das ich mich aus Überfluß entschieden hatte, aus Lust und Laune, oder gar aus der ruhelosen Sehnsucht, alles (das Erhabene wie das Vulgäre) zu erleben, sondern daß dies zur charakteristischen, fundamentalen und *gewöhnlichen* Situation meines jetzigen Lebens geworden war. Daß dadurch das Umfeld meiner Möglichkeiten genau begrenzt, der Horizont des Liebeslebens, das nunmehr meines sein würde, genau bezeichnet war. Daß diese Situation nicht ein Ausdruck meiner *Freiheit* (wie ich es hätte auffassen können, wäre mir das ein Jahr früher zugestoßen), sondern ein Ausdruck meiner Determiniertheit, meiner Beschränktheit, meiner *Verurteilung* war. Und ich bekam Angst. Angst vor diesem erbärmlichen Horizont, Angst vor diesem Schicksal. Ich fühlte, wie meine Seele sich in sich zurückzog, wie sie vor all dem zurückzuweichen begann, und gleichzeitig graute mir davor, daß es nichts gab, wohin sie sich aus dieser Umklammerung hätte zurückziehen können.

7.

Diese Trauer über den erbärmlichen Liebeshorizont kannten (oder empfanden zumindest unbewußt) fast alle von uns. Bedrich (der Verfasser der Friedensmanifeste) wehrte sich dagegen, indem er sich grüblerisch in die Tiefe seines Selbst versenkte, wo anscheinend sein mystischer Gott wohnte; auf erotischem Gebiet entsprach dieser religiösen Verinnerlichung die Selbstbefleckung, die er mit ritueller Regelmäßigkeit vollzog. Die anderen wehrten sich mit weit größerem Selbstbetrug: sie verbrämten ihre zynischen Ausflüge zu den Dirnen durch sentimentale Romantik; ein jeder hatte zu Hause eine Liebe, die er hier durch konzentriertes Erinnern auf Hochglanz polierte; ein jeder glaubte an langwährende Treue und ergebenes Warten; ein jeder redete sich ein, daß irgendein betrunkenes Mädchen, das er in einer Schenke angesprochen hatte, heilige Gefühle für ihn hegte. Stanislav erhielt zweimal Besuch von einem jungen Mädchen aus Prag, mit dem er vor dem Militärdienst etwas gehabt hatte (was er damals bestimmt nicht sehr ernst genommen hatte), und plötzlich wurde er butterweich und beschloß (im Einklang mit seinem närrischen Naturell), sie auf der Stelle zu heiraten. Er behauptete zwar, daß er es nur täte, um zwei Tage Urlaub für die Hochzeit zu bekommen, aber ich wußte, daß es sich nur um eine Ausrede handelte, die zynisch klingen sollte. Es war in den ersten Märztagen, als ihm der Kommandeur tatsächlich zwei Tage frei gab und Stanislav übers Wochenende nach Prag fuhr, um zu heiraten. Ich erinnere mich ganz genau daran, denn Stanislavs Hochzeitstag wurde auch für mich zu einem sehr bedeutungsvollen Tag.

Ich hatte Ausgang, und da mir nach den letzten freien Stunden, die ich mit dem Laternenpfahl vergeudet hatte, traurig zumute gewesen war, mied ich meine Kameraden und zog allein los. Ich setzte mich in die Lokalbahn, eine alte Straßenbahn, die auf schmalen Gleisen dahinratterte und weit auseinanderliegende Stadtviertel miteinander verband, und ich ließ mich ins Blaue fahren. Aufs Geratewohl stieg ich aus und setzte mich in den Wagen einer anderen Linie; die endlose Peripherie Ostravas, in der sich Fabriken und Natur, Felder und Müllplätze, kleine Wäldchen und Halden, Mietskasernen und Landwirtschaftsgebäude in höchst befremdender Zusammensetzung vermischten, faszinierte und erregte mich auf sonderbare Art; ich stieg wieder aus der Straßenbahn und machte einen langen Spaziergang: ich nahm diese seltsame Gegend fast mit Leidenschaft in mir auf und versuchte, ihrer Atmosphäre auf den Grund zu kommen; ich versuchte, in Worte zu fassen, was dieser aus so verschiedenartigen Elementen zusammengesetzten Gegend Einheit und Ordnung verlieh; ich kam an einem idyllischen, efeuumrankten Häuschen vorbei und dachte, es gehörte *gerade deshalb* hierher, weil es absolut nicht zu den baufälligen Mietskasernen in seiner Nachbarschaft paßte, ebensowenig wie zu den Silhouetten der Fördertürme, Schlote und Hochöfen, die den Hintergrund bildeten; ich kam an niedrigen Notunterkünften vorbei, die eine Siedlung innerhalb der Siedlung darstellten, und in geringer Entfernung dazu erblickte ich eine schmutzige und graue Villa, die aber von einem Garten mit prunkvollem Eisenzaun umgeben war; in einer Ecke des Gartens stand eine große Trauerweide, die sich in dieser Landschaft wie eine Verirrte ausnahm – und dennoch, sagte ich mir, gehörte sie vielleicht *gerade deshalb* hierher. Ich war durch alle diese kleinen Entdeckungen des *Unangemessenen* nicht nur deshalb so erregt, weil ich darin den gemeinsamen Nenner dieser Landschaft sah, sondern vor allem, weil es für mich das Bild meines eigenen Schicksals darstellte, meiner eigenen Verbannung in dieser Stadt; natürlich: die Projektion meiner persönlichen Geschichte auf die Objektivität der ganzen Stadt verschaffte mir eine Art Versöhnung; ich begriff, daß ich nicht hierhergehörte, ebensowenig wie die Trauerweide und das Efeuhäuschen, ebensowenig wie die kurzen Straßen, die ins Leere und ins Nichts führten, die Straßen, die aus Häusern zusammengewürfelt waren, von denen ein jedes von anderswoher zu stammen schien, ich gehörte nicht hierher, ebensowenig wie die abscheulichen Viertel der niedrigen Notbaracken (in einer einst trostspendenden ländlichen Gegend), und mir wurde klar, daß ich, gerade weil ich keineswegs hierhergehörte, hier sein mußte, in dieser fürchterlichen Stadt des Unangemessenen, in einer Stadt, die alles, was einander fremd war, rücksichtslos in ihrer Umklammerung eingeschlossen hatte.

Dann stand ich plötzlich in der langen Straße von Petrkovice, einem ehemaligen Dorf, das zu einem von Ostravas nahegelegenen Vororten geworden war. Ich blieb vor einem größeren, einstöckigen Gebäude stehen, an dessen Ecke senkrecht die Aufschrift KINO angebracht war. Und es fiel mir eine völlig belanglose Frage ein, wie sie nur einem müßigen Spaziergänger einfallen kann: warum stand neben dem Wort KINO nicht auch der Name des Kinos? Ich sah mich um, aber an dem Gebäude (das sonst übrigens durch nichts an ein Kino erinnerte) gab es keine andere Aufschrift. Zwischen dem Gebäude und dem Nachbarhaus war ein etwa zwei Meter breiter Zwischenraum; ich ging durch dieses schmale Gäßchen hindurch und gelangte in einen Hof; erst von dort aus konnte man sehen, daß das Gebäude noch einen hinteren ebenerdigen Trakt hatte; an seinen Mauern hingen Schaukästen mit Reklameplakaten und Filmfotos; ich ging näher heran, aber auch dort fand ich den Namen des Kinos nicht; ich sah mich um und erblickte mir gegenüber hinter einem Drahtzaun im Nachbarhof ein kleines Mädchen. Ich fragte es, wie das Kino heiße; das Mädchen sah mich erstaunt an und sagte, das wisse es nicht. Ich fand mich also damit ab, daß das Kino keinen Namen hatte; daß sich in dieser Verbannung von Ostrava nicht einmal Kinos einen Namen erlauben konnten.

Ich kehrte (ohne irgendeine Absicht) zu den Schaukästen zurück, und erst jetzt fiel mir auf, daß der Film, den man durch ein Plakat und zwei Fotos ankündigte, der sowjetische Film »Das Ehrengericht« war. Es war der Film, auf dessen Heldin Marketa sich berufen hatte, als sie in meinem Leben die ruhmreiche Rolle des Mitleidsengels spielen wollte, der Film, auf dessen strengere Aspekte die Genossen sich berufen hatten, als sie das Parteiverfahren gegen mich führten; all das machte mir den Film so zuwider, daß ich nichts mehr von ihm wissen wollte; doch sieh mal einer an, selbst hier in Ostrava konnte ich seinem erhobenen Zeigefinger nicht entfliehen ... Was soll's, wenn einem ein erhobener Finger nicht gefällt, braucht man ihm nur den Rücken zuzukehren. Ich tat es und war eben im Begriff, vom Hof wieder auf die Straße von Petrkovice zurückzugehen.

Da sah ich Lucie zum ersten Mal.

Sie kam mir direkt entgegen; sie ging in den Hof des Kinos; warum bin ich nicht an ihr vorbei- und weitergegangen? war die sonderbare Ziellosigkeit meines Spaziergangs die Ursache? lag es am seltsamen, frühabendlichen Licht im Hof, daß ich doch noch eine Weile stehenblieb und nicht sofort auf die Straße trat? oder lag es an Lucies Erscheinung? Aber diese Erscheinung war so gewöhnlich, und wenn mich auch später gerade dieses *Gewöhnliche* rührte und faszinierte, wie kam es, daß es mich auf den ersten Blick anzog und stillstehen ließ? hatte ich in den Straßen Ostravas nicht schon mehr solcher gewöhnlicher Mädchen getroffen? oder war dieses Gewöhnliche so ungewöhnlich? Ich weiß es nicht. Sicher ist nur, daß ich stehenblieb und dem Mädchen nachblickte: sie ging ohne Eile mit langsamen Schritten zum Schaukasten und sah sich die Fotografien des Ehrengerichts an; sie löste sich nur langsam von ihnen und betrat durch die offene Tür die kleine Halle mit der Kasse. Ja, ich ahne es nun, es war vielleicht gerade diese sonderbare Langsamkeit, die so etwas auszustrahlen schien wie das Wissen darum, daß es nichts gibt, dem man nacheilen sollte, daß es sinnlos ist, die Hände ungeduldig nach etwas auszustrecken. Ja, vielleicht hatte gerade diese von Trauer erfüllte Langsamkeit mich dazu bewogen, aus einiger Entfernung zu verfolgen, wie das Mädchen zur Kasse ging, Kleingeld herausholte, die Karte nahm, einen Blick in den Saal warf, sich dann abwandte und wieder in den Hof hinaustrat.

Ich ließ sie nicht aus den Augen. Sie kehrte mir den Rücken zu, und ihr Blick schweifte über den Hof, hinter dem sich mit Holzzäunen umgrenzte Gärtchen und kleine, dörfliche Häuser bis weit an den Horizont hinaufzogen, wo das Bild von einem braunen Steinbruch abgeschlossen wurde. (Ich werde diesen Hof nie vergessen, ich erinnere mich an jede Kleinigkeit, ich erinnere mich an den Drahtzaun, der ihn vom Nachbarhof abgrenzte, auf dessen Treppe das kleine Mädchen herumlungerte; ich erinnere mich, daß die Treppe ins Haus führte und von einem Mäuerchen eingefaßt war, auf dem zwei leere Blumentöpfe und ein grauer Waschtrog standen; ich erinnere mich an die Sonne, die sich hinter dem Qualm zum Horizont des Steinbruchs senkte.)

Es war zehn vor sechs, und das bedeutete, daß noch zehn Minuten bis zum Beginn der Vorstellung blieben. Lucie drehte sich um und ging langsam vom Hof auf die Straße; ich ging ihr nach; das Bild der verwüsteten Landschaft Ostravas verschwand hinter mir, und es tauchte wieder die fast städtische Straße auf; fünfzig Schritte von hier lag ein kleiner, sorgfältig gepflegter Platz mit einigen Bänken und einer winzigen Grünfläche, hinter der sich ein neugotisches Bauwerk aus rotem Ziegelstein abzeichnete. Ich folgte Lucie: sie setzte sich auf eine Bank; die Langsamkeit verließ sie keinen Augenblick, fast könnte man sagen, daß sie sogar *langsam saß*; sie sah sich nicht um und schien ganz konzentriert, sie saß da, wie man dasitzt, wenn man auf eine Operation oder auf etwas wartet, das einen so sehr fesselt, daß man nicht mehr um sich schaut, sondern den Blick in sich gekehrt hat; vielleicht ermöglichte mir gerade dieser Umstand, daß ich mich in ihrer Nähe aufhalten und sie betrachten konnte, ohne daß sie es bemerkte.

Man spricht von Liebe auf den ersten Blick; ich bin mir allzugut der Tatsache bewußt, daß die Liebe die Tendenz hat, sich selbst zur Legende zu machen und ihre Anfänge rückblickend zu mythisieren; ich will also nicht behaupten, es habe sich hier um eine plötzliche *Liebe* gehandelt; aber irgendeine Hellsichtigkeit war wirklich da: den Kern von Lucies Wesen oder – um ganz genau zu sein – den Kern dessen, was Lucie später für mich bedeuten sollte, begriff, spürte und erfaßte ich auf den ersten Blick; Lucie brachte mir sich selbst dar, wie man den Menschen *offenbarte Wahrheiten* darbringt.

Ich betrachtete sie, ich bemerkte ihre provinzielle Dauerwelle, die ihre Haare in eine formlose Masse von Locken zerbröckeln ließ, ich bemerkte ihr braunes Mäntelchen, das armselig, abgewetzt und vielleicht auch etwas zu kurz war; ich bemerkte ihr unauffällig schönes und schön unauffälliges Gesicht; ich fühlte, daß in diesem Mädchen Ruhe, Einfachheit und Bescheidenheit waren, und daß all dies die Werte waren, die ich brauchte; es schien mir, als wären wir uns auch sonst ganz nahe; als besäßen wir beide (obwohl wir einander nicht kannten) die geheimnisvolle Gabe des Selbstverständlichen; es schien mir, als bräuchte ich nur zu dem Mädchen hinzugehen und sie anzusprechen, und sie müßte mich in dem Augenblick, da sie mir (endlich) ins Gesicht sähe, etwa so anlächeln, wie wenn plötzlich ihr Bruder vor ihr stünde, den sie jahrelang nicht mehr gesehen hatte.

Dann hob Lucie den Kopf; sie sah zur Turmuhr hinauf (auch diese Bewegung hat sich in meinem Kopf eingeprägt; die Bewegung eines Mädchens, das keine Uhr trägt und sich automatisch mit dem Gesicht zu einer Uhr hinsetzt). Sie stand auf und ging zum Kino; ich wollte mich ihr anschließen; dazu fehlte mir nicht der Mut, sondern ganz plötzlich fehlten mir die Worte; ich hatte zwar die Brust voller Gefühle, im Kopf aber keine einzige Silbe; ich ging hinter ihr her und gelangte wieder in jenen kleinen Vorraum, wo die Kasse stand und von wo aus man in den vor Leere gähnenden Saal sehen konnte. Die Leere eines Zuschauerraums hat etwas Abstoßendes; Lucie blieb stehen und blickte sich verlegen um, in diesem Moment betraten ein paar Leute den

Vorraum und drängten zur Kasse; ich kam ihnen zuvor und kaufte mir eine Karte für den verhaßten Film.

Inzwischen hatte das Mädchen den Zuschauerraum betreten; ich folgte ihr, im halbleeren Saal verloren die Nummern auf den Karten ihren Sinn, und jeder nahm Platz, wo er wollte; ich ging in dieselbe Reihe wie Lucie und setzte mich neben sie. Dann ertönte von einer abgespielten Schallplatte schrille Musik, im Raum wurde es dunkel, und auf der Leinwand erschien Reklame.

Lucie mußte klar sein, daß der Soldat mit den schwarzen Kragenspiegeln sich nicht zufällig neben sie gesetzt hatte, bestimmt hatte sie mich die ganze Zeit über bemerkt und meine Nähe gespürt, vielleicht mußte sie diese um so stärker spüren, als ich selbst ganz auf sie konzentriert war; was sich auf der Leinwand abspielte, nahm ich nicht wahr (welch lächerliche Rache: ich freute mich, daß der Film, auf den meine Sittenrichter sich so oft berufen hatten, jetzt vor meinen Augen abrollte, ohne daß ich ihm Aufmerksamkeit schenkte).

Dann war der Film zu Ende, die Lichter gingen an, die wenigen Zuschauer erhoben sich von ihren Plätzen. Auch Lucie stand auf. Sie nahm ihren zusammengelegten braunen Mantel und steckte einen Arm in den Ärmel. Ich setzte rasch meine Mütze auf, damit sie den kahlgeschorenen Schädel nicht sah, und half ihr wortlos in den anderen Ärmel. Sie sah mich kurz an, sagte aber nichts, vielleicht neigte sie unmerklich den Kopf, doch wußte ich nicht, ob es sich um eine Geste des Dankes oder eine ganz unwillkürliche Bewegung handelte. Dann trat sie mit kleinen Schritten aus der Reihe. Ich zog rasch meinen grünen Mantel an (er war mir zu lang und stand mir vermutlich überhaupt nicht) und folgte ihr. Noch im Zuschauerraum sprach ich sie an.

Es war, als hätte ich mich während der zwei Stunden, da ich neben ihr saß und an sie dachte, auf ihre Wellenlänge eingestimmt: auf einmal konnte ich mit ihr reden, als kennte ich sie gut; ich begann das Gespräch weder mit einem Scherz noch mit einem Paradox, wie ich es gewöhnlich tat, sondern war ganz natürlich – und ich war darüber selbst erstaunt, denn ich war bis dahin vor Mädchen immer unter der Last meiner Masken gestolpert.

Ich fragte sie, wo sie wohne, was sie mache, ob sie oft ins Kino gehe. Ich sagte ihr, daß ich in der Kohlengrube arbeite, daß es eine Plackerei sei und ich nur selten herauskäme. Sie sagte, sie sei in einer Fabrik beschäftigt, wohne in einem Wohnheim, müsse um elf zu Hause sein und ginge häufig ins Kino, weil sie Tanzveranstaltungen nicht möge. Ich sagte ihr, daß ich gern mit ihr ins Kino gehen würde, wenn ich wieder einmal Ausgang hätte. Sie sagte, sie ginge am liebsten allein. Ich fragte sie, ob es daran liege, daß sie sich traurig fühle. Sie bejahte. Ich sagte, daß auch ich nicht gerade frohen Mutes sei.

Nichts bringt Menschen einander näher (sei es auch nur scheinbar und trügerisch) als das Verständnis für die Trauer und Melancholie des anderen; diese Atmosphäre stiller Anteilnahme, die alle Bedenken und Hemmungen einschläfert und einer zarten wie einer vulgären, einer gebildeten wie einer einfachen Seele verständlich ist, ist eine sehr einfache und dennoch sehr seltene Art der Annäherung: man muß dazu nämlich die eingeübte »Seelenhaltung«, die eingeübte Gestik und Mimik ablegen und einfach sein; ich weiß nicht, wie ich es (plötzlich und ohne Vorbereitung) schaffte, wie mir das gelingen konnte, der ich sonst blindlings hinter meinen künstlichen Gesichtern hertappte; ich weiß es nicht; ich empfand es aber als unverhofftes Geschenk, als wunderbare Befreiung.

Wir erzählten uns die alltäglichsten Dinge über uns; unsere Beichten waren knapp und sachlich. Wir gelangten zum Wohnheim und blieben noch eine Weile davor stehen; die Laterne warf ihr Licht auf Lucie, ich blickte auf ihren braunen Mantel und streichelte nicht etwa ihr Gesicht oder ihre Haare, sondern den abgewetzten Stoff dieses rührenden Fähnchens.

Ich erinnere mich noch, daß die Laterne schwankte, daß junge Mädchen mit unangenehm lautem Lachen an uns vorbeigingen und die Tür zum Wohnheim öffneten, ich erinnere mich, wie mein Blick an der Fassade des Gebäudes hochwanderte, über graue, kahle Mauern mit Fenstern ohne Sims; dann erinnere ich mich an Lucies Gesicht, das (verglichen mit den Gesichtern anderer Mädchen, die ich gekannt hatte) sehr ruhig war, ohne Mimik, es glich dem Gesicht einer Schülerin, die neben der Wandtafel steht und (ohne Trotz und ohne List) demütig nur das von sich gibt, was sie weiß, und die sich weder um gute Noten noch um Lob bemüht.

Wir kamen überein, daß ich ihr eine Ansichtskarte schreiben würde, um ihr mitzuteilen, wann ich wieder Ausgang hätte und wir uns sehen könnten. Wir verabschiedeten uns (ohne Küsse und Berührungen), und ich machte mich auf den Rückweg. Nach ein paar Schritten drehte ich mich um und sah, daß sie vor der Tür stand, diese aber nicht öffnete, sondern dastand und mir nachblickte; erst jetzt, als ich nicht mehr in ihrer Nähe war, trat sie aus ihrer Zurückhaltung heraus und ließ ihren (bisher schüchternen) Blick lange auf mir ruhen. Und dann hob sie die Hand wie jemand, der noch nie jemandem gewunken hat, der nicht zu winken verstand und nur wußte, daß man sich zum Abschied zuwinkte, und der sich deshalb zu dieser ungelenken Bewegung entschlossen hatte. Ich blieb stehen und winkte zurück; wir sahen uns aus dieser Entfernung an, ich ging weiter und blieb abermals stehen (Lucie bewegte ihre Hand noch immer), und so entfernte ich mich langsam, bis ich endlich um eine Ecke bog und wir uns aus den Augen verloren.

8.

Von jenem Abend an veränderte sich alles in mir; ich war wieder bewohnt, das Zimmer in meinem Innern war plötzlich aufgeräumt, und es lebte jemand in ihm. Die Uhr in meinem Innern, deren Zeiger sich monatelang nicht bewegt hatten, begann auf einmal wieder zu ticken. Das war bedeutungsvoll: die Zeit, die bis dahin wie ein teilnahmsloser Strom aus dem Nichts ins Nichts geflossen war (ich lebte ja in einer Pause!), ganz ohne Artikulation, ganz ohne Takt, begann wieder menschlichere Formen anzunehmen: sie ließ sich einteilen und abzählen. Ich begann, an den Passierscheinen zum Verlassen der Kaserne zu hängen, und die einzelnen

Tage verwandelten sich in die Sprossen einer Leiter, auf denen ich Lucie entgegenstieg.

Nie mehr im Leben habe ich einer Frau so viele Gedanken, so viele stille Konzentration gewidmet wie ihr (übrigens hatte ich auch nie mehr so viel Zeit). Keiner Frau gegenüber habe ich jemals so viel Dankbarkeit empfunden.

Dankbarkeit? Wofür? Lucie riß mich vor allem aus dem Kreis dieses erbärmlichen Liebeshorizonts, von dem wir alle umgeben waren. Freilich: auch der frischvermählte Stanislav hatte sich auf seine Weise dem Kreis entzogen; er hatte jetzt zu Hause in Prag seine geliebte Frau, er konnte an sie denken, er konnte sich die ferne Zukunft seiner Ehe ausmalen, er konnte sich freuen, daß er geliebt wurde. Aber zu beneiden war er nicht. Er hatte durch diese Hochzeit sein Schicksal in Bewegung gesetzt, doch bereits in dem Moment, da er den Zug bestieg, um nach Ostrava zurückzufahren, verlor er jeglichen Einfluß darauf.

Auch ich hatte durch die Begegnung mit Lucie mein Schicksal in Bewegung gesetzt; doch verlor ich es nicht aus den Augen; ich traf Lucie zwar selten, aber dennoch fast regelmäßig, und ich wußte, daß sie vierzehn Tage und länger auf mich warten konnte und mir nach dieser Pause so begegnete, als hätten wir uns am Vortag getrennt.

Lucie befreite mich aber nicht nur vom allgemeinen Katzenjammer, der aus der Trostlosigkeit der hiesigen Liebesabenteuer hervorging. Ich wußte damals zwar bereits, daß ich meinen Kampf verloren hatte und an meinen schwarzen Kragenspiegeln nichts würde ändern können, ich wußte, daß es sinnlos war, mich den Menschen zu entfremden, mit denen ich zwei oder mehr Jahre würde zusammenleben müssen, daß es sinnlos war, unablässig das Recht auf die ursprüngliche Lebensbahn (deren Privilegiertheit mir langsam bewußt wurde) zu beanspruchen, diese Veränderung meiner Haltung war aber nur eine vernunft- und willensmäßige, sie konnte mich nicht davon befreien, mein »verlorenes Schicksal« zu beweinen. Lucie besänftigte dieses innere Weinen auf wundersame Weise. Es genügte mir, sie neben mir zu spüren, im warmen Umkreis ihres Lebens, in dem Fragen des Kosmopolitismus und des Internationalismus, der Wachsamkeit und der Aufmerksamkeit absolut keine Rolle spielten, ebensowenig wie der Streit über die Definition der Diktatur des Proletariats und die Politik mit ihrer Strategie, Taktik und Kaderpolitik.

An diesen Sorgen (die dermaßen zeitbedingt waren, daß ihre Terminologie bald schon unverständlich wurde) scheiterte ich, aber gerade an sie klammerte ich mich. Ich konnte vor verschiedenen Kommissionen Dutzende von Gründen dafür anführen, warum ich Kommunist geworden war, was mich an der Bewegung aber am meisten bezauberte, ja berauschte, war das *Lenkrad der Geschichte*, in dessen Nähe ich mich befand (sei es nun wirklich oder nur scheinbar). Damals entschieden wir nämlich tatsächlich über Schicksale von Menschen und Dingen, und gerade an den Hochschulen: im Lehrkörper gab es damals nur wenige Kommunisten, so daß die Hochschulen in den ersten Jahren fast ausschließlich von den kommunistischen Studenten selbst geführt wurden, indem sie über die Besetzung von Lehrstühlen, über Unterrichtsreformen und Studienpläne entschieden. Den Rausch, den wir durchlebten, nennt man gewöhnlich Machtrausch, ich könnte aber (mit etwas gutem Willen) auch weniger strenge Worte wählen: wir waren wie behext von der Geschichte; wir waren berauscht davon, daß wir uns in den Sattel der Geschichte geschwungen hatten und sie unter uns spürten; gewiß, es artete in den meisten Fällen später wirklich in widerliche Machtgier aus, aber es lag darin vielleicht auch (da alle menschlichen Dinge zweideutig sind), vor allem für uns Junge, die absolut ideale Illusion, daß gerade wir jene Epoche der Menschheit einleiteten, da der Mensch (jeder Mensch) weder *außerhalb* der Geschichte noch *unter der Fuchtel* der Geschichte lebte, sondern diese dirigieren und erschaffen würde.

Ich war davon überzeugt, daß es außerhalb jenes historischen Lenkrads (das ich berauscht berührte) kein Leben gab, sondern nur ein Vegetieren, Langeweile, Verbannung, Sibirien. Und jetzt (nach einem halben Jahr Sibirien) sah ich auf einmal eine ganz neue, unerwartete Möglichkeit des Lebens: vor mir weitete sich die vergessene Wiese des Alltäglichen aus, die sich unter den Schwingen der dahinfliegenden Geschichte versteckt hatte, und darauf stand eine ärmliche, armselige und dennoch liebenswerte Frau – Lucie.

Was wußte Lucie von diesen großen Schwingen der Geschichte? Sie hatte ihren Flügelschlag kaum je vernommen; sie wußte nichts von der Geschichte; sie lebte *darunter*; sie sehnte sich nicht danach, sie war ihr fremd, sie wußte nichts von großen, zeitbedingten Sorgen, sie lebte mit kleinen, ewigen Sorgen. Und ich war unverhofft befreit; mir schien, als sei sie gekommen, um mich zu holen, um mich in ihr *graues Paradies* zu führen; und der Schritt, der mir vor kurzem noch schrecklich vorgekommen war, der Schritt, mit dem ich »aus der Geschichte treten« sollte, war für mich mit einem Mal ein Schritt der Erleichterung und des Glücks. Lucie hielt mich schüchtern am Ellbogen fest, und ich ließ mich führen . . .

Lucie war meine graue Platzanweiserin. Wer aber war Lucie sachlicheren Angaben zufolge?

Sie war neunzehn Jahre alt, in Wirklichkeit aber vermutlich viel älter, wie Frauen gewöhnlich viel älter sind, die ein hartes Leben hinter sich haben und die aus dem Kindesalter kopfüber ins Erwachsenenalter katapultiert wurden. Sie sagte, sie stamme aus Eger, habe dort die Grundschule besucht und eine Lehre angefangen. Über ihr Zuhause sprach sie ungern, und wenn sie es überhaupt tat, so nur, weil ich sie dazu drängte. Sie war zu Hause unzufrieden gewesen: »Man hat mich nicht gemocht«, sagte sie immer und führte dafür verschiedene Beweise an: die Mutter habe ein zweites Mal geheiratet; der Stiefvater habe getrunken und sie schlecht behandelt; einmal habe man sie verdächtigt, daß sie Geld zurückbehalten hätte; sie sei auch geschlagen worden. Als die Zerwürfnisse ein gewisses Ausmaß erreicht hatten, hatte Lucie die Gelegenheit ergriffen und war nach Ostrava gezogen. Hier lebte sie bereits ein ganzes Jahr; sie habe zwar Freundinnen, würde aber lieber allein ausgehen, denn die Freundinnen gingen tanzen und nähmen Männer mit ins Wohnheim, was sie nicht wollte; sie sei ernst: sie gehe lieber ins Kino.

Ja, sie bezeichnete sich als »ernst« und verband diese Eigenschaft mit ihren Kinobesuchen; am liebsten hatte sie Kriegsfilme, die zu der Zeit ständig gespielt wurden; vielleicht, weil sie spannend waren, vielleicht aber auch, weil darin großes Leid angehäuft war und Lucie darüber Gefühle von Mitleid und Kummer empfand, von denen sie glaubte, daß sie sie erhoben und in ihrem »Ernst«, den sie an sich so liebte, bestätigten.

Es wäre allerdings unrichtig zu denken, daß mich nur das Exotische ihrer Einfachheit zu Lucie hinzog; weder Lucies Einfachheit noch ihre lückenhafte Bildung hinderten sie daran, mich zu verstehen. Dieses Verständnis beruhte nicht auf Erfahrung und Wissen oder der Gabe, eine Sache zu diskutieren und einen Rat zu geben, sondern in der ahnungsvollen Aufnahmefähigkeit, mit der sie mir zuhörte.

Ich erinnere mich an einen Sommertag: ich bekam Ausgang, noch bevor Lucie mit ihrer Arbeit fertig war; ich nahm also ein Buch mit; ich setzte mich auf eine Gartenmauer und las; um die Lektüre war es schlecht bestellt, ich hatte wenig Zeit und keine guten Verbindungen zu meinen Bekannten in Prag; ich hatte aber noch als Rekrut drei Gedichtbände in meinen Koffer gepackt, die ich immer wieder las und die mir Trost spendeten: Gedichte von František Halas.

Diese Bücher hatten in meinem Leben eine besondere Rolle gespielt, die schon deshalb besonders war, weil ich kein Leser von Lyrik bin und dies die einzigen Gedichtbände waren, die ich je ins Herz geschlossen hatte. Ich lernte sie kennen, als ich bereits aus der Partei ausgeschlossen war; gerade zu dem Zeitpunkt wurde Halas' berühmter Name noch einmal dadurch berühmt, daß der Chefideologe jener Jahre das Werk des kurz zuvor verstorbenen Dichters der Morbidität, des fehlenden Glaubens, des Existentialismus, überhaupt all dessen, was in jener Zeit nach politischem Anathema klang, bezichtigt hatte. (Das Buch, in dem er seine Ansichten über die tschechische Poesie und František Halas darlegte, erschien damals in einer Massenauflage und wurde zur Pflichtlektüre für die gesamte tschechische Jugend erklärt.)

Der Mensch sucht in unglücklichen Momenten darin Trost, daß er seine Trauer mit der Trauer anderer verbindet; und obwohl darin vielleicht etwas Lächerliches liegt, gebe ich es zu: ich hatte mir Halas' Verse ausgesucht, weil ich jemanden kennenlernen wollte, der auch *exkommuniziert* worden war; ich wollte erfahren, ob meine eigene Mentalität tatsächlich der eines Exkommunizierten glich; ich wollte feststellen, ob die Trauer, die jener tonangebende Ideologe für krankhaft und schädlich erklärt hatte, mir nicht etwa durch ihre Harmonie Freude bereiten konnte (weil ich in meiner Situation Freude nur schwerlich in Freude suchen konnte). Ich hatte mir die drei Bücher also noch vor der Abreise nach Ostrava von einem literaturbegeisterten ehemaligen Mitschüler ausgeliehen und ihn sogar gebeten, sie nicht mehr zurückgeben zu müssen.

Als Lucie mich an jenem Tag am verabredeten Ort mit einem Buch in der Hand antraf, fragte sie mich, was ich lese. Ich zeigte ihr das aufgeschlagene Buch. Sie sagte erstaunt: »Das sind ja Gedichte.« »Kommt es dir komisch vor, daß ich Gedichte lese?« Sie zuckte mit den Achseln und sagte: »Nein, warum«, ich denke aber, daß es ihr komisch vorkam, weil Verse für sie höchstwahrscheinlich mit der Vorstellung von Kinderlektüre verbunden waren. Wir spazierten durch den seltsamen Sommer von Ostrava, der voller Ruß war, durch einen schwarzen Sommer, über dem statt weißer Wolken Kohlewägelchen an langen Seilen dahinzogen. Ich sah, daß Lucie irgendwie fasziniert war von dem Buch in meiner Hand. Und als wir uns dann unweit der Kaserne im lichten Wäldchen von Petrvald hinsetzten, schlug ich das Buch auf und fragte sie: »Interessiert es dich?« Sie nickte.

Niemandem vorher und niemandem nachher habe ich je Verse vorgelesen; ich habe eine gut funktionierende Schamsicherung in meinem Innern, die mich daran hindert, mich anderen Menschen gegenüber zu stark zu öffnen, anderen meine Gefühle zu offenbaren; das Vorlesen von Versen kommt mir vor, als spräche ich nicht nur über meine Gefühle, sondern als spräche ich auch noch auf einem Bein stehend; die gewisse Unnatürlichkeit, die den Prinzipien von Rhythmus und Reim innewohnt, würde mich in Verlegenheit bringen, wenn ich mich ihnen anders hingäbe als in Abgeschiedenheit.

Lucie verfügte aber über die wundersame Macht (niemand anders nach ihr hat sie je besessen), diese Sicherung zu beherrschen und die Last der Schüchternheit von mir zu nehmen. Ich konnte mir ihr gegenüber alles erlauben: sogar Aufrichtigkeit, sogar Gefühle, sogar Pathos. Und so las ich:

Magere Ähre ist dein Leib
sein Korn am Boden wird nie keimen
wie eine magere Ähre ist dein Leib

Seidene Strähne ist dein Leib
aus Sehnsucht gewoben die letzten Falten
wie eine seidene Strähne ist dein Leib

Versengter Himmel ist dein Leib
im Gewebe lauert träumend der Tod
wie versengter Himmel ist dein Leib

Endlose Stille ist dein Leib
sein Weinen läßt meine Lider beben
wie still ist dein Leib

Ich legte meinen Arm um Lucies Schultern (die vom dünnen Leinen eines geblümten Kleides bedeckt waren), ich fühlte sie in meinen Fingern und gab mich der sich aufdrängenden Vorstellung hin, daß die Verse, die ich vorlas (diese langgezogene Litanei), allein der Trauer von Lucies Körper gehörten, ihrem stillen, versöhnten, zum Tode verurteilten Körper. Und ich las ihr weiter Gedichte vor, auch jenes, das bis heute ihr Bild in mir wachruft und mit folgendem Dreizeiler endet:

Nicht euch törichten Worten dem Schweigen glaub ich
es überflügelt die Schönheit überflügelt alles
feierliches Verständnis

Plötzlich spürte ich in den Fingern, daß Lucies Schultern bebten; daß Lucie weinte.

Was hatte sie zum Weinen gebracht? Der Sinn dieser Verse? Oder vielmehr eine unbenennbare Trauer, die der Melodie der Worte und dem Ton meiner Stimme entströmte? Oder hatte das feierlich Hermetische dieser Gedichte sie emporgehoben und war sie durch diese *Erhabenheit* zu Tränen gerührt? Oder hatten die Verse in ihr einfach eine heimliche Schranke durchbrochen und stürzte die angestaute Schwere hervor?

Ich weiß es nicht. Lucie hielt meinen Hals umschlungen wie ein Kind, sie drückte ihren Kopf an das verschwitzte Tuch der grünen Uniform, die meine Brust umspannte, und sie weinte, weinte, weinte.

9.

Wie oft haben mir die verschiedensten Frauen in den vergangenen Jahren vorgeworfen (nur weil ich ihre Gefühle nicht zu erwidern wußte), ich sei eingebildet. Das ist Unsinn, ich bin überhaupt nicht eingebildet, aber ehrlich gesagt bin ich betrübt darüber, daß ich vom Zeitpunkt meiner eigentlichen Reife an nie mehr eine echte Beziehung zu einer Frau entwickeln konnte, daß ich keine Frau mehr, wie man so sagt, geliebt habe. Ich bin mir nicht sicher, die Gründe dieses Versagens zu kennen, ich weiß nicht, ob sie einfach in einem angeborenen Mangel an Gefühlen oder aber in meiner Biographie verankert sind; ich will nicht pathetisch sein, aber es ist so: sehr oft taucht in meinen Erinnerungen jener Saal auf, in dem hundert Leute ihre Hände heben und damit den Befehl erteilen, mein Leben zu zerbrechen; diese hundert Leute hatten nicht geahnt, daß die Verhältnisse sich einmal ändern würden, sie hatten damit gerechnet, daß mein Ausschluß ein Leben lang dauerte. Nicht aus Wehleidigkeit, eher aus boshaftem Starrsinn, der eine Eigenschaft der Nachdenklichkeit ist, hatte ich diese Situation für mich oft variiert und mir vorgestellt, was geschehen wäre, wenn man anstelle des Ausschlusses aus der Partei beschlossen hätte, daß ich gehenkt werden sollte. Ich konnte nie zu einem anderen Schluß kommen, als daß auch in diesem Fall alle ihre Hände gehoben hätten, insbesondere, wenn die Nützlichkeit meiner Hinrichtung im einleitenden Referat gefühlvoll begründet worden wäre. Wenn ich seit jener Zeit neuen Männern oder Frauen begegne, die meine Freunde oder Geliebten werden könnten, versetze ich sie im Geiste zurück in jene Zeit und in jenen Saal, und ich frage mich, ob sie die Hände heben würden: niemand hat diese Prüfung bestanden: alle hoben sie ihre Hände, genauso wie (ob freiwillig oder unfreiwillig, aus Glauben oder aus Angst) meine damaligen Freunde und Bekannten sie gehoben hatten. Und auch Sie müssen zugeben: es ist schwer, mit Menschen zu leben, die bereit wären, einen in die Verbannung oder in den Tod zu schicken, es ist schwer, sie zu Vertrauten zu machen, es ist schwer, sie zu lieben.

Vielleicht war es ein grausames Vorgehen meinerseits, die Menschen, mit denen ich verkehrte, einer so unbarmherzigen imaginären Prüfung zu unterziehen, da es mehr als wahrscheinlich war, daß sie alle in meiner Nähe ein mehr oder weniger ruhiges, alltägliches Leben jenseits von Gut und Böse fristeten und niemals einen solchen Saal beträten, in dem Hände gehoben wurden. Vielleicht wird mancher mir sogar sagen, mein Vorgehen verfolge einen einzigen Zweck: daß ich mich in moralischer Selbstgefälligkeit über die anderen erheben könnte. Der Vorwurf der Einbildung wäre aber gewiß nicht gerechtfertigt; ich selbst habe zwar niemals die Hand zum Verderben eines anderen gehoben, ich wußte aber sehr wohl, daß es sich dabei um ein ziemlich problematisches Verdienst handelte, weil mir das Recht, die Hand zu heben, rechtzeitig abgesprochen worden war. Ich hatte zwar lange versucht, mir wenigstens einzureden, daß ich in einer ähnlichen Situation die Hand nicht heben würde, ich war aber ehrlich genug, daß ich zu guter Letzt über mich selbst lachen mußte: ich als einziger war gerecht? Ach nein, ich fand in meinem Innern keine Garantie dafür, besser zu sein als andere; was aber ergab sich daraus für meine Beziehungen zu diesen anderen? Das Bewußtsein von meiner eigenen Erbärmlichkeit versöhnte mich keineswegs mit der Erbärmlichkeit der anderen. Es ist mir aus tiefster Seele zuwider, wenn Menschen füreinander brüderliche Gefühle hegen, nur weil sie bei ihren Nächsten ähnliche Niedrigkeiten entdecken. Nach einer so schleimigen Brüderlichkeit sehne ich mich nicht.

Wie ist es also möglich, daß ich Lucie damals lieben konnte? Die Betrachtungen, die ich soeben angestellt habe, sind zum Glück älteren Datums, damals (in jugendlichem Alter, als ich mich mehr grämte als daß ich nachdachte) konnte ich Lucie noch mit hungrigem Herzen und ohne ewiges Infragestellen als Geschenk annehmen; als ein Geschenk des Himmels (eines freundlichen, grauen Himmels). Es war damals für mich eine glückliche Zeit, meine glücklichste vielleicht: ich wurde ständig schikaniert, ich war abgeplagt, abgerackert, in meinem Inneren aber machte sich ein Frieden breit, der von Tag zu Tag lichter wurde. Das ist lustig: würden die Frauen, die mir heute meine Einbildung vorhalten und mich verdächtigen, alle anderen für Dummköpfe zu halten, Lucie kennen, sie würden sie verächtlich ein Dummerchen nennen und nicht begreifen können, daß ich sie geliebt habe. Und ich habe sie so sehr geliebt, daß ich den Gedanken nicht einmal aufkommen ließ, wir könnten uns jemals trennen; Lucie und ich sprachen zwar nie darüber, aber ich selbst lebte ganz ernsthaft in der Vorstellung, sie einmal zur Frau zu nehmen. Und wenn mir auch einfiel, daß es eine ungleiche Verbindung war, so reizte mich dieses Ungleiche eher, als daß es mich abstieß.

Ich sollte für diese wenigen glücklichen Monate auch dem damaligen Kommandeur dankbar sein; die Unteroffiziere schliffen uns, wo sie nur konnten, sie suchten nach Staubkörnchen in den Falten unserer Uniformen, sie rissen Betten auseinander, wenn sie auch nur ein einziges Fältchen entdeckten – der Kommandeur aber war anständig. Er war ein älterer Mann, der von einem Infanterieregiment zu uns versetzt worden war, und es hieß, man habe ihn durch diesen Schritt degradiert. Er war also auch persönlich in Mitleidenschaft gezogen, und vielleicht söhnte ihn das innerlich mit uns aus; er verlangte selbstverständlich Ordnung, Disziplin und ab und zu eine freiwillige Sonntagsschicht (um sich bei den Vorgesetzten über seine politische Aktivität auszuweisen), er hetzte uns jedoch nie unnötig und gewährte uns jeden zweiten Samstag ziemlich problemlos unseren Ausgang; mir scheint sogar, daß ich gerade in jenem Sommer Lucie dreimal im Monat sehen konnte.

An den Tagen, da ich ohne sie war, schrieb ich ihr; ich schrieb ihr eine Unmenge von Briefen und Karten. Heute kann ich mir nicht mehr gut vorstellen, was und wie ich ihr schrieb. Übrigens ist es nicht so wichtig, wie meine Briefe waren, ich wollte nur erwähnen, daß ich Lucie sehr viel schrieb – und sie mir überhaupt nicht.

Ich konnte sie nicht dazu bewegen, mir zu schreiben; vielleicht war sie durch meine Briefe irgendwie eingeschüchtert; vielleicht meinte sie, sie habe nichts zu sagen, sie mache Rechtschreibungsfehler; vielleicht schämte sie sich für ihre ungelenke Handschrift, die ich nur von der Unterschrift in ihrem Personalausweis kannte. Es lag nicht in meinen Kräften, Lucie zu überzeugen, daß mir gerade das Ungekünstelte und Unwissende an ihr teuer waren, weil sie Merkmale ihrer Unberührtheit waren und mir die Hoffnung gaben, daß ich mich um so tiefer, um so unauslöschlicher in ihr Inneres einprägen würde.

Lucie dankte mir nur schüchtern für meine Briefe und wünschte sich bald schon, sich irgendwie zu revanchieren; und da sie mir nicht schreiben wollte, wählte sie statt Briefen Blumen. Beim erstenmal war es so: wir bummelten durch das lichte Wäldchen, und Lucie bückte sich plötzlich, um eine Blume zu pflücken, die sie mir überreichte. Das war mir lieb und befremdete mich keineswegs. Als sie mich aber beim nächsten Treffen mit einem ganzen Blumenstrauß erwartete, war mir das ein bißchen peinlich.

Ich war zweiundzwanzig Jahre alt, ich ging krampfhaft allem aus dem Weg, was einen Schatten des Unmännlichen und Unreifen hätte auf mich werfen können; ich schämte mich, mit Blumen auf die Straße zu gehen, ich kaufte sie ungern, und geschenkt bekommen mochte ich sie schon gar nicht. Ich wandte verlegen ein, daß es die Männer seien, die den Frauen Blumen schenkten, und nicht die Frauen den Männern, als ich aber sah, daß sie den Tränen nahe war, lobte ich sie rasch und nahm den Strauß entgegen.

Es half nichts. Von da an erwarteten mich bei jeder Verabredung Blumen, und ich fand mich schließlich damit ab, da die Spontaneität dieses Geschenkes mich entwaffnete und ich sah, daß Lucie an dieser Art der Bescherung hing; vielleicht, weil sie an einem Sprachmangel, einem Mangel an Gesprächigkeit litt und in den Blumen eine Art Sprache sah; nicht etwa im Sinne der starren Symbolik alter Blumensprachen, sondern in einem noch älteren, unklaren, instinktiveren, in einem *vorsprachlichen* Sinn; vielleicht sehnte sich Lucie, die immer eher schweigsam als gesprächig war, instinktiv nach jenem stummen Stadium der Menschheit, als es noch keine Worte gab und die Menschen sich durch kleine Gesten verständigten: sie zeigten mit dem Finger auf einen Baum, lachten, berührten sich gegenseitig . . .

Ob ich das Wesen von Lucies Geschenken begriffen hatte oder nicht, ich war dadurch schließlich gerührt, und in mir wurde der Wunsch wach, ihr auch etwas zu schenken. Lucie hatte alles in allem drei Kleider, die sie regelmäßig wechselte, so daß unsere Treffen in einem Dreivierteltakt erfolgten. Ich mochte alle diese Kleider, gerade weil sie verblichen, nicht besonders geschmackvoll und abgetragen waren; ich mochte sie so sehr wie ihren braunen (kurzen und an den Manschetten abgewetzten) Mantel, den ich schließlich streichelte, noch bevor ich Lucies Gesicht berührt hatte. Und dennoch setzte ich mir in den Kopf, ihr Kleider zu kaufen, schöne Kleider, viele Kleider. Geld hatte ich schließlich genug, zum Sparen hatte ich keine Lust, und Geld in Kneipen ausgeben wollte ich auch nicht mehr. Und so führte ich Lucie eines Tages in ein Kaufhaus.

Lucie dachte zuerst, wir würden einfach so hineingehen, um zu schauen und die Leute zu beobachten, die die Treppen hinauf- und hinunterströmten. Im zweiten Stock blieb ich bei den langen Stangen stehen, an denen in dichten Reihen Damenkleider hingen, und als Lucie sah, daß ich diese neugierig betrachtete, trat sie näher und kommentierte einige von ihnen. »Das da ist schön«, sagte sie und wies auf ein Kleid mit einem sorgfältig ausgearbeiteten, roten Blümchenmuster. Es gab dort tatsächlich nur wenige schöne Kleider, aber da und dort fand sich etwas Besseres; ich zog eines der Kleider heraus und rief den Verkäufer: »Könnte das Fräulein es anprobieren?« Lucie hätte sich vielleicht gesträubt, aber vor einem fremden Menschen, einem Verkäufer, wagte sie es nicht, so daß sie hinter dem Wandschirm stand, ehe sie sich's recht versah.

Nach einer Weile zog ich den Vorhang zur Seite und sah

mir Lucie an; obwohl das Kleid, das sie anprobiert hatte, nichts Besonderes war, erschrak ich fast: der halbwegs moderne Schnitt machte aus Lucie mit einem Mal ein anderes Wesen. »Darf ich mal sehen?« ertönte die Stimme des Verkäufers hinter mir, und er überschüttete Lucie wie auch das anprobierte Kleid mit vielsagendem Lob. Dann sah er mich an und meine Kragenspiegel und fragte (obwohl er eine bejahende Antwort voraussetzen mußte), ob ich bei den Politischen sei. Ich nickte. Er zwinkerte mir zu, lächelte und sagte: »Ich hätte hier auch noch Ware von besserer Qualität, möchten Sie sie sich nicht ansehen?«, und im Handumdrehen lagen einige Sommerkleider und ein exklusives Abendkleid vor uns. Lucie probierte sie eins nach dem anderen an, alle paßten ihr, in jedem sah sie anders aus, und in diesem Abendkleid konnte ich sie überhaupt nicht mehr wiedererkennen.

Die entscheidenden Wendepunkte in der Entwicklung einer Liebe werden nicht immer durch dramatische, sondern oft durch auf den ersten Blick ganz belanglose Ereignisse bestimmt. In der Entwicklung meiner Liebe zu Lucie spielten Kleider eine solche Rolle. Bis dahin war Lucie für mich alles mögliche gewesen: Kind, Quelle der Rührung, Quelle des Trosts, Balsam und Flucht vor mir selbst, sie war für mich wortwörtlich fast *alles* – außer einer Frau. Unsere Liebe hatte im körperlichen Bereich die Grenze von Küssen nicht überschritten. Übrigens war auch die Art und Weise, wie Lucie küßte, kindlich (ich verliebte mich in diese langen, aber keuschen Küsse mit geschlossenem Mund, die trocken blieben und im Liebkosen beim anderen auf so rührende Weise die zartgefurchten Linien der Lippen zählten).

Kurz – bis dahin hatte ich Zärtlichkeit für sie empfunden, nicht aber Sinnlichkeit; an die Abwesenheit des Sinnlichen hatte ich mich derart gewöhnt, daß sie mir nicht mehr bewußt war; meine Beziehung zu Lucie schien mir so schön, daß ich gar nicht auf die Idee kommen konnte, es würde etwas fehlen. Alles verschmolz harmonisch miteinander: Lucie – ihre klösterlich graue Kleidung – und mein klösterlich unschuldiges Verhältnis zu ihr. In dem Moment, da Lucie andere Kleider anzog, war die ganze Gleichung gestört: Lucie entwich mit einem Mal meiner Vorstellung von Lucie.

Ich sah sie plötzlich als hübsche Frau, deren Beine sich verführerisch unter dem gutgeschnittenen Kleid abzeichneten, eine Frau, deren Proportionen gut gewachsen waren und deren Unauffälligkeit sich auf einmal in einem Kleid mit ausdrucksvoller Farbe und schönem Schnitt verlor. Ich war ganz benommen von ihrem unvermittelt *entdeckten Körper*.

Lucie wohnte im Wohnheim mit drei anderen Mädchen in einem Zimmer; Besuche waren nur an zwei Tagen in der Woche gestattet, und das nur für drei Stunden, von fünf bis acht, wobei der Besucher sich in der Pförtnerloge eintragen, seinen Ausweis hinterlegen und sich beim Verlassen des Hauses wieder abmelden mußte. Außerdem hatten Lucies drei Mitbewohnerinnen Freunde (einen oder mehrere), und alle wollten sie in der Intimität dieses Zimmers mit ihnen zusammensein, so daß sie sich ständig stritten, sich haßten und sich jede Minute vorhielten, die sie sich gegenseitig streitig machten. Das alles war so unangenehm, daß ich mich nie bemüht hatte, Lucie im Wohnheim zu besuchen. Ich wußte aber auch, daß die drei Mitbewohnerinnen in etwa einem Monat zu einer dreiwöchigen Landwirtschaftsbrigade wegfahren würden. Ich sagte Lucie, ich wolle das ausnutzen und sie während dieser Zeit zu Hause besuchen. Sie ging ungern darauf ein; sie wurde traurig und sagte, sie sei viel lieber im Freien mit mir zusammen. Ich sagte ihr, ich würde mich danach sehnen, mit ihr irgendwo zu sein, wo niemand und nichts uns störte und wir uns nur auf uns selbst konzentrieren könnten; und daß ich außerdem sehen möchte, wie sie wohnte. Lucie konnte mir nicht widersprechen, und ich erinnere mich noch heute, wie aufgeregt ich war, als sie endlich auf meinen Vorschlag einging.

10.

Ich war schon fast ein Jahr in Ostrava, und der anfangs unerträgliche Militärdienst wurde während dieser Zeit zu etwas Alltäglichem, Gewöhnlichem; er war zwar lästig und anstrengend, aber dennoch verstand ich es, damit zu leben, einige Kameraden zu finden und sogar glücklich zu sein; es war für mich ein schöner Sommer (die Bäume waren voll von Ruß, kamen mir aber unendlich grün vor, wenn ich sie mit meinen gerade vom Dunkel des Schachtes befreiten Augen ansah), aber wie es nun einmal ist, liegt der Keim des Unglücks mitten im Glück begraben: die traurigen Ereignisse des damaligen Herbstes nahmen ihren Anfang in jenem grünschwarzen Sommer.

Es begann mit Stanislav. Er hatte im März geheiratet, und schon nach wenigen Monaten erhielt er Nachrichten, daß seine Frau sich in Bars herumtreibe; er wurde unruhig, schrieb seiner Frau einen Brief nach dem anderen und erhielt beschwichtigende Antworten; dann aber (da war es draußen schon warm) besuchte ihn seine Mutter in Ostrava; er verbrachte einen ganzen Samstag mit ihr und kehrte blaß und schweigend in die Kaserne zurück; zunächst wollte er nichts sagen, weil er sich schämte, am nächsten Tag vertraute er sich aber Honza und dann auch anderen an; nach einer Weile wußten es alle, und als Stanislav sah, daß alle es wußten, sprach er selbst darüber, täglich und fast ununterbrochen: daß seine Frau herumhure und er zu ihr fahren und ihr den Hals umdrehen werde. Und er ging sogleich zum Kommandeur, um zwei Tage Urlaub zu beantragen, doch der Kommandeur weigerte sich, sie zu genehmigen, weil gerade zu dieser Zeit aus der Kohlengrube und der Kaserne nichts als Beschwerden über Stanislav eintrafen, die er sich durch seine Zerstreutheit und Gereiztheit eingehandelt hatte. Stanislav bat also um vierundzwanzig Stunden Urlaub. Der Kommandeur erbarmte sich seiner und gewährte sie ihm. Stanislav reiste ab, und wir sahen ihn nie wieder. Was mit ihm geschehen war, weiß ich nur vom Hörensagen:

Er kam nach Prag, nahm seine Frau ins Gebet (ich nenne sie Frau, es war aber ein neunzehnjähriges Mädchen!), und sie gestand alles schamlos (und vielleicht sogar mit Vergnügen); er begann, sie zu schlagen, sie setzte sich zur Wehr; er begann, sie zu würgen und schmetterte ihr zum Schluß eine Flasche über den Kopf; das Mädchen fiel auf den Boden und rührte sich nicht mehr. Stanislav war auf der Stelle nüchtern, er wurde von Entsetzen gepackt und rannte weg; er machte, weiß Gott wie, eine Hütte im Erzgebirge ausfindig und lebte dort in Angst und in der Erwartung, aufgespürt und wegen Mordes gehenkt zu werden. Man fand ihn erst nach zwei Monaten, er wurde aber nicht wegen Mordes, sondern wegen Desertion verurteilt. Seine Frau war nämlich aus der Ohnmacht erwacht, kurz nachdem er weggelaufen war, und außer einer Beule am Kopf hatte sie nicht den geringsten Schaden an ihrer Gesundheit erlitten. Während er im Militärgefängnis saß, ließ sie sich von ihm scheiden, und sie ist jetzt die Frau eines bekannten Prager Schauspielers, dessen Vorstellungen ich mir nur ansehe, um an einen alten Kameraden zu denken, der ein trauriges Ende fand: nach dem Militärdienst blieb er als Arbeiter in der Kohlengrube; ein Arbeitsunfall kostete ihn ein Bein, die schlecht verheilende Wunde der Amputation das Leben.

Dieses Weibsbild, das angeblich in Künstlerkreisen heute noch Furore macht, stürzte nicht nur Stanislav, sondern uns alle ins Unglück. Wenigstens kam es uns so vor, obwohl man natürlich nicht genau wissen konnte, ob zwischen dem Skandal um Stanislavs Verschwinden und der ministeriellen Kontrolle, die kurz danach in der Kaserne stattfand, tatsächlich (wie alle meinten) ein ursächlicher Zusammenhang bestand. Wie dem auch sei, unser Kommandeur wurde abgelöst, und an seine Stelle trat ein junger Offizier (er mochte knapp fünfundzwanzig Jahre alt sein), und mit seiner Ankunft änderte sich alles.

Ich habe gesagt, daß er ungefähr fünfundzwanzig war, er sah aber noch jünger aus, er sah aus wie ein junger Bursche; um so mehr war ihm daran gelegen, so effektvoll wie nur möglich aufzutreten, um sich Respekt zu verschaffen. Man erzählte sich, daß er seine Reden vor dem Spiegel einstudierte und auswendig lernte. Er schrie ungern, sprach trocken und gab uns mit der allergrößten Gelassenheit zu verstehen, daß er uns für Verbrecher hielt: »Ich weiß, ihr würdet mich am liebsten am Galgen hängen sehen«, sagte uns dieses Kind anläßlich seiner ersten Ansprache, »aber wenn jemand am Galgen hängen wird, so werdet ihr es sein und nicht ich.«

Bald kam es zu den ersten Konflikten. In meinem Gedächtnis ist vor allem die Episode mit Marek haften geblieben, vielleicht, weil sie uns sehr amüsant vorkam. Im Laufe des Jahres, da er beim Militär war, hatte Marek bereits viele große Wandzeichnungen angefertigt, die unter dem früheren Kommandeur stets Anerkennung gefunden hatten. Wie schon gesagt, malte Marek am liebsten Jan Žižka, den großen Heerführer der Hussitenkriege, mit seinen Soldaten; um seinen Kameraden eine Freude zu machen, ergänzte er diese Gruppen mit Zeichnungen nackter Frauen, die er dem Kommandeur als Symbole der Freiheit oder der Heimat vorstellte. Auch der neue Kommandeur wollte sich Mareks Dienste zunutze machen; er ließ ihn kommen und verlangte, er solle etwas für den Raum malen, in dem die Lektionen in politischer Erziehung abgehalten wurden. Er sagte ihm bei dieser Gelegenheit, daß er seine Žižkas sein lassen und sich »mehr der Gegenwart zuwenden« solle, daß auf dem Bild die Rote Armee und ihre Verbundenheit mit der Arbeiterklasse unseres Landes sowie ihre Bedeutung für den Sieg des Sozialismus im Februar dargestellt sein müsse. Marek sagte: »Zu Befehl!« und machte sich an die Arbeit; er bemalte einige Nachmittage lang auf dem Boden große weiße Papierbögen, die er dann mit Reißzwecken über die ganze Stirnseite des Raumes spannte. Als wir die fertige Zeichnung (die zweieinhalb Meter hoch und mindestens acht Meter lang war) zum ersten Mal sahen, verschlug es uns die Sprache; in der Mitte stand in heroischer Pose ein warm gekleideter sowjetischer Soldat mit einem Maschinengewehr in der Hand und einer Pelzmütze über den Ohren, und um ihn herum waren etwa acht nackte Frauen gezeichnet. Zwei standen neben ihm und sahen kokett zu ihm auf, während er seine Arme um ihre Schultern gelegt hatte und lebensfroh lachte; die übrigen Frauen scharten sich um ihn, blickten ihn an, streckten die Arme nach ihm aus oder standen nur einfach so da (eine lag sogar) und präsentierten ihre schönen Formen.

Marek stellte sich vor dem Bild auf (wir waren noch allein im Raum und warteten auf den Politkommissar) und hielt uns ungefähr folgenden Vortrag: Also, die da zur Rechten des Sergeanten, das ist die Alena, Jungs, das war meine erste Frau überhaupt, die hat mich herumgekriegt, als ich sechzehn war, sie war die Alte eines Offiziers, so daß sie prima hierher paßt. Ich habe sie gemalt, wie sie damals ausgesehen hat, heute sieht sie sicher schlimmer aus, aber schon damals war sie recht mollig, wie ihr vor allem an den Hüften sehen könnt (er wies mit dem Finger darauf). Weil sie von hinten viel schöner war, habe ich sie hier nochmals gezeichnet (er schritt zum Bildrand und zeigte mit dem Finger auf eine nackte Frau, die dem Saal den Hintern zukehrte und sich zu entfernen schien). Ihr seht ihren königlichen Hintern in einer Größe, die die Norm etwas übersteigt, aber gerade das gefällt uns ja. Ich war damals ein vollkommener Hornochse, ich erinnere mich, wie sehr sie es mochte, wenn man sie auf den Hintern schlug, und ich wollte und wollte das nicht begreifen. Sie sagte immer, so schlag, so schlag dein Frauchen doch, und ich tätschelte symbolisch ihren Rock, und sie sagte, was sind denn das für Schläge, zieh dem Frauchen den Rock hoch, und ich mußte ihr den Rock hoch- und den Slip ausziehen, und ich Idiot tätschelte sie immer noch nur so symbolisch, und sie wurde wütend und schrie, wirst du wohl ordentlich schlagen, du Bengel! Ich war wirklich ein Hornochse, diese da hingegen (er zeigte auf die Frau zur Linken des Sergeanten), das ist Lojzka, bei der war ich dann schon erwachsen, die hatte kleine Brüste (er zeigte sie), lange Beine (er zeigte sie) und ein wahnsinnig süßes Gesicht (er zeigte es ebenfalls), und sie war im selben Studienjahr wie ich. Und das ist unser Modell von der Schule, die kann ich ganz auswendig, und zwanzig andere Jungs können sie auch auswendig, weil sie immer mitten in der Klasse stand und wir an ihrem Beispiel den menschlichen Körper zeichnen lernten, die hat keiner von uns angefaßt, ihre Mama hat immer direkt vor dem Klassenzimmer auf sie gewartet und sie auf kürzestem Weg nach Hause gebracht, die hat sich uns, der Herrgott verzeih ihr, nur in aller Ehre präsentiert. Dafür, meine Herren, war das hier eine Nutte (er zeigte auf ein Weib, das sich auf einem skizzierten Kanapee räkelte), kommt mal näher (wir traten näher), seht ihr diesen Flecken auf dem Bauch? Der stammt von einer Zigarette, angeblich hat eine eifersüchtige Frau, mit der sie ein Verhältnis hatte, ihr den eingebrannt, denn diese Dame, meine Herren, die brauchte beiderlei Geschlecht, sie hatte einen Sex wie eine Ziehharmonika, in diesem Sex, meine Herren, hätte die ganze Welt Platz gefunden, alle hätten wir dort Platz, wie wir hier stehen, sogar mitsamt unseren Frauen und Freundinnen, unseren Kindern und Urgroßeltern . . .

Marek kam nun offenbar zu den besten Passagen seines Vortrags, da betrat jedoch der Politkommissar den Raum, und wir mußten uns setzen. Der Kommissar war aus den Zeiten des alten Kommandeurs an Mareks Zeichnungen gewöhnt und widmete auch diesem neuen Bild keine Aufmerksamkeit, sondern fing sofort an, mit lauter Stimme aus einer Broschüre vorzulesen, in der die Unterschiede zwischen einer sozialistischen und einer kapitalistischen Armee herausgearbeitet waren. Wir schwelgten noch in den Nachklängen von Mareks Vortrag und gaben uns stillen Träumereien hin – doch da erschien plötzlich das Kommandeursbürschchen im Raum. Vermutlich kam er, um den Vortrag zu kontrollieren, aber noch bevor er in der Lage war, die Meldung des Kommissars entgegenzunehmen und uns zum Setzen aufzufordern, wurde er von dem Bild an der Stirnseite fast erschlagen; er ließ den Kommissar nicht einmal mehr ausreden und fuhr Marek an, was das denn zu bedeuten habe. Marek schnellte auf, stellte sich vor das Bild und legte los: Hier ist auf allegorische Weise die Bedeutung der Roten Armee für den Kampf unseres Volkes dargestellt; das da (er zeigte auf den Sergeanten) ist die Rote Armee; an ihrer Seite das Symbol der Arbeiterklasse (er wies auf die Offiziersfrau), und hier auf der anderen Seite (er zeigte auf seine Mitschülerin) das Symbol des Monats Februar. Hier wiederum (er zeigte auf die übrigen Damen) sieht man das Symbol der Freiheit und das Symbol des Sieges, hier das Symbol der Gleichheit; und hier (er zeigte auf die Offiziersfrau, die ihren Hintern vorführte) ist die Bourgeoisie zu sehen, wie sie von der Bühne der Geschichte abtritt.

Marek hatte ausgeredet, und der Kommandeur verkündete, das Bild sei eine Beleidigung der Roten Armee und müsse augenblicklich entfernt werden; gegen Marek werde er die Konsequenzen ziehen. Ich fragte (halblaut), weshalb. Der Kommandeur hörte es und fragte, ob ich irgendwelche

Einwände hätte. Ich stand auf und sagte, das Bild gefiele mir. Der Kommandeur sagte, das glaube er gern, es handle sich schließlich um ein Bild für Onanisten. Ich sagte ihm, der Bildhauer Myslbek habe die Freiheit auch als nackte Frau dargestellt, der Maler Aleš den Fluß Iser als *drei* nackte Frauen gemalt; daß die Künstler aller Zeiten das so gemacht hätten.

Das Kommandeursbürschchen sah mich verunsichert an und wiederholte seinen Befehl, das Bild sei wegzuschaffen. Vielleicht war es uns aber tatsächlich gelungen, ihn zu verwirren, denn er bestrafte Marek nicht; er war seither aber allergisch auf ihn, und auf mich ebenfalls. Marek bekam kurz darauf eine Disziplinarstrafe, und etwas später auch ich.

Das kam so: unser Zug arbeitete einmal in einer entlegenen Ecke des Kasernenareals mit Spitzhacke und Schaufel; ein träger Gefreiter bewachte uns nicht gerade aufmerksam, so daß wir uns sehr oft auf unser Werkzeug stützten, quatschten und gar nicht bemerkten, daß das Kommandeursbürschchen in der Nähe stand und uns beobachtete. Wir nahmen ihn erst in dem Moment wahr, als seine strenge Stimme ertönte: »Soldat Jahn, hierher!« Ich packte energisch meine Schaufel und stellte mich in Habtachtstellung vor ihn hin: »So stellen Sie sich Arbeit vor?« fragte er mich. Ich weiß wirklich nicht mehr, was ich ihm antwortete, es war aber nichts Freches, weil ich keinesfalls die Absicht hatte, mir das Leben in der Kaserne schwerzumachen und für nichts und wieder nichts den Menschen gegen mich aufzubringen, der alle Macht über mich hatte. Nach meiner nichtssagenden, eher verlegenen Antwort wurde sein Blick aber auf einmal hart, er trat auf mich zu, packte blitzschnell meinen Arm und warf mich mit einem perfekt eingeübten Judogriff über den Rücken zu Boden. Dann hockte er sich nieder, drückte mich zu Boden (ich wehrte mich nicht, ich wunderte mich nur) und sagte dann laut (damit es auch weiter weg alle hörten): »Genügt das?«; ich antwortete, daß es genüge. Er befahl Auf! und verkündete dann vor der angetretenen Kompanie: »Ich gebe dem Soldaten Jahn zwei Tage Arrest. Nicht, weil er frech zu mir war. Was seine Frechheit anbelangt, habe ich das mit ihm, wie ihr gesehen habt, eigenhändig erledigt. Ich gebe ihm zwei Tage Arrest, weil er ein Drückeberger ist, und euch brumme ich sie nächstens auch auf.« Dann drehte er sich um und stolzierte selbstherrlich von dannen.

Damals konnte ich für ihn nichts anderes als Haß empfinden, und Haß strahlt ein zu grelles Licht aus, in dem die Plastizität der Dinge sich verliert. Ich sah im Kommandeur nichts als eine rachsüchtige und heimtückische Ratte, heute jedoch sehe ich ihn vor allem als Menschen, der jung war und spielte. Junge Leute können nichts dafür, daß sie spielen; sie sind unfertig, werden aber in eine fertige Welt gestellt und müssen in ihr als *fertige Menschen* handeln. Sie benutzen daher sofort Formen, Vorlagen und Vorbilder, die ihnen gefallen, die gerade Mode sind, die ihnen gut stehen – und sie spielen.

Auch unser Kommandeur war so unfertig und wurde plötzlich vor unsere Truppe gestellt, die er überhaupt nicht verstehen konnte; er konnte sich aber beraten lassen, da Lektüre und Erzählungen ihm eine fertig ausgearbeitete Maske für analoge Situationen zur Verfügung stellten: der kaltblütige Held von billigen Wildwestromanen, der junge Mann mit den stählernen Nerven, der eine Verbrecherbande überführt, kein Pathos, nur kühle Ruhe, effektvoll trockener Humor, Selbstbewußtsein und Vertrauen in die Kraft der eigenen Muskeln. Je stärker sein kindliches Aussehen ihm bewußt war, desto fanatischer gab er sich der Rolle des eisernen Supermanns hin, desto angestrengter spielte er sie uns vor.

War es das erste Mal, daß ich so einem jugendlichen Schauspieler begegnete? Als ich im Sekretariat wegen der Ansichtskarte verhört wurde, war ich etwas über zwanzig, die mich verhörten, waren höchstens zwei Jahre älter. Auch sie waren in erster Linie *junge Burschen*, die ihre unfertigen Gesichter hinter der Maske versteckten, die ihnen am großartigsten schien, hinter der Maske des asketisch harten Revolutionärs. Und Marketa? Hatte nicht auch sie beschlossen, die Rolle der Erlöserin zu spielen, die sie darüber hinaus noch aus einem schlechten Film abgeguckt hatte? Und Zemanek, der aus heiterem Himmel vom sentimentalen Pathos der Moral beseelt war? War das keine Rolle? Und ich selbst? Hatte ich nicht mehrere Rollen verkörpert, zwischen denen ich mich verwirrt bewegte, bis ich bei diesem Herumirren gefaßt wurde?

Die Jugend ist schrecklich: sie ist eine Bühne, auf der Kinder auf hohen Kothurnen in den verschiedensten Kostümen einherschreiten und einstudierte Worte vortragen, die sie nur halbwegs verstehen, denen sie aber fanatisch ergeben sind. Und die Geschichte ist schrecklich, weil sie so oft zum Spielplatz von Unreifen wird; zum Spielplatz für einen blutjungen Nero, zum Spielplatz für einen blutjungen Napoleon, zum Spielplatz für fanatisierte Massen von Kindern, deren abgeguckte Leidenschaften und primitive Rollen sich mit einem Mal in eine katastrophal wirkliche Realität verwandeln.

Wenn ich daran denke, werden in meinem Geiste alle Wertordnungen umgekehrt, und ich empfinde einen tiefen Haß für die Jugend – während ich im Gegensatz dazu paradoxerweise den Verbrechern der Geschichte vergebe, in deren Vergehen ich auf einmal nur noch die entsetzliche Unmündigkeit der Unreife sehe.

Und wenn ich schon an all diese Unreifen denke, erinnere ich mich sogleich an Alexej; auch er hatte seine große Rolle gespielt, die seinen Verstand und seine Erfahrung überstieg. Er hatte mit dem Kommandeur etwas gemeinsam: auch er sah jünger aus, als er war; seine Jungenhaftigkeit war aber (im Unterschied zu der des Kommandeurs) reizlos: ein magerer, schmächtiger Körper, kurzsichtige Augen hinter dicken Brillengläsern, picklige (ewig pubertäre) Haut. Er hatte ursprünglich als Rekrut die Infanterie-Offiziersschule besucht, wurde aber plötzlich zu uns versetzt. Die berüchtigten politischen Prozesse rückten nämlich näher, und in vielen Sälen (der Partei, des Gerichts, der Polizei) wurden permanent Hände gehoben, die den Angeklagten Vertrauen, Ehre und Freiheit absprachen; Alexej war der Sohn eines hohen kommunistischen Funktionärs, der vor kurzem verhaftet worden war.

Er erschien eines Tages in unserer Truppe, und man teilte ihm Stanislavs verwaistes Bett zu. Er sah uns ähnlich an, wie ich anfangs meine Kameraden angesehen hatte; er war verschlossen, und als die anderen feststellten, daß er Parteimitglied war (er war noch nicht ausgeschlossen), begannen sie, in seiner Gegenwart ihre Zunge zu beherrschen.

Als Alexej in mir ein ehemaliges Parteimitglied erkannte, wurde er mir gegenüber etwas mitteilsamer; er vertraute mir an, daß er die große Prüfung, die das Leben ihm bereitet hatte, um jeden Preis bestehen müsse und die Partei nie verraten dürfe. Er las mir dann ein Gedicht vor, das er geschrieben hatte (obwohl er früher noch nie Gedichte geschrieben hatte), als er erfuhr, daß er uns zugeteilt werden sollte. Darin war auch folgender Vierzeiler:

Zum Hund könnt ihr mich machen, Genossen,
und wenn's euch beliebt, mich bespucken und schmähn,
selbst als bespuckter Hund noch, Genossen,
werd ich treu mit euch in der Reihe stehn.

Ich verstand ihn, weil ich vor einem Jahr noch selbst so empfunden hatte. In diesem Moment war aber alles viel weniger schmerzvoll: Lucie, die Platzanweiserin der Alltäglichkeit, hatte mich von jenen Orten weggeführt, an denen sich die Alexejs so verzweifelt quälten.

11.

Während der ganzen Zeit, da das Kommandeursbürschchen ein neues Regime in unserer Abteilung einführte, dachte ich in erster Linie daran, ob es mir gelingen würde, Ausgang zu bekommen; Lucies Kameradinnen waren zur Brigade weggefahren, und ich war schon einen Monat nicht mehr aus der Kaserne herausgekommen, der Kommandeur hatte sich mein Gesicht und meinen Namen gut gemerkt, und das ist das schlimmste, was einem beim Militär passieren kann. Wo immer er konnte, gab er mir zu verstehen, daß jede Stunde meines Lebens von seiner Willkür abhängig war. Und um den Ausgang war es jetzt allgemein schlecht bestellt; gleich am Anfang hatte er erklärt, daß er nur denjenigen, die regelmäßig an den freiwilligen Sonntagsschichten teilnahmen,

Ausgang bewilligen werde; und so nahmen wir alle daran teil; das war aber ein elendes Leben, weil wir den ganzen Monat keinen einzigen Tag ohne Kohlengrube hatten, und wenn jemand samstags tatsächlich bis zwei Uhr früh Ausgang bekam, trat er sonntags die Schicht unausgeschlafen an und glich dann einem Grubengespenst.

Auch ich begann, Sonntagsschichten zu machen, aber selbst das konnte mir den Ausgang nicht garantieren, denn das Verdienst der Sonntagsschicht konnte leicht durch ein schlecht gemachtes Bett oder irgendein anderes Vergehen wieder hinfällig werden. Die Selbstgefälligkeit der Macht manifestiert sich aber nicht nur in Grausamkeit, sondern (selten zwar) auch in Barmherzigkeit. Dem Kommandeursbürschchen tat es gut, daß er mir nach einigen Wochen auch Gnade erweisen konnte, und ich bekam im letzten Augenblick Ausgang, zwei Tage vor der Rückkehr von Lucies Kameradinnen.

Ich war aufgeregt, als eine alte Frau mit Brille beim Betreten des Wohnheims meinen Namen notierte und mir erlaubte, in den vierten Stock die Treppe hochzugehen, wo ich an die Tür am Ende eines langen Korridors klopfte. Die Tür öffnete sich, aber Lucie blieb dahinter verborgen, so daß ich vor mir nur einen Raum sah, der auf den ersten Blick nicht einem Zimmer in einem Wohnheim glich; es kam mir vor, als stünde ich in einem Raum, den man für irgendein religiöses Fest hergerichtet hatte: auf dem Tisch leuchtete ein goldgelber Dahlienstrauß, neben dem Fenster ragten zwei große Gummibäume empor, und überall (auf dem Tisch, dem Bett, dem Boden, hinter den Bildern) waren grüne Zweiglein verstreut und gesteckt (Asparagus, wie ich bald feststellte), als warte man auf die Ankunft Jesu Christi auf seinem Eselchen.

Ich zog Lucie an mich (sie versteckte sich noch immer hinter der Tür) und küßte sie. Sie trug das schwarze Abendkleid und die Schuhe mit den hohen Absätzen, die ich ihr an dem Tag gekauft hatte, als wir das Kaufhaus besuchten. Sie stand zwischen all diesem festlichen Grün wie eine Priesterin.

Wir schlossen die Tür hinter uns, und erst jetzt wurde mir bewußt, daß ich tatsächlich nur in einem gewöhnlichen

Wohnheim war und unter diesem grünen Gewand nichts als vier eiserne Betten, vier abgeblätterte Nachttischchen, ein Tisch und drei Stühle waren. Aber das konnte das Gefühl der Ergriffenheit nicht verringern, das sich in dem Moment, als Lucie die Tür öffnete, meiner bemächtigt hatte: ich war nach einem Monat wieder für ein paar Stunden draußen; aber nicht nur das: zum ersten Mal seit einem vollen Jahr befand ich mich wieder in einem *kleinen Raum*; ein betörender Hauch von Intimität wehte mir entgegen, und seine Intensität warf mich fast um.

Auf allen bisherigen Spaziergängen mit Lucie hatte die Weite des Raums mich stets mit der Kaserne und meinem dortigen Los verbunden; die allgegenwärtige, zirkulierende Luft kettete mich mit unsichtbaren Fesseln an das Tor mit der Aufschrift »Wir dienen dem Volk«, es kam mir vor, als gäbe es nirgends einen Ort, wo ich für einen Moment aufhören könnte, »dem Volk zu dienen«; ich war ein ganzes Jahr lang nicht mehr in einem kleinen, privaten Zimmer gewesen.

Das war plötzlich eine ganz neue Situation; mir schien, ich sei für drei Stunden völlig frei, ich konnte zum Beispiel (entgegen allen militärischen Vorschriften) ohne Bedenken nicht nur Mütze und Gürtel, sondern auch Hemd, Hose und Schuhe ausziehen, alles, ich konnte sogar nach Lust und Laune darauf herumtrampeln, ich konnte alles Erdenkliche tun und war von nirgendwoher zu sehen; im Raum war es zudem angenehm warm, und diese Wärme stieg mir, zusammen mit dieser Freiheit, in den Kopf wie Alkohol: ich nahm Lucie in die Arme, drückte sie an mich, küßte sie und führte sie zum grünbekränzten Bett. Diese Zweiglein auf dem Bett (das mit einem schäbigen, grauen Überwurf bedeckt war) erregten mich. Ich konnte mir darunter nichts anderes als Hochzeitssymbole vorstellen; mir kam der Gedanke (und ich war darüber gerührt), daß in Lucies Einfachheit unbewußt älteste Volksbräuche widerhallten, nach denen sie sich mit einem feierlichen Ritual von ihrer Jungfräulichkeit verabschieden wollte.

Erst nach einer Weile wurde mir bewußt, daß Lucie, obwohl sie meine Küsse und Umarmungen erwiderte, eine dennoch merkbare Zurückhaltung bewahrte. Wenn ihr

Mund mich auch leidenschaftlich küßte, ihre Lippen blieben geschlossen; sie schmiegte sich zwar mit ihrem ganzen Körper an mich, aber als ich meine Hand unter ihren Rock schob, um mit meinen Fingern die Haut ihrer Beine zu fühlen, da entwandt sie sich mir. Ich begriff, daß die Spontaneität, der ich mich mit Lucie in trügerischer Blindheit hatte hingeben wollen, einseitig war; ich erinnere mich, daß ich in jenem Augenblick (und das war kaum fünf Minuten, nachdem ich Lucies Zimmer betreten hatte) Tränen des Bedauerns in den Augen spürte.

Wir setzten uns also nebeneinander aufs Bett (und quetschten die armen Zweiglein unter unseren Hintern) und begannen, über irgend etwas zu reden. Nach einiger Zeit (das Gespräch brachte nichts) versuchte ich, Lucie von neuem zu umarmen, aber sie wehrte sich; ich begann also mit ihr zu ringen, erkannte jedoch sogleich, daß es sich nicht um einen schönen Liebeskampf handelte, sondern um einen Kampf, der unsere liebevolle Beziehung in etwas Häßliches verwandelte, denn Lucie wehrte sich wirklich, wild, fast verzweifelt, es war also ein wirklicher Kampf und kein Liebesspiel, und so gab ich es rasch auf.

Ich versuchte, Lucie mit Worten zu überreden; ich kam ins Erzählen; ich sprach vermutlich darüber, daß ich sie liebte und daß Liebe bedeutete, sich dem anderen mit allem, was man habe, hinzugeben, ich sagte gewiß nichts Originelles (mein Ziel war schließlich auch nicht gerade originell); trotz ihrer Banalität handelte es sich aber um eine unwiderlegbare Argumentation, und Lucie versuchte auch gar nicht, sie zu widerlegen. Statt dessen schwieg sie einfach oder sagte: »Bitte, nicht, bitte, nicht«, oder: »Heute nicht, heute nicht . . .«, und versuchte (darin war sie rührend ungeschickt), die Rede auf ein anderes Thema zu lenken.

Ich ging zu einem neuen Angriff über; du gehörst doch nicht zu den Mädchen, die einen zuerst aufstacheln und dann auslachen, du bist doch nicht gefühllos und böse . . . und wieder umarmte ich sie, und es fand ein weiteres, kurzes und trauriges Ringen statt, das mich (wieder) mit einem Gefühl der Häßlichkeit erfüllte.

Ich gab es auf, und plötzlich war mir, als hätte ich verstanden, warum Lucie mich zurückstieß; mein Gott, wieso hatte ich das nicht gleich begriffen? Lucie war doch noch ein Kind, vermutlich fürchtete sie sich vor der Liebe, sie war noch Jungfrau und hatte Angst, Angst vor dem Unbekannten; ich nahm mir augenblicklich vor, das Drängende, das sie vermutlich abgeschreckt hatte, aus meinem Verhalten verschwinden zu lassen und zärtlich zu sein, behutsam, damit sich der Liebesakt nicht von unseren Zärtlichkeiten unterschied, damit er nur eine dieser Zärtlichkeiten war. Ich hörte also auf zu drängen und begann mit Lucie zu schmusen. Ich küßte sie (es dauerte schrecklich lange), preßte sie an mich (unaufrichtig und gekünstelt) und versuchte, sie dabei unauffällig aufs Bett zu legen. Das gelang mir, ich streichelte ihre Brüste (dem hatte sich Lucie nie widersetzt); ich sagte ihr, ich wolle zu ihrem ganzen Körper zärtlich sein, denn dieser Körper sei sie selbst, und ich wolle zu ihrem Ganzen zärtlich sein; es gelang mir sogar, ihren Rock etwas hochzuschieben und sie zehn, zwanzig Zentimeter über dem Knie zu küssen; weiter kam ich jedoch nicht; als ich mit meinem Kopf bis zu ihrem Schoß vordringen wollte, riß sie sich aufgeschreckt los und sprang aus dem Bett. Ich blickte sie an und bemerkte in ihrem Gesicht einen Ausdruck krampfhafter Anstrengung, den ich bisher noch nie an ihr gesehen hatte.

»Lucie, Lucie, schämst du dich, weil es hier hell ist? Möchtest du lieber im Dunkeln sein?« fragte ich sie, und sie klammerte sich an meine Frage wie an einen Strohhalm und bestätigte, daß das Licht sie störte. Ich trat also zum Fenster und wollte die Jalousien herunterlassen, aber Lucie sagte: »Nein, tu das nicht! Nicht herunterlassen!« »Warum nicht?« fragte ich. »Ich fürchte mich«, sagte sie. »Wovor fürchtest du dich, vor dem Licht oder dem Dunkel?« Sie schwieg und fing an zu weinen.

Ihr Widerstand rührte mich keineswegs; er kam mir unsinnig vor, unrichtig und ungerecht; er quälte mich, ich verstand ihn nicht. Ich fragte sie, ob sie sich widersetze, weil sie noch Jungfrau sei, ob sie sich vor dem Schmerz fürchte. Jede dieser Fragen bejahte sie gehorsam, weil sie darin ein Argument für sich sah. Ich erzählte ihr, wie schön es wäre, daß sie noch Jungfrau sei und alles erst durch mich erfahre, der ich sie liebte. »Freust du dich denn nicht darauf, mir ganz zu gehören?« Sie sagte, daß sie sich freue. Ich nahm sie wieder in die Arme, und wieder wehrte sie sich. Nur mit Mühe unterdrückte ich einen Wutanfall. »Wieso wehrst du dich?« Sie sagte: »Ich bitte dich, beim nächsten Mal, ja, ich möchte, aber erst beim nächsten Mal, ein andermal, nicht heute.« »Und warum nicht heute?« Sie antwortete: »Heute nicht.« »Warum denn?« Sie antwortete: »Heute nicht, bitte.« »Aber wann denn? Du weißt gut, daß dies unsere letzte Gelegenheit ist, allein zusammenzusein, übermorgen kommen deine Kameradinnen zurück. Wo werden wir dann allein sein?« »Du wirst schon etwas finden«, sagte sie. »Gut«, willigte ich ein, »ich werde etwas finden, versprich mir aber, daß du dorthin mitkommst, denn es wird kaum ein so gemütliches Zimmer sein, wie dieses hier.« »Das macht nichts«, sagte sie, »das macht nichts, es kann sein, wo immer du willst.« »Gut, aber versprich mir, daß du dort meine Frau sein und dich nicht mehr wehren wirst.« »Ja«, sagte sie. »Versprochen?« »Ja.«

Ich begriff, daß ein Versprechen das einzige war, was ich an diesem Tag von Lucie bekommen konnte. Das war wenig, aber wenigstens etwas. Ich unterdrückte meinen Unwillen, und wir verbrachten den Rest der Zeit mit Plaudern. Als ich wegging, klopfte ich den Asparagus von meiner Uniform, streichelte Lucie über die Wangen und sagte zu ihr, ich würde an nichts anderes mehr denken, als an unser nächstes Zusammensein (und ich log nicht).

12.

Einige Tage nach dem letzten Treffen mit Lucie (es war ein regnerischer Herbsttag) kehrten wir in Kolonnen in die Kaserne zurück, die Straße war voller Schlaglöcher, in denen sich tiefe Pfützen gebildet hatten; wir waren schmutzig, müde, durchnäßt und sehnten uns nach Ruhe. Die meisten von uns hatten schon einen Monat lang keinen freien Sonntag mehr gehabt. Gleich nach dem Mittagessen ließ das

Kommandeursbürschchen uns jedoch antreten und teilte uns mit, daß er am Vormittag beim Inspizieren unserer Unterkünfte Unordnung festgestellt habe. Er übergab uns den Unteroffizieren und befahl ihnen, uns zur Strafe zwei Stunden länger zu schleifen.

Da wir Soldaten ohne Waffen waren, hatten unser Exerzieren und unsere militärischen Übungen einen besonders absurden Charakter; sie erfüllten keinen anderen Zweck, als die Zeit, die wir zum Leben hatten, wertlos zu machen. Ich erinnere mich, daß wir unter dem Kommandeursbürschchen einmal einen ganzen Nachmittag lang schwere Bretter von einer Ecke des Kasernenhofes in die andere und am folgenden Tag wieder hatten zurückschleppen müssen, und daß wir dieses Bretterschleppen volle zehn Tage lang geübt hatten. Diese Art Bretterschleppen war im Grunde genommen alles, was wir nach der Schicht auf dem Kasernenhof taten. Diesmal schleppten wir also keine Bretter, sondern unsere eigenen Körper; wir machten mit ihnen Rechtsum und Linksum, warfen sie auf den Boden und rissen sie wieder hoch, wir rannten mit ihnen hin und her und robbten auf der Erde. So verstrichen drei Stunden, und dann erschien der Kommandeur; er gab den Unteroffizieren den Befehl, uns zum Turnen zu führen.

Hinten, hinter den Baracken lag ein kleiner Sportplatz, wo man Fußball spielen, aber auch turnen oder laufen konnte. Die Unteroffiziere beschlossen, mit uns einen Staffellauf durchzuführen; wir waren in unserer Kompanie neun Mannschaften à zehn Mann – also neun Zehnerstaffeln. Die Unteroffiziere wollten uns nicht nur tüchtig schlauchen, sie waren zum größten Teil so zwischen achtzehn und zwanzig und hatten Jungenträume, sie wollten uns im Wettkampf beweisen, daß wir schlechter waren als sie; und so stellten sie ihre eigene Staffel aus zehn Korporälen und Gefreiten gegen uns auf.

Es dauerte eine geraume Weile, bis sie uns ihre Absicht erklärt hatten und wir sie begriffen: die ersten zehn Läufer sollten von der einen Seite des Sportplatzes zur anderen laufen; dort hatte die zweite Reihe von Läufern bereitzustehen, die wieder dorthin zurücklaufen sollte, von woher die ersten gestartet waren, inzwischen aber sollte die dritte Reihe sich bereitstellen, und so weiter und so fort. Die Unteroffiziere zählten uns ab und schickten uns zu den beiden Enden des Sportplatzes.

Nach der Schicht und dem Exerzieren waren wir schon zu Tode erschöpft, und wir tobten innerlich beim Gedanken, nun auch noch laufen zu müssen; und da verriet ich zwei, drei Kameraden einen ganz primitiven Einfall: wir würden alle ganz langsam laufen! Der Einfall fand sofort Anklang, verbreitete sich von Mund zu Mund, und ein unterdrücktes Lachen brachte plötzlich zufriedene Bewegung in die müde Masse der Soldaten.

Endlich stand jeder auf seinem Platz, startbereit zu einem Wettlauf, dessen Konzept der Unsinn selbst war; obwohl wir in Uniform und den schweren Schuhen laufen sollten, mußten wir zum Start niederknien; obwohl wir die Stäbe auf eine ganz ungewohnte Weise übergeben mußten (der Empfänger kam uns ja entgegen), hielten wir echte Stäbe in der Hand, und das Startzeichen wurde mit einem echten Pistolenschuß gegeben. Der Gefreite auf der zehnten Bahn (der erste Läufer der Unteroffiziers-Mannschaft) rannte pfeilschnell los, wir aber lösten uns erst vom Boden (ich stand auf der ersten Bahn) und trabten gemütlich vorwärts; schon nach zwanzig Metern konnten wir das Lachen kaum noch verkneifen, denn der Gefreite näherte sich bereits der anderen Seite des Platzes, während wir ein Stück vom Start entfernt in einer unwahrscheinlich gerade ausgerichteten Reihe dahintrotteten, schnaubend und außergewöhnliche Anstrengung mimend; die an den beiden Enden versammelten Soldaten begannen, uns laut anzufeuern: »Tempo, Tempo, Tempo . . .« In der Mitte des Platzes kreuzten wir den zweiten Unteroffizier, der uns entgegen auf die Linie zulief, von der wir gestartet waren. Endlich kamen wir am anderen Ende an und übergaben unsere Stäbe, und da war bereits der dritte Unteroffizier unterwegs.

Ich erinnere mich heute an diesen Staffellauf wie an die letzte Militärparade meiner schwarzen Kameraden. Die Jungs legten eine unglaubliche Phantasie an den Tag: Honza hinkte beim Laufen mit einem Bein, alle feuerten ihn fanatisch an, und als Held übergab er den Stab (unter großem Applaus) tatsächlich zwei Schritte vor den anderen. Der Zigeuner Matlos fiel auf der Strecke etwa achtmal hin. Marek hob beim Laufen die Knie bis unters Kinn (was ihn bestimmt mehr Kraft kostete, als wenn er das schnelle Tempo eingeschlagen hätte). Niemand verdarb das Spiel: weder Bedrich, der disziplinierte und mit seinem Los versöhnte Verfasser von Friedensmanifesten, der ernst und würdevoll langsam mit den anderen dahinlief, noch Josef vom Dorf, weder Pavel Pekny, der mich nicht mochte, noch der alte Ambroz, der kerzengerade aufgerichtet mit den Händen auf dem Rücken daherkam, weder der rothaarige Petran, der mit pfeifender Stimme ächzte, noch der Ungar Varga, der beim Laufen Hurra! schrie; niemand verdarb diese hervorragende, einfache Inszenierung, über die wir Zuschauer uns fast kaputtlachten.

Dann sahen wir das Kommandeursbürschchen von den Baracken her auf den Sportplatz zukommen. Einer der Korporäle erblickte ihn und ging ihm entgegen, um Meldung zu erstatten. Der Kommandeur hörte ihn an und trat dann an den Rand des Platzes, um unseren Wettlauf zu beobachten. Die Unteroffiziere (deren Staffel längst siegreich ins Ziel gelaufen war) wurden nervös und begannen uns anzuschreien: »Los! So macht doch! Vorwärts!«, aber ihre Anfeuerungsrufe gingen in den unsrigen völlig unter. Die Unteroffiziere wußten nicht, was sie tun sollten, sie überlegten, ob sie den Wettlauf abbrechen sollten, sie liefen hin und her, berieten sich untereinander, sahen den Kommandeur von der Seite an, aber er würdigte sie keines Blickes und beobachtete unseren Wettlauf mit eisiger Miene.

Endlich waren die letzten an der Reihe; darunter auch Alexej; ich war sehr neugierig, wie er laufen würde, und ich hatte mich nicht geirrt: er wollte das Spiel verderben. Er rannte mit aller Kraft los und hatte nach zwanzig Metern mindestens fünf Meter Vorsprung. Aber dann geschah etwas Seltsames: sein Tempo verlangsamte sich, und der Vorsprung blieb nun der gleiche; ich begriff auf einmal, daß Alexej das Spiel nicht verderben konnte, selbst wenn er es wollte: er war ein kränklicher Junge, dem man schon nach zwei Tagen eine leichtere Arbeit hatte zuteilen müssen, ob man wollte oder nicht, denn er hatte weder Muskeln noch Luft! In dem Augenblick, als ich das begriff, kam sein Lauf mir wie die Krönung des ganzen Spaßes vor; Alexej hetzte sich ab, wie er nur konnte, und war dabei von den anderen Jungs nicht zu unterscheiden, die fünf Schritte hinter ihm im gleichen Tempo Theater machten; die Unteroffiziere und der Kommandeur mußten überzeugt sein, daß Alexejs rasanter Start ebenso zur ganzen Komödie gehörte wie Honzas fingiertes Hinken, Matlos' Hinfallen und unsere anspornenden Rufe. Alexej lief mit geballten Fäusten genau wie jene hinter ihm, die große Anstrengung vortäuschten und prachtvoll schnaubten. Alexej fühlte aber ein *echtes* Stechen in den Seiten, das er mit größter Mühe zu überwinden versuchte, so daß *echter* Schweiß über sein Gesicht rann; als die anderen in der Mitte des Platzes waren, wurde Alexej noch langsamer, und die Reihe der gemütlich laufenden Schelme holte ihn allmählich ein; dreißig Meter vor dem Ziel überholten sie ihn; als er noch zwanzig Meter vom Ziel entfernt war, hörte er zu laufen auf und schaffte den Rest nur noch humpelnd; eine Hand hielt er in die Seite gepreßt.

Dann befahl uns der Kommandeur anzutreten. Er fragte, warum wir so langsam gelaufen seien. »Wir waren müde, Genosse Hauptmann.« Er verlangte, daß alle, die müde waren, die Hände hoben. Wir hoben unsere Hände. Ich sah Alexej genau an (er stand in der Reihe vor mir); als einziger hob er nicht die Hand. Aber der Kommandeur beachtete ihn nicht. Er sagte: »Gut, also alle.« »Nein«, ertönte eine Stimme.« »Wer war nicht müde?« Alexej sagte: »Ich.« »Sie nicht?« sagte der Kommandeur und sah ihn an. »Und wie kommt es, daß Sie nicht müde sind?« »Weil ich Kommunist bin«, antwortete Alexej. Auf diese Worte hin rauschte ein dunkles Lachen durch die Kompanie. »Sind Sie nicht als letzter ins Ziel gelaufen?« fragte der Kommandeur. »Ja«, sagte Alexej. »Und Sie sind nicht müde«, sagte der Kommandeur. »Nein«, antwortete Alexej. »Wenn Sie nicht müde sind, so haben Sie die Übung absichtlich sabotiert. Ich gebe Ihnen vierzehn Tage Arrest wegen versuchten Aufruhrs. Ihr anderen wart müde, also habt ihr eine Ausrede. Nachdem eure

Leistungen in der Grube nicht viel taugen, macht ihr euch anscheinend beim Ausgang müde. Im Interesse ihrer Gesundheit hat die Kompanie zwei Monate Ausgangssperre.«

Noch bevor er in den Bau ging, unterhielt ich mich mit Alexej. Er warf mir vor, daß ich mich nicht wie ein Kommunist verhielte, und er fragte mich mit strengem Blick, ob ich für den Sozialismus sei oder nicht. Ich antwortete ihm, ich sei für den Sozialismus, das spiele aber in dieser Kaserne bei den Schwarzen keine Rolle, weil hier eine andere Ordnung herrsche als draußen: hier waren auf der einen Seite diejenigen, die ihr eigenes Schicksal verloren hatten, und auf der anderen diejenigen, die diese Schicksale in ihren Händen hielten und damit machten, was sie wollten. Alexej war aber nicht mit mir einverstanden: die Trennlinie zwischen Sozialismus und Reaktion würde überall hindurchführen; unsere Kaserne sei schließlich nichts anderes als ein Mittel, mit dem wir uns gegen die Feinde des Sozialismus verteidigten. Ich fragte ihn, wie denn dieses Kommandeursbürschchen den Sozialismus gegen seine Feinde verteidigte, wenn er gerade ihn, Alexej, für vierzehn Tage in den Bau schickte und überhaupt die Leute so behandelte, daß er sie zu den verbissensten Feinden des Sozialismus erzog, und Alexej gab zu, daß der Kommandeur ihm gar nicht gefalle. Als ich ihm jedoch sagte, wenn selbst hier in der Kaserne die Trennlinie zwischen Sozialismus und Reaktion ausschlaggebend wäre, so dürfe er, Alexej, nie und nimmer hiersein, da antwortete er mir abrupt, daß er völlig zu Recht hier sei. »Mein Vater wurde wegen Spionage verhaftet. Verstehst du, was das bedeutet? Wie soll die Partei mir da vertrauen? Die Partei ist *verpflichtet*, mir zu mißtrauen!«

Dann unterhielt ich mich mit Honza; ich schimpfte (in Gedanken an Lucie), daß wir nun zwei Monate lang nicht hinauskommen würden. »Idiot«, sagte er zu mir, »was befürchtest du denn. Wir werden mehr Ausgang haben als sonst.«

Die fröhliche Sabotage des Wettlaufs hatte in meinen Kameraden das Gefühl der Solidarität verstärkt und eine beachtliche Tatkraft geweckt. Honza rief eine Art kleinen Rat ins Leben, der sich sofort daranmachte, die Möglichkeiten zu prüfen, wie wir die Kaserne heimlich verlassen könnten. Innerhalb von zwei Tagen war alles organisiert; ein Bestechungsfonds wurde geschaffen; zwei Unteroffiziere in unserer Baracke wurden bestochen; man fand die geeignete Stelle, wo der Drahtzaun unauffällig durchschnitten werden konnte; diese Stelle lag am Ende des Kasernenareals, wo sich nur noch die Sanitätsbaracke befand und etwa fünf Meter vom Zaun entfernt die ersten Häuschen des Dorfes standen; im nächstgelegenen Haus wohnte ein Kumpel, den wir vom Stollen her kannten; meine Kameraden waren rasch mit ihm übereingekommen, daß er das Gartentürchen nicht abschließen würde; der Soldat, der abhauen wollte, brauchte also nur unbemerkt zum Zaun zu gelangen, schnell durchzuschlüpfen und fünf Meter weit zu laufen; sobald er das Gartentor des Kumpels hinter sich hatte, befand er sich in Sicherheit: er ging dann durch das Haus hindurch auf die Vorortstraße hinaus.

Das Ausgehen war also verhältnismäßig gesichert; man durfte es aber nicht übertreiben; würden an ein und demselben Tag zu viele Soldaten die Kaserne heimlich verlassen, so wäre ihre Abwesenheit leicht festzustellen; deshalb mußte Honzas spontan einberufener Rat das Ausgehen regeln und eine Reihenfolge festlegen, wann wer die Kaserne verlassen durfte.

Doch brach Honzas ganzes Unternehmen zusammen, noch bevor ich an die Reihe kam. Der Kommandeur kontrollierte eines Nachts persönlich die Schlafbaracken und stellte fest, daß drei Soldaten fehlten. Er knöpfte sich den Unteroffizier (den Stubenältesten) vor, der die Abwesenheit der Soldaten nicht gemeldet hatte, und fragte ihn, als wäre er sich seiner Sache sicher, wieviel er dafür bekommen habe. Der Unteroffizier glaubte fälschlicherweise, daß der Kommandeur alles wisse, und versuchte erst gar nicht zu leugnen. Honza wurde zum Kommandeur beordert, und der Unteroffizier bestätigte bei der Gegenüberstellung, von ihm Geld angenommen zu haben.

Das Kommandeursbürschchen hatte uns schachmatt gesetzt. Den Unteroffizier, Honza sowie die drei Soldaten, die in jener Nacht ihren heimlichen Ausgang hatten, übergab er dem Armeestaatsanwalt. (Ich kam nicht einmal dazu, mich von meinem besten Kameraden zu verabschieden, alles spielte sich sehr rasch im Laufe eines Vormittags ab, als wir in der Schicht waren; erst viel später erfuhr ich, daß sie alle vom Gericht verurteilt worden waren, Honza zu einem ganzen Jahr Gefängnis.) Der Kommandeur teilte der gesamten Kompanie mit, daß die Dauer der Ausgangssperre um weitere zwei Monate verlängert sei, und für die ganze Einheit die Vorschriften einer Strafkompanie gelten würden. Und er verlangte, daß in den Ecken des Lagers zwei Wachtürme mit Scheinwerfern installiert wurden und die Kaserne von zwei Hundeführern mit Schäferhunden bewacht wurde.

Das Durchgreifen des Kommandeurs war dermaßen unvermittelt und erfolgreich, daß wir alle dem Eindruck unterlagen, Honzas Unternehmen sei von jemandem verraten worden. Man kann nicht behaupten, daß Denunziation unter den Schwarzen besonders verbreitet gewesen wäre; wir verachteten das einmütig, wußten aber alle, daß Denunziation als Möglichkeit stets gegenwärtig war, weil es das beste Mittel war, das sich einem anbot, um die Bedingungen zu verbessern, rechtzeitig nach Hause entlassen zu werden, eine gute Bewertung zu erhalten und sich die Zukunft schlecht oder recht zu sichern. Wir widerstanden dieser niedrigsten aller Niedrigkeiten (in der großen Mehrzahl), aber der Versuchung, andere allzu schnell zu verdächtigen, widerstanden wir nicht.

Auch diesmal verfestigte sich ein Verdacht und verwandelte sich bei allen rasch zur Gewißheit (obwohl man sich das Durchgreifen des Kommandeurs auch anders als durch Denunziation erklären konnte), diese konzentrierte sich mit unbedingter Sicherheit auf Alexej. Er saß gerade seine letzten beiden Tage im Bau ab; allerdings fuhr er täglich ein und verbrachte die ganze Zeit mit uns in der Grube; alle behaupteten, er habe demnach jede Möglichkeit gehabt, (»mit seinen Spitzelohren«) etwas über Honzas Unternehmen zu hören.

Dem armen, bebrillten Studenten widerfuhren nun die schlimmsten Dinge: der Vorarbeiter (einer von uns) begann, ihm wieder die schwersten Arbeiten zuzuteilen; regelmäßig ging sein Werkzeug verloren, das er dann von seinem Sold zu ersetzen hatte; er mußte sich Anspielungen und Beleidigungen mitanhören und Hunderte von kleinen Unannehmlichkeiten über sich ergehen lassen; auf die Holzwand, an der sein Bett stand, hatte jemand mit schwarzer Wagenschmiere ACHTUNG RATTE geschrieben.

Einige Tage, nachdem Honza und die anderen vier Übeltäter von einer Eskorte abgeführt worden waren, warf ich gegen Abend einen Blick in unsere Stube; sie war leer, nur Alexej war über sein Bett gebeugt und brachte es in Ordnung. Ich fragte ihn, warum er jetzt sein Bett mache. Er antwortete, die Jungs würden es mehrmals am Tag auseinanderreißen. Ich sagte ihm, alle seien davon überzeugt, daß er Honza denunziert habe. Er protestierte fast weinend; er habe von nichts gewußt und würde auch nie jemanden denunzieren. »Wie kannst du behaupten, du würdest nicht denunzieren«, sagte ich. »Du betrachtest dich als Verbündeten des Kommandeurs. Daraus geht logisch hervor, daß du denunzieren würdest.« »Ich bin kein Verbündeter des Kommandeurs! Der Kommandeur ist ein Saboteur!« sagte er mit sich überschlagender Stimme. Und dann vertraute er mir seine Ansicht an, zu der er angeblich gelangt war, als er in der Einsamkeit des Baus so lange nachdenken konnte: Die Formation der Schwarzen Soldaten sei von der Partei für Leute geschaffen worden, denen sie vorerst noch keine Waffen anvertrauen konnte, die sie aber umerziehen wollte. Der Klassenfeind schlafe aber nicht und wolle um jeden Preis verhindern, daß dieser Umerziehungsprozeß erfolgreich verlaufe; er wolle, daß die schwarzen Soldaten in rasendem Haß auf den Kommunismus gehalten würden und so eine Reserve für die Konterrevolution bilden könnten. Daß dieses Kommandeursbürschchen alle so behandelte, daß er in ihnen Wut entfachte, sei offensichtlich Teil eines feindlichen Planes. Ich würde ja gar nicht ahnen, wo überall die Partei ihre Feinde hätte. Der Kommandeur sei bestimmt ein feindlicher Agent. Alexej wisse, was seine Pflicht sei, und er habe einen detaillierten Bericht über die Tätigkeiten des Kommandeurs geschrieben. Ich staunte: »Was? Was hast du geschrieben? Und wohin hast du es geschickt?« Er antwortete, er habe die Beschwerde an die Partei geschickt.

Wir traten aus der Baracke. Er fragte mich, ob ich mich nicht fürchte, mich vor den anderen in seiner Begleitung sehen zu lassen. Ich sagte ihm, er sei ein Idiot, wenn er so frage, und ein Idiot im Quadrat, wenn er glaube, sein Brief würde den Empfänger erreichen. Er antwortete, er sei Kommunist und müsse unter allen Umständen so handeln, daß er sich für nichts zu schämen brauche. Und abermals rief er mir in Erinnerung, daß auch ich (obwohl aus der Partei ausgeschlossen) Kommunist sei und mich anders verhalten sollte, als ich es täte: »Als Kommunisten sind wir für alles verantwortlich, was hier vor sich geht.« Ich hätte am liebsten gelacht; ich sagte ihm, Verantwortung sei ohne Freiheit undenkbar. Er antwortete mir, er fühle sich frei genug, um als Kommunist zu handeln; er müsse und würde beweisen, daß er Kommunist sei. Als er das sagte, zitterte sein Kinn; noch heute, nach Jahren, sehe ich diesen Augenblick vor mir, und viel mehr als damals ist mir jetzt bewußt, daß Alexej knapp über zwanzig war, daß er ein Jugendlicher war, ein Junge, und daß sein Schicksal an ihm schlotterte wie das Gewand eines Riesen an einer winzigen Gestalt.

Ich erinnere mich, daß Marek mich (genau im Sinne von Alexejs Befürchtungen) kurz nach dem Gespräch mit Alexej fragte, warum ich mit dieser Ratte redete. Ich sagte ihm, daß Alexej zwar ein Rindvieh sei, aber keine Ratte, und ich sagte ihm auch, was Alexej mir von seiner Beschwerde über den Kommandeur erzählt hatte. Auf Marek machte das gar keinen Eindruck: »Ob er ein Rindvieh ist, weiß ich nicht, aber eine Ratte ist er bestimmt. Wer öffentlich seinen eigenen Alten verleugnet, ist eine Ratte.« Ich verstand ihn nicht; er wunderte sich, daß ich nichts davon wußte; der Politkommissar selbst habe ihnen doch die einige Monate alte Zeitung gezeigt, in der Alexejs Erklärung abgedruckt war: er sagte sich von seinem Vater los, der angeblich das Heiligste, was sein Sohn kannte, verraten und bespuckt habe.

An jenem Tag leuchteten in der Dämmerung auf den Wachtürmen (die in den vergangenen Tagen gebaut worden waren) zum ersten Mal die Scheinwerfer, die das langsam dunkel werdende Lager erhellten; einer der Hundeführer schritt mit seinem Schäferhund den Drahtzaun ab. Ich wurde von einer wahnsinnigen Wehmut befallen: ich war ohne Lucie und wußte, daß ich sie ganze zwei Monate nicht sehen würde. An jenem Abend schrieb ich ihr einen langen Brief; ich schrieb ihr, ich würde sie lange nicht mehr sehen, wir dürften die Kaserne nicht verlassen, es täte mir leid, daß sie mir verweigert habe, wonach ich mich so sehnte und was mir als Erinnerung geholfen hätte, diese traurigen Wochen zu überbrücken.

Einen Tag, nachdem ich den Brief in den Briefkasten geworfen hatte, exerzierten wir am Nachmittag auf dem Hof das obligate Rechtsum, Linksum, Vorwärts marsch und Nieder! Ich führte die befohlenen Bewegungen ganz automatisch aus und nahm den kommandierenden Korporal und meine marschierenden und sich zu Boden werfenden Kameraden praktisch nicht wahr: auf drei Seiten Baracken, auf der vierten ein Drahtzaun, an dem eine Landstraße entlangführte. Von Zeit zu Zeit ging jemand am Drahtzaun vorbei, von Zeit zu Zeit blieb sogar jemand stehen (meist Kinder, allein oder mit Eltern, die ihnen erklärten, daß das hinter dem Drahtzaun Soldaten seien, die exerzierten). Das alles hatte sich für mich in eine leblose Kulisse verwandelt, in eine Dekoration (alles, was hinter dem Drahtzaun war, war nichts als Dekoration), deshalb schaute ich erst zum Zaun, als jemand halblaut in diese Richtung rief: »Was guckst du, Mäuschen?«

Da erst sah ich sie. Es war Lucie. Sie stand am Zaun, in ihrem alten, braunen, abgetragenen Mäntelchen (es fiel mir ein, daß wir bei unserem Einkauf vergessen hatten, daß der Sommer zu Ende gehen und es kalt werden würde) und in den modischen schwarzen Schuhen mit den hohen Absätzen (meinem Geschenk), die absolut nicht zur Schäbigkeit des Mantels paßten. Sie stand regungslos hinter dem Drahtzaun und sah zu uns herüber. Die Soldaten kommentierten ihre seltsam geduldige Erscheinung immer mutiger und legten die ganze sexuelle Verzweiflung von Menschen, die unfreiwillig im Zölibat gehalten wurden, in ihre Bemerkungen. Auch dem Unteroffizier fiel die Zerstreutheit der Soldaten auf, und er hatte die Ursache bald entdeckt; er verspürte sichtliche Wut über seine eigene Hilflosigkeit; er konnte das

Mädchen nicht vom Zaun wegjagen; jenseits des Drahtzaunes lag ein Reich relativer Freiheit, in das seine Befehle nicht mehr drangen. Er drohte also den Soldaten, sie sollten ihre Bemerkungen unterlassen, er hob seine Stimme und beschleunigte das Exerziertempo.

Lucie ging manchmal etwas hin und her, verlor sich manchmal ganz aus meinem Blickfeld, und kehrte wieder an die Stelle zurück, von wo aus sie mich sehen konnte. Dann war das Exerzieren zu Ende, doch konnte ich nicht zu ihr gehen, weil wir zum Unterricht für politische Erziehung abkommandiert wurden; wir lauschten Phrasen über das Lager des Friedens und über die Imperialisten, und erst nach einer Stunde konnte ich hinauseilen (es dämmerte bereits) und nachschauen, ob Lucie noch immer am Zaun stand; sie war da, und ich lief zu ihr hin.

Sie sagte mir, ich dürfe ihr nicht böse sein, sie liebe mich und es tue ihr leid, daß ich ihretwegen traurig sei. Ich sagte ihr, daß ich nicht wisse, wann wir uns wieder treffen könnten. Sie sagte, das sei nicht schlimm, sie würde hierherkommen, um mich zu sehen. (In diesem Moment gingen Soldaten an uns vorbei und riefen uns eine Schweinerei zu.) Ich fragte sie, ob es ihr nichts ausmache, wenn die Soldaten ihr solche Sachen zuriefen. Sie sagte, daß es ihr nichts ausmache, daß sie mich liebe. Sie reichte mir durch den Draht hindurch eine Rose (die Trompete ertönte; wir mußten zum Appell), wir küßten uns durch eine Masche des Zauns hindurch.

13.

Lucie kam fast jeden Tag zu mir zum Kasernenzaun, wenn ich Morgenschicht hatte und den Nachmittag in der Kaserne verbrachte; fast jeden Tag bekam ich eine Blume (einmal schmiß der Zugführer sie bei einer Kofferkontrolle alle auf den Boden) und wechselte mit Lucie einige wenige Sätze (ganz stereotype, weil wir uns eigentlich nichts zu sagen hatten; wir tauschten weder Gedanken noch Nachrichten aus, sondern beteuerten einander nur immer wieder eine einzige, schon oftmals ausgesprochene Wahrheit); dabei hörte ich nicht auf, ihr fast täglich zu schreiben; es war die Zeit unserer intensivsten Liebe. Die Scheinwerfer auf den Wachtürmen, die in der Dämmerung kläffenden Hunde, das geckenhafte Bürschchen, das all dies befehligte, all das nahm in meinem Denken, das nur auf Lucies Kommen konzentriert war, nicht viel Raum ein.

Ich war eigentlich sehr glücklich in dieser von Hunden bewachten Kaserne, und auch im Stollen, wo ich mich gegen den rüttelnden Bohrer stemmte. Ich war glücklich und selbstbewußt, denn ich besaß in Lucie einen Reichtum, den keiner meiner Kameraden hatte, aber auch keiner der Kommandierenden: ich wurde geliebt, ich wurde öffentlich und demonstrativ geliebt. Und obwohl Lucie für meine Kameraden nicht die Idealfrau darstellte und sich ihre Liebe – wie sie meinten – auf eher seltsame Weise offenbarte, so war es doch die Liebe einer Frau, und das erweckte Verwunderung, Nostalgie und Neid.

Je länger wir von der Welt und den Frauen abgeschnitten waren, desto mehr wurde über Frauen geredet, bis in alle Einzelheiten, in alle Details. Man erinnerte sich an Muttermale, man zeichnete (mit dem Bleistift auf Papier, mit der Spitzhacke in die Erde, mit dem Finger in den Sand) Linien von Brüsten und Hintern; man führte Streitgespräche darüber, welcher Hintern der heraufbeschworenen, abwesenden Frauen die ausgeprägteste Form hatte; Aussprüche und Seufzer beim Liebesakt wurden präzise evoziert; das alles sprach man in immer neuen Wiederholungen durch und ergänzte es jedesmal um weitere Nuancen. Auch ich wurde natürlich ausgefragt, und die Kameraden waren um so neugieriger auf meine Ausführungen, als sie das Mädchen, von dem die Rede sein würde, jetzt täglich sahen, sie sich also gut vorstellen und ihre konkrete Erscheinung mit meinen Erzählungen verbinden konnten. Ich konnte es den Kameraden nicht abschlagen, ich konnte nichts anderes tun als erzählen; und so erzählte ich von Lucies Nacktheit, die ich noch nie gesehen, vom Liebesakt, den ich noch nie mit ihr erlebt hatte, und auf einmal hatte ich ein genau detailliertes Bild ihrer stillen Leidenschaft vor meinen Augen.

Wie war es, als ich sie zum ersten Mal liebte?

Es war bei ihr, in ihrem Zimmer des Wohnheims; sie zog sich gehorsam, ergeben und trotzdem mit einer Art Überwindung vor mir aus, denn sie war schließlich ein Mädchen vom Lande, und ich war der erste Mann, der sie nackt sah. Und gerade diese mit Schüchternheit vermischte Ergebenheit erregte mich bis zum Wahnsinn; als ich auf sie zutrat, beugte sie sich vor und bedeckte mit den Händen ihren Schoß . . .

Weshalb trägt sie ständig diese schwarzen Schuhe mit den hohen Absätzen?

Ich erzählte, ich hätte sie ihr gekauft, damit sie darin nackt vor mir herumspazierte; sie schämte sich, tat aber alles, was ich von ihr verlangte; ich blieb immer so lange wie möglich angezogen, und sie schritt nackt einher in diesen Schuhen (das gefiel mir irrsinnig, daß sie nackt und ich angezogen war!), sie trat zum Schrank, in dem eine Flasche Wein stand, und schenkte mir nackt ein . . .

Und wenn Lucie also zum Zaun kam, sah nicht nur ich sie an, sondern mit mir mindestens zehn Kameraden, die genau wußten, wie Lucie liebte, was sie dabei sagte und wie sie stöhnte, und immer konstatierten sie bedeutungsvoll, daß sie wieder diese schwarzen Schuhe trug, und sie stellten sich vor, wie sie darin nackt in ihrem kleinen Zimmer herumspazierte.

Jeder von meinen Kameraden konnte sich an irgendeine Frau erinnern und sie auf diese Weise mit den anderen teilen, einzig ich aber konnte neben der Erzählung auch noch den *Anblick* dieser Frau bieten; nur meine Frau war wirklich, lebendig und gegenwärtig. Die kameradschaftliche Solidarität, die mich dazu bewogen hatte, ein genaues Bild von Lucies Nacktheit und ihren Liebesspielen zu entwerfen, brachte es mit sich, daß meine Sehnsucht nach Lucie auf schmerzhafte Weise konkret wurde. Die Zoten der Kameraden, die Lucies Kommen kommentierten, brachten mich nicht im geringsten auf; keiner meiner Kameraden nahm mir Lucie dadurch weg (sie war vor allen, auch vor mir selbst, durch einen Drahtzaun und Hunde geschützt); vielmehr wurde sie mir von allen geschenkt: alle ließen ihr erregendes Bild immer schärfer werden, alle malten daran herum und fügten tolle Verlockungen hinzu; ich hatte mich den Kameraden preisgegeben, und alle gaben wir uns der Sehnsucht nach Lucie hin. Wenn ich dann zu ihr an den Zaun ging, spürte ich, wie ich zitterte; ich konnte nicht mehr sprechen vor lauter Verlangen; ich konnte es nicht mehr begreifen, daß ich ein halbes Jahr lang wie ein schüchterner Student mit ihr gegangen war und die Frau in ihr überhaupt nicht gesehen hatte; ich war bereit, alles hinzugeben für einen einzigen Beischlaf mit ihr.

Damit will ich nicht sagen, daß meine Beziehung zu ihr roher oder oberflächlicher geworden wäre, daß sie an Zärtlichkeit eingebüßt hätte. Nein, ich würde sagen, es war das einzige Mal in meinem Leben, daß ich ein *totales Verlangen nach einer Frau* verspürte, in dem sich alles engagierte, was in mir war: Körper und Seele, Trieb und Zärtlichkeit, Sehnsucht und unbändige Vitalität, Verlangen nach Vulgarität und Verlangen nach Trost, Verlangen nach dem Augenblick der Lust und dem ewigen Festhalten. Ich war ganz engagiert, ganz angespannt, ganz konzentriert, und ich erinnere mich heute an diese Momente wie an ein verlorenes Paradies (ein sonderbares Paradies, in dem Hundeführer mit Hunden patrouillierten und Korporäle Kommandos brüllten).

Ich war entschlossen, alles zu tun, um Lucie außerhalb der Kaserne zu treffen; ich hatte ihr Versprechen, daß sie sich beim nächsten Mal »nicht widersetzen« und mich treffen würde, wo immer ich es wollte. Dieses Versprechen wiederholte sie noch oft bei unseren kurzen Gesprächen am Zaun. Ich brauchte die gefährliche Aktion also nur zu wagen.

Ich hatte alles rasch durchdacht. Von Honza war ein genauer Fluchtplan zurückgeblieben, den der Kommandeur nicht entdeckt hatte. Der Zaun war immer noch unauffällig angeschnitten, und das Abkommen mit dem Kumpel, der gegenüber der Kaserne wohnte, war nicht widerrufen worden; man brauchte es nur zu erneuern. Die Kaserne wurde allerdings perfekt überwacht, tagsüber war es unmöglich, sich zu entfernen. Auch in der Dunkelheit patrouillierte die Wache mit dem Hund, und die Scheinwerfer leuchteten, aber das geschah offensichtlich eher wegen des Effektes und zum Vergnügen des Kommandeurs, als daß uns jemand verdächtigt hätte, wir wollten abhauen; auf Fluchtversuch stand Militärgericht, und das war ein zu großes Risiko. Gerade deshalb sagte ich mir, daß die Flucht mir vielleicht gelingen könnte.

Es ging nur noch darum, für Lucie und für mich einen geeigneten Unterschlupf zu finden, der nicht allzu weit von der Kaserne entfernt war. Die Kumpels aus der Umgebung unserer Kaserne fuhren fast alle in dieselbe Grube ein wie wir, und so hatte ich bald schon mit einem von ihnen (einem fünfzigjährigen Witwer) vereinbart (es kostete mich nur drei Hunderter), daß er mir seine Wohnung leihen würde. Das Haus, in dem er wohnte (ein einstöckiges graues Haus), war von der Kaserne aus zu sehen; ich zeigte es Lucie durch den Zaun hindurch und erläuterte ihr meinen Plan; sie freute sich nicht; sie warnte mich davor, ihretwegen Gefahren auf mich zu nehmen, und sie willigte schließlich nur ein, weil sie nicht nein sagen konnte.

Dann war der vereinbarte Tag da. Er fing ziemlich sonderbar an. Kaum daß wir von der Schicht zurückgekehrt waren, ließ uns das Kommandeursbürschchen antreten und hielt eine seiner häufigen Reden. Gewöhnlich versuchte er, uns Angst vor einem bevorstehenden Krieg einzuflößen und davor, wie unser Staat mit Reaktionären (womit er vor allem uns meinte) kurzen Prozeß machen würde. Diesmal fügte er seiner Rede neue Gedankengänge hinzu: der Klassenfeind habe sich angeblich direkt in die Kommunistische Partei eingeschlichen; Spione und Verräter sollten sich aber gut einprägen, daß getarnte Feinde hundertmal schlimmer bestraft würden als diejenigen, die aus ihrer Meinung keinen Hehl machten, denn ein getarnter Feind sei ein räudiger Hund. »Und einen von ihnen haben wir unter uns«, sagte das Kommandeursbürschchen und ließ das Bürschchen Alexej vortreten. Dann zog er ein Blatt Papier aus der Tasche und hielt es ihm vor die Augen: »Kennst du diesen Brief?« »Ja«, sagte Alexej. »Du bist ein räudiger Hund. Und du bist dazu noch ein Denunziant und ein Spitzel. Aber das Kläffen des Hundes dringt nicht bis in den Himmel.« Und er zerriß den Brief vor seinen Augen.

»Ich habe noch einen Brief für dich«, sagte er dann und

reichte Alexej einen geöffneten Umschlag: »Lies laut!« Alexej zog ein Blatt aus dem Umschlag, überflog es – und schwieg. »Lies!« wiederholte der Kommandeur. Alexej schwieg. »Du willst nicht lesen?« fragte der Kommandeur abermals, und als Alexej immer noch schwieg, befahl er: »Nieder!« Alexej fiel auf den morastigen Boden. Das Kommandeursbürschchen blieb eine Weile über ihm stehen, und wir alle wußten, daß jetzt nichts anderes kommen konnte als Auf, Nieder, Auf, Nieder, und Alexej würde niederfallen und aufstehen und niederfallen und aufstehen müssen. Der Kommandeur setzte seine Befehle jedoch nicht fort, sondern wandte sich von Alexej ab und begann, langsam die vorderste Reihe der Soldaten zu inspizieren; er kontrollierte mit strengem Blick ihre Kleidung, kam zum Ende der Reihe (was einige Minuten dauerte) und kehrte dann langsam zu dem am Boden liegenden Soldaten zurück: »So, und jetzt lies«, sagte er, und tatsächlich: Alexej hob sein verschmutztes Kinn vom Boden ab, nahm die rechte Hand, in die er die ganze Zeit den Brief gepreßt hatte, nach vorn und las, immer noch auf dem Bauch liegend: »Hiermit teilen wir Ihnen mit, daß Sie am fünfzehnten September neunzehnhunderteinundfünfzig aus der Kommunistischen Partei der Tschechoslowakei ausgeschlossen wurden. Für den Bezirksausschuß . . .« Dann schickte der Kommandeur Alexej in die Reihe zurück, übergab uns dem Korporal, und wir mußten exerzieren.

Nach dem Exerzieren stand politische Erziehung auf der Tagesordnung, und gegen halb sieben (es war bereits dunkel) stand Lucie hinter dem Drahtzaun; ich trat auf sie zu, sie nickte, daß alles in Ordnung sei, und entfernte sich. Dann gab es Abendessen, Zapfenstreich, und wir gingen schlafen; ich wartete eine Weile im Bett, bis der Korporal (unser Stubenältester) eingeschlafen war. Dann zog ich meine Knobelbecher an und verließ den Raum, so wie ich war, in einer langen weißen Unterhose und im Nachthemd. Ich durchschritt den Korridor und befand mich im Hof; in meinem Nachthemd war mir ziemlich kalt. Die Stelle, an der ich durch den Zaun kriechen wollte, lag hinter der Sanitätsbaracke, was vorzüglich war: hätte mich jemand angesprochen, hätte ich behaupten können, mir sei übel und ich wolle den

Arzt wecken. Ich begegnete aber niemandem; der Scheinwerfer warf sein Licht träge auf eine einzige Stelle (die Wache auf dem Turm hatte offenbar aufgehört, ihre Aufgabe allzu ernst zu nehmen), und die Fläche des Hofes, die ich überqueren mußte, lag im Dunkeln; ich gelangte glücklich zur Sanitätsbaracke und drückte mich in den Schatten ihrer Mauern; jetzt galt es nur noch, nicht auf den Hundeführer zu stoßen, der mit seinem Schäferhund die ganze Nacht den Zaun abschritt; es war still (so gefährlich still, daß es mir schwerfiel, mich zu orientieren); ich stand etwa zehn Minuten lang da, als ich einen Hund bellen hörte; es kam irgendwo von hinten, von der anderen Seite des Kasernenareals. Ich rannte also von der Wand los und lief (es waren knappe fünf Meter) zum Drahtzaun, der nach Honzas Bearbeitung etwas vom Boden abstand. Ich kauerte mich nieder und schlüpfte hindurch; jetzt durfte ich nicht mehr zögern, ich machte nochmals fünf Schritte und war beim Holzzaun des Häuschens, in dem der Kumpel wohnte; alles war in Ordnung: das Törchen stand offen, und ich befand mich im kleinen Vorhof eines ebenerdigen Gebäudes, dessen Fenster (hinter der heruntergezogenen Jalousie) erleuchtet war. Ich klopfte, und bald darauf erschien ein hünenhafter Mann in der Tür und bat mich mit lauter Stimme einzutreten. (Ich erschrak fast über diese Lautstärke, denn ich konnte nicht vergessen, daß ich kaum fünf Meter vom Kasernenareal entfernt war.)

Durch die Tür betrat man direkt das Zimmer: ich blieb irgendwie verdutzt auf der Schwelle stehen: drinnen saßen etwa fünf Männer um einen Tisch herum (auf dem eine offene Flasche stand) und tranken; als sie mich sahen, mußten sie über meine Aufmachung lachen; sie meinten, ich müßte doch frieren in diesem Nachthemd und gossen mir sogleich ein Glas ein; ich kostete: es war verdünnter Spiritus; sie insistierten, und ich trank ein Glas auf ex; ich mußte husten; das ließ sie abermals in brüderliches Lachen ausbrechen, und sie boten mir einen Stuhl an: sie fragten mich, wie ich den »Grenzübertritt« geschafft hätte, und sie musterten von neuem meine komische Kleidung, lachten und nannten mich die »flüchtende Unterhose«. Es waren alles Bergarbeiter, so zwischen dreißig und vierzig, und vermutlich trafen sie sich öfters hier; sie tranken, waren aber nicht betrunken; nach der anfänglichen Überraschung befreite mich ihre unbeschwerte Gegenwart von meiner Beklemmung. Ich ließ mir noch ein Glas dieses ungewöhnlich starken, beißenden Getränkes einschenken. Der Hausherr war inzwischen im Nebenraum verschwunden und kam mit einem dunklen Anzug zurück. »Wird er dir passen?« fragte er. Ich stellte fest, daß der Kumpel mindestens zehn Zentimeter größer und auch bedeutend stämmiger war als ich, aber ich sagte: »Er *muß* passen.« Ich zog die Hose über die Unterhose, und es sah schlimm aus: damit sie nicht herunterrutschte, mußte ich sie mit einer Hand in der Taille festhalten. »Hat niemand von euch einen Gürtel?« fragte mein Spender. Niemand hatte einen Gürtel. »Wenigstens eine Schnur«, sagte ich. Ein Stück Schnur fand sich, und mit seiner Hilfe hielt die Hose so einigermaßen. Dann zog ich das Sakko an, und die Männer waren sich einig, daß ich (ich weiß nicht recht, warum) wie Charlie Chaplin aussehe, daß mir nur noch Melone und Spazierstock fehlten. Ich wollte ihnen eine Freude machen, stellte die Fersen gegeneinander und winkelte die Fußspitzen ab. Die dunkle Hose legte sich über dem Spann der Knobelbecher in Falten; den Männern gefiel das, und sie behaupteten, heute würde jede Frau alles für mich tun, was sie mir von den Augen ablesen konnte. Sie gossen mir ein drittes Glas Spiritus ein und begleiteten mich ins Freie. Der Hausherr versicherte mir, daß ich in der Nacht jederzeit ans Fenster klopfen könnte, wenn ich mich wieder umziehen wollte.

Ich trat auf die dunkle, schlecht beleuchtete Vorortstraße hinaus. Es dauerte mindestens zehn Minuten, bis ich das Kasernenareal in einem weiten Bogen umgangen hatte. Um zu der Straße zu gelangen, in der das verabredete Haus stand, mußte ich am erleuchteten Kasernentor vorbeigehen; ich hatte ein bißchen Angst; es stellte sich aber heraus, daß dies völlig überflüssig war: die Zivilkleidung bot mir perfekten Schutz, und als mich der Wachsoldat am Tor erblickte, erkannte er mich nicht, so daß ich ohne Schaden an mein Ziel gelangte. Ich öffnete die Haustür (sie wurde von einer einsamen Straßenlaterne beleuchtet) und ging dem Gedächtnis nach weiter (ich war noch nie in diesem Haus gewesen und kannte alles nur aus der Schilderung des Bergmanns): Treppenhaus links, erster Stock, Türe gegenüber der Treppe. Ich klopfte. Man hörte einen Schlüssel im Schloß, und Lucie öffnete mir.

Ich umarmte sie (sie war gegen sieben Uhr gekommen, als der Wohnungsinhaber zur Nachtschicht ging, und hatte seither auf mich gewartet), sie fragte mich, ob ich getrunken habe; ich bejahte und erzählte ihr, wie ich hierhergekommen war. Sie sagte, sie habe die ganze Zeit gezittert, ob mir auch nichts zustoßen würde. (In diesem Augenblick bemerkte ich, daß sie tatsächlich zitterte.) Ich erzählte ihr, wie unbeschreiblich ich mich auf sie gefreut hätte; ich hielt sie dabei in den Armen und fühlte, wie sie immer mehr zitterte. »Was hast du?« fragte ich sie. »Nichts«, antwortete sie. »Warum zitterst du?« »Ich hatte Angst um dich«, sagte sie und entwand sich mir sanft.

Ich blickte mich um. Es war ein kleines, spartanisch eingerichtetes Zimmer: ein Tisch, ein Stuhl, ein Bett (mit leicht verschmutzter Wäsche); über dem Bett hing ein Heiligenbild; auf der gegenüberliegenden Seite stand ein Schrank, darauf Gläser mit eingemachtem Obst (die einzige etwas vertrautere Sache in diesem Zimmer), und auf alles brannte eine Glühbirne von der Decke herab, nackt und ohne Lampenschirm, die unangenehm blendete und meine Gestalt scharf beleuchtete, meine Gestalt, deren traurige Lächerlichkeit ich mir in diesem Moment schmerzhaft vergegenwärtigte: ein riesiges Sakko, eine mit einer Schnur festgehaltene Hose, unter der der schwarze Spann der Knobelbecher hervorguckte, und über all dem mein frischgeschorener Schädel, der im Licht der Glühbirne wie ein blasser Mond aussehen mußte.

»Lucie, mein Gott, verzeih, daß ich so aussehe«, sagte ich und erklärte ihr noch einmal die Notwendigkeit meiner Verkleidung. Lucie beruhigte mich, daß es darauf nicht ankäme, ich aber (mitgerissen von der alkoholbedingten Spontaneität) erklärte, daß ich so nicht vor ihr stehen könne, und warf Sakko und Hose rasch ab; nur kamen unter dem Sakko das Nachthemd und die gräßliche lange Militärunterhose zum Vorschein, was ein noch viel komischerer Aufzug war als derjenige, der ihn eben noch verdeckt hatte. Ich ging zum Schalter und löschte das Licht, aber es kam keine Dunkelheit, um mich zu erlösen, denn durch das Fenster schien die Straßenlaterne. Die Scham vor der Lächerlichkeit war größer als die Scham vor der Nacktheit, und ich warf rasch Hemd und Unterhose ab und stand nackt vor Lucie. Ich umarmte sie. (Wieder fühlte ich, wie sie zitterte.) Ich sagte ihr, sie solle sich ausziehen, um alles von sich zu werfen, was uns noch trennte. Ich streichelte ihren Körper und wiederholte meine Bitte immer wieder, aber Lucie sagte, ich solle ein Weilchen warten, sie könne nicht, sie könne nicht sofort, sie könne nicht so schnell.

Ich nahm sie an der Hand, und wir setzten uns aufs Bett. Ich legte meinen Kopf in ihren Schoß und blieb eine Weile so liegen; da wurde mir das Unpassende meiner (vom schmutzigen Licht der ländlichen Laterne beleuchteten) Nacktheit so richtig bewußt; es ging mir durch den Kopf, daß alles ganz anders gekommen war, als ich es mir erträumt hatte: nicht ein bekleideter Mann wurde von einem nackten Mädchen bedient, sondern ein nackter Mann lag im Schoß einer bekleideten Frau; ich kam mir vor wie der nackte, vom Kreuz genommene Christus in den Armen der wehklagenden Maria, und gleichzeitig erschrak ich über diese Vorstellung, weil ich nicht hierhergekommen war, um Trost und Mitleid zu finden, sondern wegen etwas ganz anderem – und ich fing wieder an, Lucie zu bedrängen, ich küßte sie (auf Gesicht und Kleider) und versuchte, ihr unauffällig einige Knöpfe zu öffnen.

Ich erreichte aber nichts; Lucie entwand sich mir wieder; ich verlor meinen ganzen anfänglichen Elan, die zuversichtliche Ungeduld, plötzlich waren alle meine Worte und Berührungen erschöpft. Ich blieb nackt auf dem Bett liegen, ausgestreckt und reglos, und Lucie saß über mich gebeugt und streichelte mit ihren rauhen Fingern mein Gesicht. Und langsam breiteten sich Unlust und Zorn in mir aus: ich rief Lucie im Geist alle Risiken in Erinnerung, die ich auf mich genommen hatte, um sie heute zu treffen; ich rief ihr (im Geist) alle Strafen in Erinnerung, die der heutige Ausflug mich kosten könnte. Das waren jedoch nur oberflächliche

Vorwürfe (und deshalb vertraute ich sie Lucie – wenn auch nur wortlos – an). Die eigentliche Quelle meines Zorns lag viel tiefer (ich hätte mich geschämt, sie zu nennen): ich dachte an meine Erbärmlichkeit, die traurige Erbärmlichkeit meiner erfolglosen Jugend, die Erbärmlichkeit der endlosen Wochen ohne Befriedigung, die erniedrigende Unendlichkeit ungestillter Sehnsucht; das vergebliche Bemühen um Marketa kam mir in den Sinn, die Widerlichkeit der Blondine auf der Mähmaschine und nun wieder das vergebliche Bemühen um Lucie. Und ich hatte Lust, laut zu klagen: warum mußte ich in allem erwachsen sein, als Erwachsener verurteilt, ausgeschlossen und als Trotzkist bezeichnet werden, als Erwachsener in die Grube geschickt werden, warum aber durfte ich in der Liebe nicht erwachsen sein und mußte die ganze Schmach der Unreife schlucken? Ich haßte Lucie, ich haßte sie um so mehr, als ich wußte, daß sie mich liebte und ihr Widerstand daher um so unsinniger, unverständlicher und überflüssiger war und mich zur Raserei trieb. Und so ging ich nach einer halben Stunde verstockten Schweigens erneut zum Angriff über.

Ich warf mich auf sie; ich setzte alle meine Kräfte ein, es gelang mir, ihr den Rock hochzuziehen, den Büstenhalter zu zerreißen und mit einer Hand ihre nackte Brust anzufassen, aber Lucie wehrte sich immer verzweifelter (von einer ähnlich blinden Kraft beherrscht wie ich), und schließlich widersetzte sie sich mit Erfolg, sprang vom Bett auf und wich zum Schrank zurück.

»Warum widersetzt du dich?« schrie ich sie an. Sie wußte mir nichts zu antworten, redete etwas davon, daß ich ihr nicht böse sein, daß ich ihr verzeihen solle, aber sie sagte mir nichts Erklärendes, nichts Vernünftiges. »Warum widersetzt du dich? Weißt du denn nicht, wie sehr ich dich liebe? Du bist verrückt!« schrie ich sie an. »So jag mich fort«, sagte sie, immer noch gegen den Schrank gedrückt. »Ich jag dich fort, ich jag dich wirklich fort, denn du liebst mich nicht, du hältst mich zum Narren!« Ich schrie sie an, daß ich ihr ein Ultimatum stelle, entweder werde sie jetzt meine Frau, oder ich wolle sie nie mehr sehen.

Ich trat wieder auf sie zu und umarmte sie. Diesmal leistete sie keinen Widerstand, sondern hing wie ein lebloses Wesen in meinen Armen. »Was bildest du dir denn ein auf deine Jungfräulichkeit, für wen willst du sie aufbewahren?« Sie schwieg. »Warum schweigst du?« »Du liebst mich nicht«, sagte sie. »Ich dich nicht lieben?« »Du liebst mich nicht. Ich hatte geglaubt, daß du mich liebst . . .« Sie brach in Tränen aus.

Ich kniete vor ihr nieder; ich küßte ihre Beine, ich flehte sie an. Sie aber weinte und behauptete, ich würde sie nicht lieben.

Auf einmal packte mich eine Wut, in der ich nicht mehr zurechnungsfähig war. Mir schien, daß eine überirdische Macht mir im Weg stand und mir jedesmal aus der Hand riß, wofür ich leben wollte, was ich ersehnte, was mir am Herzen lag, und daß es dieselbe Macht war, die mich der Partei, der Genossen und der Hochschule beraubt hatte; die mir immer alles wegnahm, und immer für nichts und wieder nichts und ohne Grund. Ich begriff, daß diese überirdische Macht mir jetzt in der Gestalt von Lucie entgegentrat, und ich haßte Lucie dafür, daß sie zum Instrument dieser überirdischen Macht geworden war; ich schlug ihr ins Gesicht – weil mir schien, als sei es nicht Lucie, sondern diese feindliche Macht; ich schrie, daß ich sie hasse, daß ich sie nicht mehr sehen wolle, daß ich sie nie mehr sehen wolle, daß ich sie niemals im Leben wiedersehen wolle.

Ich warf ihr das braune Mäntelchen zu (sie hatte es über die Stuhllehne gelegt) und schrie sie an, sie solle gehen.

Sie zog den Mantel an und ging.

Und ich legte mich aufs Bett und verspürte eine Leere in meiner Seele, und ich wollte sie zurückrufen, weil sie mir schon in dem Moment fehlte, als ich sie fortjagte, denn ich wußte, daß es tausendmal besser war, mit einer angezogenen und sich zierenden Lucie zusammenzusein, als ohne Lucie; denn ohne Lucie zu sein bedeutete, in völliger Verlassenheit zu sein.

Das alles wußte ich, und dennoch rief ich sie nicht zurück.

Lange blieb ich in diesem geliehenen Zimmer nackt auf dem Bett liegen, weil ich mir nicht vorstellen konnte, in einer solchen Verfassung unter die Leute zu gehen, im Häuschen bei der Kaserne aufzutauchen, mit den Kumpels zu scherzen und ihre fröhlich schamlosen Fragen zu beantworten.

Schließlich (es war schon sehr spät in der Nacht) zog ich mich dennoch an und ging. Gegenüber dem Haus, das ich verließ, leuchtete die Laterne. Ich machte einen Bogen um das Kasernenareal, klopfte ans Fenster des Häuschens (es brannte kein Licht mehr), wartete etwa drei Minuten, zog dann im Beisein des gähnenden Kumpels die Kleider aus, antwortete ausweichend auf seine Frage nach dem Erfolg meines Unternehmens und machte mich (wieder im Nachthemd und der Unterhose) auf zur Kaserne. Ich war verzweifelt, und mir war alles egal. Ich achtete überhaupt nicht darauf, wo der Hundeführer gerade war, es war mir egal, wohin der Scheinwerfer zielte. Ich kroch unter den Drähten hindurch und schritt ganz gemächlich in Richtung meiner Baracke. Ich war gerade bei der Mauer der Sanitätsbaracke, als ich hörte: »Halt!« Ich blieb stehen. Eine Taschenlampe leuchtete mir ins Gesicht. Ich hörte das Knurren des Hundes.

»Was machen Sie hier?«

»Ich kotze, Genosse Zugführer«, antwortete ich und stützte mich mit einer Hand an die Mauer.

»Dann machen Sie schon, machen Sie schon«, antwortete der Zugführer und setzte seinen Rundgang mit dem Hund fort.

14.

Ich kam in in jener Nacht ohne Komplikationen ins Bett (der Korporal schlief tief), versuchte jedoch vergeblich einzuschlafen, so daß ich froh war, als die unangenehme Stimme des Aufsehers (der »Aufstehen« brüllte) der schlimmen Nacht ein Ende setzte. Ich schlüpfte in die Schuhe und lief in den Waschraum, um mir zur Erfrischung kaltes Wasser ins Gesicht zu spritzen. Als ich zurückkam, sah ich um Alexejs Bett herum ein Häufchen halbangezogener Kameraden stehen, die gedämpft kicherten. Auf der Stelle begriff ich, was los war: Alexej (er lag auf dem Bauch unter der Decke, den Kopf ins Kissen gedrückt) schlief wie ein Murmeltier. Mir kam sofort Franta Polak in den Sinn, der eines Morgens vor lauter Wut über seinen Zugführer einen so tiefen Schlaf vortäuschte, daß drei verschiedene Vorgesetzte ihn nacheinander vergeblich wachzurütteln versuchten; schließlich mußte er mitsamt dem Bett auf den Hof hinausgetragen werden, und erst als man eine Feuerwehrspritze auf ihn richtete, geruhte er, sich langsam die Augen zu reiben. Bei Alexej durfte man aber nicht mit einer Revolte rechnen, und sein Tiefschlaf konnte nichts anderes als die Folge seiner körperlichen Schwäche sein. Jetzt kam ein Korporal (unser Stubenältester) vom Korridor herein, er hatte einen großen Kübel Wasser in den Armen; neben ihm gingen einige von unseren Soldaten, die ihn offensichtlich zu diesem uralten, blöden Scherz mit dem Wasser bewogen hatten, der dem Unteroffiziershirn aller Zeiten und aller Regime so ausgezeichnet entspricht.

Mich empörte dieses rührende Einverständnis zwischen der Mannschaft und dem (sonst so verachteten) Unteroffizier; mich empörte es, daß der gemeinsame Haß auf Alexej sie plötzlich alle alten Rechnungen zwischen ihnen vergessen ließ. Die gestrigen Worte des Kommandeurs über Alexejs Spitzelei hatten sich offenbar alle im Sinne ihres eigenen Verdachts ausgelegt, und sie verspürten eine jähe Welle innigen Einverständnisses mit der Grausamkeit des Kommandeurs. War es übrigens nicht viel bequemer, diesen Hilflosen gemeinsam mit dem mächtigen Kommunisten zu hassen, als den Mächtigen gemeinsam mit dem Hilflosen? Eine blinde Wut auf alle um mich herum stieg mir in den Kopf, eine Wut auf diese Fähigkeit, gedankenlos jede Beschuldigung zu glauben, auf ihre bereitwillige Grausamkeit, mit der sie ihr angeschlagenes Selbstvertrauen wieder aufpolieren wollten – und ich überholte den Korporal und sein Häufchen. Ich trat zum Bett und sagte laut: »Alexej, steh auf, du Hornochse!«

In diesem Moment packte jemand von hinten meine Hand, bog sie auf den Rücken und zwang mich in die Knie. Ich schaute mich um und sah, daß es Pavel Pekny war. »Warum verdirbst du das, du Bolschewik?« zischte er mich an. Ich riß mich los und langte ihm eine. Wir hätten uns gewiß geprügelt, die anderen beschwichtigten uns aber schnell, weil sie Angst hatten, daß Alexej vorzeitig aufwachen könnte. Übrigens war der Korporal bereits mit dem Wasser da. Er stellte sich über Alexej, brüllte »Aufstehen! . . .« und schüttete gleichzeitig den ganzen Kübel, der mindestens zehn Liter enthielt, über ihm aus.

Es geschah aber etwas Sonderbares: Alexej blieb liegen wie zuvor. Der Korporal war zunächst etwas verlegen, dann schrie er: »Soldat! Auf!« Doch der Soldat rührte sich nicht. Der Korporal neigte sich zu ihm hinunter und rüttelte ihn (die Decke war durchnäßt, das ganze Bett war durchnäßt, das Wasser tropfte auf den Boden). Es gelang ihm, Alexejs Körper auf den Rücken zu drehen, so daß wir alle sein Gesicht sahen: eingefallen, blaß und reglos.

Der Korporal schrie: »Den Arzt!« Niemand rührte sich, alle starrten auf Alexej im nassen Nachthemd, und der Korporal schrie nochmals: »Den Arzt!« und zeigte auf einen Soldaten, der rasch wegrannte.

(Alexej lag da und bewegte sich nicht, er war schmächtiger, zerbrechlicher und viel jünger als sonst, wie ein Kind, nur die Lippen hatte er fest zusammengepreßt, wie Kinder es nicht tun, und das Wasser tropfte von ihm herab. Jemand sagte: »Es regnet . . .«)

Dann kam der Arzt, faßte Alexejs Handgelenk und sagte: »Na ja.« Er zog die nasse Decke weg, so daß Alexej in seiner ganzen (kleinen) Größe vor uns lag und man die durchnäßte weiße lange Unterhose sah, aus der die nackten Füße hervorragten. Der Arzt blickte sich um und nahm zwei Röhrchen vom Nachttisch; er schaute hinein (sie waren leer) und sagte: »Das hätte für zwei gereicht.« Dann nahm er das Leintuch vom Nebenbett und deckte Alexej damit zu.

Durch all das waren wir aufgehalten worden, so daß wir nun in größter Hast frühstücken mußten, und eine dreiviertel Stunde später fuhren wir untertage. Dann ging die Schicht zu Ende, und wieder standen Exerzieren und politische Erziehung auf der Tagesordnung, sowie Pflichtsingen und Saubermachen und Zapfenstreich und Schlafen, und ich dachte daran, daß Stanislav fort war, daß mein bester Kamerad

Honza fort war (ich habe ihn nie mehr gesehen und nur gehört, daß es ihm nach dem Militärdienst gelungen war, nach Österreich zu flüchten), und daß nun auch Alexej fort war; er hatte sich seiner törichten Rolle tapfer und blind untergeordnet, und es war nicht seine Schuld, daß er sie auf einmal nicht mehr spielen konnte, daß er nicht mehr wie ein bespuckter Hund geduldig und treu in der Reihe stehen konnte, daß er keine Kraft mehr hatte; er war nicht mein Freund gewesen, er war mir durch die Hartnäckigkeit seines Glaubens fremd geblieben, aber durch die Art seines Schicksals stand er mir von allen am nächsten; mir schien, als hätte er in seinen Tod auch einen Vorwurf gegen mich miteingeschlossen, als wollte er mich wissen lassen, daß ein Mensch in dem Moment, da die Partei ihn aus ihrer Gemeinschaft ausschloß, keinen Grund mehr habe zu leben. Ich empfand es plötzlich als meine Schuld, daß ich ihn nicht gemocht hatte, weil er nun unwiederbringlich tot war und ich niemals etwas für ihn getan hatte, obwohl hier einzig und allein ich etwas für ihn hätte tun können.

Ich hatte aber nicht nur Alexej verloren und eine nicht wiederkehrende Gelegenheit verpaßt, einen Menschen zu retten; wie ich das heute aus der Distanz sehe, habe ich genau zu dem Zeitpunkt das warme, kameradschaftliche Gefühl der Solidarität mit meinen schwarzen Gefährten verloren, und damit die allerletzte Möglichkeit, meinen verschüchterten Glauben an die Menschen zu vollem Leben zu erwecken. Ich begann, den Wert unserer Solidarität anzuzweifeln, denn sie wurde uns aufgezungen durch den Druck der Umstände und durch den Selbsterhaltungstrieb, der uns zu einer einmütigen Schar zusammentrieb. Und ich begann, mir darüber klarzuwerden, daß unser Schwarzes Kollektiv genauso dazu fähig war, einen anderen Menschen zu erledigen (ihn in die Verbannung oder den Tod zu schicken) wie damals das Kollektiv in jenem Saal, wie vielleicht jedes Kollektiv von Menschen.

In jenen Tagen war mir zumute, als wäre ich von einer Wüste durchdrungen; ich war eine Wüste in der Wüste und wollte nach Lucie rufen. Ich konnte plötzlich überhaupt nicht mehr begreifen, warum ich ihren Körper so irrsinnig begehrt hatte; jetzt schien es mir, als sei sie gar keine Frau mit einem Körper, sondern nur eine durchsichtige Säule aus Wärme, die ein Reich grenzenloser Kälte durchschritt, eine Säule aus Wärme, die sich von mir entfernte, die ich von mir weggejagt hatte.

Und dann kam ein weiterer Tag, und ich ließ beim Exerzieren nach der Schicht den Zaun nicht aus den Augen und wartete, ob sie käme; aber während der ganzen Zeit blieb nur eine Greisin am Zaun stehen, die uns einem schmuddeligen Kleinkind zeigte. Und so schrieb ich am Abend einen langen, traurigen Brief, ich bat Lucie wiederzukommen, ich müsse sie sehen, ich wolle absolut nichts mehr von ihr, nur das eine, daß sie überhaupt existiere, damit ich sie sehen könne und wisse, daß sie bei mir sei, daß sie sei, daß sie überhaupt sei . . .

Wie zum Hohn wurde es in jenen Tagen noch einmal warm, der Himmel war blau, es war ein wundervoller Oktober. Die Blätter an den Bäumen färbten sich, und die Natur (die armselige Natur Ostravas) feierte den herbstlichen Abschied in verrückter Verzückung. Ich konnte nicht anders, als dies als Hohn empfinden, denn meine verzweifelten Briefe blieben ohne Antwort, und hinter dem Drahtzaun blieben (unter der herausfordernden Sonne) nur unheimlich fremde Menschen stehen. Nach ungefähr vierzehn Tagen kam einer meiner Briefe zurück; die Adresse war durchgestrichen, und mit Tinte stand darauf: Adressat verzogen.

Ich wurde von Entsetzen gepackt. Tausendmal hatte ich mir seit meiner letzten Begegnung mit Lucie im Geiste alles wiederholt, was wir uns damals gesagt hatten, hundertmal hatte ich mich verflucht und hundertmal vor mir selbst gerechtfertigt, hundertmal hatte ich mich davon überzeugt, daß ich Lucie für immer vertrieben hatte, und hundertmal beteuerte ich mir, daß Lucie mich trotz allem verstehen könnte und daß sie mir verzeihen würde. Doch der Vermerk auf dem Umschlag klang wie ein Urteilsspruch.

Ich konnte meine Unruhe nicht mehr unterdrücken und unternahm gleich am nächsten Tag nochmals etwas Tollkühnes. Ich sage tollkühn, aber es war eigentlich nicht gefährlicher als meine Flucht aus der Kaserne, so daß dem Unternehmen das Attribut tollkühn nachträglich eher durch sein Mißlingen als durch sein Risiko verliehen wurde. Ich wußte, daß

Honza es vor mir mehrmals getan hatte, als er im Sommer eine Bulgarin kannte, deren Mann vormittags arbeitete. Also machte ich es ihm nach: ich ging am Morgen mit den anderen zur Schicht, nahm die Marke und die Grubenlampe, schmierte mir das Gesicht mit Ruß ein und machte mich unbemerkt aus dem Staub; dann lief ich zu Lucies Wohnheim und fragte die Pförtnerin nach ihr. Ich erfuhr, daß Lucie vor ungefähr vierzehn Tagen mit einem Köfferchen weggegangen war, in das sie all ihre Habe gepackt hatte; niemand wußte, wohin sie gegangen war, niemandem hatte sie etwas gesagt. Ich erschrak: war ihr etwas zugestoßen? Die Pförtnerin sah mich an und winkte ab: »Ich bitte Sie, das machen diese Brigadearbeiterinnen so. Sie kommen, sie gehen, sie sagen niemandem etwas.« Ich fuhr in ihre Firma und fragte in der Personalabteilung nach; aber ich erfuhr nicht mehr. Dann trieb ich mich in Ostrava herum und kehrte gegen Ende der Schicht in die Grube zurück, um mich unter die ausfahrenden Kameraden zu mischen; offenbar war mir aber etwas an Honzas Fluchtmethode entgangen; die ganze Geschichte flog auf. Vierzehn Tage später stand ich vor einem Militärgericht und bekam zehn Monate Knast wegen Desertion.

Ja, und hier, in jenem Augenblick, da ich Lucie verlor, fing die ganze lange Zeit der Hoffnungslosigkeit eigentlich erst an, zu deren Bild sich mir die trübe Vorortszenerie meiner Heimatstadt für einen Moment verwandelt hatte, dieser Stadt, in die ich für einen kurzen Besuch gekommen war. Ja, in jenem Augenblick fing alles erst an: Während der zehn Monate, da ich im Knast saß, starb meine Mutter, und ich durfte nicht einmal an ihrem Begräbnis teilnehmen. Dann kehrte ich nach Ostrava zu den Schwarzen zurück und diente nochmals ein ganzes Jahr. In dieser Zeit unterschrieb ich einen Vertrag, nach Beendigung des Militärdienstes weitere drei Jahre in der Kohlengrube zu arbeiten, denn es hatte sich die Nachricht verbreitet, daß diejenigen, die nicht unterschrieben, nochmals mindestens ein Jahr in der Kaserne bleiben müßten. Und so fuhr ich noch drei Jahre als Zivilist ein.

Ich erinnere mich nicht gern daran, ich spreche nicht gern

darüber, und ich finde es nebenbei gesagt widerlich, wenn diejenigen, die damals gleich mir von der eigenen Bewegung, an die sie glaubten, ausgestoßen wurden, heute mit ihrem Schicksal prahlen. Ja, gewiß, auch ich habe mein Los eines Ausgestoßenen einst heroisiert, es war aber ein falscher Stolz. Mit der Zeit mußte ich mir dann schonungslos vor Augen führen, daß ich nicht etwa zu den Schwarzen gekommen war, weil ich standhaft gewesen war, weil ich gekämpft hatte, weil ich meine eigene gegen andere Denkweisen in den Kampf geschickt hatte; nein, meinem Fall war kein eigentliches Drama vorausgegangen, ich war eher Objekt als Subjekt meiner Geschichte, und folglich gibt es gar nichts (will ich nicht Leid, Trauer oder gar Nichtigkeit für Werte halten), womit ich mich brüsten könnte.

Lucie? Ach ja: ganze fünfzehn Jahre lang habe ich sie nicht gesehen und lange Zeit überhaupt nichts von ihr gewußt. Erst als ich aus dem Bergwerk zurückkehrte, hörte ich, daß sie vermutlich irgendwo in Westböhmen lebte. Aber da forschte ich schon nicht mehr nach ihr.

Vierter Teil
Jaroslav

1.

Ich sehe einen Weg, der sich durch Felder windet. Ich sehe die Erde dieses Weges, zerfurcht von schmalen Rädern ländlicher Fuhrwerke. Und ich sehe den Rain längs dieses Weges, der mit so saftig grünem Gras überwachsen ist, daß ich nicht umhin kann, die sanfte Böschung mit den Händen zu berühren.

Die Felder ringsherum sind kleine Parzellen, kein vereinigtes Genossenschaftsfeld. Wie das? Ist es denn keine heutige Gegend, die ich durchschreite? Was für eine Gegend ist es?

Ich gehe weiter, und vor mir taucht am Feldrain ein Strauch wilder Rosen auf. Er ist voll von winzigen Röschen. Und ich bleibe stehen, und ich bin glücklich. Ich setze mich unter den Strauch ins Gras, und nach einer Weile lege ich mich hin. Ich spüre, wie mein Rücken die grasbewachsene Erde berührt. Ich taste sie mit meinem Rücken ab. Ich halte sie fest auf meinem Rücken und bitte sie, sich nicht zu scheuen, schwer zu sein, ihre ganze Schwere auf mir lasten zu lassen.

Dann höre ich Pferdegetrampel. In der Ferne taucht eine Staubwolke auf. Sie nähert sich und wird dabei dünner und durchsichtiger. Reiter schälen sich heraus. Auf den Pferden sitzen Männer in weißen Uniformen. Je näher sie aber kommen, desto klarer sieht man, wie vernachlässigt diese Uniformen sind. Einige Mäntel sind zugeknöpft, ihre goldenen Knöpfe blitzen, andere sind offen, und einige junge Männer tragen nur ein Hemd. Die einen haben Mützen auf dem Kopf, die anderen sind barhäuptig. O nein, das ist kein Heer, das sind Deserteure, Fahnenflüchtige, Räuber! Das ist *unsere* Reiterei! Ich erhebe mich vom Boden und sehe ihnen entgegen. Der erste Reiter zückt seinen Säbel und schwingt ihn in die Höhe. Die Reiterei hält inne.

Der Mann mit dem gezückten Säbel neigt sich über den Hals seines Pferdes und sieht mich an.

»Ja, ich bin es«, sage ich.

»Der König!« sagt der Mann verwundert. »Ich erkenne dich.«

Ich senke den Kopf, glücklich darüber, daß sie mich kennen. Sie reiten seit so vielen Jahrhunderten hier durch das Land, und sie kennen mich.

»Wie geht es dir, mein König?« fragt der Mann.

»Ich fürchte mich, Kameraden«, sage ich.

»Wirst du verfolgt?«

»Nein, aber es ist schlimmer als eine Verfolgung. Man führt etwas im Schild gegen mich. Ich kenne die Menschen um mich herum nicht wieder. Ich betrete mein Haus, und darin ist ein anderes Zimmer und eine andere Frau, und alles ist anders. Ich denke dann, daß ich mich geirrt habe und laufe hinaus ins Freie, aber von außen ist es tatsächlich mein Haus! Außen mein, innen fremd. Und so ist es, wo immer ich hinkomme. Es liegt etwas in der Luft, wovor ich mich fürchte, Kameraden.«

Der Mann fragt mich: »Hast du das Reiten noch nicht verlernt?« Erst in dem Moment bemerke ich, daß an seiner Seite ein gesatteltes Pferd ohne Reiter steht. Der Mann deutet darauf. Ich schiebe den Fuß in den Steigbügel und schwinge mich auf den Rücken des Tieres. Das Pferd bäumt sich auf, aber ich sitze schon fest im Sattel und presse meine Knie voll Wonne an seinen Hals. Der Mann zieht ein rotes Tuch aus seiner Tasche und reicht es mir: »Verhülle dein Antlitz, damit man dich nicht erkennt!« Ich verhülle mein Gesicht und bin mit einem Mal blind. »Das Pferd wird dich führen«, höre ich die Stimme des Mannes.

Die ganze Reiterei trabt von dannen. Ich spüre, wie zu beiden Seiten Reiter traben. Ich berühre ihre Waden mit den meinen und höre das Schnauben ihrer Pferde. Ungefähr eine Stunde reiten wir so dahin, Leib an Leib. Dann halten wir an. Dieselbe Männerstimme spricht mich wieder an: »Wir sind da, mein König!«

»Wo sind wir?« frage ich.

»Hörst du nicht den großen Strom rauschen? Wir stehen am Ufer der Donau. Hier bist du in Sicherheit, mein König.«

»Ja«, sage ich, »ich fühle, daß ich in Sicherheit bin. Ich möchte das Tuch abnehmen.«

»Das darfst du nicht, mein König, noch nicht. Du brauchst deine Augen gar nicht. Deine Augen würden dich bloß trügen.«

»Ich will aber die Donau sehen, sie ist mein Fluß, ich will sie sehen!«

»Du brauchst deine Augen nicht, mein König. Ich werde dir alles schildern. So ist es viel besser. Um uns herum liegt eine endlose Ebene. Weideland. Da und dort ein Gebüsch, da und dort ragt ein Holzbalken empor, der Zugarm eines Brunnens. Wir stehen am Ufer im Gras. Ein Stück weiter geht die Wiese in Sand über, weil der Strom hier Sandgrund hat. Und jetzt steig vom Pferd, mein König.«

Wir steigen ab und setzen uns auf den Boden.

»Die Burschen machen Feuer«, höre ich die Stimme des Mannes, »die Sonne verschmilzt bereits mit dem fernen Horizont, und bald wird es kalt sein.«

»Ich möchte Vlasta sehen«, sage ich auf einmal.

»Du wirst sie sehen.«

»Wo ist sie?«

»Nicht weit von hier. Du wirst zu ihr reiten. Dein Pferd wird dich zu ihr führen.«

Ich springe auf und bitte, sofort zu ihr gehen zu dürfen. Eine Männerhand faßt mich aber an der Schulter und drückt mich zu Boden. »Bleib sitzen, mein König. Du mußt rasten und essen. Ich werde dir inzwischen von ihr erzählen.«

»Erzähl mir, wo ist sie?«

»Eine Wegstunde von hier steht ein Holzhäuschen mit einem Schindeldach. Es ist von einem hölzernen Zaun umgeben.«

»Ja, ja«, pflichte ich bei und fühle in meinem Herzen eine selige Last, »alles ist aus Holz. So soll es sein. Ich will nicht, daß in dem Häuschen auch nur ein einziger Eisennagel stecke.«

»Ja«, fährt die Stimme fort, »der Zaun ist aus Holzlatten, die so roh bearbeitet sind, daß man die ursprüngliche Form der Äste daran noch erkennt.«

»Alle Gegenstände aus Holz gleichen Katzen oder Hunden«, sage ich. »Es sind eher Geschöpfe denn Gegenstände. Ich liebe die Welt des Holzes. Nur in ihr fühle ich mich zu Hause.«

»Hinter dem Zaun wachsen Sonnenblumen, Dahlien und Ringelblumen, und es steht dort auch ein alter Apfelbaum. Auf der Schwelle des Hauses erscheint jetzt gerade Vlasta.«

»Wie ist sie gekleidet?«

»Sie trägt einen Leinenrock, der etwas schmutzig ist, denn sie kommt aus dem Stall. In der Hand hält sie einen hölzernen Bottich. Sie ist barfuß. Aber sie ist schön, denn sie ist jung.«

»Sie ist arm«, sage ich. »Sie ist ein armes Mägdelein.«

»Gewiß, aber dabei ist sie eine Königin. Und da sie eine Königin ist, muß sie sich verstecken. Auch du darfst nicht zu ihr, um sie nicht zu verraten. Du darfst es nur unter deinem Tuch. Das Pferd wird dich zu ihr hinführen.«

Die Erzählung des Mannes war so schön, daß ich von süßer Ermattung überwältigt wurde. Ich lag auf der Wiese und hörte die Stimme, dann verstummte die Stimme, und es war nur noch das Rauschen des Wassers und das Knistern des Feuers zu hören. Es war so schön, daß ich Angst hatte, die Augen zu öffnen. Aber es half nichts. Ich wußte, daß es Zeit war und ich sie öffnen mußte.

2.

Unter mir liegt eine Matratze auf poliertem Holz. Poliertes Holz mag ich nicht. Auch die gebogenen Metallröhren, auf denen die Couch steht, mag ich nicht. Über mir hängt eine rosarote, mit drei weißen Streifen eingefaßte Glaskugel von der Decke herab. Auch diese Kugel mag ich nicht. Und die Anrichte gegenüber, hinter deren Glasscheibe noch viel mehr überflüssiges Glas steht, mag ich auch nicht. Hier ist nur das schwarze Harmonium in der Ecke aus Holz. Es ist das einzige, was ich in diesem Zimmer mag. Es stammt noch von meinem Vater. Mein Vater ist vor einem Jahr gestorben.

Ich stand von der Couch auf. Ich fühlte mich nicht ausgeruht. Es war Freitag nachmittag, zwei Tage vor dem Ritt der Könige am Sonntag. Alles hing an mir. Alles, was mit Folklore zu tun hat, hängt in diesem Bezirk nämlich an mir. Schon vierzehn Tage habe ich nicht mehr anständig geschlafen vor lauter Sorgen, Besorgen, Streitereien und Herumlaufen.

Dann betrat Vlasta das Zimmer. Ich sage mir oft, daß sie zunehmen sollte. Dicke Frauen sind meistens gutmütig. Vlasta ist mager, und im Gesicht hat sie schon viele feine Fältchen. Sie fragte mich, ob ich nicht vergessen hätte, auf dem Rückweg von der Schule in der Wäscherei vorbeizugehen. Ich hatte es vergessen. »Das hätte ich mir denken können«, sagte sie und fragte mich, ob ich heute endlich wieder einmal zu Hause bliebe. Ich mußte verneinen. Ich hatte schon bald eine Versammlung in der Stadt. Im Bezirksamt. »Du hast versprochen, Vladimir bei den Schulaufgaben zu helfen.« Ich zuckte mit den Achseln. »Und wer wird an dieser Versammlung teilnehmen?« Ich nannte ihr die Teilnehmer, aber Vlasta unterbrach mich: »Die Hanzlik auch?« »Ja«, sagte ich. Vlasta machte eine gekränkte Miene. Ich wußte, daß es schlimm stand. Die Hanzlik hatte einen schlechten Ruf. Man wußte, daß sie mit jedem schlief. Vlasta verdächtigte mich nicht, mit Frau Hanzlik etwas zu haben, aber es ärgerte sie jedesmal, wenn man sie erwähnte. Versammlungen, an denen die Hanzlik teilnahm, verachtete sie. Man konnte mit ihr nicht darüber reden – und so verschwand ich lieber schnell aus dem Haus.

Auf der Versammlung besprachen wir die letzten Vorbereitungen für den Ritt der Könige. Die Stimmung war unter Null. Der Nationalausschuß hatte angefangen, auf unsere Kosten zu sparen. Noch vor ein paar Jahren hatte er folkloristische Veranstaltungen mit ansehnlichen Beträgen unterstützt. Heute mußten wir den Nationalausschuß unterstützen. Der Jugendverband sei nicht mehr attraktiv für die Jungen, man solle ihm also die Organisation des Ritts der Könige anvertrauen, damit der Anreiz vergrößert werde! Der Erlös aus dem Ritt der Könige wurde früher zur Unterstützung anderer, weniger einträglicher folkloristischer Anlässe verwendet, diesmal solle er dem Jugendverband zukommen, der ihn nach eigenem Gutdünken verwenden würde. Wir ersuchten die Polizei, für die Zeit des Ritts der Könige die Straße zu sperren. Aber gerade an diesem Tag hatten wir eine negative Antwort erhalten. Es sei nicht möglich, wegen eines Ritts der Könige den Verkehr zu behindern. Wie aber würde der Ritt der Könige aussehen, wenn die Pferde zwischen den Autos scheuten? Nichts als Sorgen.

Erst gegen acht Uhr kam ich von der Versammlung. Da sah ich Ludvik. Er kam mir auf der anderen Seite der Straße entgegen. Ich erschrak fast. Was machte er hier? Dann fing ich seinen Blick auf, der sekundenlang auf mir ruhte und sich rasch wieder abwandte. Er tat, als sähe er mich nicht! Zwei alte Freunde! Acht Jahre auf der gleichen Schulbank! Und er tat, als sähe er mich nicht!

Ludvik, das war der erste Riß in meinem Leben. Jetzt habe ich mich langsam daran gewöhnt, daß mein Leben kein sehr festes Haus ist. Vor kurzem war ich in Prag und besuchte eines dieser Kleintheater, die seit Beginn der sechziger Jahre wie Pilze aus dem Boden schießen und sehr beliebt sind, weil sie von jungen Leuten in studentischem Geist geführt werden. Man spielte ein Stück mit einer belanglosen Handlung, aber es gab darin witzige Lieder und guten Jazz. Aus heiterem Himmel setzten die Jazzmusiker sich plötzlich Hüte mit Federn auf den Kopf, wie man sie bei uns zur Volkstracht trägt, und sie begannen, eine Zimbalkapelle zu imitieren. Sie kreischten, jauchzten, ahmten unsere Tanzbewegungen und das typische Hochheben der Hand nach . . . Es dauerte nur ein paar Minuten, aber das Publikum lachte sich fast kaputt. Ich traute meinen Augen nicht. Noch vor fünf Jahren hätte es niemand gewagt, uns als Hampelmänner hinzustellen. Und niemand hätte darüber gelacht. Jetzt sind wir lächerlich. Wie kommt es, daß wir auf einmal lächerlich sind?

Und Vladimir. Der hat mir in den letzten Wochen zugesetzt. Der Bezirksausschuß hatte dem Jugendverband vorgeschlagen, ihn dieses Jahr zum König zu wählen. Seit Urzeiten bedeutet die Wahl des Königs eine Ehrung des Vaters. Und dieses Jahr sollte ich geehrt werden. Man wollte mich in meinem Sohn für alles belohnen, was ich für die Volkskunst getan habe. Aber Vladimir sträubte sich. Er suchte nach Ausreden, wie er nur konnte. Er sagte, er wolle am Sonntag nach Brünn zum Motorradrennen fahren. Dann behauptete er sogar, er würde sich vor Pferden fürchten. Und zuletzt sagte er, er wolle nicht den König spielen, wenn dies von oben angeordnet worden sei. Er wolle keine Protektion.

Wie oft habe ich mich schon darüber gegrämt. Als wollte er alles, was ihn an mein Leben erinnert, von seinem Leben fernhalten. Er wollte nie in das Lieder- und Tanzensemble für Kinder gehen, das auf meine Anregung hin neben unserem Ensemble entstanden war. Schon damals kam er mit Ausreden. Er sei unmusikalisch. Dabei spielte er ganz gut Gitarre und traf sich mit Freunden, um irgendwelche amerikanischen Lieder zu singen.

Vladimir ist allerdings erst fünfzehn. Und er hat mich gern. Er ist ein feinfühliger Junge. Vor einigen Tagen haben wir unter vier Augen miteinander gesprochen, und vielleicht hat er mich verstanden.

3.

Ich erinnere mich gut daran. Ich saß in meinem Drehsessel, Vladimir mir gegenüber auf der Couch. Ich stützte mich mit den Ellbogen auf den geschlossenen Deckel des Harmoniums, meines geliebten Instruments. Seit meiner Kindheit habe ich es gehört. Mein Vater hat täglich darauf gespielt. Vor allem Volkslieder in einfachen Harmonien. Als hörte ich aus der Ferne das Murmeln von Quellen. Wenn Vladimir das doch begreifen wollte. Wenn er es nur begreifen wollte.

Alle Völker haben ihre Volkskunst. Aber sie können sie größtenteils mühelos aus ihrer Kultur wegdenken. Wir nicht. Jedes westeuropäische Volk weist spätestens seit dem Mittelalter eine ganz kontinuierliche kulturelle Entwicklung auf. Debussy kann sich auf die Rokokomusik Couperins und Rameaus berufen, Couperin und Rameau auf die mittelalterlichen Troubadours. Max Reger kann sich auf Bach berufen, Bach auf die alten deutschen Polyphoniker.

Die tschechische Nation jedoch hat im siebzehnten und

achtzehnten Jahrhundert fast zu existieren aufgehört. Im neunzehnten Jahrhundert ist sie im Grunde genommen nochmals geboren worden. Unter den alten europäischen Nationen war sie ein Kind. Sie hatte zwar ebenfalls ihre große Vergangenheit, diese war aber durch einen Graben von zweihundert Jahren von ihr getrennt; damals hatte die tschechische Sprache sich aus den Städten aufs Land zurückgezogen, und sie gehörte nur noch den Ungebildeten. Aber auch unter ihnen hatte sie nicht aufgehört, ihre Kultur weiterzubilden. Eine bescheidene, vor den Blicken Europas völlig verborgene Kultur. Eine Kultur der Lieder, der Märchen, der zeremoniellen Bräuche, der Sprichwörter und Sprüche. Und dennoch war sie es, die den einzigen schmalen Steg über den zweihundertjährigen Graben bildete.

Den einzigen Steg, das einzige Brücklein. Den einzigen dünnen Stamm einer nicht unterbrochenen Tradition. Und so pfropften diejenigen, die zu Beginn des neunzehnten Jahrhunderts anfingen, eine neue tschechische Literatur und Musik zu schaffen, sie gerade auf diesen Stamm auf. Deshalb sammelten die ersten tschechischen Dichter so häufig Märchen und Lieder. Deshalb waren ihre ersten lyrischen Versuche oft nur Paraphrasen der Volksdichtung.

Vladimir, wenn du das nur begreifen wolltest. Dein Vater ist nicht nur ein verrückter Folklorefan. Vielleicht ist er auch ein wenig Fan, aber diese Begeisterung geht tiefer. Er hört in der Volkskunst ein Lebenselixier pulsieren, ohne das die tschechische Kultur verdorren würde. In den Klang dieses Pulsschlags ist er verliebt.

Und verliebt hat er sich während des Krieges. Man wollte uns beweisen, daß wir kein Recht zu existieren hätten, daß wir nur tschechischsprechende Deutsche seien. Wir mußten uns vergewissern, daß wir existiert hatten und noch existierten. Alle pilgerten wir damals zurück zu den Quellen. Ad fontes. Zur Volkskunst.

Und damals hat es auch mich gepackt. Ich spielte in einer kleinen Studenten-Jazzband Kontrabaß. Mein Vater hatte mich in Musik gedrillt, und ich konnte alle Streichinstrumente spielen. Und einmal kam Dr. Blaha, der Vorsitzende des Mährischen Zirkels, zu mir. Wir sollten doch wieder eine

Zimbalkapelle gründen. Das sei unsere vaterländische Pflicht.

Wer hätte damals nein sagen können? Ich ging hin und spielte Geige.

Wir erweckten die Volkslieder aus ihrem todesähnlichen Schlaf. Im neunzehnten Jahrhundert hatten die Patrioten die Volkskunst nämlich im letzten Moment in Liederbücher hinübergerettet. Die Zivilisation war im Begriff, die Folklore rasch zu verdrängen. Und so waren um die Jahrhundertwende volkskundliche Zirkel entstanden, damit die Volkskunst wieder aus den Büchern hinaus ins Leben trete. Zunächst in den Städten. Dann auch auf dem Lande. Und vor allem in unserer Gegend. Man veranstaltete Volksfeste, Ritte der Könige, die Volksmusikkapellen wurden gefördert. Das waren große Anstrengungen, die aber fast fruchtlos geblieben wären. Die Volkskundler verstanden nicht so schnell zu erwecken, wie die Zivilisation zu begraben verstand. Erst der Krieg flößte uns wieder neue Kraft ein.

Wenn es einem an den Kragen geht, hat das auch seine Vorteile. Der Mensch sieht dann allem auf den Grund. Es war Krieg, man spielte um das Leben des Volkes. Wir hörten Volkslieder und begriffen auf einmal, daß sie das Wesentlichste vom Wesentlichen waren. Ich habe ihnen mein Leben gewidmet. Durch sie verschmelze ich mit dem Strom, der in großer Tiefe dahinfließt. Ich bin eine Welle dieses Stroms. Ich bin Welle und Fluß zugleich. Und ich fühle mich wohl so.

Während des Krieges erlebten wir alles viel intensiver. Es war im letzten Jahr der Besetzung, in unserem Dorf fand ein Ritt der Könige statt. In der benachbarten Stadt gab es eine Kaserne, und auf den Gehsteigen mischten sich auch deutsche Offiziere unter das Publikum. Unser Ritt entwickelte sich zu einer Demonstration. Eine Schar bunter Burschen zu Pferde, mit Säbeln. Eine unüberwindbare tschechische Reiterei. Eine Botschaft aus den Tiefen der Geschichte. Alle Tschechen faßten das damals so auf, und ihre Augen leuchteten. Ich war fünfzehn, und ich wurde zum König gewählt. Ich ritt mit verschleiertem Gesicht zwischen zwei Pagen dahin. Und ich war stolz. Auch mein Vater war stolz, er wußte, daß man mich ihm zu Ehren zum König gewählt hatte. Er war Dorfschullehrer und Patriot, und alle hatten ihn gern.

Ich glaube, Vladimir, daß alle Dinge ihren Sinn haben. Ich glaube, daß die menschlichen Schicksale untereinander durch Weisheit zusammengeschweißt sind. Ich sehe ein Zeichen darin, daß du dieses Jahr zum König gewählt worden bist. Ich bin stolz wie vor zwanzig Jahren. Noch stolzer. Denn sie wollen mir durch dich eine Ehre erweisen. Und ich weiß diese Ehre zu schätzen, weshalb sollte ich es abstreiten. Ich will dir mein Königreich überlassen. Und ich möchte, daß du es von mir annimmst.

Vielleicht hat er mich verstanden. Er hat versprochen, die Wahl zum König anzunehmen.

4.

Wenn er doch begreifen wollte, wie interessant das alles ist. Ich kann mir nichts Interessanteres vorstellen.

Zum Beispiel folgendes. Prager Musikwissenschaftler hatten lange Zeit behauptet, das europäische Volkslied stamme aus der Barockzeit. In den Musikkapellen der Schlösser spielten und sangen Musikanten vom Lande, und diese hätten die Musikkultur des Schlosses dann unter das einfache Volk gebracht. Darum sei das Volkslied gar keine eigenständige künstlerische Äußerung. Es sei von der Kunstmusik hergeleitet.

Wie auch immer die Entwicklung in Böhmen verlaufen sein mag: die Volkslieder, die man in Südmähren singt, lassen sich selbst mit dem besten Willen nicht von der Kunstmusik herleiten. Schon von der Tonalität her nicht. Die Kunstmusik des Barock war in Dur und Moll komponiert. Unsere Lieder aber werden in Tonarten gesungen, von denen Schloßkapellen nicht einmal träumten!

So etwa in der lydischen Tonart. Das ist diejenige mit der vergrößerten Quart. Sie ruft in mir immer die Sehnsucht nach uralten pastoralen Idyllen wach. Ich sehe den heidnischen Pan und höre seine Flöte:

Die Musik des Barock und der Klassik verehrte die solide Ordnung der großen Septime auf geradezu fanatische Weise. Sie kannte keinen anderen Weg zur Tonika als denjenigen über den disziplinierten *Leitton.* Von der kleinen Septime, die von unten über die große Sekunde zur Tonika emporsteigt, schreckte sie zurück. Und ich liebe in unseren Volksliedern gerade diese kleine Septime, ob sie nun an äolische, dorische oder mixolydische Weisen erinnert. Ihrer Melancholie und ihrer Schwermut wegen. Und auch, weil sie sich weigert, töricht zum Grundton zu eilen, in dem alles ausklingt, das Lied wie das Leben:

Es gibt aber Lieder in so sonderbaren Tonarten, daß man sie mit keiner der sogenannten Kirchentonarten bezeichnen kann. Ich stehe ihnen ganz erstaunt gegenüber.

Die mährischen Lieder sind in ihren Tonarten unvorstellbar vielfältig. Ihre harmonische Denkweise bleibt rätselhaft. Sie beginnen in Moll, enden in Dur, schwanken zwischen mehreren Tonarten. Wenn ich sie harmonisieren muß, weiß ich oft überhaupt nicht, wie ich ihre Tonart verstehen soll.

Und ebenso vieldeutig sind sie auch in rhythmischer Hinsicht. Nicht die Tanzlieder, sondern die langgezogenen. Bartók kennzeichnete sie mit dem Ausdruck *parlando*. Ihr Rhythmus läßt sich mit unserer Notation eigentlich überhaupt nicht aufzeichnen. Oder ich will es anders ausdrücken. Vom Standpunkt unserer Notation aus singen alle Volkssänger ihre Lieder ungenau und falsch.

Wie das zu erklären ist? Leoš Janáček hat behauptet, daß diese Kompliziertheit und Unfaßbarkeit des Rhythmus durch die verschiedenen, vom Augenblick abhängigen Stimmungen des Sängers verursacht seien. Es sei ausschlaggebend, wo, wann und in welcher Stimmung gesungen werde. Der Volkssänger würde mit seinem Gesang auf die Farbe der Blumen, die Wetterlage und die Weite der Landschaft reagieren.

Ist dies aber nicht eine allzu poetische Erklärung? Schon im ersten Studienjahr führte ein Dozent an der Universität uns ein Experiment vor. Er ließ mehrere Volksliedinterpreten unabhängig voneinander dasselbe rhythmisch nicht faßbare Lied singen. Anhand von Messungen mit präzisen elektronischen Geräten stellte er fest, daß sie alle vollkommen gleich sangen.

Die rhythmische Komplexität der Lieder wird folglich nicht durch Ungenauigkeit, fehlende Perfektion oder durch die Stimmung des Sängers verursacht. Sie hat ihre geheimnisvollen Gesetze. In einem bestimmten Typ mährischer Tanzlieder zum Beispiel ist die zweite Hälfte des Taktes immer um einen Sekundenbruchteil länger als die erste. Wie kann man diese rhythmische Besonderheit aber in Noten aufzeichnen? Das metrische System der Kunstmusik beruht auf der Symmetrie. Die ganze Note teilt sich in zwei Hälften, die Hälften in zwei Viertel, der Takt zerfällt in zwei, drei, vier gleiche Zeiten. Was ist aber mit einem Takt, der in zwei ungleich lange Zeiten zerfällt? Das ist für uns heute die schwierigste Nuß, die noch zu knacken bleibt, wie man nämlich den ursprünglichen Rhythmus der mährischen Lieder in Noten aufzeichnet.

Noch schwieriger aber ist es zu wissen, wo dieses komplizierte rhythmische Denken überhaupt herstammt. Ein Forscher vertrat die Theorie, daß die langgezogenen Lieder ursprünglich beim Reiten gesungen wurden. In ihrem sonderbaren Rhythmus hätten sich der Gang des Pferdes und die Bewegung des Reiters niedergeschlagen. Andere fanden es wahrscheinlicher, das Urmodell dieser Lieder im langsamen, wiegenden Schritt der Dorfjugend zu sehen, wenn sie allabendlich durch die Dorfstraße promenierte. Wieder andere im langsamen Rhythmus, in dem die Schnitter das Gras mähten . . .

Das sind alles nur Vermutungen. Eines aber steht fest. Unsere Lieder lassen sich nicht von der Barockmusik ableiten. Die tschechischen vielleicht. Vielleicht. Unsere bestimmt nicht. Unsere Heimat besteht zwar aus drei Ländern, aus Böhmen, Mähren und der Slowakei, aber die Grenze der Volkskultur unterteilt sie in zwei Hälften: in Böhmen mit Westmähren und die Slowakei mit Ostmähren, wo ich zu Hause bin. In Böhmen war das Niveau der Zivilisation höher, der Kontakt zwischen Stadt und Land, zwischen Dorfbevölkerung und Schloß, enger. Auch im Osten gab es Schlösser. Doch war das Land in seiner Rückständigkeit viel stärker von ihnen getrennt. Die Landbevölkerung spielte nicht in den Schloßkapellen. Übrigens wurde hier im ungarischen Kulturbereich die Funktion der tschechischen Schloßkapellen von Zigeunern erfüllt. Aber sie spielten für die Edelleute und Barone nicht Menuette oder Sarabanden der italienischen Schule. Sie spielten Csardas und Dumki, die ebenfalls Volkslieder waren, nur ein wenig verformt durch die sentimentale und ornamentale Interpretation der Zigeuner.

Unter diesen Bedingungen blieben die Volkslieder aus ältester Zeit bei uns erhalten. Das ist die Erklärung für ihre unendliche Vielfalt. Sie entstammen verschiedenen Phasen ihrer langen und langsamen Geschichte.

Daher steht man unserer ganzen Volksmusik gegenüber, als tanzte eine Frau aus Tausendundeiner Nacht vor einem und würfe einen Schleier nach dem anderen ab.

Schau. Der erste Schleier. Er ist aus grobem Stoff gewebt und mit trivialen Mustern bedruckt. Das sind die jüngsten Lieder, die aus den vergangenen fünfzig bis siebzig Jahren stammen. Sie sind von Westen her zu uns gekommen, aus Böhmen. Blaskapellen haben sie mitgebracht. Die Lehrer haben sie unseren Kindern in der Schule beigebracht. Es sind größtenteils Lieder in Dur, wie sie in Westeuropa verbreitet sind, nur unserer Rhythmik etwas angepaßt.

Und der zweite Schleier. Der ist schon viel bunter. Es sind die Lieder ungarischen Ursprungs. Sie haben den Einfall der ungarischen Sprache in die slawischen Gebiete des Landes begleitet. Zigeunerkapellen haben sie im neunzehnten Jahrhundert über ganz Ungarn verbreitet. Wer kennt sie nicht: Csardas und Rekrutenlieder mit dem charakteristischen synkopischen Rhythmus in der Kadenz.

Hat die Tänzerin diesen Schleier abgeworfen, kommt der dritte zum Vorschein. Schau. Das sind bereits die Lieder der hiesigen slawischen Bevölkerung aus dem achtzehnten und siebzehnten Jahrhundert.

Noch schöner aber ist der vierte Schleier. Das sind noch ältere Lieder. Sie reichen zurück bis ins vierzehnte Jahrhundert. Damals sind die Walachen von Osten und Südosten über die Kämme der Karpaten zu uns gewandert. Hirten. Ihre Hirten- und Räuberlieder kennen keine Akkorde und Harmonien. Sie sind rein melodisch, auf Systemen archaischer Tonarten aufgebaut. Hirtenpfeife und Schalmei verleihen ihrer Melodik eine besonders charakteristische Note.

Und wenn auch dieser Schleier gefallen ist, gibt es darunter keinen mehr. Die Tänzerin tanzt ganz nackt. Das sind die ältesten Lieder. Ihr Ursprung liegt in ferner, heidnischer Zeit. Sie beruhen auf dem ältesten System musikalischen Denkens. Auf dem Viertonsystem, dem Tetrachord. Heulieder. Erntelieder. Lieder, die mit den Riten des patriarchalischen Dorfes aufs engste verbunden sind.

Béla Bartók hat gezeigt, daß sich in dieser ältesten Schicht die slowakischen, südmährischen, ungarischen und kroatischen Lieder zum Verwechseln ähnlich sind. Wenn man sich dieses Gebiet geographisch vorstellt, ersteht vor den Augen das erste große slawische Reich aus dem neunten Jahrhundert, das Großmährische Reich. Vor tausend Jahren ist es zerstört worden, und trotzdem kann man seine Grenzen noch heute an der ältesten Schicht der Volkslieder ablesen.

Das Volkslied, oder der Volksbrauch, ist ein Tunnel unterhalb der Geschichte, in dem vieles von dem, was auf der Oberfläche Kriege, Revolutionen und rücksichtslose Zivilisationen vernichtet haben, bewahrt blieb. Es ist ein Tunnel, durch den ich tief in die Vergangenheit zurückblicke. Ich sehe Rostislav und Svatopluk, die ersten mährischen Fürsten. Ich sehe die alte slawische Welt.

Warum aber immer nur von einer slawischen Welt sprechen? Wir haben uns einmal über einen rätselhaften Text eines Volksliedes den Kopf zerbrochen. Darin wird der Hopfen in einem unklaren Zusammenhang mit einem Wagen und einer Ziege besungen. Jemand reitet auf der Ziege und jemand fährt im Wagen. Und der Hopfen wird gepriesen, daß er Jungfrauen in Bräute verwandle. Selbst die Volkssänger, die das Lied sangen, verstanden den Text nicht. Nur die Beharrlichkeit einer uralten Tradition hatte in diesem Lied Wortverbindungen erhalten, deren Verständlichkeit sich längst verloren hatte. Schließlich tauchte die einzig mögliche Erklärung auf: die altgriechischen Dionysien. Ein Satyr auf der Ziege und der Gott, der den hopfenumrankten Thyrsusstab hält.

Die Antike! Ich wollte es nicht glauben. Dann aber studierte ich an der Universität die Geschichte des musikalischen Denkens. Die musikalische Struktur unserer ältesten Volkslieder stimmt tatsächlich mit derjenigen der antiken Musik überein. Lydischer, phrygischer und dorischer Tetrachord. Absteigendes Konzept der Tonleiter, das den hohen und nicht den tiefen Ton zum Ausgangspunkt nimmt, wie es erst in dem Moment zur Regel wird, da man beginnt, die Musik harmonisch zu denken. Unsere ältesten Lieder gehören also in dieselbe Epoche musikalischen Denkens, wie die im alten Griechenland gesungenen. In ihnen ist uns ein Stück Antike erhalten geblieben!

5.

Heute beim Abendessen sah ich ständig Ludviks Augen vor mir, wie sie sich von mir abwandten. Und ich fühlte, wie ich um so mehr an Vladimir hing. Plötzlich erschrak ich, ob ich ihn nicht vernachlässigt hatte. Ob es mir je gelungen war, ihn in meine Welt einzubeziehen. Nach dem Essen blieb Vlasta in der Küche, und ich ging mit Vladimir ins Wohnzimmer. Ich versuchte, ihm etwas über Volkslieder zu erzählen. Wie interessant die doch seien. Und wie spannend. Aber irgendwie gelang es mir nicht. Ich kam mir vor wie ein Schulmeister. Ich hatte Angst, Vladimir zu langweilen. Er saß allerdings wortlos da und sah aus, als hörte er zu. Er ist immer lieb zu mir gewesen. Aber weiß ich, was wirklich in seinem Schädel vorgeht?

Als ich ihn bereits ziemlich lange mit meinen Ausführungen gequält hatte, warf Vlasta einen Blick ins Zimmer und sagte, es sei Zeit, schlafen zu gehen. Was hilft es, sie ist die Seele des Hauses, sein Kalender und seine Uhr.

Wir werden ihr nicht widersprechen. Ich gehe schon, mein Sohn, gute Nacht.

Ich habe ihn im Zimmer mit dem Harmonium zurückgelassen. Er schläft dort auf der Couch mit den vernickelten Rohren. Ich schlafe nebenan im Schlafzimmer, im Ehebett neben Vlasta. Ich werde noch nicht schlafen gehen. Ich würde mich lange hin- und herwälzen und hätte Angst, daß Vlasta deshalb nicht schlafen könnte. Ich werde noch etwas nach draußen gehen. Die Nacht ist lau. Der Garten rund um das alte, ebenerdige Haus, in dem wir wohnen, ist voll von ursprünglichen ländlichen Düften. Unter dem Birnbaum steht eine Bank.

Verdammter Ludvik. Warum mußte er ausgerechnet heute auftauchen. Ich fürchte, daß dies ein unheilvolles Vorzeichen ist. Mein ältester Freund! Gerade auf dieser Bank haben wir als Jungen so oft zusammengesessen. Ich mochte ihn. Von der ersten Klasse des Gymnasiums an, als ich ihn kennenlernte. Er hatte mehr im kleinen Finger als wir anderen im ganzen Körper, aber er prahlte nie damit. Er pfiff auf die

Schule und die Lehrer, und alles, was der Schulordnung widersprach, amüsierte ihn.

Warum sind ausgerechnet wir beide Freunde geworden? Die Schicksalsgöttinnen müssen ihre Finger im Spiel gehabt haben. Wir waren beide Halbwaisen. Meine Mutter ist bei meiner Geburt gestorben. Und als Ludvik dreizehn war, wurde sein Vater, ein Maurer, ins Konzentrationslager abtransportiert, und er hat ihn nie wiedergesehen.

Ludvik war der älteste Sohn; und zu der Zeit auch bereits der einzige, da sein jüngerer Bruder gestorben war. Nach der Verhaftung des Vaters waren Mutter und Sohn allein zurückgeblieben. Sie litten bittere Not. Der Besuch des Gymnasiums kostete Geld. Es schien, als müßte Ludvik von der Schule gehen.

Fünf Minuten vor zwölf kam dann die Rettung.

Ludviks Vater hatte eine Schwester, die schon lange vor dem Krieg mit einem reichen Baumeister aus dem Ort ihr Glück gemacht hatte. Mit ihrem Maurerbruder hatte sie daraufhin kaum noch Kontakt. Als dieser jedoch verhaftet wurde, entflammte ihr vaterländisches Herz. Sie bot ihrer Schwägerin an, für Ludvik zu sorgen. Sie selbst hatte nur eine dümmliche Tochter, und Ludvik erweckte mit seiner Begabung ihren Neid. Sie und ihr Mann unterstützten ihn nicht nur finanziell, sondern fingen auch an, ihn täglich einzuladen. Sie stellten ihn der Crème de la crème vor, die in ihrem Hause verkehrte. Ludvik mußte sich dankbar zeigen, da sein Studium von ihrer Unterstützung abhing. Dabei mochte er sie wie der Teufel das Weihwasser. Sie hießen Koutecky, und dieser Name wurde für uns zum Synonym für alle hochnäsigen Herrschaften.

Auf ihre Schwägerin blickte die Koutecky von oben herab. Sie verübelte es ihrem Bruder, daß er es nicht verstanden hatte, sich richtig zu verheiraten. Und selbst nach seiner Verhaftung änderte sich ihre Haltung nicht. Die Kanonenrohre ihrer Wohltätigkeit waren ausschließlich auf Ludvik gerichtet. Sie sah in ihm einen Sproß ihres Blutes und wünschte sich sehnlichst, aus ihm einen eigenen Sohn zu machen. Die Existenz der Schwägerin hielt sie für einen beklagenswerten Irrtum. Sie hat sie kein einziges Mal zu sich eingeladen. Ludvik sah das alles und biß die Zähne zusammen. Wie oft wollte er sich dagegen auflehnen. Seine Mutter bat ihn aber jedesmal unter Tränen, er möge doch vernünftig sein und sich den Kouteckys gegenüber dankbar zeigen.

Um so lieber kam er zu uns. Wir waren wie Zwillingsbrüder. Mein Vater mochte ihn fast lieber als mich. Es freute ihn, daß Ludvik seine ganze Bibliothek verschlang und über jedes Buch Bescheid wußte. Als ich in der Studenten-Jazzband mitzuwirken begann, wollte Ludvik mit mir spielen. Er kaufte sich in einem Basar eine billige Klarinette und lernte in kurzer Zeit, ganz anständig zu spielen. Wir spielten dann zusammen in der Jazzband, und zusammen schlossen wir uns auch der Zimbalkapelle an.

Gegen Ende des Krieges heiratete die Tochter der Kouteckys. Die alte Koutecky beschloß, daß es eine Paradehochzeit werden müsse. Hinter dem Bräutigam und der Braut wollte sie fünf Brautjungfern und Jünglinge sehen. Diese Pflicht bürdete sie auch Ludvik auf und bestimmte für ihn als Partnerin das elfjährige Töchterchen des hiesigen Apothekers. Das ging Ludvik über den Humor. Er schämte sich vor uns, daß er im Zirkus dieser protzigen Hochzeit den Hampelmann spielen sollte. Er wollte als Erwachsener betrachtet werden, und die Schamröte stieg ihm ins Gesicht, daß er einer elfjährigen Göre den Arm reichen sollte. Er tobte, daß die Kouteckys ihn als Beweis ihrer Wohltätigkeit zur Schau stellten. Er tobte, daß er bei der Zeremonie ein speichelfeuchtes Kreuz küssen mußte. Am Abend lief er vom Hochzeitsessen weg und kam zu uns in den hinteren Saal des Wirtshauses. Wir spielten, tranken und machten uns über ihn lustig. Er wurde wütend und erklärte, er hasse die Bourgeoisie. Dann verfluchte er das kirchliche Zeremoniell und sagte, er würde auf die Kirche scheißen und aus ihr austreten.

Wir nahmen seine Worte nicht ernst, Ludvik tat es aber tatsächlich, einige Tage nach Kriegsende. Die Kouteckys waren darüber natürlich zu Tode beleidigt. Ihm machte das nichts aus. Mit Freuden trennte er sich von ihnen. Er begann, auf Teufel komm raus mit den Kommunisten zu sympathisieren. Er besuchte die von ihnen veranstalteten Vorträge. Er kaufte die von ihnen verlegten Bücher. Unsere Gegend war stark katholisch, vor allem unser Gymnasium. Dennoch waren wir bereit, Ludvik seine kommunistischen Extravaganzen zu verzeihen. Wir respektierten seine Privilegien.

Im Jahre siebenundvierzig machten wir das Abitur. Im Herbst fuhr Ludvik nach Prag, um zu studieren, ich nach Brünn. Nach dem Abitur sah ich ihn ein ganzes Jahr lang nicht.

6.

Dann kam das Jahr achtundvierzig. Das ganze Leben stand kopf. Als Ludvik während der Ferien in unseren Zirkel kam, hießen wir ihn verlegen willkommen. Im kommunistischen Februarumsturz sahen wir den Beginn des Terrors. Ludvik hatte seine Klarinette mitgebracht; aber er spielte nicht darauf. Wir diskutierten die ganze Nacht hindurch.

Hatten die Unstimmigkeiten zwischen uns etwa damals begonnen? Ich denke nicht. Ludvik hatte mich in jener Nacht fast ganz für sich gewonnen. Er wich Streitigkeiten über Politik aus, so gut er konnte, und sprach über unseren Zirkel. Er meinte, wir müßten den Sinn unserer Arbeit großzügiger als bisher auffassen. Was hätte es denn für einen Sinn, einzig die verlorene Vergangenheit wiederzubeleben? Wer zurückblicke, werde enden wie Lots Frau.

Was sollen wir denn tun, schrien wir.

Natürlich, antwortete er, müßten wir das Erbe der Volkskunst hüten, aber das sei nicht alles. Eine neue Zeit sei angebrochen. Für unsere Arbeit öffneten sich weite Horizonte. Wir müßten aus der Musikkultur des Alltags die Gassenhauer und die Schlager verbannen, all den geistlosen Kitsch, mit dem die Bourgeoisie das Volk gefüttert habe. An ihre Stelle müsse die echte, ursprüngliche Volksmusik treten, aus der wir unseren gegenwärtigen Stil in Leben und Kunst schöpfen würden.

Sonderbar. Was Ludvik da sagte, war doch die alte Utopie der konservativsten mährischen Patrioten. Diese hatten immer gegen die gottlose Verderbtheit der städtischen Kultur gewettert. Sie hörten in Charleston-Melodien die Flöte des Teufels. Aber was soll's. Um so vertrauter klangen Ludviks Worte für uns.

Übrigens klangen seine weiteren Überlegungen schon origineller. Er sprach über den Jazz. Der Jazz sei schließlich aus der Volksmusik der Schwarzen hervorgegangen und habe die ganze westliche Welt erobert. Wir sollten von der Tatsache absehen, daß der Jazz langsam zu einer kommerziellen Ware geworden sei. Uns könne dies trotzdem als aufmunternder Beweis dienen, daß eine wundersame Macht in der Volksmusik liege; daß der allgemeine Musikstil einer Epoche der Volksmusik entstammen könne.

Wir hörten Ludvik zu, während sich Bewunderung und Widerwillen in uns mischten. Seine Sicherheit machte uns gereizt. Er gebärdete sich, wie alle Kommunisten sich damals gebärdeten. Als hätte er ein Geheimabkommen mit der Zukunft persönlich und dürfte in ihrem Namen handeln. Er war uns wahrscheinlich auch suspekt, weil er auf einmal anders war, als wir ihn kannten. Er war für uns immer ein Kumpan und ein Spötter gewesen. Jetzt redete er pathetisch und scheute sich nicht vor großen Worten. Er war uns natürlich auch darin suspekt, wie selbstverständlich und spontan er das Schicksal unserer Kapelle mit dem Schicksal der Kommunistischen Partei verknüpfte, obwohl keiner von uns Kommunist war. Andererseits waren wir von seinen Worten fasziniert. Seine Gedanken entsprachen unseren geheimsten Träumen. Und sie hoben uns mit einem Mal zu historischer Größe empor.

Im Geiste nenne ich ihn einen Rattenfänger. Dem war auch so. Kaum hatte er auf seiner Flöte zu spielen begonnen, liefen wir auch schon freiwillig hinter ihm her. Dort, wo seine Gedanken allzu abstrakt waren, eilten wir ihm zu Hilfe. Ich erinnere mich an meine eigenen Ausführungen. Ich sprach darüber, wie die europäische Musik sich seit dem Barock entwickelt hatte. Nach der Epoche des Impressionismus war sie ihrer selbst müde geworden. Sie hatte fast all ihre Lebenskraft eingebüßt, sowohl für ihre Sonaten und Symphonien als auch für ihre Gassenhauer. Deshalb wirkte der

Jazz wie ein Wunder. Sie begann gierig, aus seinen tausendjährigen Wurzeln neue Säfte aufzusaugen. Der Jazz bezauberte nicht nur die Weinstuben und die Tanzsäle Europas. Er bezauberte auch Strawinsky, Honegger, Milhaud und Martinů, die ihre Kompositionen seinen Rhythmen öffneten. Aber aufgepaßt! Zur selben Zeit, eigentlich schon ein Jahrzehnt früher, hat auch die osteuropäische Volksmusik ihr frisches und nimmermüdes Blut in die Adern der europäischen Musik geflößt. Daraus schöpften schließlich der junge Strawinsky, Janáček, Bartók und Enescu! Es war also die Entwicklung der europäischen Musik, die den Jazz und die osteuropäische Volksmusik auf dieselbe Stufe stellte. Ihr Anteil an der Formierung der ernsten Musik des zwanzigsten Jahrhunderts war gleich groß. Nur mit der Musik der breiten Massen war es anders. Die Volksmusik Osteuropas hinterließ in ihr fast keine Spuren. Hier beherrschte der Jazz die Szene souverän. Und hier beginnt auch unsere Aufgabe. Hic Rhodus, hic salta!

Ja, so war es, bekräftigten wir uns gegenseitig: in den Wurzeln unserer Volksmusik liegt dieselbe Kraft wie in den Wurzeln des Jazz. Der Jazz hat seine ganz besondere Melodik, in der die ursprüngliche Sechston-Tonleiter der alten Gesänge der Schwarzen noch immer hörbar ist. Aber auch unser Volkslied hat eine charakteristische Melodik, die in bezug auf die Tonalität sogar noch verschiedenartiger ist. Der Jazz hat eine originelle Rhythmik, deren wunderbare Kompliziertheit der jahrtausendealten Kultur afrikanischer Trommler und Tamtamspieler entstammt. Aber auch unsere Musik hat einen ganz eigenwilligen Rhythmus. Und schließlich ist der Jazz auf dem Prinzip der Improvisation begründet. Aber auch das bewundernswerte Zusammenspiel von Volksmusikanten, die nie eine Note gekannt haben, beruht auf Improvisation.

Nur etwas unterscheidet unsere Musik vom Jazz. Der Jazz entwickelt und verändert sich schnell. Sein Stil ist in Bewegung. Welch steiler Weg führt von der Polyphonie von New Orleans über das Swing-Orchester zum Bebop und weiter. Der Jazz von New Orleans hätte sich Harmonien, wie der heutige Jazz sie verwendet, nie träumen lassen. Unsere

Volksmusik ist eine regungslos schlafende Prinzessin aus vergangenen Jahrhunderten. Wir müssen sie aufwecken. Sie muß mit dem gegenwärtigen Leben verschmelzen und sich gemeinsam mit ihm weiterentwickeln. Sich entwickeln wie der Jazz: ohne aufzuhören, sie selbst zu sein, ohne ihre Melodik oder Rhythmik einzubüßen, muß sie sich zu immer neuen Stilphasen durcharbeiten. Und sie muß von unserem zwanzigsten Jahrhundert sprechen. Zu seinem musikalischen Spiegel werden. Das ist nicht leicht. Es ist eine riesengroße Aufgabe. Und es ist eine Aufgabe, die nur im Sozialismus gelöst werden kann.

Was das denn mit Sozialismus zu tun habe, protestierten wir.

Er erklärte es uns. Einst war das Leben auf dem Land in kollektiver Weise verlaufen. Gemeinschaftliche Rituale begleiteten das ganze dörfliche Jahr. Die Volkskunst lebte einzig im Inneren dieser Rituale. Die Romantiker hatten sich vorgestellt, daß die Schnitterin auf dem Feld von einer Inspiration heimgesucht wurde und ein Lied gleich einer Quelle aus einem Fels aus ihr hervorsprudelte. Ein Volkslied entsteht aber nicht wie ein Kunstgedicht. Der Dichter ist schöpferisch tätig, um sich selbst, seiner Einzigartigkeit und Besonderheit Ausdruck zu verleihen. Durch das Volkslied unterscheidet sich der Mensch nicht von den anderen, er ist dadurch vielmehr mit ihnen verbunden. Das Volkslied ist entstanden wie Tropfstein. Tropfen um Tropfen umgab es sich mit immer neuen Motiven und neuen Varianten. Es wurde von Generation zu Generation überliefert, und jeder, der es sang, fügte etwas Neues hinzu. Jedes Lied hatte viele Schöpfer, und alle verschwanden sie bescheiden hinter ihren Schöpfungen. Kein Volkslied existierte nur so für sich. Es hatte seine Funktion. Es gab Lieder, die bei Hochzeiten gesungen wurden, Lieder zum Erntedankfest, zur Fastnacht, Lieder zu Weihnachten, Lieder zur Heuernte, zum Tanz und zum Begräbnis. Auch die Liebeslieder existierten nicht außerhalb bestimmter überlieferter Bräuche. Die allabendlichen Promenaden durchs Dorf, das Singen unter den Fenstern der Mädchen, das Werben, all das folgte einem kollektiven Ritus, und in diesem Ritus nahmen Lieder einen festen Platz ein.

Der Kapitalismus hat diese alte, kollektive Lebensform zerschlagen. So verlor die Volkskunst ihren Boden, ihren Existenzgrund, ihre Funktion. Vergeblich hätte jemand sie zum Leben erweckt, solange die gesellschaftlichen Verhältnisse noch andauerten, in denen jeder Mensch für sich allein, vom anderen getrennt lebte. Der Sozialismus aber befreit die Menschen vom Joch der Vereinsamung. Die Menschen werden in einem neuen Kollektiv leben. Sie werden untereinander verbunden sein durch ein einziges gemeinsames Interesse. Ihr privates Leben wird mit dem öffentlichen Leben verschmelzen. Sie werden wieder vereinigt sein durch Dutzende von gemeinsamen Zeremonien, sie werden sich neue kollektive Bräuche schaffen. Einige werden sie aus der Vergangenheit übernehmen. Erntedankfeste, Fastnacht, Tanzfeste, Arbeitsbräuche. Einige werden sie neu schaffen. Erster Mai, Meetings, Befreiungsfeiern, Versammlungen. Hier überall wird die Volkskunst ihren Platz finden. Hier wird sie sich entwickeln, verändern und erneuern. Haben wir das endlich begriffen?

Vor meinen Augen tauchte jener Tag auf, da an den Bäumen unserer Straße Militärpferde festgebunden waren. Einige Tage zuvor hatte die Rote Armee unsere Stadt eingenommen. Wir zogen die Festtrachten an und gingen in den Park musizieren. Wir tranken und spielten pausenlos, stundenlang. Die russischen Soldaten antworteten uns mit ihren Liedern. Und ich sagte mir damals, daß eine neue Epoche anbreche. Die Epoche der Slawen. Wie die Romanen und die Germanen sind auch wir Erben der Antike. Im Unterschied zu ihnen haben wir viele Jahrhunderte verschlafen und verträumt. Aber dafür sind wir jetzt gut ausgeschlafen. Frisch. Wir sind an der Reihe!

Dieses Gefühl kehrte jetzt wieder zurück. Immer wieder dachte ich darüber nach. Der Jazz hat seine Wurzeln in Afrika, seinen Stamm in Amerika. Unsere Musik hat ihre lebendigen Wurzeln in der Musikalität der europäischen Antike. Wir sind die Bewahrer eines alten, kostbaren Schatzes. Alles schien mir vollkommen logisch. Ein Gedanke fügte sich an den anderen. Die Slawen bringen die Revolution. Und mit ihr eine neue Kollektivität und eine neue Brüderlichkeit. Mit ihr eine neue Kunst, die im Volk und mit dem Volk leben wird, wie einst die alten Lieder auf dem Dorf. Die große Mission, mit der die Geschichte uns, uns Jungen mit dem Zimbal, beauftragt hatte, war unglaublich und zugleich unglaublich logisch.

Und bald stellte sich heraus, daß das Unglaubliche tatsächlich wahrzuwerden begann. Niemand hatte für die Volkskunst jemals mehr getan als die kommunistische Regierung. Sie widmete der Gründung neuer Ensembles riesige finanzielle Mittel. Volksmusik, Geige und Zimbal erklangen täglich im Rundfunk. Mährische und slowakische Volkslieder überfluteten Hochschulen, Maiaufmärsche, Jugendfeiern und Freiluftkonzerte. Der Jazz war in unserem Land nicht nur von der Bildfläche verschwunden, er wurde zum Symbol des westlichen Kapitalismus und seiner Dekadenz. Die Jugend tanzte auf ihren Festen nicht mehr Tango oder Boogie-Woogie, sondern faßte sich um die Schultern und tanzte im Kreis einen Reigen. Die Kommunistische Partei war bemüht, einen neuen Lebensstil zu schaffen. Sie berief sich auf Stalins berühmte Definition der neuen Kunst: sozialistischer Inhalt in nationaler Form. Allein die Volkskunst konnte unserer Musik, unseren Tänzen und unserer Poesie diese nationale Form verleihen.

Unsere Kapelle schwamm auf den hochgehenden Wogen dieser Politik. Sie war bald schon landesweit bekannt. Sie wurde durch Sänger und Tänzer ergänzt und war so zu einem großen Ensemble geworden, das auf Hunderten von Podien auftrat und alljährlich auch im Ausland gastierte. Wir sangen aber nicht nur die alten Weisen vom Räuber, der seine Liebste getötet hat, sondern auch neue Lieder, die wir im Ensemble selbst geschrieben hatten. Zum Beispiel das Lied über Stalin, über die frischgepflügte Scholle, über das Erntedankfest in der landwirtschaftlichen Genossenschaft. Unser Lied war mehr als nur eine Erinnerung an alte Zeiten. Es lebte. Es gehörte zur aktuellsten Geschichte. Es begleitete sie.

Die Kommunistische Partei unterstützte uns mit Feuereifer. Und so zerrannen unsere politischen Vorbehalte rasch. Ich selbst trat der Partei gleich zu Beginn des Jahres neunundvierzig bei. Und die anderen Kameraden vom Ensemble taten es mir gleich.

7.

Aber da waren wir noch immer Freunde. Wann hatte sich der erste Schatten zwischen uns gelegt?

Natürlich weiß ich es. Ich weiß es sehr gut. Es war bei meiner Hochzeit.

Ich studierte in Brünn an der Musikhochschule Geige und hörte an der Universität Vorlesungen über Musikwissenschaft. Als ich schon das dritte Jahr in Brünn war, begann ich mich unwohl zu fühlen. Meinem Vater zu Hause ging es immer schlechter. Er hatte einen Schlaganfall erlitten. Er hatte ihn gut überstanden, mußte sich von dem Zeitpunkt an aber äußerst schonen. Ich mußte immer daran denken, daß er allein zu Hause war und mir nicht einmal ein Telegramm schicken konnte, falls ihm etwas zustoßen sollte. Ich fuhr samstags besorgt nach Hause und kehrte montags früh mit erneuter Angst nach Brünn zurück. Einmal hielt ich diese Angst nicht mehr aus. Sie quälte mich am Montag, am Dienstag noch mehr, und am Mittwoch warf ich alle meine Kleider in den Koffer, bezahlte die Miete und sagte der Wirtin, ich würde nicht mehr zurückkommen.

Ich erinnere mich bis heute, wie ich damals vom Bahnhof nach Hause ging. In unser Dorf, das jetzt mit der benachbarten Stadt beinahe zusammengewachsen ist, gelangt man über einen Feldweg. Es war im Herbst, kurz vor Einbruch der Dunkelheit. Der Wind blies, und auf den Feldern standen Jungen, die Papierdrachen an langen Schnüren zum Himmel aufsteigen ließen. Auch mir hatte mein Vater einst einen Drachen gebaut. Er war mit mir aufs Feld gegangen, hatte den Drachen in die Höhe geworfen und war losgelaufen, damit sich die Luft in den Papierkörper stemme und ihn emportrage. Mich amüsierte das nicht besonders. Meinen Vater amüsierte es mehr. Und gerade diese Erinnerung rührte mich an jenem Tag, und ich beschleunigte meine Schritte. Mir kam plötzlich der Gedanke, daß Papa den Drachen zum Himmel hatte steigen lassen, um Mama zu grüßen.

Ich stelle mir meine Mutter nämlich von klein auf bis

heute im Himmel vor. Nein, an den Herrgott glaube ich längst nicht mehr, und an das ewige Leben und ähnliche Dinge ebensowenig. Es ist nicht der Glaube, worüber ich spreche. Es sind Vorstellungen. Ich weiß nicht, weshalb ich von ihnen ablassen sollte. Ohne sie wäre ich verwaist. Vlasta wirft mir vor, ein Träumer zu sein. Ich sähe die Dinge nicht so, wie sie seien. Nein, ich sehe die Dinge so, wie sie sind, aber neben den sichtbaren sehe ich auch die unsichtbaren. Erdachte Vorstellungen sind nicht für nichts und wieder nichts auf der Welt. Gerade sie machen aus unseren Häusern ein Zuhause.

Ich habe erst von meiner Mutter gehört, als sie längst nicht mehr lebte. Deshalb habe ich nie um sie geweint. Vielmehr habe ich mich immer damit getröstet, daß sie jung und schön und im Himmel war. Die anderen Kinder hatten keine so junge Mama, wie ich eine hatte.

Ich stelle mir gern Petrus vor, wie er auf einem Hocker an einem Fensterchen sitzt, durch das man auf die Erde hinuntersehen kann. Meine Mama geht oft zu ihm, zu diesem Fensterchen. Petrus tut alles für sie, denn sie ist schön. Er überläßt ihr seinen Platz, damit sie hinunterschauen kann. Und Mama sieht uns. Mich und Papa.

Mamas Gesicht war nie traurig. Ganz im Gegenteil. Wenn sie durch das Fensterchen in der Pförtnerloge Petri auf uns hinabsah, lachte sie uns sehr oft zu. Wer in der Ewigkeit lebt, leidet nicht an Wehmut. Er weiß, daß das menschliche Leben nur einen Augenblick dauert und das Wiedersehen nahe ist. Als ich aber in Brünn wohnte und meinen Vater allein ließ, schien mir, als wäre Mamas Gesicht traurig und vorwurfsvoll. Und ich wollte mit Mama in Frieden leben.

Ich eilte also nach Hause und sah, wie die Drachen zum Himmel stiegen, wie sie unter dem Himmelszelt standen. Ich war glücklich. Ich bereute nichts von dem, was ich zurückließ. Ich liebte meine Geige und die Musikwissenschaft. Aber ich strebte keine Karriere an. Selbst ein Lebensweg, der schwindelerregend schnell nach oben geführt hätte, konnte mir die Freude an der Heimkehr nicht ersetzen.

Als ich meinem Vater mitteilte, daß ich nicht mehr nach Brünn zurückkehren würde, wurde er wütend. Er wollte nicht, daß ich mein Leben seinetwegen verpfuschte. Und so redete ich ihm ein, daß man mich wegen ungenügender Leistungen von der Schule geworfen hatte. Er glaubte es schließlich und zürnte mir noch mehr. Das betrübte mich aber nicht sehr. Übrigens war ich nicht nach Hause zurückgekehrt, um auf der faulen Haut zu liegen. Ich spielte nach wie vor als Primas in der Kapelle unseres Ensembles. Ich erhielt eine Stelle als Geigenlehrer an der Musikschule. Ich konnte mich dem widmen, was ich liebte.

Dazu gehörte auch Vlasta. Sie wohnte im Nachbardorf, das heute (genau wie mein Dorf) bereits einen Vorort unserer Stadt bildet. Sie tanzte in unserem Ensemble. Ich hatte sie kennengelernt, als ich noch in Brünn studierte, und ich war froh, daß ich sie nach meiner Rückkehr jetzt fast täglich sehen konnte. Wirklich verliebt habe ich mich aber erst später – und unverhofft, als sie nämlich einmal bei einer Probe so unglücklich hinfiel, daß sie sich ein Bein brach. Ich trug sie auf meinen Armen in den sofort herbeigerufenen Krankenwagen. Ich spürte ihr hinfälliges, schwaches Körperchen auf meinen Armen. Ich wurde mir mit einem Mal staunend bewußt, daß ich einen Meter neunzig groß und hundert Kilo schwer war, daß ich Eichen fällen könnte, sie aber federleicht und hilflos war.

Das war der Moment der Hellsicht. In Vlastas verletztem Körperchen sah ich plötzlich eine andere, viel bekanntere Figur. Wie war es möglich, daß ich nicht schon längst darauf gekommen war? Vlasta war doch das »arme Mägdelein«, eine Figur so vieler Volkslieder! Das arme Mägdelein, das auf der Welt nichts anderes hat als seine Ehre, das arme Mägdelein, dem Unrecht widerfährt, das arme Mägdelein im zerlumpten Kleid, das arme Mägdelein – das Waisenkind.

Genaugenommen war es allerdings nicht so. Vlasta hatte Eltern, und sie waren keineswegs arm. Aber gerade, weil sie Großbauern waren, begann die neue Zeit sie an die Wand zu drücken. Vlasta kam oft unter Tränen in unser Ensemble. Man hatte ihnen hohe Abgaben aufgebürdet. Ihren Vater hatte man zum Kulaken erklärt. Man hatte ihm den Traktor und die landwirtschaftlichen Maschinen weggenommen. Man drohte ihm mit Verhaftung. Sie tat mir leid, und ich freute mich an der Vorstellung, daß ich mich ihrer annehmen würde. Des armen Mägdeleins.

Seit der Zeit, da ich sie so wahrgenommen hatte, verklärt durch ein Wort aus dem Volkslied, schien mir, als erlebte ich eine schon tausendmal durchlebte Liebe ein weiteres Mal. Als spielte ich sie von einem uralten Notenblatt. Als würden die Volkslieder mich besingen. Voll von Hingabe an diesen wohlklingenden Strom träumte ich von der Hochzeit und freute mich darauf.

Zwei Tage vor der Hochzeit tauchte aus heiterem Himmel Ludvik auf. Ich begrüßte ihn stürmisch. Ich teilte ihm die große Neuigkeit mit und erklärte, als mein liebster Freund müsse er mein Trauzeuge sein. Er versprach es. Und er kam.

Die Kameraden vom Ensemble veranstalteten eine echte mährische Hochzeit für mich. Schon am frühen Morgen kamen sie alle zu uns, mit Musik und in Trachten. Der fünfzigjährige Zimbalspieler des Ensembles war der älteste Hochzeitsgast. Ihm fiel die Pflicht zu, Brautwerber zu sein. Mein Vater bewirtete zunächst einmal alle mit Slibowitz, Brot und Speck. Der Brautwerber bedeutete dann allen mit einem Wink, sie sollten ruhig sein, und er fing mit klangvoller Stimme zu rezitieren an:

»Mir ganz besonders werte Jünglinge und Jungfern,
Männer und Frauen!
Aus folgendem Grunde seid ihr in dieses Gut bestellt,
weil der hier anwesende Jüngling das Gesuch hat gestellt,
daß gemeinsam wir wandern zum Heime des Vaters
von Vlasta Merhaut,
dessen Tochter, eine edle Jungfrau, er sich erkoren hat
zur Braut . . .«

Der Brautwerber ist das Haupt, die Seele, der Leiter des ganzen Zeremoniells. So ist es immer gewesen. So ist es tausend Jahre lang gewesen. Der Bräutigam war nie das Subjekt der Hochzeit. Er war ihr Objekt. Er heiratete nicht. Er wurde verheiratet. Jemand bemächtigte sich seiner mittels der Hochzeit, und schon wurde er mitgerissen wie von einer großen Welle. Er war es nicht, der handelte und redete. An seiner Stelle handelte und redete der Brautwerber. Es war aber auch nicht der Brautwerber. Es war die jahrhundertealte Tradition, die sich die Menschen einen nach dem anderen weiterreichte und sie so in ihren süßen Strom zog.

Wir machten uns unter Anführung des Brautwerbers auf den Weg ins Nachbardorf. Wir gingen über die Felder, und die Kameraden musizierten beim Marschieren. Vor Vlastas Haus wurden wir von einer Menschenschar in Trachten erwartet, von dem Gefolge der Braut. Der Brautwerber rezitierte:

»Wir sind müde Wandersleut,
ehrfürchtig wollen wir fragen,
ob in euer ehrwürdig Heim
eintreten dürfen wir heut,
da Hunger und Durst uns plagen.«

Aus der Schar vor dem Tor trat ein älterer Mann in der Tracht vor: »Seid ihr gute Leut, so seid willkommen.« Und er bat uns einzutreten. Wir betraten schweigend den Hausflur. Wir waren ja, wie der Brautwerber uns vorgestellt hatte, nur müde Wandersleut, und wir verrieten unsere wahre Absicht nicht sofort. Der alte Mann in der Tracht, der Sprecher der Braut, forderte uns auf: »Habt ihr etwas auf dem Herzen, das euch bedrückt, so redet.«

Der Brautführer fing also zu reden an, anfangs unklar und allegorisch, und der alte Mann in der Tracht antwortete ihm auf dieselbe Weise. Erst nach längerem Abschweifen verriet der Brautwerber, warum wir gekommen waren.

Daraufhin stellte der alte Mann ihm folgende Frage:

»Man fraget euch, lieber Hochzeiter,
warum der ehrbare Bräutigam dieses ehrbare Mädel zur Frau zu gewinnen sucht?
Ist es wegen der Blüte oder wegen der Frucht?«

Und der Brautwerber antwortete:

»Allen ist wohlbekannt, daß die Blüte sich in Schönheit und Anmut entfaltet und unsre Herzen erfreut.
Doch die Blüte vergeht,
und die Frucht entsteht.
Also empfangen wir diese Braut nicht als Blüte, sondern als Frucht, denn sie ist es, die den Nutzen erzeugt.«

So ging es eine Weile hin und her, bis der Sprecher der Braut diesen Reden ein Ende setzte: »Lasset uns also die Braut rufen, auf daß sie uns sage, ob sie einwilligt oder nicht.« Dann trat er ins Nebenzimmer, kehrte kurz danach zurück und führte eine Frau in Tracht an der Hand herein. Sie war mager, hochgewachsen und knochig, und ihr Gesicht war durch ein Tuch verhüllt: »Hier hast du deine Braut.«

Aber der Brautwerber schüttelte den Kopf, und wir alle gaben unsere Mißbilligung durch lautes Murren kund. Der alte Mann versuchte eine Zeitlang, uns zu überreden, mußte aber schließlich die verschleierte Frau wieder wegführen. Erst dann brachte er uns Vlasta. Sie trug schwarze Stiefelchen, eine rote Schürze und ein buntes Schnürjäckchen. Auf dem Kopf trug sie einen Kranz. Sie schien mir wunderschön. Der alte Mann legte ihre Hand in die meine.

Dann wandte er sich an die Brautmutter und rief mit klagender Stimme: »Ach Mütterlein!«

Die Braut riß sich bei diesen Worten von meiner Hand los, kniete vor ihrer Mutter auf den Boden und senkte den Kopf. Der alte Mann fuhr fort:

»Lieb Mütterlein mein, vergebet den Schmerz, den ich Euch angetan!
Allerliebst Mütterlein mein, um Gottes willen bitt ich Euch, vergebet den Schmerz, den ich Euch angetan!
Herzallerliebst Mütterlein mein, um Jesu fünf Wunden willen bitt ich Euch, vergebet den Schmerz, den ich Euch angetan!«

Wir waren nur stumme Schauspieler, denen ein seit langem eingeübter Gesang unterschoben worden war. Und der Text dieses Gesanges war schön, er war ergreifend, und alles war wahr. Dann fing die Musik wieder zu spielen an, und wir gingen in die Stadt. Die Zeremonie fand im Rathaus statt, auch dort wurde musiziert. Dann kam das Mittagessen. Und nach dem Essen wurde getanzt.

Am Abend nahmen die Brautjungfern Vlasta den Rosmarinkranz vom Kopf und überreichten ihn mir feierlich. Das aufgelöste Haar flochten sie zu einem Zopf, legten ihn um ihr Haupt und banden ein Häubchen darüber. Das war das Ritual, das den Übergang von der Jungfrau zu Frau symbolisierte. Vlasta war allerdings längst nicht mehr Jungfrau.

Und daher hatte sie eigentlich kein Anrecht auf das Symbol des Kranzes. Doch das schien mir nicht wichtig. Auf einer höheren, viel bedeutenderen Ebene verlor sie ihre Jungfräulichkeit gerade und ausschließlich in dem Moment, da die Brautjungfern mir ihren Kranz überreichten.

Mein Gott, wie kommt es, daß die Erinnerung an den Rosmarinkranz mich mehr rührt als unser erster Liebesakt, als Vlastas wirkliches Jungfernblut? Ich weiß nicht warum, aber es ist so. Die Frauen sangen Lieder, in denen dieser Kranz auf dem Wasser davonschwamm und die Wellen seine roten Bänder lösten. Mir standen die Tränen nahe. Ich war betrunken. Ich sah diesen Kranz vor mir, wie er fortschwamm, wie der Bach ihn dem Fluß, der Fluß der Donau, die Donau dem Meer übergab. Ich sah diesen Kranz und dessen Unwiederbringlichkeit vor meinen Augen. An dieser Unwiederbringlichkeit lag es. Alle grundlegenden Situationen im Leben sind unwiederbringlich. Damit der Mensch Mensch ist, muß er diese Unwiederbringlichkeit mit vollem Bewußtsein durchleben. Sie bis zur Neige auskosten. Er darf nicht schwindeln. Er darf nicht tun, als würde er sie nicht sehen. Der moderne Mensch schwindelt. Er versucht, alle Meilensteine zu umgehen und so vom Leben in den Tod zu gelangen, ohne zu bezahlen. Der Mensch aus dem Volk ist ehrlicher. Er singt sich bis auf den Grund jeder fundamentalen Situation durch. Als Vlasta das Handtuch, das ich unter sie gelegt hatte, mit ihrem Blut befleckte, ahnte ich nicht, daß ich dem Unwiederbringlichen begegnet war. In diesem Moment aber konnte ich ihm nirgendwohin entkommen. Die Frauen sangen Lieder über den Abschied. Wart noch, wart noch, Herzallerliebster mein, bis ich mich trennen kann von meinem Mütterlein. Wart noch, wart noch, und laß die Peitsche sein, bis ich mich trennen kann von meinem Väterlein. Wart noch, wart noch, und laß die Pferde stehn, ich hab noch ein Schwesterlein, mag nicht von ihr gehn. So lebet wohl denn, Kameradinnen, ach, ich darf nicht zurück, man führt mich von hinnen.

Und dann war es schon Nacht, und die Hochzeitsgäste begleiteten uns zu unserem Heim. Dort blieben wir stehen, und Vlastas Kameraden und Freundinnen sangen ein Lied, daß wir am neuen Ort dem bedauernswerten, *armen* Mägdelein kein Leid antun dürften, daß man es zu Hause geliebt habe, daß also auch wir es lieben sollten.

Ich öffnete das Tor. Vlasta blieb auf der Schwelle stehen und wandte sich noch einmal nach der Schar ihrer Freunde um, die versammelt vor dem Haus standen. Da stimmte einer von ihnen noch ein Lied an, ein letztes:

»Auf der Schwelle stand sie
und wunderschön schien sie,
gleich einem Röselein.
Die Schwelle ist überschritten,
die Schönheit von ihr geglitten,
von meinem Liebchen fein.«

Dann schloß sich die Tür hinter uns, und wir waren allein. Vlasta war zwanzig, ich etwas älter. Ich dachte daran, daß sie eine Schwelle überschritten hatte und die Schönheit von diesem magischen Moment an von ihr abfallen würde wie die Blätter von einem Baum. Ich sah dieses kommende Abblättern vor mir. Die Anfänge des Abblätterns. Ich dachte daran, daß sie nicht nur Blüte war, sondern die künftige Zeit der Frucht in diesem Augenblick bereits in ihr gegenwärtig war. Ich spürte in all dem eine unerschütterliche Ordnung, eine Ordnung, mit der ich übereinstimmte und verschmolz. Ich dachte in jenem Moment auch an Vladimir, den ich damals noch nicht kannte, von dessen Aussehen ich nichts ahnte. Dennoch dachte ich an ihn und blickte durch ihn hindurch noch weiter, in die Ferne seiner eigenen Kinder. Dann legten sich Vlasta und ich ins hoch aufgeschüttete Bett, und mir schien, als wäre es die weise Unendlichkeit des Menschengeschlechts selbst, die uns in ihre weichen Arme schloß.

8.

Was hatte Ludvik mir bei der Hochzeit angetan? Im Grunde genommen nichts. Er hatte einen gleichsam zugefrorenen Mund und war sonderbar. Als am Nachmittag musiziert und getanzt wurde, boten die Kameraden ihm eine Klarinette an. Sie wollten, daß er mit ihnen spielte. Er lehnte ab. Bald danach ging er. Ich war zum Glück angetrunken genug, um dem keine allzu große Aufmerksamkeit zu schenken. Doch am nächsten Tag sah ich, daß sein Weggehen wie ein kleiner Fleck auf dem Vortag haftengeblieben war. Der Alkohol, der sich in meinem Blut ausbreitete, weitete diesen Fleck zu beachtlicher Größe aus. Und mehr noch als der Alkohol tat es Vlasta. Sie hatte Ludvik nie gemocht.

Als ich ihr mitteilte, daß Ludvik mein Trauzeuge sein würde, war sie nicht gerade entzückt. Und am Tag nach der Hochzeit kam es ihr gelegen, daß sie mir sein Benehmen vorhalten konnte. Er habe die ganze Zeit eine Miene gemacht, als fielen wir alle ihm zur Last. Er sei so hochnäsig, daß er mit seiner Nase fast das Himmelszelt durchbohre.

Aber noch am Abend desselben Tages kam Ludvik zu uns. Er brachte Vlasta ein paar Geschenke mit und entschuldigte sich. Wir sollten ihm verzeihen, daß er gestern so unmöglich gewesen sei. Er erzählte uns, was ihm widerfahren war. Er sei aus der Partei und der Hochschule ausgeschlossen worden. Er wisse nicht, wie es weitergehen solle.

Ich traute meinen Ohren nicht und wußte nicht, was ich ihm sagen sollte. Im übrigen wollte Ludvik nicht bemitleidet werden, und er brachte das Gespräch rasch auf ein anderes Thema. Unser Ensemble sollte in vierzehn Tagen zu einer großen Auslandstournee aufbrechen. Wir Provinzler freuten uns unsagbar darauf. Ludvik wußte das und begann, mich nach unserer Reise auszufragen. Mir wurde sofort klar, daß Ludvik, der von klein auf vom Ausland geträumt hatte, nun kaum eine Chance hatte, jemals dorthin zu kommen. Menschen mit einem politischen Makel ließ man damals, und noch Jahre später, nicht ins Ausland reisen. Ich sah, daß wir beide uns an entgegengesetzten Punkten befanden, und ich versuchte das zu vertuschen. Darum konnte ich nicht über unsere Reise sprechen, denn dadurch hätte ich den plötzlich aufgebrochenen Abgrund zwischen unseren Schicksalen noch deutlicher gemacht. Ich wollte diesen Abgrund in Dunkelheit hüllen, und ich fürchtete jedes Wort, das ihn hätte erhellen können. Ich fand aber nicht ein Wort, das ihn nicht verdeutlicht hätte. Jeder Satz, der sich nur beiläufig auf unser Leben bezog, bestätigte uns darin, daß wir beide jeder an einem anderen Punkt angelangt waren. Daß wir andere Möglichkeiten, eine andere Zukunft haben würden. Daß wir in entgegengesetzter Richtung fortgetragen wurden. Ich versuchte, über etwas zu sprechen, das so alltäglich und bedeutungslos war, daß es die Fremdheit zwischen uns nicht spürbar werden ließ. Das aber war noch schlimmer. Die Belanglosigkeit des Gesprächs war peinlich, und die Unterhaltung wurde rasch unerträglich.

Ludvik verabschiedete sich bald und ging. Er meldete sich zu einer Brigade außerhalb unserer Stadt, und ich fuhr mit dem Ensemble ins Ausland. Danach sah ich ihn mehrere Jahre nicht mehr. In den Militärdienst schrieb ich ihm einen oder zwei Briefe. Nachdem ich sie abgeschickt hatte, blieb in mir dasselbe unzufriedene Gefühl zurück wie nach unserem letzten Gespräch. Ich konnte Ludviks Fall nicht Aug in Auge gegenüberstehen. Ich schämte mich dafür, daß mein Leben so erfolgreich war. Es schien mir unerträglich, von der Höhe meiner Zufriedenheit herab Worte der Aufmunterung und der Anteilnahme an Ludvik zu richten. Lieber versuchte ich, mir vorzumachen, daß sich zwischen uns nichts geändert hätte. Ich schilderte ihm in meinen Briefen, was wir machten, was es im Ensemble Neues gab, wie unser neuer Zimbalist war und was wir alles erlebten. Ich tat, als wäre meine Welt auch weiterhin unsere gemeinsame Welt. Und ich empfand diese Heuchelei als unangenehm.

Eines Tages erhielt mein Vater eine Todesanzeige. Ludviks Mutter war gestorben. Niemand von uns hatte gewußt, daß sie krank war. Als ich Ludvik aus den Augen verlor, verlor ich mit ihm auch seine Mutter. Nun hielt ich die Anzeige in der Hand, und mir wurde bewußt, wie gleichgültig ich Menschen gegenüber war, die auch nur ein wenig vom Weg meines Lebens abwichen. Meines erfolgreichen Lebens. Ich fühlte mich schuldig, obwohl ich mir eigentlich nichts hatte zuschulden kommen lassen. Und dann bemerkte ich etwas, was mich entsetzte. Die Nachricht von ihrem Tod war im Namen der ganzen Verwandtschaft vom Ehepaar Koutecky unterzeichnet. Von Ludvik kein einziges Wort.

Dann kam der Tag der Beerdigung. Ich war vom frühen Morgen an aufgeregt, daß ich Ludvik begegnen würde. Aber Ludvik kam nicht. Hinter dem Sarg schritten nur wenige Leute. Ich fragte die Kouteckys, wo Ludvik sei. Sie zuckten mit den Achseln und sagten, sie wüßten es nicht. Der Trauerzug mit dem Sarg blieb vor einem großen Grab mit einem schweren Marmorstein und einer weißen Engelsstatue stehen.

Der reichen Baumeisterfamilie hatte man alles weggenommen, so daß sie jetzt nur von einer bescheidenen Rente lebte. Geblieben war ihr einzig diese große Familiengruft mit dem weißen Engel. Das alles wußte ich, und dennoch verstand ich nicht, warum der Sarg ausgerechnet hier in die Erde gelassen wurde.

Erst später erfuhr ich, daß Ludvik damals im Gefängnis saß. Seine Mutter war der einzige Mensch in unserer Stadt gewesen, der es wußte. Als sie starb, nahmen die Kouteckys sich des toten Leibes ihrer ungeliebten Schwägerin an und erklärten ihn zu ihrem Eigentum. Endlich hatten sie sich am undankbaren Neffen gerächt. Sie hatten ihm die Mutter geraubt. Sie bedeckten sie mit einem schweren Marmorstein, auf dem ein weißer Engel mit lockigem Haar und einem Zweig in der Hand stand. Dieser Engel ging mir nicht mehr aus dem Sinn. Er schwebte über dem geschundenen Leben eines Freundes, dem man sogar die Körper der toten Eltern geraubt hatte. Der Engel des Raubes.

9.

Vlasta mag keine Extravaganzen. Grundlos des Nachts im Garten zu sitzen, ist eine Extravaganz. Ich hörte ein energisches Pochen an der Fensterscheibe. Dahinter zeichnete sich dunkel der strenge Schatten einer weiblichen Gestalt im Nachthemd ab. Ich bin gehorsam. Ich kann mich Schwächeren nicht widersetzen. Und da ich einen Meter neunzig groß bin und einen zentnerschweren Sack mit einer Hand hochheben kann, habe ich in meinem ganzen Leben noch niemanden gefunden, gegen den ich mich hätte auflehnen können.

Und so ging ich ins Haus hinein und legte mich neben Vlasta nieder. Um nicht zu schweigen, erwähnte ich, daß ich heute Ludvik gesehen hatte. »Na und?« fragte sie mit demonstrativem Desinteresse. Da war Hopfen und Malz verloren. Sie konnte ihn nicht leiden. Bis heute konnte sie ihn nicht ausstehen. Übrigens hatte sie keinen Grund, sich zu beklagen. Seit unserer Hochzeit hatte sie nur einmal die Gelegenheit, ihn zu sehen. Das war im Jahre sechsundfünfzig. Und damals konnte ich den Abgrund, der uns trennte, auch vor mir selbst nicht mehr verleugnen.

Ludvik hatte Militärdienst, Gefängnis und einige Jahre Grubenarbeit hinter sich. Er war dabei, die Fortsetzung seines Studiums in Prag in die Wege zu leiten und war wegen irgendwelcher polizeilicher Formalitäten in unsere Stadt gekommen. Wieder hatte ich Lampenfieber vor unserem Zusammentreffen. Ich traf aber keinen gebrochenen Jammerlappen an. Im Gegenteil. Ludvik war anders, als ich ihn bisher gekannt hatte. Er hatte etwas Rauhes, Ungehobeltes an sich, und vielleicht auch mehr Ruhe. Nichts, was an Mitleid appelliert hätte. Mir schien, als könnten wir den Abgrund, den ich so fürchtete, leicht überbrücken. Um einen raschen Kontakt anzuknüpfen, lud ich ihn zu einer Probe unserer Kapelle ein. Ich hatte geglaubt, daß es nach wie vor auch seine Kapelle sei. Was lag schon daran, daß wir einen anderen Zimbalisten, einen anderen Kontrabassisten und einen anderen Klarinettisten hatten und von der alten Clique nur noch ich übriggeblieben war.

Ludvik setzte sich auf den Stuhl neben dem Zimbalisten. Wir spielten zunächst unsere Lieblingslieder, diejenigen, die wir schon auf dem Gymnasium gespielt hatten. Dann einige neue, die wir in abgelegenen Bergdörfern entdeckt hatten. Dann waren die Lieder an der Reihe, auf die wir besonders stolz waren. Das waren keine eigentlichen Volkslieder, sondern Lieder, die wir im Ensemble selbst geschrieben hatten, inspiriert vom Geist der Volkskunst. Und so sangen wir Lieder über kleine Privatwiesen, die zu einem großen Genossenschaftsfeld umgepflügt werden mußten, Lieder über ehemals arme Schlucker, die heute Herren über ihr eigenes Land waren, und das Lied über den Traktoristen, dem es in seiner Kooperative an nichts mangelte. All das waren Lieder, deren Musik man von derjenigen authentischer Volkslieder nicht unterscheiden konnte, deren Texte aber aktueller klangen als die Tageszeitung. Am meisten mochten wir das Lied von Julius Fučík, vom Helden, der während der Okkupation von den Nazis gefoltert worden war.

Ludvik saß auf seinem Stuhl und sah zu, wie die Hände des Zimbalisten mit dem Klöppel über die Saiten liefen. Immer wieder goß er sich Wein in ein kleines Glas. Ich beobachtete ihn über den Steg meiner Geige hinweg. Er war in Gedanken versunken und hob den Kopf kein einziges Mal in meine Richtung.

Dann fanden sich langsam die Ehefrauen im Saal ein, was bedeutete, daß die Probe bald zu Ende ging. Ich lud Ludvik zu uns ein. Vlasta richtete uns etwas zum Abendbrot her und legte sich dann schlafen. Ludvik redete über alles mögliche. Ich spürte aber, daß er nur so gesprächig war, um nicht über das reden zu müssen, worüber ich reden wollte. Wie konnte ich aber vor meinem besten Freund über das schweigen, was unser größtes gemeinsames Gut war? Und so unterbrach ich Ludviks belangloses Geschwätz. Was sagst du zu unseren Liedern? Ludvik antwortete, daß sie ihm gefielen. Ich ließ ihn aber nicht mit einer billigen Höflichkeitsfloskel davonkommen. Ich fragte ihn weiter aus. Was er von den neuen Liedern halte, die wir selbst geschrieben hatten?

Ludvik hatte keine Lust zu diskutieren. Ich zog ihn aber Schritt für Schritt in eine Debatte hinein, bis er schließlich zu reden anfing. Jene wenigen alten Volkslieder, die seien wirklich wunderschön. Sonst aber gefalle ihm unser Repertoire nicht. Wir paßten uns zu sehr dem Geschmack der Masse an. Das sei nicht verwunderlich. Wir träten vor einer breiten Öffentlichkeit auf und wollten gefallen. Und so tilgten wir aus unseren Liedern all das, was an ihnen originell sei. Wir paßten den unnachahmlichen Rhythmus einer konventionellen Rhythmik an. Wir wählten Lieder aus der chronologisch jüngsten Schicht, allerlei Csardas und Rekrutenlieder, weil die am leichtesten zugänglich und am gefälligsten seien.

Ich protestierte. Wir stünden doch erst am Anfang des Weges. Wir wollten, daß das Volkslied eine möglichst maximale Verbreitung fände. Deshalb müßten wir es dem Geschmack der breiten Massen ein wenig anpassen. Das wichtigste sei schließlich, daß wir bereits eine *zeitgenössische* Folklore geschaffen hätten, neue Volkslieder, die von unserem heutigen Leben erzählten.

Er war anderer Meinung. Gerade diese neuen Lieder hätten ihm am meisten in den Ohren weh getan. Was für erbärmliche Nachahmungen! Wieviel Falschheit!

Ich bin heute noch traurig, wenn ich daran zurückdenke. Wer hatte uns gedroht, wir würden wie Lots Frau enden, wenn wir nur rückwärts blickten? Wer hatte darüber phantasiert, daß aus der Volksmusik der neue Stil der Epoche hervorgehen würde? Wer hatte uns dazu aufgefordert, Bewegung in die Volksmusik zu bringen und sie zu zwingen, an der Seite der modernen Geschichte zu marschieren?

Das war eine Utopie, sagte Ludvik.

Was für eine Utopie? Die Lieder gibt es doch! Sie existieren!

Er lachte mich aus. Ihr im Ensemble singt sie. Aber zeig mir einen einzigen Menschen außerhalb des Ensembles, der das tut! Zeig mir einen einzigen Genossenschaftsbauern, der zu seinem Vergnügen eure Lieder über die Genossenschaften singt! Sein Maul würde sich zu einer Grimasse verziehen, so unnatürlich und falsch klingen sie! Dieser Propagandatext hängt an dieser Pseudomusik wie ein schlecht angenähter Kragen! Ein pseudomährisches Lied über Fučík! Was für ein Unsinn! Er war ein kommunistischer Journalist aus Prag! Was hat er mit Mähren zu tun?

Ich wandte ein, daß Fučík allen gehöre, und daß auch wir auf unsere Art über ihn singen dürften.

Was heißt auf unsere Art singen? Ihr singt nach den Rezepten des Agitprop und nicht nach unseren eigenen! Vergegenwärtige dir doch den Text dieses Liedes! Und wozu überhaupt ein Lied über Fučík? Hat etwa nur er im Untergrund gekämpft? Ist etwa nur er gefoltert worden?

Er ist aber der bekannteste von allen!

Eben! Der Propagandaapparat will Ordnung haben in der Galerie der toten Helden. Er will unter all den Helden einen Haupthelden haben.

Warum so spöttisch? Jede Zeit hat ihre Symbole.

Gut, interessant ist aber gerade, wer zum Symbol gemacht wird! Hunderte von Menschen waren damals genauso tapfer wie er, und man hat sie vergessen. Und es sind auch berühmte Leute gefallen. Politiker, Schriftsteller, Wissenschaftler, Künstler. Aber sie wurden nicht zu Symbolen. Ihre Fotografien hängen nicht in den Sekretariaten und Schulen. Und sie haben oft ein großes Werk hinterlassen. Nur ist ein echtes Werk eher etwas Störendes. Man kann es nur schwer zurechtstutzen, zurechtschneiden, zurechtstreichen. Ein Werk ist ein Störfaktor in einer propagandistischen Heldengalerie.

Eine »Reportage, unter dem Strang geschrieben«, hat keiner von ihnen verfaßt!

Eben! Was ist mit einem Helden, der schweigt? Was ist mit einem Helden, der die letzten Augenblicke seines Lebens nicht zu einem Theaterauftritt nutzt? Zu einer pädagogischen Lektion? Für diesen Fučík war es, obwohl er keineswegs berühmt war, ungemein wichtig, der Welt kundzutun, was er im Gefängnis gedacht, gefühlt und erlebt hatte, was er der Menschheit mitteilen und empfehlen wollte. Er schrieb es auf kleine Kassiber und setzte das Leben derer aufs Spiel, die diese aus dem Gefängnis schmuggelten und aufbewahrten. Wie hoch mußte er seine eigenen Gedanken und Gefühle einschätzen! Wie hoch mußte er sich selbst einschätzen!

Das konnte ich nicht mehr ertragen. So war Fučík also ein selbstgefälliger Angeber?

Ludvik war jedoch nicht mehr zu bremsen. Nein, Selbstgefälligkeit sei für ihn nicht der Hauptantrieb zum Schreiben gewesen. Der Hauptantrieb sei seine Schwäche gewesen. Denn um in der Einsamkeit tapfer zu sein, ohne Zeugen und ohne Applaus als Entgelt, nur vor sich selbst, dazu sei großer Stolz und viel Stärke nötig. Fučík brauchte die Hilfe des Publikums. Er schuf sich in der Einsamkeit seiner Zelle wenigstens ein fiktives Publikum. Er mußte gesehen werden! Im Applaus neue Kräfte schöpfen! Wenigstens in einem fiktiven Applaus! Er mußte aus dem Gefängnis eine Bühne machen und sein Los dadurch erträglicher gestalten, daß er es nicht nur durchlebte, sondern auch vorführte und vorspielte!

Ich war auf Ludviks Traurigkeit gefaßt gewesen. Auch auf Verbitterung. Mit diesem Zorn, mit diesem ironischen Haß hatte ich jedoch nicht gerechnet. Was hatte der zu Tode gefolterte Fučík ihm zuleide getan? Ich sehe den Wert eines Menschen in seiner Treue. Ich weiß, daß Ludvik zu Unrecht bestraft wurde. Um so schlimmer! Denn so hat sein Gesinnungswandel eine allzu durchsichtige Motivation. Kann ein Mensch seine ganze Lebenseinstellung nur deshalb ändern, weil er verletzt wurde?

Das alles sagte ich Ludvik ins Gesicht. Daraufhin geschah wieder etwas Unerwartetes. Ludvik antwortete mir nicht mehr. Als wäre dieses wutentbrannte Fieber plötzlich von ihm gewichen. Er blickte mich forschend an und sagte mit ganz ruhiger, leiser Stimme, ich solle ihm nicht böse sein. Daß er sich vielleicht irre. Er sagte es so sonderbar und so kalt, daß ich nur allzugut wußte, daß er es nicht ernst meinte. Ich aber wollte unser Gespräch nicht mit einer solchen Unaufrichtigkeit beenden. Ungeachtet aller Verbitterung wurde ich immer noch von meinem ursprünglichen Wunsch geleitet. Ich wollte, daß Ludvik und ich uns wieder verstanden, ich wollte die alte Freundschaft erneuern. Und obwohl wir so hart aneinandergeraten waren, hoffte ich, irgendwo am Ende dieses langen Streites ein Stück jenes gemeinsamen Bodens zu finden, auf dem wir beide uns einst so wohl gefühlt hatten und den wir wieder zusammen bewohnen könnten. Ich versuchte aber vergeblich, das Gespräch fortzusetzen. Ludvik entschuldigte sich, daß er gern übertreibe und sich leider wieder einmal habe hinreißen lassen. Er bat mich zu vergessen, was er mir gesagt habe.

Vergessen? Weshalb sollten wir ein ernsthaftes Gespräch vergessen? Sollten wir es nicht besser fortsetzen? Erst am nächsten Tag erahnte ich den wahren Grund dieses Wunsches. Ludvik hatte bei uns übernachtet. Nach dem Frühstück blieb uns noch eine halbe Stunde, um miteinander zu reden. Er erzählte mir, welche Anstrengung es ihn koste, um zu erreichen, daß er noch die letzten zwei Jahre an der Fakultät absolvieren durfte. Wie sehr er durch den Ausschluß aus der Partei fürs Leben gebrandmarkt sei. Daß man ihm nirgends vertraue. Daß er nur dank der Hilfe einiger Freunde, die ihn noch aus der Zeit vor dem Februar kannten, vielleicht wieder in die Hochschule aufgenommen würde. Er erwähnte andere Bekannte, die in einer ähnlichen Lage waren wie er. Er sprach darüber, daß man sie überwachte und jede ihrer Äußerungen sorgfältig registrierte. Daß Leute aus ihrer Umgebung nach ihnen ausgefragt wurden und daß ihnen oft irgendeine beflissene oder böswillige Aussage für weitere Jahre das Leben verderben konnte. Dann lenkte er das Gespräch wieder auf ein belangloses Thema, und als wir uns voneinander verabschiedeten, sagte er, daß er froh sei, mich gesehen zu haben, und er bat mich abermals zu vergessen, was er gestern gesagt habe.

Der Zusammenhang zwischen dieser Bitte und dem Hinweis auf die Schicksale seiner Bekannten war sonnenklar. Das traf mich wie ein Keulenschlag. Ludvik hatte aufgehört, mit mir zu reden, weil er sich fürchtete! Er fürchtete, daß unsere Unterhaltung nicht unter uns bleiben könnte! Er fürchtete, daß ich ihn denunzieren könnte! Er fürchtete sich vor mir! Das war furchtbar. Und wiederum völlig unerwartet. Der Abgrund, der zwischen uns lag, war viel tiefer, als ich vermutet hatte. Er war so tief, daß er uns nicht einmal erlaubte, ein Gespräch zu Ende zu führen.

10.

Vlasta schläft schon. Die Ärmste, ab und zu schnarcht sie leise. Alles schläft schon bei uns. Und ich liege da, groß, groß, groß, und ich denke an meine Hilflosigkeit. Damals empfand ich sie unheimlich stark. Bis dahin hatte ich voller Vertrauen vorausgesetzt, daß alles in meinen Händen lag. Ich hatte Ludvik doch nie etwas angetan. Warum sollte es nicht möglich sein, ihm mit etwas gutem Willen wieder näherzukommen?

Es hat sich herausgestellt, daß es nicht in meinen Händen lag. Weder die Entfremdung noch die Annäherung zwischen uns lagen in meinen Händen. Ich hatte also gehofft, daß sie in den Händen der Zeit läge. Die Zeit ist vergangen. Seit unserer letzten Begegnung sind neun Jahre verflossen. Ludvik hat inzwischen sein Studium beendet und eine ausgezeichnete Stelle bekommen, er ist auf dem Gebiet wissenschaftlich tätig, das ihn interessiert. Ich beobachte sein Schicksal aus der Ferne. Ich beobachte es mit Liebe. Ich werde Ludvik nie als Feind oder als Fremden betrachten können. Er ist mein Freund, aber er ist verwunschen. Als wiederholte sich eine Geschichte aus einem Märchen, in dem die Braut des Prinzen in eine Schlange oder in einen Frosch verwandelt wird. Im Märchen wendet sich durch das treue Ausharren des Prinzen immer alles zum Guten.

Aber bis jetzt hat die Zeit mir meinen Freund nicht aus der Verwünschung erweckt. Ich hatte in den vergangenen Jahren einige Male erfahren, daß er sich in unserer Stadt aufhielt. Aber er hat mich niemals besucht. Heute bin ich ihm begegnet, und er ist mir aus dem Weg gegangen. Verfluchter Ludvik.

Damals, als wir zum letzten Mal miteinander sprachen, hat alles angefangen. Von Jahr zu Jahr spürte ich stärker, wie die Vereinsamung um mich herum sich verdichtete und die Bangigkeit in meinem Herzen wuchs. Die Müdigkeit wurde immer größer, die Freuden und die Erfolge kleiner. Das Ensemble hatte jedes Jahr eine Auslandstournee gemacht, doch dann wurden die Einladungen seltener, und heute werden wir fast nicht mehr eingeladen. Wir arbeiten nach wie vor, je länger desto eifriger, aber um uns herum ist es still geworden. Ich stehe in einem leergeräumten Saal. Und es kommt mir vor, als sei es Ludvik gewesen, der angeordnet hat, daß ich allein sei. Denn zur Einsamkeit wird der Mensch nicht von seinen Feinden, sondern von seinen Freunden verurteilt.

Seit jener Zeit flüchte ich mich immer häufiger auf diesen von kleinen Äckern umgebenen Feldweg. Auf den Feldweg, an dessen Rand ein einsamer Strauch wilder Rosen wächst. Dort treffe ich mich mit meinen letzten Getreuen. Dort ist der Deserteur mit seinen Burschen. Dort ist der fahrende Musikant. Und dort steht am Horizont ein Holzhaus, und darin wohnt Vlasta – das arme Mägdelein.

Der Deserteur nennt mich seinen König und verspricht mir, daß ich mich jederzeit unter seinen Schutz stellen könne. Es genüge, zum Rosenstrauch zu kommen. Dort fände ich ihn immer.

Es wäre so einfach, in der Welt der Vorstellungen Ruhe zu finden. Aber ich habe immer versucht, in beiden Welten zugleich zu leben und nicht die eine für die andere zu verlassen. Ich darf die Welt der Wirklichkeit nicht verlassen, selbst wenn ich darin alles verlieren sollte. Am Ende wird es vielleicht genügen, wenn ich das eine geschafft haben werde. Das letzte:

Mein Leben als klare und verständliche Botschaft dem einzigen Menschen zu vermitteln, der sie versteht und weitergibt. Vorher darf ich nicht mit dem Deserteur zur Donau reiten.

Dieser einzige Mensch, an den ich denke und der nach allen Niederlagen meine einzige Hoffnung bleibt, ist durch eine Wand von mir getrennt und schläft. Übermorgen wird er sich aufs Pferd setzen. Sein Gesicht wird verschleiert sein. Man wird ihn König nennen. Komm zu mir, mein Sohn. Ich schlafe ein. Man wird dich bei meinem Namen nennen. Ich werde schlafen. Ich möchte dich im Traum auf dem Pferd sitzen sehen.

Fünfter Teil

Ludvik

1.

Ich schlief lange und gut. Ich wachte erst nach acht Uhr auf und erinnerte mich weder an gute noch an böse Träume, ich hatte auch keine Kopfschmerzen, bloß aufzustehen hatte ich keine Lust; ich blieb also liegen; der Schlaf hatte eine Wand zwischen mich und die Begegnung vom Freitagabend geschoben. Lucie war an diesem Morgen zwar nicht aus meinem Bewußtsein verschwunden, sie war aber in ihre frühere Abstraktheit zurückgekehrt.

In ihre Abstraktheit? Ja: als Lucie in Ostrava für mich auf so geheimnisvolle und grausame Weise verschwand, hatte ich zunächst praktisch keine Möglichkeit, nach ihr zu forschen. Und als später (nach meiner Entlassung aus dem Militärdienst) die Jahre verflossen, verlor ich allmählich das Bedürfnis, nach ihr zu forschen. Ich sagte mir, daß Lucie, wie sehr ich sie auch geliebt hatte, wie *einmalig* sie auch gewesen sein mochte, nicht wegzudenken war aus der *Situation*, in der wir uns begegnet waren und uns ineinander verliebt hatten. Ich glaube, daß es ein Denkfehler ist, wenn man das geliebte Wesen von allen Umständen abstrahiert, in denen man es kennengelernt und in denen es selbst gelebt hat, wenn man versucht, dieses Wesen in verkrampfter innerer Konzentration von allem reinzuwaschen, was nicht *es selbst* ist, also auch von der *Geschichte*, die man gemeinsam erlebt hat und die der Liebe die Konturen gibt.

Ich liebe an einer Frau doch nicht das, was sie in ihren Augen und für sich selbst ist, sondern das, womit sie mich anspricht, was sie *für mich* ist. Ich liebe sie als Figur in unserer gemeinsamen Geschichte. Was wäre die Figur Hamlets ohne Schloß Elsinor, ohne Ophelia, ohne all die konkreten Situationen, die sie durchläuft, was wäre sie ohne den *Text* ihrer Rolle, was wäre sie abstrahiert von alldem? Was bliebe anderes von ihr übrig als eine leere, stumme, illusorische Substanz? Und ohne die Vororte von Ostrava, ohne die durch den Drahtzaun gereichten Rosen, ohne die abgetragenen Kleider, ohne meine endlosen Wochen und meine schleichende Hoffnungslosigkeit wäre wahrscheinlich auch Lucie nicht mehr die Lucie, die ich geliebt habe.

Ja, so verstand ich das, so legte ich es mir zurecht, und wie die Jahre eins nach dem andern vergingen, fürchtete ich fast, ihr wieder zu begegnen, weil ich wußte, daß wir uns an einer Stelle treffen würden, da Lucie nicht mehr Lucie wäre und ich keine Mittel hätte, den zerrissenen Faden wieder zu verknüpfen. Damit will ich allerdings nicht sagen, daß ich aufgehört hätte, sie zu lieben, daß ich sie vergessen hätte, daß sie für mich verblaßt wäre; im Gegenteil; ich trug sie in Gestalt einer stillen Nostalgie ständig in mir; ich sehnte mich nach ihr, wie man sich nach etwas sehnt, das man unwiederbringlich verloren hat.

Und gerade weil Lucie für mich zu etwas unwiederbringlich Vergangenem geworden war (zu etwas, das als Vergangenes stets lebendig, als Gegenwärtiges aber tot war), verlor sie in meinen Gedanken allmählich das Körperliche, Materielle, Konkrete und wurde immer mehr zu einer Legende, zu einem auf Pergament geschriebenen Mythos, der, in einer Metallschatulle verschlossen, in die Fundamente meines Lebens versenkt worden war.

Vielleicht konnte das ganz und gar Unglaubliche gerade deshalb geschehen: ich war mir auf dem Friseurstuhl ihres Aussehens nicht sicher. Und deshalb konnte es am nächsten Morgen geschehen, daß ich (überlistet durch die Pause des Schlafes) das Gefühl hatte, die gestrige Begegnung sei *unwirklich* gewesen; auch sie habe sich vielleicht auf der Ebene einer Legende, einer Weissagung oder eines Rätsels abgespielt. War ich am Freitagabend von Lucies tatsächlicher Gegenwart getroffen und unvermutet in jene vergangene Epoche zurückgeworfen worden, die sie beherrscht hatte, so fragte ich mich an diesem Samstagmorgen nur noch mit ruhigem (gut ausgeschlafenem) Herzen: *warum* war ich ihr begegnet? sollte die Geschichte mit Lucie noch eine Fortsetzung finden? was bedeutete diese Begegnung, und was wollte sie mir *sagen*?

Sagen Geschichten denn etwas, abgesehen davon, daß sie

geschehen, daß sie sind? Trotz meines Skeptizismus ist ein Rest von Aberglauben in mir geblieben, zum Beispiel eben diese sonderbare Überzeugung, daß alle Geschichten, die mir im Leben widerfahren, irgendeinen zusätzlichen Sinn haben, etwas *bedeuten*; daß das Leben in seiner eigenen Geschichte etwas über sich aussagt, uns schrittweise sein Geheimnis enthüllt, daß es vor uns steht wie ein Rebus, dessen Sinn man enträtseln muß, daß die Geschichten, die wir in unserem Leben erleben, die Mythologie dieses Lebens sind und in dieser Mythologie der Schlüssel zur Wahrheit und zum Geheimnis liegt. Das soll eine Täuschung sein? Es ist möglich, es ist sogar wahrscheinlich, dennoch kann ich mich nicht von dem Bedürfnis befreien, unablässig mein eigenes Leben *enträtseln* zu wollen.

Ich lag also auf dem quietschenden Hotelbett und ließ mir die Gedanken an Lucie durch den Kopf gehen, sie war aber schon wieder zurückverwandelt in einen bloßen Gedanken, ein bloßes Fragezeichen. Das Hotelbett quietschte tatsächlich, und als mir dieser Umstand wieder bewußt wurde, rief er (plötzlich und störend) den Gedanken an Helena wach. Als wäre dieses quietschende Bett eine Stimme, die mich zur Pflicht rief, streckte ich seufzend die Beine aus dem Bett, setzte mich auf den Bettrand, reckte mich, fuhr mir durch die Haare, schaute durch das Fenster auf den Himmel und stand auf. Die gestrige, heute allerdings entmaterialisierte Begegnung mit Lucie hatte mein Interesse an Helena aufgefangen und gedämpft, ein Interesse, das vor einigen Tagen noch sehr intensiv gewesen war. In diesem Moment war davon nur noch das *Bewußtsein* eines Interesses zurückgeblieben; ein in die Sprache des Gedächtnisses versetztes Interesse; ein Gefühl der Verpflichtung einem verlorenen Interesse gegenüber, von dem mein Verstand mir versicherte, daß es bestimmt in seiner vollen Intensität wiederkehren würde.

Ich ging zum Waschbecken, streifte die Jacke des Schlafanzugs ab und drehte den Wasserhahn auf; ich hielt die Hände unter den Strahl und spritzte mir das Wasser aus vollen Händen auf den Hals, Schultern und Brust; ich rieb mich mit dem Handtuch trocken; ich wollte mein Blut zum Wallen bringen. Ich war nämlich auf einmal erschrocken;

erschrocken über meine Gleichgültigkeit im Hinblick auf Helenas Kommen, ich war erschrocken, ob diese Gleichgültigkeit (diese momentane Gleichgültigkeit) mir nicht die Gelegenheit verderben könnte, die sich mir nur einmal bot und kaum ein zweites Mal wiederkehren würde. Ich sagte mir, daß ich anständig frühstücken und mir nach dem Frühstück einen Wodka genehmigen sollte.

Ich ging ins Café hinunter, fand dort aber nur eine Reihe von Stühlen, die kläglich mit den Beinen nach oben auf die ungedeckten Tische gestellt worden waren, sowie eine Alte in einer schmutzigen Schürze, die sich dazwischen zu schaffen machte.

Ich ging zur Rezeption und fragte den Portier, der tief in seinen gepolsterten Sessel und in seine Teilnahmslosigkeit versunken hinter dem Pult saß, ob ich im Hotel frühstücken könne. Ohne sich zu rühren, sagte er, das Café habe heute Ruhetag. Ich trat auf die Straße. Es war ein schöner Tag, Wölkchen tummelten sich am Himmel, und ein leichter Wind wehte den Staub über den Gehsteig. Ich schlug die Richtung zum Hauptplatz ein. Vor der Metzgerei stand eine Schlange jüngerer und älterer Frauen; sie hielten Taschen und Einkaufsnetze in den Händen und warteten geduldig und abgestumpft, bis sie an die Reihe kamen. Unter den Passanten, die durch die Straßen flanierten oder hasteten, fesselten mich nach einer Weile diejenigen, die an kleinen Tüten mit roten Eismützchen leckten, die sie wie Miniaturfackeln in der Hand hielten. Inzwischen war ich auf dem Platz angelangt. Dort stand ein großes, einstöckiges Gebäude: eine Imbißstube mit Selbstbedienung.

Ich trat ein. Es war ein großer Raum mit gekacheltem Fußboden und Tischchen auf hohen Beinen, an denen Leute standen und belegte Brötchen aßen und Kaffee oder Bier tranken.

Ich hatte keine Lust, hier zu frühstücken. Seit dem Aufwachen war ich auf die Vorstellung eines ausgiebigen Frühstücks mit Eiern, Speck und einem Gläschen Schnaps fixiert, das mir die verlorene Vitalität wiedergeben sollte. Ich erinnerte mich, daß es etwas weiter entfernt, an einem anderen Platz mit einem kleinen Park und einer Pestsäule, noch ein

Restaurant gab. Es war zwar nicht gerade einladend, aber es genügte mir, daß es dort einen Tisch und einen Stuhl gab und einen einzigen Kellner, dem ich abhandeln würde, was nur möglich war.

Ich kam an der Pestsäule vorbei; der Sockel stützte einen Heiligen, der Heilige eine Wolke, die Wolke einen Engel, der Engel ein weiteres Wölkchen, und auf diesem Wölkchen saß noch ein Engel, der letzte; ich blickte auf diese rührende Pyramide aus Heiligen, Wölkchen und Engeln, die da in schwerem Stein die Himmel und deren Höhen vortäuschten, während der wirkliche Himmel (morgendlich) blaßblau und verzweifelt weit entfernt von diesem staubigen Stück Land war.

Ich durchquerte den kleinen Park mit den hübschen Rasenflächen und den Bänkchen (der aber trotzdem so kahl war, daß die Atmosphäre staubiger Leere nicht gestört wurde) und drückte die Klinke der Eingangstür zum Restaurant. Die Tür war verschlossen. Ich begriff, daß das ersehnte Frühstück ein Wunschtraum bleiben würde, und das erschreckte mich, da ich ein ausgiebiges Frühstück in meinem kindlichen Eigensinn als entscheidende Bedingung für das Gelingen des ganzen Tages angesehen hatte. Mir wurde bewußt, daß Bezirksstädte nicht mit Sonderlingen rechneten, die sitzend frühstücken wollten, und sie ihre Gaststätten erst viel später öffneten. Ich versuchte also gar nicht mehr, ein anderes Wirtshaus zu finden, ich drehte mich um und durchquerte den Park in entgegengesetzter Richtung.

Und wieder begegnete ich Leuten, die Tüten mit rosaroten Mützchen in der Hand hielten, und wieder dachte ich, daß die Tüten Fackeln glichen und in dieser Ähnlichkeit vielleicht ein gewisser Sinn lag, denn diese Fackeln waren nicht Fackeln, sondern *Parodien von Fackeln*, und das, was sie feierlich in sich trugen, diese rosarote Spur von Genuß, war nicht Lust, sondern eine *Parodie von Lust*, was vermutlich das wohl unvermeidlich Parodienhafte aller Fackeln und aller Lüste dieser staubigen Kleinstadt treffend versinnbildlichte. Und dann sagte ich mir, daß ich, wenn ich gegen den Strom dieser leckenden Lichtträger ginge, wahrscheinlich zu einer Konditorei geführt würde, in der es eventuell ein Tischchen und einen Stuhl gäbe und vielleicht sogar schwarzen Kaffee und ein Stück Kuchen.

Sie führten mich nicht in eine Konditorei, sondern zu einer Milchbar; dort stand eine lange Menschenschlange, die auf Kakao oder Milch mit Hörnchen wartete, und es standen dort wiederum Tischchen auf hohen Beinen, an denen die Leute aßen und tranken, im hinteren Raum gab es ebenfalls Tischchen mit Stühlen, die aber besetzt waren. Ich stellte mich also in die Schlange und erstand nach drei Minuten des vorwärtsschreitenden Wartens ein Glas Kakao und zwei Hörnchen, ich trat an einen hohen Tisch, auf dem etwa sechs leergetrunkene Gläser standen, suchte mir ein noch unbesudeltes Fleckchen und stellte mein Glas dorthin.

Ich aß in betrüblicher Eile: nach etwa drei Minuten war ich bereits wieder auf der Straße; es war neun Uhr; ich hatte noch fast zwei Stunden Zeit: Helena war mit dem ersten Flugzeug von Prag nach Brünn geflogen und hatte dort den Bus genommen, der kurz vor elf hier ankommen sollte. Mir wurde klar, daß diese zwei Stunden vollkommen leer und vollkommen überflüssig sein würden.

Ich hätte mir natürlich die alten Stätten meiner Kindheit anschauen und in sentimentaler Versonnenheit vor meinem Geburtshaus stehen können, in dem meine Mutter bis ans Ende ihrer Tage gelebt hatte. Ich denke oft an sie, doch hier in dieser Stadt, wo ihr zartes Gerippe unter einen fremden Marmorstein verscharrt wurde, kommt es mir vor, als seien auch die Erinnerungen an sie verpestet: die Gefühle meiner damaligen Hilflosigkeit und der giftigen Bitternis würden sich daruntermischen – und dagegen wehrte ich mich.

Und so blieb mir nichts anderes übrig, als mich auf dem Platz auf eine Bank zu setzen, nach einer Weile wieder aufzustehen, zu den Schaufenstern der Geschäfte zu gehen, die Titel der Bücher in der Buchhandlung anzuschauen, um dann endlich auf den rettenden Gedanken zu kommen, mir am Kiosk das *Rudé právo* zu kaufen, mich damit wieder auf die Bank zu setzen, die nicht verlockenden Titel zu überfliegen, im Auslandsteil zwei interessantere Berichte zu lesen, wieder aufzustehen, die Zeitung zusammenzufalten und unversehrt in einen Abfallkorb zu stecken; dann langsam zur Kirche zu gehen, davor stehenzubleiben, zu ihren beiden Türmen hinaufzublicken, die breite Treppe emporzusteigen und den Vorraum und das Kirchenschiff zu betreten, vorsichtig, damit die Leute nicht unnötig Anstoß daran nahmen, daß der Eintretende sich nicht bekreuzigte und statt dessen herumschlenderte wie in einem Park.

Als sich die Kirche noch mehr gefüllt hatte, kam ich mir unter diesen Menschen wie ein Eindringling vor, der nicht wußte, wie er hier zu stehen, den Kopf zu senken oder die Hände zu falten hatte, ich trat wieder ins Freie, blickte auf die Uhr und stellte fest, daß meine Wartezeit noch immer lang war. Ich versuchte, den Gedanken an Helena herbeizurufen, ich wollte an sie denken, um die Langeweile irgendwie auszufüllen; dieser Gedanke wollte und wollte sich aber nicht entfalten, er wollte sich nicht vom Fleck bewegen und war bestenfalls in der Lage, mir Helenas Gestalt bildhaft in Erinnerung zu rufen. Das ist übrigens eine bekannte Tatsache: wenn ein Mann auf eine Frau wartet, ist er kaum dazu fähig, über sie nachzudenken, und es bleibt ihm nichts anderes übrig, als unter ihrem erstarrten Bild hin- und herzugehen.

Und so ging ich hin und her. Schräg gegenüber der Kirche sah ich vor dem alten Rathaus (dem heutigen städtischen Nationalausschuß) etwa zehn leere Kinderwagen stehen. Ich konnte mir diesen Sachverhalt nicht sogleich erklären. Ein junger Mann stieß atemlos einen weiteren Wagen zu den übrigen, die (etwas nervöse) Frau, die den Mann begleitete, nahm ein weißes Stoffbündel mit Spitzen (das zweifellos ein Kind enthielt) aus dem Wagen, und die beiden eilten ins Rathaus. Im Gedanken an die anderthalb Stunden, die ich noch totschlagen mußte, folgte ich ihnen.

Bereits in dem breiten Treppenhaus standen etliche herumglotzende Leute, und je weiter ich hinaufstieg, desto mehr Leute wurden es, die meisten standen im Flur des ersten Stocks, während die Treppe zum zweiten Stock wieder menschenleer war. Das Ereignis, weswegen sich die Leute hier versammelten, fand also offensichtlich auf dieser Etage statt, wahrscheinlich in dem Raum, dessen Tür sperrangelweit offenstand. Ich trat ein und befand mich in einem kleinen Saal, in dem ungefähr sieben Reihen Stühle standen, auf denen Leute saßen, als warteten sie auf eine Darbietung. An der Stirnseite des Saals stand ein Podium, darauf ein länglicher, mit einem roten Tuch bedeckter Tisch, auf dem Tisch eine Vase mit einem großen Blumenstrauß, an der Wand hinter dem Podium eine dekorativ drapierte Nationalfahne; unten vor dem Podium (etwa drei Meter von der ersten Zuschauerreihe entfernt) standen im Halbkreis acht dem Podium zugekehrte Stühle; hinten im Saal ein kleines Harmonium mit geöffneter Klaviatur, und daneben mit gesenktem, glatzköpfigem Haupt ein alter Herr mit Brille.

Einige Stühle im Zuschauerraum waren noch nicht besetzt; ich nahm also Platz. Lange passierte nichts, doch die Leute langweilten sich nicht, steckten die Köpfe zusammen, tuschelten und waren sichtlich voller Erwartung. Inzwischen hatten alle anderen, die noch in Grüppchen im Flur gestanden hatten, den Saal allmählich gefüllt; sie setzten sich auf die noch freien Stühle oder stellten sich an den Wänden entlang auf.

Dann endlich begann das von allen erwartete Ereignis: hinter dem Podium öffnete sich eine Tür; es erschien eine Frau mit Brille, mit einer langen, dünnen Nase und in einem braunen Kleid; sie warf einen Blick in den Saal und hob die rechte Hand. Die Leute um mich herum verstummten. Dann wandte sich die Frau wieder dem Raum zu, aus dem sie gekommen war, als würde sie dort jemandem ein Zeichen geben oder etwas sagen, gleich danach drehte sie sich wieder um und lehnte sich mit dem Rücken an die Wand, während ich in diesem Moment auf ihrem Gesicht (obwohl mir nur das Profil zugewandt war) ein feierliches, steifes Lächeln bemerkte. Alles war anscheinend perfekt synchronisiert, denn genau mit dem Eröffnungslächeln setzte in meinem Rücken das Harmonium ein.

Einige Sekunden später erschien in der Tür neben dem Podium eine junge Frau mit goldfarbenem Haar, einem roten Kopf, starker Dauerwelle und Schminke, mit einem verstörten Ausdruck im Gesicht und einem weißen Babybündel in den Armen. Um ihr nicht im Weg zu stehen, drückte die Frau mit der Brille sich noch enger an die Wand, und ihr Lächeln forderte die Kindsträgerin zum Weitergehen auf. Diese ging mit unsicheren Schritten weiter, das Baby an die Brust gepreßt; hinter ihr erschien eine weitere Frau mit einem Baby im Arm, und dahinter (im Gänsemarsch) eine richtige kleine Kolonne; ich beobachtete ständig die erste Frau: sie blickte zunächst irgendwohin unter die Decke, senkte dann den Blick, und ihre Augen begegneten offenbar denjenigen eines Zuschauers, was sie aus der Fassung brachte, so daß sie ihren Blick rasch abwandte und lächelte, doch verschwand dieses Lächeln (man konnte die *Anstrengung*, die sie aufwenden mußte, buchstäblich erkennen) schnell wieder, und übrig blieben nur krampfhaft erstarrte Lippen. Das alles spielte sich innerhalb weniger Sekunden auf ihrem Gesicht ab (während sie die knapp sechs Meter von der Tür zurücklegte); weil sie zu strikt geradeaus ging und nicht rechtzeitig in den Halbkreis der Stühle einbog, mußte sich die braune Frau mit der Brille rasch von der Mauer lösen (ihr Gesicht verfinsterte sich etwas), ein paar Schritte auf sie zu machen, sie leicht mit der Hand berühren und an die Richtung erinnern, die sie einzuschlagen hatte. Die Frau korrigierte ihre Abweichung rasch und umschritt den Halbkreis der Stühle, gefolgt von den anderen Kindsträgerinnen. Es waren insgesamt acht. Sie hatten die vorgeschriebene Strecke endlich abgeschritten und standen nun mit dem Rücken zum Publikum, jede vor ihrem Stuhl. Die braune Frau zeigte mit der Hand zum Boden; die Frauen begriffen und setzten sich eine nach der anderen (mit ihren Babybündeln) auf die Stühle.

Der Schatten der Unzufriedenheit verschwand aus dem Gesicht der Frau mit der Brille, sie lächelte wieder und ging durch die angelehnte Tür in den hinteren Raum. Dann kehrte sie mit raschen Schritten in den Saal zurück und drückte sich wieder an die Mauer. In der Tür erschien ein etwa zwanzigjähriger Mann in schwarzem Anzug und weißem Hemd, dessen mit einer bunten Krawatte gezierter Kragen sich in seinen Hals einschnitt. Er hielt den Kopf gesenkt und setzte sich mit schwankenden Schritten in Bewegung. Hinter ihm folgten weitere sieben Männer unterschiedlichen Alters, alle in dunklen Anzügen und Festtagshemden. Sie gingen um die Stühle herum, auf denen die Frauen mit den Kindern saßen, und blieben dann stehen, doch in diesem Moment zeigten einige von ihnen Anzeichen von Unruhe und fingen an, um sich zu schauen, als suchten sie etwas. Die Frau mit der Brille (auf deren Gesicht sich augenblicklich der bereits bekannte Schatten der Besorgnis legte) eilte sofort herbei, und nachdem einer der Männer ihr etwas zugeflüstert hatte, nickte sie zustimmend mit dem Kopf, und die verlegenen Männer tauschten schnell ihre Plätze.

Die braune Frau erneuerte ihr Lächeln auf der Stelle und ging nochmals zur Tür neben dem Podium. Diesmal brauchte sie keine Zeichen zu geben. Aus der Tür trat eine neue Kolonne, und ich muß sagen, diesmal handelte es sich um eine disziplinierte, erfahrene Kolonne, die ohne Verlegenheit mit fast professioneller Eleganz daherkam: sie bestand aus etwa zehnjährigen Kindern: sie gingen hintereinander her, abwechselnd ein Junge und ein Mädchen; die Jungen trugen dunkelblaue lange Hosen, weiße Hemden und rote Halstücher, deren einer Zipfel im Nacken herabhing, während die beiden anderen um den Hals geknotet waren; die Mädchen trugen dunkelblaue Röcke, weiße Blüschen und ebenfalls rote Tücher um den Hals; alle hielten Rosensträußchen in den Händen. Sie gingen sicher und selbstverständlich, nicht wie die beiden anderen Kolonnen im Halbkreis um die Stühle herum, sondern direkt auf das Podium zu; dort blieben sie stehen und machten linksum kehrt, so daß ihre Formation jetzt am ganzen Podium entlang aufgestellt war, ihre Gesichter hatten sie den im Halbkreis dasitzenden Frauen und dem Saal zugewandt.

Wieder vergingen einige Sekunden, und in der Tür neben dem Podium erschien eine Gestalt, der niemand mehr folgte, auch sie lenkte ihre Schritte direkt auf das Podium zu, auf den langen Tisch mit dem roten Tuch. Es war ein Mann in mittleren Jahren, und er hatte keine Haare mehr. Er ging würdevoll, aufrecht, in schwarzer Kleidung; in der Hand hielt er eine rote Mappe; er blieb genau in der Mitte hinter dem Tisch stehen und wandte sein Gesicht dem Publikum zu, vor dem er sich kaum merklich verneigte. Man konnte sehen, daß er ein dickes Gesicht hatte und um den Hals eine breite rot-blau-weiße Schärpe trug, deren Enden von einer großen Goldmedaille zusammengehalten wurden, die ungefähr in Höhe seines Magens hing und einige Male hin- und herpendelte, als er sich leicht über den Tisch beugte.

In diesem Moment begann plötzlich (ohne daß er ums Wort gebeten hätte) einer der Jungen vor dem Podium ganz laut zu sprechen. Er sagte, der Frühling sei nun da, die Papas und Mamas freuten sich, und das ganze Land freute sich mit ihnen. Er redete eine Weile in diesem Sinne, dann wurde er von einem Mädchen unterbrochen, das etwas Ähnliches, nicht ganz Klares sagte, worin aber erneut Wörter wie Mama, Papa, Frühling und ein paarmal auch das Wort Rose wiederkehrten. Dann wurde sie von einem Jungen und der wieder von einem Mädchen unterbrochen, man kann aber nicht sagen, daß sie sich gezankt hätten, denn alle behaupteten sie annähernd dasselbe. Einer der Jungen erklärte zum Beispiel, ein Kind sei der Frieden. Demgegenüber sagte das Mädchen, das anschließend redete, ein Kind sei eine Blüte. Alle Kinder einigten sich ausgerechnet auf diese Idee, die sie noch einmal einstimmig wiederholten, wobei sie einen Schritt vortraten und die Hände, in denen sie die Sträußchen hielten, ausstreckten. Da sie auch acht waren wie die im Halbkreis sitzenden Frauen, erhielt jede einen Blumenstrauß. Die Kinder kehrten unter das Podium zurück und waren von nun an still.

Dafür schlug jetzt der Mann, der über ihnen hinter dem Tisch stand, die rote Mappe auf und fing an, daraus vorzulesen. Auch er sprach über den Frühling, über Blüten, Mamas und Papas, er sprach auch über die Liebe und darüber, daß die Liebe Früchte trage, doch dann veränderte sich plötzlich sein Wortschatz, und es tauchten Wörter wie Pflicht, Verantwortung, Staat und Bürger auf, plötzlich sagte er nicht mehr Papa und Mama, sondern Vater und Mutter, und er rechnete vor, was der Staat ihnen (den Vätern und Müttern) alles biete, und daß sie aus diesem Grund verpflichtet seien, ihre Kinder zu vorbildlichen Bürgern dieses Staates heranzuerziehen. Dann erklärte er, alle hier anwesenden Eltern würden dies durch ihre Unterschrift feierlich bekräftigen, und er zeigte auf die Ecke des Tisches, wo ein dickes, in Leder gebundenes Buch lag.

In diesem Augenblick trat die braune Frau auf die Mutter

zu, die am Rand des Halbkreises saß, und berührte deren Schulter, die Mutter blickte sich um, und die Frau nahm ihr den Säugling aus dem Arm. Die Mutter erhob sich und trat zum Tisch. Der Mann mit der Schärpe um den Hals schlug das Buch auf und reichte der Mutter eine Feder. Die Mutter unterschrieb und kehrte zu ihrem Stuhl zurück, wo ihr die braune Frau das Kind wieder zurückgab. Dann trat der dazugehörige Mann zum Tisch und unterschrieb ebenfalls; dann nahm die braune Frau der nächsten Mutter das Kind ab und schickte sie zum Tisch; nach ihr unterschrieb der dazugehörige Mann, die nächste Mutter, der nächste Mann, und so ging es bis zum Schluß. Wieder erklang das Harmonium, und die Leute, die mit mir im Saal gesessen hatten, drängten sich um die Mütter und Väter und drückten ihnen die Hände. Ich ging mit ihnen nach vorn (als wollte auch ich jemandem die Hand drücken), und da sprach der Mann mit der Schärpe um den Hals mich plötzlich mit meinem Namen an und fragte mich, ob ich ihn denn nicht wiedererkenne.

Natürlich hatte ich ihn nicht wiedererkannt, obwohl ich ihn während der ganzen Zeit, da er seine Rede hielt, beobachtet hatte. Um die etwas peinliche Frage nicht verneinen zu müssen, fragte ich ihn, wie es ihm gehe. Er sagte, ganz ordentlich, und in diesem Augenblick erkannte ich ihn: klar, es war Kovalik, ein Mitschüler vom Gymnasium, jetzt erkannte ich seine Züge, die in dem dickgewordenen Gesicht etwas verwischt waren; Kovalik hatte übrigens zu den unauffälligsten Mitschülern gehört, er war weder brav noch frech, weder gesellig noch eigenbrötlerisch gewesen, er hatte durchschnittlich gelernt – er war ganz einfach unauffällig gewesen; über der Stirn standen ihm damals die Haare in die Höhe, die ihm jetzt fehlten – ich könnte also einige Entschuldigungen dafür anführen, warum ich ihn nicht gleich wiedererkannt hatte.

Er fragte mich, was ich hier machte, ob ich unter den Müttern eine Verwandte hätte. Ich sagte ihm, eine Verwandte hätte ich nicht, ich sei nur aus Neugier gekommen. Er lächelte zufrieden und erklärte mir, daß der hiesige Nationalausschuß sehr viel dafür getan habe, um den zivilen Zeremonien auch wirklich eine würdige Form zu geben, und mit bescheidenem Stolz fügte er hinzu, daß er als Referent für zivile Angelegenheiten sich darum bemüht habe und im Bezirk für seine Verdienste gelobt worden sei. Ich fragte ihn, ob das, was sich eben abgespielt habe, eine Taufe gewesen sei. Er sagte, es sei keine Taufe gewesen, sondern eine *Begrüßung neuer Bürger im Leben.* Er war offensichtlich froh, darüber erzählen zu können. Er sagte, daß sich zwei große Institutionen gegenüberständen: die katholische Kirche mit ihren Ritualen, die eine tausendjährige Tradition hatten, und die zivilen Institutionen, die diese tausendjährigen Rituale durch eigene Rituale verdrängen müßten. Er sagte, die Leute würden erst aufhören, ihre Kinder in der Kirche taufen zu lassen und in der Kirche zu heiraten, wenn die zivilen Zeremonien genauso viel Würde und Schönheit hätten wie die kirchlichen.

Ich sagte ihm, das sei anscheinend nicht so einfach. Er gab mir recht und sagte, er sei froh, daß sie, die Referenten für zivile Angelegenheiten, nun endlich ein bißchen Unterstützung von seiten unserer Künstler fänden, die vielleicht begriffen hätten, daß es eine ehrenvolle Aufgabe sei, dem Volk echt sozialistische Begräbnisse, Hochzeiten und Taufen zu bescheren (er korrigierte sich auf der Stelle und sagte »Begrüßung neuer Bürger im Leben«). Er fügte noch hinzu, daß die heute von den Pionieren rezitierten Verse wirklich schön gewesen seien. Ich pflichtete ihm bei und fragte, ob es keine wirksamere Art und Weise gebe, den Leuten die kirchlichen Zeremonien abzugewöhnen, ob man ihnen nicht vielmehr ermöglichen sollte, auf *jede Art* von Zeremonie zu verzichten.

Er sagte, die Menschen würden sich ihre Hochzeiten und Begräbnisse niemals nehmen lassen. Und es wäre auch von unserem Standpunkt aus schade (er legte die Betonung auf das Wort »unsere«, als wollte er mir dadurch zu verstehen geben, daß auch er einige Jahre nach dem Sieg des Sozialismus der Kommunistischen Partei beigetreten sei), diese Zeremonien nicht dafür zu nutzen, die Leute an unsere Ideologie und an unseren Staat zu binden.

Ich fragte meinen alten Mitschüler, was er mit den Menschen anfange, die an solchen Zeremonien nicht teilnehmen wollten, falls es solche Menschen überhaupt noch gäbe. Er sagte, selbstverständlich gebe es sie, denn noch nicht alle hätten angefangen, neu zu denken, wenn sie aber nicht kämen, würden sie immer wieder dazu aufgefordert, so daß der Großteil schließlich doch zur Zeremonie erschiene, wenn auch mit einer oder zwei Wochen Verspätung. Ich fragte ihn, ob die Teilnahme obligatorisch sei. Er antwortete lächelnd, das sei sie nicht, doch der Nationalausschuß beurteile das Bewußtsein der Bürger sowie deren Einstellung zum Staat aufgrund der Teilnahme an der Zeremonie, schließlich begreife das jeder Bürger, und er käme.

Ich sagte zu Kovalik, in diesem Fall sei der Nationalausschuß mit seinen Gläubigen ja strenger als die Kirche. Kovalik lächelte und sagte, da könne man nichts machen. Dann lud er mich ein, zu ihm ins Büro zu kommen. Ich sagte, ich hätte leider nicht mehr viel Zeit, weil ich jemanden an der Bushaltestelle erwartete. Er fragte mich, ob ich »einen der Jungs« (er meinte die Mitschüler) gesehen hätte. Ich sagte, leider nein, deshalb sei ich froh, wenigstens ihn getroffen zu haben, und wenn ich einmal ein Kind taufen lassen wollte, würde ich extra zu ihm kommen. Er lachte und schlug mir mit der flachen Hand auf die Schulter. Wir gaben uns die Hand, und ich trat wieder auf den Platz hinaus, in dem Bewußtsein, daß bis zur Ankunft des Busses nur noch eine Viertelstunde fehlte.

Eine Viertelstunde war nicht mehr viel Zeit. Ich spazierte auf dem Platz herum, kam wieder an dem Friseurladen vorbei, schaute durch das Schaufenster ins Innere (obwohl ich wußte, daß Lucie nicht dasein konnte, daß sie erst am Nachmittag kommen würde), und dann schlenderte ich in der Nähe der Haltestelle herum und stellte mir Helena vor: ihr mit einer bräunlichen Puderschicht bedecktes Gesicht, ihre rötlichen, vermutlich gefärbten Haare, ihre bei weitem nicht mehr schlanke Figur, die sich jedoch die ursprünglichen Proportionen bewahrt hatte, was notwendig ist, um eine Frau als Frau wahrzunehmen, ich stellte mir all das vor, was sie an die aufreizende Grenze zwischen Abstoßendem und Anziehendem versetzte, auch ihre Stimme, die lauter war, als es angenehm ist, und ihre Mimik, die übertrieben war und unwillkürlich die ungeduldige Sehnsucht verriet, *noch* zu gefallen.

Ich hatte Helena nur dreimal im Leben gesehen, was zuwenig war, um ihre Gestalt genau im Gedächtnis zu behalten. Jedesmal, wenn ich sie mir vergegenwärtigen wollte, traten einige ihrer Züge in meiner Vorstellung so stark in den Vordergrund, daß Helena sich unablässig in ihre eigene Karikatur verwandelte. Wie ungenau meine Einbildungskraft auch sein mochte, glaube ich, daß ich gerade in meinen Verzerrungen etwas Wesentliches an Helena entdeckte, etwas, das unter ihrer äußeren Form verborgen war.

Vor allem konnte ich mich damals nicht von den Vorstellung von Helenas eigenartiger körperlicher Unfestigkeit und Weichheit freimachen, die nicht nur charakteristisch war für ihr Alter und die Tatsache, daß sie Mutter war, sondern vor allem für eine Art psychischer oder erotischer Wehrlosigkeit (die sie erfolglos hinter ihren selbstbewußten Redensarten zu verstecken suchte), für ihr erotisches »Ausgeliefertsein«. Lag darin wirklich etwas von Helenas Wesen, oder offenbarte sich in dieser Vorstellung vielmehr mein eigenes Verhältnis zu Helena? Wer weiß. Der Bus mußte jeden Augenblick ankommen, und ich wünschte mir, Helena so zu sehen, wie meine Vorstellung sie interpretiert hatte. Ich versteckte mich im Eingang eines der Häuser, die den Platz säumten, und wollte sie von da aus eine Weile beobachten, wie sie sich *wehrlos* umschaute und dann auf den Gedanken käme, daß sie vergeblich hergefahren sei und mich hier nicht treffen würde.

Der große Überlandbus mit Anhänger hielt auf dem Platz an, und als eine der ersten stieg Helena aus. Sie trug einen blauen Regenmantel (mit hochgeschlagenem Kragen und einem Gürtel um die Taille), der ihr ein jugendlich-sportliches Aussehen verlieh. Sie sah sich um, machte sogar ein paar Schritte, um den durch den Bus verdeckten Teil des Platzes zu sehen, sie blieb aber nicht etwa ratlos auf der Stelle stehen, sondern drehte sich kurz entschlossen um und marschierte in Richtung des Hotels, in dem ich abgestiegen war und wo auch sie ein Zimmer reserviert hatte.

Wieder bestätigte sich, daß meine Einbildungskraft mir Helena nur als Deformation dargeboten hatte (die zwar manchmal aufreizend für mich war, die aber Helena oft in eine Sphäre des Geschmacklosen, ja fast Ekelhaften versetzte). Zum Glück war Helena in Wirklichkeit stets hübscher als in meiner Vorstellung, was mir auch diesmal bewußt wurde, als ich sie von hinten auf ihren hohen Absätzen auf das Hotel zugehen sah. Ich folgte ihr.

Sie stand schon in der Rezeption, den Ellenbogen auf den Tisch gestützt, hinter dem der gleichgültige Portier sie in sein Buch aufnahm. Sie buchstabierte ihm ihren Namen: »Helena Ze-ma-nek, Ze-ma-nek . . .« Ich stand hinter ihr und hörte mir ihre Personalien an. Als der Portier sie eingetragen hatte, fragte Helena: »Ist Genosse Jahn hier abgestiegen?« Der Portier brummte ein Nein. Ich trat zu Helena und legte ihr von hinten die Hand auf die Schulter.

2.

Alles, was sich zwischen mir und Helena abspielte, war das Werk eines genau durchdachten Planes. Gewiß war auch Helena die Verbindung mit mir nicht ohne Absichten eingegangen, ihre Absichten überstiegen aber nicht eine Art vager weiblicher Sehnsucht, einer Sehnsucht, die sich ihre Spontaneität sowie ihre sentimentale Poesie bewahren wollte und sich deshalb nicht bemühte, den Gang der Dinge im voraus zu lenken und zu arrangieren. Ich hingegen hatte von Anfang an gehandelt wie der sorgfältige Arrangeur einer Geschichte, die ich erleben wollte, und ich überließ der Inspiration des Zufalls weder die Wahl meiner Worte und Vorschläge noch die Wahl des Raumes, in dem ich mit Helena allein sein wollte. Ich wollte nichts riskieren, um die gebotene Gelegenheit, an der mir so unendlich viel lag, auf keinen Fall zu verpassen, nicht weil Helena besonders jung, besonders nett oder besonders hübsch war, sondern einzig und allein, weil sie so hieß, wie sie hieß; weil ihr Mann jemand war, den ich haßte.

Als man mir eines Tages im Institut mitteilte, daß eine

Genossin Zemanek vom Rundfunk mich besuchen wollte, und ich sie über unsere Forschungsarbeit informieren sollte, erinnerte ich mich zwar sofort an meinen früheren Studienkollegen, hielt die Übereinstimmung der Namen aber für ein reines Spiel des Zufalls, und wenn es mir unangenehm war, daß man sie zu mir schickte, hatte das ganz andere Gründe.

Ich mag Journalisten nicht. Sie sind meistens oberflächliche und unverschämte Phrasendrescher. Daß Helena Redakteurin des Rundfunks und nicht einer Zeitung war, verstärkte nur meine Aversion. Zeitungen kommt in meinen Augen ein wichtiger mildernder Umstand zugute: sie sind nicht laut. Das Uninteressante an ihnen ist still; es drängt sich nicht auf; man kann Zeitungen aus der Hand legen oder sie in einen Mülleimer werfen. Das Uninteressante des Radios weist diesen mildernden Umstand nicht auf; es verfolgt uns in Kaffeehäusern, Restaurants, auch in der Eisenbahn und sogar während der Besuche bei Leuten, die ohne ständige Fütterung ihrer Ohren nicht leben können.

Aber auch die Art und Weise, wie Helena redete, stieß mich ab. Ich begriff, daß sie sich ihr Feuilleton schon zurechtgelegt hatte, bevor sie unser Institut betrat, und jetzt zu den üblichen Phrasen nur noch ein paar konkrete Daten und Beispiele suchte, die sie von mir erfahren wollte. Ich bemühte mich, ihr diese Arbeit so gut ich konnte zu erschweren; ich sprach absichtlich kompliziert und unverständlich und war darauf bedacht, ihr alle Ideen, mit denen sie gekommen war, über den Haufen zu werfen. Als die Gefahr drohte, daß sie trotzdem etwas verstehen könnte, versuchte ich mich ihr dadurch zu entziehen, daß ich einen vertraulichen Ton anschlug; ich sagte ihr, daß ihre rötlichen Haare ihr gut stünden (obwohl ich das pure Gegenteil dachte), ich fragte sie, wie ihr die Arbeit beim Rundfunk gefalle und was sie gern lese. Und in der stillen Überlegung, die ich tief unter unserem Gespräch anstellte, gelangte ich zu der Ansicht, daß die Übereinstimmung der Namen nicht zufällig sein mußte. Diese Redakteurin, eine laute, phrasendreschende Karrieristin, schien mir verwandt mit dem Mann, den ich ebenfalls als lauten, phrasendreschenden Karrieristen kannte. Ich fragte sie also im leichten Ton unserer fast schon koketten Konversation nach dem Herrn Gemahl. Es stellte sich heraus, daß die Spur stimmte, und nach einigen weiteren Fragen hatte ich Pavel Zemanek mit absoluter Sicherheit identifiziert. Allerdings kann ich nicht sagen, daß mir in diesem Moment eingefallen wäre, mich seiner Frau auf die Art anzunähern, wie es später geschah. Im Gegenteil: der Widerwille, den ich ihr gegenüber gleich bei ihrem Kommen empfunden hatte, wurde nach dieser Feststellung nur noch stärker. Ich suchte zunächst nach einem Vorwand, um das Gespräch mit der ungebetenen Redakteurin abzubrechen und sie einem anderen Kollegen zuzuschieben; ich dachte auch daran, wie schön es wäre, diese lächelnde, biedere Frau vor die Tür zu setzen, und ich bedauerte, daß dies nicht möglich war.

Aber gerade in dem Moment, da ich am stärksten von Abneigung erfüllt war, offenbarte sich Helena, angeregt durch meine vertraulicheren Fragen und Bemerkungen (deren rein forschende Funktion sie nicht erfassen konnte), in einigen ganz natürlichen weiblichen Gesten, und mein Haß erhielt plötzlich eine neue Nuance: ich sah in Helena hinter dem Schleier ihrer Redakteursallüren die *Frau*, eine konkrete Frau, die als Frau funktionieren konnte. Zunächst sagte ich mir, innerlich grinsend, daß Zemanek genau eine solche Frau verdient hatte, mit der er gewiß genug gestraft war, doch gleich darauf mußte ich mich korrigieren: das verächtliche Urteil, dem ich rasch Glauben schenken wollte, war allzu subjektiv, ja allzu gewollt; diese Frau war früher bestimmt ganz hübsch gewesen, und es gab keinen Grund anzunehmen, daß Pavel Zemanek in ihr nicht auch heute noch mit Lust die Frau sah. Ich führte das Gespräch in leichterem Ton fort, ohne zu verraten, worüber ich nachdachte. Irgend etwas nötigte mich, an der Redakteurin, die mir gegenübersaß, so gut wie möglich die *weiblichen* Züge zu entdecken, und dieses Bemühen bestimmte automatisch den weiteren Verlauf des Gesprächs.

Die Vermittlung einer Frau kann dem Haß manche Züge verleihen, die für die Sympathie kennzeichnend sind: zum Beispiel Neugier, Bedürfnis nach Nähe, Verlangen, die Schwelle der Intimität zu überschreiten. Ich geriet in eine Art Ekstase: ich stellte mir Zemanek, Helena und beider gemeinsame Welt (eine fremde Welt) vor, und mit erstaunlicher Wonne nährte ich in mir den Haß auf Helenas Erscheinung (einen aufmerksamen, fast zärtlichen Haß), den Haß auf ihr rötliches Haar, den Haß auf ihre blauen Augen, den Haß auf ihre kurzen, abstehenden Wimpern, den Haß auf ihr rundes Gesicht, den Haß auf ihre steilen, sinnlichen Nüstern, den Haß auf die Lücke zwischen den Schneidezähnen, den Haß auf die reife Fülle ihres Körpers. Ich beobachtete sie, wie man Frauen beobachtet, die man liebt; ich beobachtete sie so, als wollte ich mir alles in mein Gedächtnis einprägen, und damit sie das Haßerfüllte meines Interesses nicht bemerkte, wählte ich immer leichtere und immer liebere Worte, so daß Helena immer mehr Frau wurde. Ich mußte daran denken, daß ihr Mund, ihre Brüste, ihre Augen und ihre Haare Zemanek gehörten, und im Geiste nahm ich dies alles in meine Hände, ich wog es, prüfte seine Schwere und versuchte festzustellen, ob man es zwischen den Fingern zerquetschen oder an der Wand zerschmettern konnte, und dann beobachtete ich es wieder aufmerksam und versuchte, es mit Zemaneks und dann wieder mit meinen eigenen Augen zu sehen.

Vielleicht kam mir auch der ganz unpraktische und platonische Gedanke, daß es möglich wäre, diese Frau von der Ebene unserer schmeichelhaften Konversation weiter und weiter zu treiben, bis zum Zielband des Bettes. Das war aber nur ein Gedanke, einer von jenen, die einem durch den Kopf schwirren und wieder verschwinden. Helena erklärte, daß sie mir für die Informationen, die ich ihr geliefert hätte, danke und daß sie mich nicht länger aufhalten wolle. Wir verabschiedeten uns, und ich war froh, als sie gegangen war. Die sonderbare Ekstase verflüchtigte sich, und ich empfand erneut nichts als pure Abneigung gegen sie, es war mir peinlich, daß ich mich eben noch mit Vertrauen einforderndem Interesse und (wenn auch bloß gespielter) Liebenswürdigkeit um sie bemüht hatte.

Unsere Begegnung wäre sicher ohne Fortsetzung geblieben, wenn Helena mich nicht einige Tage später angerufen und um ein Treffen gebeten hätte. Vielleicht war es tatsächlich nötig, daß ich den Text ihres Feuilletons korrigierte, aber mir kam es in jenem Moment so vor, als handelte es sich nur um einen Vorwand, als knüpfte der Ton, in dem sie mit mir sprach, eher an den vertraulich leichten als den fachlich ernsten Teil unseres Gesprächs an. Ich ging sofort und ohne zu überlegen auf diesen Ton ein und blieb auch dabei. Wir trafen uns in einem Kaffeehaus, und ich überging ganz provokativ alles, was Helenas Feuilleton betraf; ich spielte ihre Interessen als Redakteurin unverfroren herunter; ich sah, daß ich sie damit irgendwie aus der Fassung brachte, gleichzeitig begriff ich aber, daß ich sie genau in diesem Moment zu beherrschen begann. Ich lud sie ein, mit mir aus Prag hinauszufahren. Sie protestierte, indem sie sich darauf berief, verheiratet zu sein. Mit nichts hätte sie mir eine größere Freude bereiten können. Ich verweilte bei diesem für mich so wertvollen Einwand; ich spielte damit; kam darauf zurück; scherzte darüber. Schließlich war sie froh, daß sie das Gespräch davon ablenken konnte, indem sie rasch auf meinen Vorschlag einging. Danach lief alles genau nach Plan. Ich malte mir diesen Plan mit der ganzen Kraft eines fünfzehn Jahre währenden Hasses aus und verspürte in meinem Innern die fast unverständliche Gewißheit, daß er sich erfüllen und restlos gelingen müßte.

Und der Plan ging glänzend in Erfüllung. Ich nahm Helena an der Rezeption ihren kleinen Reisekoffer ab und begleitete sie hinauf in ihr Zimmer, das übrigens genauso häßlich war wie meines. Selbst Helena, die die eigenartige Gabe besaß, den Dingen einen besseren Namen zu geben, als sie es verdient hatten, mußte das zugeben. Ich sagte ihr, sie solle sich nichts daraus machen, wir würden uns schon zu helfen wissen. Sie warf mir einen außergewöhnlich bedeutungsvollen Blick zu. Dann sagte sie, sie wolle sich etwas frisch machen, und ich sagte, das sei gut so, ich würde in der Hotelhalle auf sie warten.

Sie kam herunter (unter dem offenstehenden Regenmantel trug sie einen schwarzen Rock und einen rosaroten Pullover), und ich konnte mich abermals davon überzeugen, daß sie elegant war. Ich sagte ihr, wir würden ins Volkshaus essen gehen, es sei zwar ein schlechtes Restaurant, aber immer noch das beste am Ort. Sie sagte, ich sei hier zu Hause, sie würde sich also meiner Fürsorge anvertrauen und mir in nichts widersprechen. (Es sah aus, als bemühte sie sich, ihre Worte etwas zweideutig zu wählen; dieses Bemühen war lächerlich und erfreulich zugleich.) Wir gingen denselben Weg, den ich am Morgen gegangen war, als ich vergebens von einem guten Frühstück geträumt hatte, und Helena hob noch mehrmals hervor, daß sie froh sei, meine Geburtsstadt kennenzulernen; obwohl sie aber zum ersten Mal hier war, sah sie sich keineswegs um, sie fragte nicht, was sich in diesem oder jenem Gebäude befände, und benahm sich absolut nicht wie jemand, der zum ersten Mal eine fremde Stadt besucht. Ich überlegte, ob dieses Desinteresse durch eine gewisse Verhärtung der Seele verursacht wurde, die nicht mehr fähig war, die gewohnte Neugierde für die sichtbare Welt aufzubringen, oder vielmehr dadurch, daß Helena sich ganz auf mich konzentrierte und für nichts anderes mehr Platz blieb; ich neigte eher zur zweiten Möglichkeit.

Wir kamen an der Pestsäule vorbei; der Heilige stützte die Wolke, die Wolke den Engel, der Engel eine weitere Wolke, und diese Wolke den letzten Engel; der Himmel war nun blauer als früh am Morgen; Helena zog ihren Regenmantel aus, legte ihn über den Arm und sagte, es sei warm; diese Wärme verstärkte den aufdringlichen Eindruck staubiger Öde; die Figurengruppe ragte in der Mitte des Platzes empor wie ein Stück abgebrochener Himmel, das nicht mehr zurückfinden konnte; ich sagte mir, daß auch wir beide auf diesen seltsam öden Platz mit dem Park und dem Restaurant *hinabgestürzt* worden waren, daß wir unwiderruflich hier abgestürzt waren, daß man auch uns beide irgendwo abgebrochen hatte; daß wir vergeblich Himmel und Höhen nachzuahmen versuchten, jedoch niemand uns glaubte; daß unsere Gedanken und Worte vergeblich in die Höhe strebten, während unsere Taten so niedrig waren wie dieses Land selbst.

Ja, ich wurde von einem intensiven Gefühl meiner eigenen *Niedrigkeit* erfaßt; das überraschte mich; noch mehr aber war ich überrascht, daß ich über diese Niedrigkeit nicht entsetzt war, sondern sie mit einer Art Vergnügen, wenn nicht gar mit Freude oder Erleichterung zur Kenntnis nahm, und ich steigerte dieses Vergnügen noch durch die Gewißheit, daß die Frau, die an meiner Seite ging, nur durch unwesentlich höhere Beweggründe als meine eigenen in die zweifelhaften Stunden dieses Nachmittags geleitet wurde.

Das Volkshaus hatte schon geöffnet, doch war es erst Viertel vor zwölf, und der Saal des Restaurants war noch leer. Die Tische waren gedeckt; vor jedem Stuhl stand ein Suppenteller, der mit einer Papierserviette zugedeckt war, und darauf lag das Besteck. Es war niemand da. Wir setzten uns an einen Tisch, nahmen das Besteck von der Serviette, legten es neben den Teller und warteten. Nach einigen Minuten erschien ein Kellner in der Küchentür, der mit müdem Blick den Saal überflog und sich dann anschickte, in die Küche zurückzukehren.

»Herr Ober!« rief ich.

Er wandte sich wieder dem Saal zu und machte ein paar Schritte in Richtung unseres Tisches. »Sie wünschen?« sagte er, als er etwa fünf Meter von uns entfernt war. »Wir möchten gern essen«, sagte ich. »Erst um zwölf«, antwortete er und machte wieder kehrt, um in die Küche zu gehen. »Herr Ober!« rief ich noch einmal. Er drehte sich um. »Bitte«, mußte ich rufen, denn er stand weit von uns entfernt: »Haben Sie Wodka?« »Nein, Wodka ist keiner da.« »Was gibt es sonst?« »Wir hätten«, antwortete er aus seiner Entfernung, »Korn oder Rum.« »Das ist ziemlich schlimm«, rief ich, »aber bringen Sie uns zwei Korn.«

»Ich habe Sie gar nicht gefragt, ob Sie Korn trinken«, sagte ich zu Helena.

Helena lachte: »Nein, an Korn bin ich nicht gewöhnt.«

»Das macht nichts«, sagte ich. »Sie werden sich gewöhnen. Sie sind in Mähren, und Korn ist der meistgetrunkene Schnaps des mährischen Volkes.«

»Das ist ausgezeichnet!« sagte Helena erfreut. »Das habe ich am liebsten, so eine ganz gewöhnliche Kneipe, wo Fahrer und Monteure hingehen und es ganz gewöhnliche Speisen und Getränke gibt.«

»Sie sind es wohl gewohnt, Bier mit Rum zu trinken?«

»Eigentlich nicht«, sagte Helena.

»Aber Sie mögen doch diese volkstümliche Atmosphäre.«

»Ja«, sagte sie. »Ich kann vornehme Lokale nicht leiden,

wo zehn Kellner um einen herumschwänzeln und man von zehn verschiedenen Tellern essen muß.«

»Klar, es geht nichts über eine Kneipe, wo der Kellner einen gar nicht zur Kenntnis nimmt, die vollgequalmt ist und stinkt. Und vor allem geht nichts über Korn. Als ich noch studierte, war das mein Leibgetränk. Für besseren Alkohol hatte ich kein Geld.«

»Ich mag auch am liebsten die allergewöhnlichsten Gerichte, zum Beispiel Kartoffelpuffer oder Speckwurst mit Zwiebeln, ich kenne nichts Besseres . . .«

Ich war durch mein Mißtrauen schon so verdorben, daß ich, wenn mir jemand gestand, was er mochte und was nicht, dies überhaupt nicht ernst nahm, oder genauer gesagt, ich faßte es nur als Zeugnis einer Selbststilisierung auf. Ich glaubte keine Sekunde lang, daß Helena in schmierigen, schlechtgelüfteten Lokalen besser atmen konnte als in sauberen, gutgelüfteten Restaurants, oder daß einfacher Alkohol und billige Speisen ihr besser schmeckten als Delikatessen einer erlesenen Küche. Dennoch war ihre Erklärung für mich nicht wertlos, denn sie verriet eine Vorliebe für eine ganz bestimmte Pose, eine längst überholte und aus der Mode gekommene Pose, eine Pose aus jenen Jahren, da der revolutionäre Enthusiasmus sich an allem ergötzte, was »gewöhnlich«, »volkstümlich«, »alltäglich« und »ursprünglich« war, genau so, wie er alles verachtete, was »überkultiviert« und »verzärtelt« war, was nach guter Kinderstube roch, was sich verdächtig mit der Vorstellung eines allzu guten Benehmens verband. Ich fand in Helenas Pose meine eigene Jugendzeit wieder, und in Helena erkannte ich in erster Linie Zemaneks Frau. Meine Zerstreutheit vom Vormittag verlor sich rasch, und ich begann, mich zu konzentrieren.

Der Kellner brachte auf einem Tablett zwei Gläschen Korn, er stellte sie vor uns hin und legte ein Blatt Papier auf den Tisch, auf dem mit Schreibmaschine (offensichtlich mit mehreren Durchschlägen) in verschwommenen Buchstaben das Speisenangebot stand.

Ich hob das Glas und sagte: »Stoßen wir also auf unseren Korn an, auf diesen ganz gewöhnlichen Korn!«

Sie lachte, stieß an und sagte: »Ich habe mich immer nach

einem Menschen gesehnt, der einfach und offen ist. Ungekünstelt. Klar.«

Wir nahmen noch einen Schluck, und ich sagte: »Es gibt nicht viele solcher Menschen.«

»Es gibt sie«, sagte Helena. »Sie sind so.«

»Das wohl kaum«, sagte ich.

»Doch.«

Ich staunte wieder über die unglaubliche menschliche Fähigkeit, die Wirklichkeit zu einem Wunsch- oder Idealbild umzuformen, aber ich zögerte nicht, Helenas Interpretation meiner Person zu akzeptieren.

»Wer weiß. Vielleicht«, sagte ich. »Einfach und klar. Aber was ist das, einfach und klar? Alles liegt daran, daß der Mensch so ist, wie er ist, daß er sich nicht schämt, das zu wollen, was er will, sich nach dem zu sehnen, wonach er sich sehnen will. Die Menschen sind gewöhnlich Sklaven von Vorschriften. Jemand hat ihnen gesagt, sie sollten so oder so sein, und sie versuchen, so zu sein, erfahren aber bis zu ihrem Tod nicht, wer sie waren und wer sie sind. Und folglich sind sie niemand und nichts, handeln doppelsinnig, unklar und verworren. Der Mensch muß vor allem den Mut haben, er selbst zu sein. Helena, ich sage Ihnen gleich zu Anfang, daß Sie mir gefallen und daß ich Sie begehre, obwohl Sie eine verheiratete Frau sind. Ich kann es nicht anders sagen und ich kann es nicht ungesagt lassen.«

Was ich da redete, war ein bißchen peinlich, aber es war notwendig. Die Beherrschung weiblichen Denkens hat nämlich unumstößliche Regeln; wer sich entschließt, eine Frau zu überreden, ihr ihren Standpunkt mit Argumenten der Vernunft auszureden, wird kaum an sein Ziel gelangen. Es ist wesentlich klüger, die grundlegende Selbststilisierung einer Frau zu erfassen (ihre grundlegenden Prinzipien, Ideale und Überzeugungen) und dann zu versuchen, die gewünschte Handlungsweise der Frau (mit Hilfe von Sophismen, unlogischer Demagogie und ähnlichem mehr) mit dieser grundlegenden Selbststilisierung in eine harmonische Beziehung zu bringen. Helena zum Beispiel schwärmte häufig vom »Einfachen«, »Ungekünstelten«, »Klaren«. Diese Ideale hatten ihren Ursprung zweifellos im ehemaligen revolutionären

Puritanismus, und sie verbanden sich mit der Vorstellung vom »reinen« und »unverdorbenen« Menschen mit strengen sittlichen Grundsätzen. Da Helenas Welt der Grundsätze aber eine Welt war, die nicht auf Überlegung (einem System von Ansichten), sondern (wie bei den meisten Menschen) auf alogischen Vorstellungen basierte, war nichts einfacher, als die Vorstellung vom »klaren Menschen« mit Hilfe einer einfachen Demagogie mit einer ganz unpuritanischen, unmoralischen, ehebrecherischen Handlung zu verbinden und so zu verhindern, daß Helenas erwünschtes (das heißt ehebrecherisches) Verhalten in den nächsten Stunden in einen neurotisierenden Konflikt mit ihren inneren Idealen geriet. Ein Mann darf von einer Frau alles Erdenkliche verlangen, will er aber nicht wie ein Rohling handeln, muß er es ihr ermöglichen, im Einklang mit ihren tiefsten Selbsttäuschungen zu handeln.

Inzwischen hatten sich weitere Gäste im Restaurant eingefunden, und bald schon war der größte Teil der Tische besetzt. Der Kellner kam wieder aus der Küche und ging von Tisch zu Tisch, um festzustellen, wem er was bringen sollte. Ich reichte Helena die Speisekarte. Sie sagte, ich kennte die mährische Küche besser, und gab sie mir zurück.

Es war allerdings überhaupt nicht nötig, sich in der mährischen Küche auszukennen, weil die Speisekarte genauso aussah wie in allen Wirtshäusern dieser Kategorie und aus einer beschränkten Auswahl stereotyper Gerichte bestand, unter denen man schwer eine Wahl treffen konnte, da sie alle gleich unattraktiv waren. Ich blickte (betrübt) auf das undeutlich beschriebene Blatt Papier, doch da stand der Kellner bereits vor mir und wartete ungeduldig auf die Bestellung.

»Einen Moment«, sagte ich.

»Sie wollten schon vor einer Viertelstunde essen, und dabei haben Sie noch nicht einmal ausgewählt«, tadelte er mich und ging weg.

Zum Glück kam er nach einer Weile wieder, und wir durften Rindsrouladen mit zwei weiteren Korn und Sprudel bestellen.

Helena erklärte (Roulade kauend), es sei herrlich (das Wort »herrlich« benutzte sie mit Vorliebe), daß wir hier in dieser unbekannten Stadt säßen, von der sie schon immer geträumt habe, als sie noch im Ensemble war und Lieder aus dieser Gegend sang. Dann sagte sie, es sei vermutlich schlecht, aber sie fühle sich in meiner Gegenwart wirklich wohl, sie könne nichts dafür, es geschehe gegen ihren Willen, sei aber stärker als ihr Wille, es sei einfach so. Ich sagte ihr daraufhin, die größte Armseligkeit bestehe darin, sich seiner eigenen Gefühle zu schämen. Dann rief ich den Kellner, um zu bezahlen.

Als wir das Restaurant verließen, ragte vor uns wieder die Pestsäule empor. Sie kam mir lächerlich vor. Ich zeigte darauf: »Schauen Sie, Helena, wohin diese Heiligen streben. Wie sie sich nach oben drängen! Wie sie in den Himmel wollen! Und der Himmel pfeift auf sie! Der Himmel weiß gar nichts von ihnen, von diesen geflügelten Erdenhockern.«

»Das stimmt«, sagte Helena, während der frische Wind in ihr das Werk des Alkohols noch verstärkte. »Wozu stehen die überhaupt noch hier, diese Heiligenstatuen, warum stellt man nicht etwas hin, was das Leben preist, und nicht irgendeine Mystik!« Sie hatte aber die Kontrolle über sich noch nicht völlig verloren, so daß sie die Frage hinzufügte: »Oder rede ich Unsinn? Ich rede doch keinen Unsinn, nicht wahr?«

»Sie reden keinen Unsinn, Helena, Sie haben vollkommen recht, das Leben ist schön, und wir werden nie fähig sein, es gebührend zu preisen.«

»Ja«, sagte Helena, »was auch immer andere sagen mögen, das Leben ist herrlich, ich kann Schwarzseher nicht leiden, obwohl ich mich vielleicht am meisten beklagen könnte, aber ich beklage mich nicht, warum sollte ich mich beklagen, sagen Sie, warum sollte ich mich beklagen, wenn einem das Leben so einen Tag beschert; das ist so herrlich: eine fremde Stadt, und ich bin hier mit Ihnen . . .«

Ich ließ Helena reden, nur ab und zu, wenn zwischen ihren Sätzen eine Pause entstand, sagte ich etwas, womit ich sie zum Weiterreden animierte. Bald schon standen wir vor dem Neubau, in dem Kostka wohnte.

»Wo sind wir?« fragte Helena.

»Wissen Sie was«, sagte ich, »diese öffentlichen Weinstuben taugen nichts. Ich habe in diesem Haus eine kleine, private Weinstube. Kommen Sie.«

»Wohin führen Sie mich?« protestierte Helena, während sie hinter mir das Haus betrat.

»In eine echte mährische, private Weinstube; waren Sie noch nie in einer solchen?«

»Nein«, sagte Helena.

Ich schloß im dritten Stock die Tür auf, und wir traten in die Wohnung.

3.

Helena nahm nicht den geringsten Anstoß daran, daß ich sie in eine fremde Wohnung führte, sie verlangte dafür keine Erklärung. Im Gegenteil, es hatte den Anschein, als habe sie in dem Moment, da sie die Schwelle überschritt, beschlossen, von der Koketterie (die in Zweideutigkeiten spricht und sich wie ein Spiel gebärdet) zu jenem Verhalten überzugehen, das nur noch einen einzigen Sinn und eine einzige Bedeutung hatte und sich der Illusion hingab, nicht ein Spiel, sondern das Leben selbst zu sein. Sie blieb mitten in Kostkas Zimmer stehen und blickte sich nach mir um; ich sah in ihren Augen, daß sie nur noch darauf wartete, wann ich auf sie zutreten, wann ich sie küssen und wann ich sie umarmen würde. In dem Moment, da sie sich so umsah, war sie genau die Helena, die ich mir vorgestellt hatte: eine hilflose, ausgelieferte Helena.

Ich trat auf sie zu; sie hob ihr Gesicht zu mir empor; statt des (so sehnlich erwarteten) Kusses lächelte ich nur und berührte mit den Fingern die Schultern ihres blauen Regenmantels. Sie begriff und knöpfte ihn auf. Ich hängte ihn an den Kleiderständer im Vorraum. Nein, in diesem Moment, da alles schon bereit war (meine Lust und ihre Hingabe), wollte ich nichts überstürzen und damit riskieren, in der Hast etwas von *alldem* zu versäumen, was ich haben wollte. Ich begann ein belangloses Gespräch; ich sagte ihr, sie solle sich setzen, ich machte sie auf allerlei Einzelheiten in Kostkas Wohnung aufmerksam, ich öffnete den Schrank, in dem die

Flasche Wodka stand, auf die Kostka mich gestern hingewiesen hatte, gab mich aber überrascht, sie dort zu finden; dann öffnete ich sie, stellte zwei Gläschen auf den Tisch und schenkte ein.

»Ich werde betrunken sein«, sagte sie.

»Wir werden beide betrunken sein«, sagte ich (obwohl ich wußte, daß ich selbst nicht betrunken sein würde, daß ich es nicht wollte, weil ich mir eine lückenlose Erinnerung bewahren wollte).

Sie lächelte nicht; sie war ernst; sie nahm einen Schluck und sagte: »Wissen Sie, Ludvik, ich wäre schrecklich unglücklich, wenn Sie von mir dächten, ich sei so ein Weibsbild wie andere verheiratete Frauen, die sich langweilen und auf Abenteuer aus sind. Ich bin nicht naiv und weiß, daß Sie viele Frauen gekannt haben und die Frauen selbst Ihnen beigebracht haben, sie auf die leichte Schulter zu nehmen. Ich wäre aber unglücklich . . .«

»Ich wäre ebenfalls unglücklich«, sagte ich, »wenn Sie so ein Weibsbild wären wie alle andern und jedes Liebesabenteuer, das sie der Ehe entfremdet, auf die leichte Schulter nähmen. Wenn Sie so eine wären, hätte unsere Begegnung für mich keinen Sinn.«

»Tatsächlich?« sagte Helena.

»Tatsächlich, Helena. Sie haben recht, ich habe viele Frauen gekannt, und sie haben mir beigebracht, keine Skrupel zu haben, sie unbekümmert zu wechseln, doch die Begegnung mit Ihnen ist etwas anderes.«

»Sagen Sie das nicht einfach nur so?«

»Nein, das tue ich nicht. Als ich Ihnen begegnete, begriff ich sofort, daß ich schon seit Jahren, seit vielen Jahren gerade auf Sie gewartet habe.«

»Sie sind kein Schwätzer. Sie würden das nicht sagen, wenn Sie nicht so fühlten.«

»Nein, das würde ich nicht, ich kann Frauen keine Gefühle vorlügen, das ist das einzige, was sie mir nie beigebracht haben. Ich lüge Sie also nicht an, Helena, obwohl es unglaublich klingt: als ich Sie zum ersten Mal sah, begriff ich, daß ich viele Jahre lang gerade auf Sie gewartet hatte. Daß ich auf Sie gewartet hatte, ohne Sie zu kennen. Und daß ich Sie jetzt haben muß. Daß es unabwendbar ist wie das Schicksal.«

»Mein Gott«, sagte Helena und schloß die Augen; sie hatte rote Flecken im Gesicht, vielleicht vom Alkohol, vielleicht von der Aufregung, und sie war nun noch mehr die Helena meiner Vorstellungen: hilflos und ausgeliefert.

»Wenn Sie wüßten, Ludvik, mir ist es doch genauso ergangen. Ich wußte vom ersten Augenblick an, daß diese Begegnung mit Ihnen kein Flirt ist, und gerade deshalb hatte ich Angst davor, weil ich verheiratet bin und wußte, daß das mit Ihnen die Wahrheit ist, daß Sie meine Wahrheit sind und ich mich nicht dagegen wehren kann.«

»Ja, und Sie sind meine Wahrheit, Helena«, sagte ich.

Sie saß auf der Couch, hatte große Augen, die auf mich gerichtet waren, ohne mich anzusehen, und ich saß ihr gegenüber auf dem Stuhl und beobachtete sie gierig. Ich legte meine Hände auf ihre Knie und schob langsam ihren Rock hoch, bis der Rand der Strümpfe und die Strumpfbänder zum Vorschein kamen, die auf Helenas schon dicken Schenkeln den Eindruck von etwas Traurigem, Armseligem erweckten. Und Helena saß da, ohne auf meine Berührung auch nur mit einer Geste oder einem Blick zu reagieren.

»Wenn Sie alles wüßten . . .«

»Wenn ich was wüßte?«

»Über mich. Wie ich lebe. Wie ich gelebt habe.«

»Wie haben Sie gelebt?«

Sie lächelte bitter.

Auf einmal bekam ich Angst, Helena könnte zum banalen Hilfsmittel untreuer Frauen greifen und anfangen, ihre Ehe schlechtzumachen und mich in dem Moment, da sie zu meiner Beute werden sollte, ihres Wertes zu berauben: »Sagen Sie um Himmels willen nicht, Ihre Ehe sei unglücklich, Ihr Mann verstehe Sie nicht.«

»Das wollte ich nicht sagen«, sagte Helena, etwas verwirrt über meinen Angriff, »obwohl . . .«

»Obwohl Sie es in diesem Moment denken. Jede Frau kommt auf diesen Gedanken, wenn sie mit einem anderen Mann allein ist, aber gerade da beginnt alle Unwahrhaftigkeit, und Sie wollen doch wahrhaftig bleiben, Helena. Sie haben Ihren Mann bestimmt geliebt, Sie sind keine Frau, die sich ohne Liebe hingibt.«

»Nein«, sagte Helena leise.

»Wer ist Ihr Mann eigentlich?« fragte ich.

Sie zuckte mit den Schultern und lächelte: »Ein Mann.«

»Wie lange kennen Sie sich?«

»Ich bin dreizehn Jahre verheiratet, aber wir kennen uns noch länger.«

»Da waren Sie ja noch Studentin.«

»Ja. Im ersten Studienjahr.«

Sie wollte den hochgeschobenen Rock wieder herunterziehen, aber ich faßte ihre Hand und ließ es nicht zu. Ich fragte weiter: »Und wo haben Sie sich kennengelernt?«

»Im Ensemble.«

»Im Ensemble? Hat Ihr Mann dort gesungen?«

»Ja, er hat gesungen. Wie wir alle.«

»Sie haben sich also im Ensemble kennengelernt . . . Das ist ein wunderbarer Rahmen für die Liebe.«

»Ja.«

»Die ganze Zeit damals war schön.«

»Denken Sie auch so gern daran zurück?«

»Es war die schönste Zeit meines Lebens. War Ihr Mann Ihre erste Liebe?«

»Ich habe jetzt keine Lust, an meinen Mann zu denken«, wehrte sie sich.

»Ich will Sie kennen, Helena. Ich will jetzt alles über Sie wissen. Je mehr ich Sie kenne, desto mehr werden Sie mir gehören. Hatten Sie vor ihm schon einen anderen?«

Helena nickte: »Ja.«

Ich verspürte beinahe Enttäuschung, daß Helena noch jemanden gehabt hatte und die Bedeutung ihrer Verbindung mit Pavel Zemanek dadurch gemindert wurde: »Eine wirkliche Liebe?«

Sie schüttelte den Kopf: »Törichte Neugier.«

»So war Ihr Mann also Ihre erste große Liebe.«

Sie nickte: »Aber das ist schon lange her.«

»Wie hat er ausgesehen?« fragte ich leise.

»Warum wollen Sie das wissen?«

»Ich möchte Sie haben mit allem, was in Ihnen ist, mit

allem, was in Ihrem Kopf ist.« Und ich strich ihr über die Haare.

Wenn es etwas gibt, was eine Frau daran hindert, vor dem Liebhaber über ihren Mann zu sprechen, so ist es in den seltensten Fällen Noblesse, Takt oder echtes Schamgefühl, sondern einzig und allein die Befürchtung, es könnte den Liebhaber irgendwie verletzen. Zerstreut der Liebhaber diese Befürchtung, ist die Frau ihm normalerweise dankbar, sie fühlt sich dann freier und vor allem: sie hat etwas, worüber sie reden kann, da es nicht unendlich viele Gesprächsthemen gibt und der eigene Mann für eine Frau das dankbarste Thema ist, denn einzig in ihm fühlt sie sich sicher, einzig in ihm ist sie *Spezialistin*, und schließlich ist jedermann glücklich, wenn er sein Spezialgebiet unter Beweis stellen und damit prahlen kann. Auch Helena fing ganz unbefangen über Pavel Zemanek zu sprechen an, und nachdem ich ihr versichert hatte, daß mir das nicht gegen den Strich ging, ließ sie sich von den Erinnerungen sogar so weit mitreißen, daß sie seinem Bild keine dunklen Flecken hinzufügte und mir begeistert und sachlich schilderte, wie sie sich in ihn (den aufrechten, blondhaarigen Jüngling) verliebt und wie sie ehrfurchtsvoll zu ihm aufgeschaut hatte, als er politischer Leiter des Ensembles wurde, wie sie ihn zusammen mit all ihren Freundinnen bewunderte (er verstand es phantastisch zu reden!), und wie die Geschichte ihrer Liebe harmonisch mit der damaligen Zeit verschmolz, zu deren Verteidigung sie einige Sätze sagte (hatten wir denn die geringste Ahnung, daß Stalin getreue Kommunisten erschießen ließ?), nicht etwa, um auf ein politisches Thema *auszuweichen*, sondern weil sie das Gefühl hatte, in diesem Thema persönlich enthalten zu sein. Die Art und Weise, wie sie die Zeit ihrer Jugend verteidigte und sich mit dieser Zeit identifizierte (als wäre sie ihr *Zuhause* gewesen, um das man sie jetzt gebracht hatte), war fast eine kleine Demonstration, als wollte Helena sagen: nimm mich ganz und ohne Bedingungen, mit Ausnahme der einen: daß du mir gestattest, so zu sein, wie ich bin, daß du mich mit meinen *Ansichten* nimmst. Eine solche Demonstration von Ansichten in einer Situation, da es nicht um Ansichten, sondern um den Körper geht, hat etwas Anormales an sich, was verrät, daß gerade ihre Ansichten die betreffende Frau irgendwie neurotisieren: entweder fürchtet sie den Verdacht, überhaupt keine Ansichten zu haben, und stellt diese schnell zur Schau, oder (was in Helenas Fall wahrscheinlicher war) sie zweifelt insgeheim an ihren Ansichten, die angeschlagen sind, und will um jeden Preis Gewißheit zurückgewinnen, etwa dadurch, daß sie dafür etwas in die Waagschale wirft, was für sie einen unbestreitbaren Wert darstellt, also den Liebesakt selbst (vielleicht in der unbewußten Überzeugung, daß dieser dem Liebhaber wichtiger sei als eine Polemik über Ansichten). Helenas Demonstration war mir nicht unangenehm, weil sie mich dem Kern meiner Leidenschaft näherbrachte.

»Sehen Sie das?« Sie zeigte auf ein kleines, versilbertes Plättchen, das sie mit einem kurzen Kettchen an der Armbanduhr befestigt trug. Ich neigte mich darüber, und Helena erklärte mir, daß auf der eingravierten Zeichnung der Kreml dargestellt sei. »Das habe ich von Pavel«, sagte sie und erzählte mir die Geschichte des Anhängers, den angeblich vor vielen, vielen Jahren ein verliebtes russisches Mädchen einem russischen Jüngling geschenkt hatte, einem Sascha, der in den Großen Krieg zog, an dessen Ende er bis nach Prag gelangte, in die Stadt, die er vor der Vernichtung bewahrte, die ihm aber seine eigene Vernichtung brachte. Im oberen Stock der Villa, in der Pavel Zemanek mit seinen Eltern wohnte, hatte die sowjetische Armee damals ein kleines Lazarett eingerichtet, und der schwerverletzte russische Leutnant Sascha verbrachte dort die letzten Tage seines Lebens. Pavel hatte sich mit ihm angefreundet und die ganze Zeit mit ihm verbracht. Als Sascha im Sterben lag, schenkte er Pavel zum Andenken seinen Anhänger mit dem Bild des Kremls, den er den ganzen Krieg über an einer dünnen Schnur um seinen Hals getragen hatte. Pavel hatte dieses Geschenk wie eine überaus kostbare Reliquie aufbewahrt. Einmal – noch als Verlobte – hatten Helena und Pavel sich gezankt und gedacht, sie würden sich wohl trennen; damals kam Pavel zu ihr und brachte ihr zur Versöhnung dieses billige Schmuckstück (sein teuerstes Andenken), und Helena hatte es seit jener Zeit nie mehr vom Handgelenk genommen, da dieser kleine Gegenstand ihr eine Staffette, eine Botschaft zu sein schien (ich fragte sie, was für eine Botschaft, und sie antwortete, »eine Botschaft der Freude«), die sie bis ans Ende tragen mußte.

Sie saß mir gegenüber (mit hochgeschobenem Rock und freigelegten Strumpfbändern, die an einem modernen, schwarzen Lastexhöschen befestigt waren), ihr Gesicht war leicht gerötet (vom Alkohol oder vielleicht von der momentanen Sentimentalität), doch verlor sich ihre Erscheinung in diesem Augenblick hinter dem Bild von jemand anderem: Helenas Erzählung vom dreimal geschenkten Anhänger rief mir nämlich abrupt (schockartig) das ganze Wesen Pavel Zemaneks in Erinnerung.

Ich glaubte absolut nicht an die Existenz des Rotarmisten Sascha; und selbst wenn er existiert hätte, wäre seine reale Existenz völlig hinter der großen Geste verschwunden, durch die Pavel Zemanek ihn in eine Figur der Legende seines Lebens verwandelt hatte, in eine Heiligenstatue, in ein Instrument der Rührung, in ein sentimentales Argument und ein religiöses Objekt, das seine Frau (offenbar konsequenter als er) bis zu ihrem Tod (krampfhaft und trotzig) verehren würde. Es kam mir vor, als wäre Pavel Zemaneks Herz (ein lasterhaft exhibitionistisches Herz) hier, hier anwesend; und mit einem Mal hatte ich das Gefühl, inmitten dieser fünfzehn Jahre zurückliegenden Szene zu stehen: das große Auditorium der naturwissenschaftlichen Fakultät; vorn auf dem Podium sitzt Zemanek hinter einem länglichen Tisch, neben ihm ein dickes Mädchen mit einem runden Gesicht, einem Zopf und einem abscheulichen Pullover, auf der anderen Seite ein junger Mann, der Vertreter des Bezirks. Hinter dem Podium hängt eine große schwarze Tafel und links von ihr in einem Rahmen ein Porträt von Julius Fučík. Dem langen Tisch gegenüber ziehen sich stufenweise die Bänke in die Höhe, in denen auch ich sitze, der ich jetzt, fünfzehn Jahre später, mit meinen damaligen Augen Zemanek vor mir sehe, wie er bekanntgibt, daß »der Fall des Genossen Jahn« verhandelt werde, ich sehe ihn, wie er sagt: »Ich lese euch Briefe zweier Kommunisten vor.« Nach diesen Worten machte er eine kurze Pause, nahm ein dünnes Buch zur Hand, fuhr sich durch sein langes, gewelltes Haar und begann mit schmeichelnder, fast zärtlicher Stimme zu lesen.

»Es hat lange gedauert, Tod, bis du gekommen bist. Dennoch habe ich gehofft, deine Bekanntschaft erst in vielen Jahren machen zu müssen. Noch das Leben eines freien Menschen leben, noch viel arbeiten und lieben, singen und durch die Welt wandern zu können . . .« Ich erkannte die *Reportage, unter dem Strang geschrieben.* »Ich habe das Leben geliebt und bin für seine Schönheit in den Kampf gezogen. Ich habe euch geliebt, Menschen, ich bin glücklich gewesen, wenn ihr meine Liebe erwidert habt, und ich habe gelitten, wenn ihr mich nicht verstanden habt . . .« Dieser heimlich im Gefängnis geschriebene und vom Glorienschein des Heldentums erleuchtete Text, der nach dem Krieg in Millionenauflagen gedruckt, im Rundfunk gesendet und als Pflichtlektüre in den Schulen gelesen wurde, war das heilige Buch jener Zeit. Zemanek las uns die berühmtesten Passagen vor, die jedermann auswendig kannte: »Nie soll Trauer mit meinem Namen verbunden sein. Dies ist mein Testament für euch, Vater und Mutter und meine Schwestern, für dich, meine Gusta, für euch, Genossen, für alle, die ich geliebt habe . . .« An der Wand hing Fučíks Bild, eine Reproduktion der berühmten Zeichnung Max Švabinskýs, dieses alten Jugendstil-Malers, der virtuos symbolische Allegorien, füllige Frauen, Schmetterlinge und alles Anmutige darstellte; nach dem Krieg waren angeblich Genossen mit der Bitte zu ihm gekommen, Fučík nach einer erhaltenen Fotografie zu zeichnen, und Švabinský zeichnete ihn (im Profil) nach seinem Geschmack, mit sehr zartem Strich: fast mädchenhaft, schmachtend, rein und so schön, daß vielleicht sogar diejenigen, die Fučík persönlich gekannt hatten, diese edle Zeichnung der Erinnerung an sein tatsächliches Gesicht vorzogen. Zemanek las weiter, alle im Saal waren still und aufmerksam, und das dicke Mädchen hinter dem Tisch ließ Zemanek nicht aus ihren bewundernden Augen; dann wurde seine Stimme plötzlich hart und klang fast drohend; er las die Passage über Mirek, der im Gefängnis zum Verräter geworden war: »Sieh an, da hatte es einen Menschen mit Rückgrat gegeben, der den Kugeln nicht auswich, als er an der spanischen Front kämpfte, der sich nicht beugte, als er in Frankreich die grausame Erfahrung des Konzentrationslagers durchmachte. Jetzt ist er vor dem Rohrstock in der Hand des Gestapomannes erblaßt und hat verraten, um seine Zähne zu retten. Wie oberflächlich ist seine Tapferkeit gewesen, wenn einige Schläge sie auslöschen konnten. So oberflächlich wie seine Überzeugung: Er hat alles verloren, weil er begann, an sich selbst zu denken. Um seine Haut zu retten, hat er seine Kameraden geopfert. Er ist der Feigheit verfallen, und aus Feigheit ist er zum Verräter geworden . . .« Wie in Tausenden anderer öffentlicher Räume unseres Landes, hing Fučíks schönes Gesicht an der Wand, und es war so schön, daß ich mich, als ich es ansah, nicht nur durch meine Verfehlung, sondern auch durch mein Aussehen niedrig fühlte. Und Zemanek las weiter: »Das Leben können sie uns nehmen, nicht wahr, liebe Gusta, aber unsere Ehre und unsere Liebe, die können sie uns nicht nehmen. Ach, Leute, könnt ihr euch vorstellen, wie wir leben würden, wenn wir uns nach all diesen Entbehrungen wiedersähen? Wenn wir uns wiedersähen in einem freien Leben, das durch seine Ungezwungenheit und Kreativität schön wäre? Wenn das Wirklichkeit sein wird, was wir ersehnten, was wir erstrebten, und wofür wir jetzt in den Tod gehen?« Zemanek las pathetisch die letzten Sätze vor und verstummte.

Dann sagte er: »Das war der Brief eines Kommunisten, der im Schatten des Galgens geschrieben wurde. Ich will euch jetzt einen anderen Brief vorlesen.« Und er las die drei kurzen, lächerlichen, schrecklichen Sätze von meiner Ansichtskarte vor. Dann verstummte er, alle verstummten, und ich wußte, daß ich verloren war. Die Stille hielt lange an, und Zemanek, dieser blendende Regisseur, unterbrach sie absichtlich nicht und forderte mich erst nach einer Weile auf, mich dazu zu äußern. Ich wußte, daß ich nichts mehr retten konnte; wenn meine Verteidigung an anderer Stelle so unwirksam gewesen war, wie könnte sie heute wirksam sein, da Zemanek meine Sätze unter das absolute Maß von Fučíks Qualen gestellt hatte? Ich konnte allerdings nichts anderes tun, als aufzustehen und zu sprechen. Ich erklärte noch einmal, daß die Sätze nur ein Scherz sein sollten, ich verurteilte allerdings das Unangebrachte und Grobe eines solchen Scherzes und sprach von meinem Individualismus, meinem Intellektualismus, meiner Distanz zum Volk, ja ich entdeckte in mir sogar Selbstgefälligkeit, Skepsis und Zynismus, und ich beteuerte, trotz allem der Partei ergeben und nicht ihr Feind zu sein. Dann fand eine Diskussion statt, und die Genossen überführten meinen Standpunkt der Widersprüchlichkeit; sie fragten mich, wie man der Partei ergeben sein könne, wenn man selbst zugebe, Zyniker zu sein; eine Kollegin erinnerte mich an einige obszöne Aussprüche und fragte mich, wie ein Kommunist denn so reden könne; andere brachten abstrakte Betrachtungen über das Kleinbürgertum vor und verpflanzten mich als konkreten Beweis dorthin; allgemein wurde behauptet, meine Selbstkritik sei platt und unaufrichtig gewesen. Dann fragte mich die Genossin mit dem Zopf, die neben Zemanek hinter dem Tisch saß: »Was meinst du, was würden wohl jene Genossen zu deinen Aussprüchen sagen, die von der Gestapo gefoltert worden sind und es nicht überlebt haben?« (Ich erinnerte mich an meinen Vater, und mir wurde bewußt, daß alle so taten, als wüßten sie nichts von seinem Tod.) Ich schwieg. Sie wiederholte ihre Frage. Sie zwang mich zu antworten. Ich sagte: »Ich weiß es nicht.« »Überleg ein bißchen«, insistierte sie, »vielleicht kommst du doch darauf.« Sie wollte, daß ich durch die imaginären Münder toter Genossen ein strenges Urteil über mich selbst fällte, ich wurde aber plötzlich von einer Welle der Wut überwältigt, von einer völlig unvorhergesehenen und unerwarteten Wut, ich lehnte mich gegen die wochenlangen selbstkritischen Beteuerungen auf und sagte: »Sie standen zwischen Leben und Tod. Sie waren gewiß nicht kleinlich. Hätten sie meine Ansichtskarte gelesen, sie hätten vielleicht darüber gelacht.«

Noch vor einer Weile hatte die Genossin mit Zopf mir die Möglichkeit gegeben, wenigstens etwas zu retten. Ich hatte eine letzte Gelegenheit, die strenge Kritik der Genossen zu *begreifen*, mich mit ihr zu identifizieren, sie zu akzeptieren und aufgrund dieser Identifizierung ein gewisses Verständnis ihrerseits zu beanspruchen. Aber durch meine unerwartete Antwort war ich plötzlich aus der Sphäre ihres Denkens ausgeschieden, ich hatte mich geweigert, die Rolle zu spielen, die allgemein auf Hunderten und Aberhunderten von Versammlungen gespielt wurde, in Hunderten von Disziplinarverfahren und bald darauf auch in Hunderten von Gerichtsverhandlungen: die Rolle des Angeklagten, der sich selbst anklagte und durch die Leidenschaftlichkeit seiner Selbstbezichtigung (durch seine totale Identifikation mit dem Ankläger) Gnade für seine Person erbat.

Wieder herrschte eine Weile Stille. Dann fing Zemanek zu reden an. Er sagte, er könne sich nicht vorstellen, was es bei meinen parteifeindlichen Äußerungen zu lachen gäbe. Er berief sich abermals auf Fučíks Worte und sagte, Wankelmut und Skepsis würden sich in kritischen Situationen unweigerlich in Verrat verwandeln, und die Partei sei eine Festung, die in ihrem Innern keine Verräter dulde. Dann sagte er, ich hätte mit meiner Intervention bewiesen, daß ich überhaupt nichts begriffen hätte, daß ich nicht nur nicht in die Partei gehörte, sondern es ebensowenig verdiente, daß die Arbeiterklasse die Mittel für mein Studium zur Verfügung stellte. Er stellte den Antrag, mich aus der Partei auszuschließen und von der Schule zu weisen. Die Leute im Saal hoben ihre Hände, und Zemanek sagte zu mir, ich solle die Parteikarte abgeben und den Saal verlassen.

Ich stand auf und legte meinen Ausweis vor Zemanek auf den Tisch; Zemanek sah mich nicht einmal mehr an; er sah mich nicht mehr. Ich aber sah jetzt seine Frau; sie saß vor mir, betrunken, mit geröteten Wangen und einem bis zu den Hüften hochgeschobenen Rock. Ihre kräftigen Beine waren oben vom Schwarz des Lastexhöschens eingerahmt; es waren die Beine, deren Öffnen und Schließen zu dem Rhythmus geworden waren, in dem Zemaneks Leben ein gutes Jahrzehnt lang pulsiert hatte. Auf diese Beine legte ich jetzt meine Handflächen, und mir schien, als hielte ich Zemaneks Leben in meinen Händen. Ich blickte in Helenas Gesicht, in ihre Augen, die meine Berührung damit beantworteten, daß sie sich ein wenig schlossen.

4.

»Ziehen Sie sich aus, Helena«, sagte ich mit leiser Stimme.

Sie stand von der Couch auf, und der Saum des hochgeschobenen Rockes rutschte auf ihre Knie zurück. Sie sah mir mit starrem Blick in die Augen und begann wortlos (und ohne den Blick von mir zu wenden), den Rock an der Seite aufzuknöpfen. Der geöffnete Rock glitt an ihren Beinen zu Boden, sie stieg mit dem linken Fuß heraus, hob ihn mit dem rechten Fuß vom Boden auf, nahm ihn in die Hand und legte ihn auf einen Stuhl. Sie stand jetzt in Pullover und Unterrock da. Dann zog sie den Pullover über den Kopf und warf ihn auf den Rock.

»Schauen Sie nicht zu«, sagte sie.

»Ich will Sie sehen«, sagte ich.

»Ich will nicht, daß Sie mir beim Ausziehen zusehen.«

Ich ging auf sie zu. Ich faßte sie von beiden Seiten unter den Armen, und während ich die Hände zu den Hüften hinuntergleiten ließ, spürte ich ihren weichen, kräftigen Körper unter der vom Schweiß ein wenig feuchten Seide des Unterrocks. Sie neigte den Kopf nach hinten, und ihre Lippen öffneten sich aus langjähriger (schlechter) Gewohnheit zum Kuß. Ich wollte sie aber nicht küssen, ich wollte sie viel lieber betrachten, solange wie nur möglich.

»Ziehen Sie sich aus, Helena«, sagte ich wieder, trat einen Schritt zurück und zog mein Sakko aus.

»Es ist zu hell hier«, sagte sie.

»Das ist gut so«, sagte ich und hängte das Sakko über die Stuhllehne.

Sie zog den Unterrock über den Kopf und warf ihn zu Pullover und Rock; sie löste die Strümpfe und streifte einen nach dem andern von den Beinen; die Strümpfe warf sie nicht; sie machte zwei Schritte auf den Stuhl zu und legte sie sorgfältig darüber, dann streckte sie die Brüste vor und führte die Hände auf den Rücken, es dauerte einige Sekunden, dann lösten sich die (wie beim Zehenstand) angespannten Schultern wieder und fielen nach vorn, und mit ihnen fiel auch der Büstenhalter, er glitt von den Brüsten, die in diesem

Moment durch Schultern und Arme etwas zusammengepreßt waren und sich aneinanderschmiegten, groß, voll, blaß und freilich schon etwas hängend und schwer.

»Ziehen Sie sich aus, Helena«, wiederholte ich zum letzten Mal. Helena sah mir in die Augen und zog das schwarze Lastexhöschen aus, das dank seinem elastischen Stoff ihre Hüften zusammengehalten hatte; sie warf es zu den Strümpfen und zum Pullover. Sie war nackt.

Ich habe mir jedes Detail dieser Szene genau gemerkt: es ging mir schließlich nicht darum, mit einer Frau (also *irgendeiner* Frau) rasch zu einem lustvollen Höhepunkt zu gelangen, sondern darum, mich einer ganz *bestimmten*, fremden Intimwelt zu bemächtigen, und ich mußte diese fremde Welt im Verlauf eines einzigen Nachmittags, eines einzigen Liebesaktes erfassen, in dem ich nicht nur derjenige sein sollte, der sich der Liebe hingab, sondern zugleich derjenige, der eine flüchtige Beute raubte und bewachte und folglich ständig auf der Lauer sein mußte.

Bis zu diesem Zeitpunkt hatte ich mich Helenas nur durch Blicke bemächtigt. Ich stand auch jetzt noch ein Stück von ihr entfernt, wogegen sie sich nach einem raschen Beginn warmer Berührungen sehnte, die den Körper bedecken sollten, der der Kälte des Blickes ausgesetzt war. Fast spürte ich aus der Distanz der wenigen Schritte die Feuchtigkeit ihres Mundes und die sinnliche Ungeduld ihrer Zunge. Noch ein, zwei Sekunden, und ich trat zu ihr. Wir umarmten uns, mitten im Zimmer zwischen den beiden mit unseren Kleidern beladenen Stühlen.

»Ludvik, Ludvik, Ludvik . . .«, flüsterte sie. Ich führte sie zur Couch. Legte sie hin. »Komm, komm«, sagte sie immer wieder, »komm zu mir, komm zu mir.«

Die körperliche Liebe verschmilzt nur ganz selten mit der Liebe der Seele. Was tut die Seele eigentlich, wenn der Körper (durch eine uralte, allgemeine und unveränderliche Bewegung) mit einem anderen Körper verschmilzt? Was kann sie sich in solchen Momenten alles ausdenken, um ihrer Überlegenheit über die beharrliche Eintönigkeit des körperlichen Lebens erneut Ausdruck zu verleihen! Wie kann sie den Körper verachten und ihn (wie auch seinen Gegenspieler) nur als Vorlage für entfesselte Phantasien benutzen, die tausendmal körperlicher sind als beide Körper zusammen! Oder umgekehrt: wie kann sie ihn geringschätzen, indem sie ihn seinem Pendelspiel überläßt und die (der Launen des eigenen Körpers schon müden) Gedanken währenddessen in ganz andere Richtungen lenkt: zu einer Schachpartie, einer Erinnerung an ein Mittagessen oder zu einem angelesenen Buch . . .

Es ist nichts Seltenes, wenn zwei fremde Körper miteinander verschmelzen. Und vielleicht gibt es manchmal auch ein Verschmelzen von Seelen. Tausendmal seltener aber ist, wenn der Körper mit seiner eigenen Seele verschmilzt und sich in seiner Leidenschaft mit ihr einig ist.

Was tat meine Seele also in den Momenten, die mein Körper in physischer Liebe mit Helena verbrachte?

Meine Seele sah einen weiblichen Körper. Sie blieb diesem Körper gegenüber gleichgültig. Sie wußte, daß er für sie nur einen Sinn hatte als Körper, der genauso von einem Dritten, von jemandem, der nicht hier war, gesehen und geliebt wurde, und gerade deshalb versuchte sie, diesen Körper mit den Augen jenes Dritten, Abwesenden, zu sehen; gerade deshalb bemühte sie sich, sein Medium zu werden; ein angewinkeltes Bein war zu sehen, die Wölbung des Bauches und die Brust, aber all das bekam erst dann eine Bedeutung, wenn meine Augen sich in die Augen jenes Dritten, Abwesenden, verwandelt hatten; in jenen *fremden* Blick trat meine Seele plötzlich ein und verwandelte sich in diesen Blick; sie bemächtigte sich nicht nur des angewinkelten Beines, der Wölbung des Bauches und der Brust, sie bemächtigte sich ihrer so, wie dieser Dritte, Abwesende, sie sah.

Meine Seele wurde jedoch nicht nur zum Medium dieses Dritten, Abwesenden, sie befahl darüber hinaus meinem Körper, zum Medium seines Körpers zu werden, und dann trat sie etwas zurück und sah sich den verschlungenen Kampf zweier Körper, zweier verehelichter Körper an, um dann meinem Körper unvermutet den Befehl zu erteilen, wieder er selbst zu sein, in diesen ehelichen Beischlaf zu treten und ihn brutal zu zerstören.

An Helenas Nacken lief eine Ader blau an, und ihr Körper

wurde von einer Verkrampfung durchzuckt; sie drehte den Kopf zur Seite, und ihre Zähne verbissen sich im Kissen.

Dann flüsterte sie meinen Namen, und ihre Augen bettelten um einen Moment Erholung.

Doch meine Seele befahl mir, nicht innezuhalten; Helena von einer Lust in die andere zu jagen; sie abzuhetzen; die Lage ihres Körpers ständig zu ändern, damit keiner der Blicke verborgen und verheimlicht bliebe, mit denen jener Dritte, Abwesende, sie angeschaut hatte; nein, ihr keine Erholung zu gönnen und diese Verkrampfung stets von neuem hervorzubringen, diese Verkrampfung, in der sie wirklich, wahrhaftig und authentisch war, in der sie nichts vortäuschte, in der sie sich diesem Dritten, Abwesenden, ins Gedächtnis gegraben hatte, als Brandmal, als Siegel, als Chiffre, als Zeichen! Diese geheime Chiffre rauben! Dieses königliche Siegel! Die dreizehnte Kammer des Pavel Zemanek plündern; alles durchstöbern und durcheinanderwerfen; ihm darin Verwüstung hinterlassen!

Ich sah Helenas gerötetes, von einer Grimasse entstelltes Gesicht; ich legte meine flache Hand auf dieses Gesicht; ich legte sie darauf wie auf einen Gegenstand, den man drehen und wenden, zertrümmern und zerquetschen konnte, und ich fühlte, wie dieses Gesicht die Hand genauso empfand: wie eine Sache, die gewendet und zertrümmert werden wollte; ich drehte ihr den Kopf auf die eine Seite; dann auf die andere; mehrere Male drehte ich ihren Kopf hin und her, und plötzlich entstand aus dieser Drehbewegung die erste Ohrfeige; und die zweite; und die dritte. Helena begann zu schluchzen und zu schreien, es war aber nicht ein Schrei des Schmerzes, sondern ein Schrei der Lust, ihr Kinn hob sich mir entgegen, und ich schlug immer und immer wieder auf sie ein; und dann sah ich, daß sich mir nicht nur ihr Kinn, sondern auch ihre Brüste entgegenhoben, und ich schlug sie (indem ich mich über ihr aufrichtete) auf die Arme und die Hüften und die Brüste . . .

Alles geht einmal zu Ende; und auch diese schöne Verwüstung fand schließlich ein Ende. Sie lag auf dem Bauch quer über die Couch gestreckt, müde, erschöpft. Auf ihrem Rücken konnte man ein braunes, rundes Muttermal sehen und etwas weiter unten, auf ihrem Hintern, rote Flecken von den Schlägen.

Ich stand auf und durchquerte taumelnd den Raum; ich öffnete die Tür und betrat das Badezimmer; ich drehte den Hahn auf und wusch mich mit kaltem Wasser. Ich hob den Kopf und sah mich im Spiegel; mein Gesicht lächelte; als ich es so – lächelnd – ertappte, kam mir dieses Lächeln lächerlich vor, und ich fing zu lachen an. Dann trocknete ich mich mit einem Handtuch ab und setzte mich auf den Rand der Wanne. Ich wollte wenigstens ein paar Sekunden allein sein, die köstliche Wonne plötzlicher Vereinsamung genießen und mich an meiner Freude freuen.

Ja, ich war zufrieden; ich war vielleicht sogar glücklich. Ich fühlte mich als Sieger, und alle Minuten und Stunden, die nun folgen würden, kamen mir überflüssig vor, interessierten mich nicht.

Dann kehrte ich ins Zimmer zurück.

Helena lag nicht mehr auf dem Bauch, sondern auf der Seite, und sah mich an. »Komm zu mir, Liebling«, sagte sie.

Viele Leute glauben (ohne viel darüber nachzudenken), wenn sie sich körperlich mit jemandem vereinigen, daß sie es auch seelisch tun, und sie drücken diesen Irrglauben dadurch aus, daß sie sich automatisch zum Duzen berechtigt fühlen. Da ich selbst diesen Irrglauben an eine synchrone Harmonie von Körper und Seele nie geteilt habe, nahm ich Helenas Duzen befremdet und widerwillig auf. Ich schenkte ihrer Einladung keine Beachtung und ging zum Stuhl, auf den ich meine Kleider geworfen hatte, um mir das Hemd anzuziehen.

»Zieh dich nicht an«, bat Helena, streckte die Hand nach mir aus und sagte abermals: »Komm zu mir.«

Ich wünschte mir nichts sehnlicher, als daß die Momente, die jetzt gerade anbrachen, nach Möglichkeit gar nicht existierten, und wenn sie doch sein mußten, daß sie wenigstens so unauffällig, so unbedeutend wie möglich blieben, daß sie nichts wögen, daß sie leichter wären als Staub; ich mochte Helenas Körper nicht mehr berühren, mir graute vor jeder Art von Zärtlichkeit, gleichermaßen graute mir aber vor jeder Art von Spannung und vor dem Dramatisieren der Situation; deshalb verzichtete ich schließlich widerwillig auf mein Hemd und setzte mich zu Helena auf die Couch. Es war fürchterlich: sie rückte an mich heran und legte ihren Kopf auf mein Bein; sie küßte mich, und bald schon war mein Bein feucht; es war aber nicht die Feuchtigkeit von Küssen: Helena hob ihren Kopf, und ich sah, daß ihr Gesicht voller Tränen war. Sie wischte sie ab und sagte: »Liebling, sei mir nicht böse, daß ich weine, sei mir nicht böse, Liebling, daß ich weine«, und sie rückte noch näher, umschlang meinen Körper und fing zu schluchzen an.

»Was hast du denn?« sagte ich.

Sie schüttelte den Kopf und sagte: »Nichts, nichts, mein kleiner Verrückter«, und sie begann, mir fieberhaft das Gesicht und den ganzen Körper zu küssen. »Ich bin verliebt«, sagte sie dann, und als ich daraufhin nichts erwiderte, fuhr sie fort: »Du wirst mich auslachen, aber mir ist das egal, ich bin verliebt, ich bin verliebt«, und als ich auch weiter schwieg, sagte sie: »Ich bin glücklich«, und dann richtete sie sich auf und deutete auf den Tisch, auf dem die angebrochene Flasche Wodka stand: »Weißt du was, schenk mir einen ein!«

Ich hatte keine Lust, Helena oder mir etwas einzuschenken; ich schreckte davor zurück, daß der weitere Genuß von Alkohol diesem Nachmittag (der nur unter der Bedingung schön war, daß er bereits zu Ende war, bereits hinter mir lag) den Weg für eine gefährliche Fortsetzung ebnen könnte.

»Liebling, bitte«, sie zeigte noch immer auf den Tisch und fügte entschuldigend hinzu: »Sei nicht böse, ich bin ganz einfach glücklich, ich will glücklich sein . . .«

»Dazu brauchst du doch keinen Wodka«, sagte ich.

»Sei nicht böse, ich habe Lust darauf.«

Da war nichts zu machen; ich goß ihr ein Gläschen ein. »Du trinkst nicht mehr?« fragte sie; ich schüttelte den Kopf. Sie trank das Gläschen aus und sagte: »Laß sie hier stehen.« Ich stellte die Flasche und das Glas auf den Boden neben der Couch.

Sie erholte sich sehr rasch von ihrer momentanen Müdigkeit; sie verwandelte sich plötzlich in ein kleines Mädchen, sie wollte sich freuen, vergnügt sein und ihr Glück kundtun. Sie fühlte sich offensichtlich völlig frei und selbstverständlich in ihrer Nacktheit (sie trug nur ihre Armbanduhr, an der klingend das Bild des Kreml baumelte) und versuchte, verschiedene Lagen einzunehmen, in denen es ihr bequem war: sie verschränkte die Beine und saß im Schneidersitz da; dann zog sie die Beine wieder hervor und stützte sich auf einen Ellenbogen; dann legte sie sich auf den Bauch und preßte ihr Gesicht in meinen Schoß. In mehreren Variationen erzählte sie mir, wie glücklich sie sei; dabei versuchte sie, mich zu küssen, was ich mit beträchtlicher Selbstüberwindung über mich ergehen ließ, denn ihr Mund war viel zu feucht, und sie begnügte sich nicht mit meinen Schultern und Wangen, sondern versuchte auch, meine Lippen zu berühren (und mich ekelt vor feuchten Küssen, wenn ich nicht gerade mit der Blindheit körperlicher Begierde geschlagen bin).

Dann sagte sie mir auch, daß sie noch nie etwas Ähnliches erlebt habe; ich sagte ihr (nur so), sie übertreibe. Sie beteuerte, daß sie in der Liebe niemals lüge und ich keinen Grund hätte, ihr nicht zu glauben. Sie spann ihren Gedanken weiter und behauptete, sie habe es gewußt, sie habe es bereits bei unserer ersten Begegnung gewußt; der Körper besitze einen unfehlbaren Instinkt; selbstverständlich hätte ich ihr auch durch meinen Verstand und meinen Elan imponiert (ja, Elan, ich weiß nicht, wie sie den in mir entdeckt hatte), sie habe aber darüber hinaus gewußt (obwohl sie erst jetzt die Scheu verliere und darüber sprechen könne), daß auch zwischen unseren Körpern augenblicklich jenes geheime Einverständnis entstehen würde, wie es der menschliche Körper vielleicht nur einmal im Leben erfahre. »Und deshalb bin ich so glücklich, weißt du?« Und sie ließ die Beine von der Couch herunterhängen, bückte sich nach der Flasche und goß sich einen weiteren Wodka ein. Sie trank das Glas leer und sagte lachend: »Was soll ich tun, wenn du nicht mehr magst! Dann muß ich eben allein trinken!«

Obwohl ich die Geschichte als erledigt ansah, kann ich nicht sagen, daß ich Helenas Worte ungern hörte; sie bestätigten den Erfolg meines Werkes und bekräftigten mich in meiner Zufriedenheit. Und eigentlich nur, weil ich nicht wußte, was ich sagen sollte und nicht allzu wortkarg scheinen wollte, wandte ich ein, daß sie wohl übertreibe, wenn sie von einem Erlebnis spreche, das nur einmal im Leben stattfinde; mit ihrem Mann habe sie schließlich eine große Liebe erlebt, wie sie mir selbst anvertraut habe.

Helena begann auf meine Worte hin ganz ernsthaft nachzudenken (sie saß mit leicht gespreizten Beinen auf der Couch, die Zehenspitzen berührten den Boden, die Ellenbogen hatte sie auf die Knie gestützt, und in der rechten Hand hielt sie ihr leeres Glas), und dann sagte sie leise: »Ja.«

Vielleicht meinte sie, das Pathetische des Erlebnisses, das ihr eine Weile zuvor vergönnt worden war, verpflichte sie zu pathetischer Offenheit. Sie wiederholte ihr »Ja« und sagte dann, es wäre wahrscheinlich unrichtig und schlecht, wenn sie im Namen des heutigen Wunders (so nannte sie unsere körperliche Liebe) etwas geringschätzte, was früher einmal war. Sie trank wieder und ließ sich darüber aus, daß gerade die stärksten Erlebnisse so beschaffen seien, daß man sie nicht miteinander vergleichen könne; daß für eine Frau die Liebe mit zwanzig etwas vollkommen anderes sei als die Liebe mit dreißig; ich solle sie richtig verstehen, nicht nur psychisch, sondern auch physisch.

Und dann erklärte sie (etwas unlogisch und zusammenhanglos), ich sei ihrem Mann ohnehin irgendwie ähnlich! Sie wisse nicht einmal, worin; ich sähe zwar ganz anders aus, sie irre sich aber nicht, sondern habe einen unfehlbaren Instinkt, durch den sie tiefer in einen Menschen hineinblicken könne, *hinter* seine äußere Gestalt.

»Das möchte ich wirklich gern wissen, worin ich deinem Mann ähnlich sein soll«, sagte ich.

Sie sagte, ich solle ihr nicht böse sein, ich selbst hätte schließlich nach ihm gefragt und etwas über ihn hören wollen, und nur deshalb habe sie es gewagt, darüber zu sprechen. Wenn ich die Wahrheit aber wirklich wissen wolle, müsse sie es mir sagen: nur zweimal im Leben habe sie sich so stark und bedingungslos zu jemandem hingezogen gefühlt: zu ihrem Mann und zu mir. Das, was uns verbinde, sei irgendein geheimnisvoller Lebenselan; Freude, die wir ausstrahlten; ewige Jugend; Kraft.

Als Helena meine Ähnlichkeit mit Pavel Zemanek erklären wollte, drückte sie sich ziemlich undeutlich aus, doch konnte man ihr nicht absprechen, daß sie diese Ähnlichkeit tatsächlich sah und fühlte (und sogar *erlebte*) und hartnäckig auf ihr bestand. Ich kann nicht sagen, daß mich das beleidigt oder verletzt hätte, ich erstarrte ganz einfach vor der unermeßlichen Lächerlichkeit dieser Behauptung; ich ging zum Stuhl, auf dem meine Kleider lagen, und begann mich gemächlich anzuziehen.

»Liebling, habe ich dich durch irgend etwas gekränkt?« Helena spürte meinen Unwillen, erhob sich von der Couch und kam zu mir; sie begann meine Wangen zu streicheln und bat mich, ihr nicht böse zu sein. Sie hinderte mich am Ankleiden. (Aus irgendwelchen geheimnisvollen Gründen kam es ihr vor, als seien mein Hemd und meine Hose ihre Feinde.) Sie versuchte, mich davon zu überzeugen, daß sie mich wirklich liebte, daß sie dieses Wort nicht wahllos in den Mund nähme; daß sie vielleicht noch die Gelegenheit haben würde, es mir zu beweisen; daß sie von Anfang an gewußt habe, als ich sie nach ihrem Mann gefragt hatte, daß es nicht vernünftig sei, über ihn zu sprechen; sie wolle nicht, daß ein anderer Mann zwischen uns trete, irgendein fremder Mann; ja, ein Fremder, denn ihr Mann sei für sie längst zu einem fremden Menschen geworden. »Mein kleiner Verrückter, ich lebe doch schon seit drei Jahren nicht mehr mit ihm. Wir lassen uns nur wegen des Kindes nicht scheiden. Er lebt sein Leben, ich lebe mein Leben. Wir sind heute wirklich wie zwei fremde Menschen. Er ist nur noch meine Vergangenheit, meine unheimlich alte Vergangenheit.«

»Ist das wahr?« fragte ich.

»Ja, es ist wahr«, sagte sie.

»Lüg nicht so dumm«, sagte ich.

»Ich lüge nicht, wir leben in einer Wohnung, aber nicht wie Mann und Frau; schon viele Jahre leben wir nicht mehr wie Mann und Frau zusammen.«

Das flehende Gesicht einer armen, verliebten Frau blickte mich an. Sie beteuerte mir noch mehrere Male, daß sie die Wahrheit sage und mich nicht täusche; ich dürfe auf ihren Mann nicht eifersüchtig sein; ihr Mann sei nichts als Vergangenheit; heute sei sie eigentlich gar nicht untreu gewesen, weil es niemanden gebe, dem sie untreu sein könnte; ich brauchte keine Angst zu haben: unsere Liebe sei nicht nur schön, sondern auch *rein*.

Mit einem Mal begriff ich in hellsichtigem Entsetzen, daß ich keinen Grund hatte, ihr nicht zu glauben. Als sie das erkannte, war sie erleichtert und bat mich sofort mehrmals, ihr laut zu sagen, daß ich ihr glaubte; dann goß sie sich ihr Glas voll und wollte mit mir anstoßen (ich lehnte es ab); sie küßte mich; mich überlief eine Gänsehaut, doch konnte ich das Gesicht nicht abwenden; ich war von ihren blödsinnig blauen Augen und ihrem (beweglichen, ständig sich regenden) nackten Körper angezogen.

Nur sah ich diese Nacktheit in einem ganz neuen Licht; es war eine *entblößte* Nacktheit; entblößt von jenem Reiz, der bislang sämtliche Mängel von Helenas Alter verhüllt hatte, in denen die ganze Geschichte und Gegenwart ihrer Ehe konzentriert zu sein schienen und die mich aus diesem Grund angezogen hatten. Jetzt jedoch, da Helena entblößt vor mir stand, ohne Ehemann und ohne Bindung an einen Ehemann, ohne Ehe, nur als *sie selbst*, verlor die körperliche Unschönheit plötzlich alles Aufreizende und wurde nur sie selbst – pure Unschönheit.

Helena ahnte nichts davon, wie ich sie sah, sie wurde immer betrunkener und immer zufriedener; sie war glücklich, daß ich ihr die Beteuerung ihrer Liebe glaubte, wußte aber nicht sofort, wie sie ihrem Glücksgefühl freien Lauf lassen sollte: aus heiterem Himmel fiel ihr ein, das Radio anzustellen (sie kniete mit dem Rücken zu mir davor nieder und drehte eine Weile an den Knöpfen); auf einem Sender erklang Jazzmusik; Helena stand auf, und ihre Augen glänzten; sie imitierte ungelenk die drehenden Bewegungen des Twists (ich blickte entsetzt auf ihre Brüste, die von einer Seite auf die andere flogen). »Ist es so richtig?« lachte sie. »Weißt du, daß ich diese Tänze nie getanzt habe?« Sie lachte sehr laut und kam auf mich zu, um mich zu umarmen; sie bat mich, mit ihr zu tanzen; sie grollte mir, als ich ablehnte; sie sagte, sie könne diese Tänze nicht, wolle sie aber tanzen, und ich müsse sie ihr beibringen; sie wolle überhaupt, daß ich ihr viele Dinge beibringe, sie wolle mit mir wieder jung sein. Sie bat mich, ihr zu bestätigen, daß sie noch jung sei (ich tat es). Ihr wurde bewußt, daß ich angezogen und sie nackt war; sie mußte darüber lachen; es kam ihr unvorstellbar einmalig vor; sie fragte, ob dieser Herr hier nicht einen großen Spiegel besitze, damit sie uns so sehen könne. Einen Spiegel gab es nicht, nur einen Bücherschrank mit einer Glastür; sie versuchte, uns in der Scheibe zu sehen, doch das Bild war nicht sehr deutlich; sie trat auf das Regal zu und begann zu lachen, als sie die Titel auf den Buchrücken las: Die Bibel, Calvin: Institutio, Pascal: Les Provinciales, Jan Hus; dann zog sie die Bibel heraus, stellte sich in feierlicher Pose hin, schlug das Buch wahllos auf und begann mit der Stimme eines Predigers daraus vorzulesen. Sie fragte, ob sie ein guter Priester wäre. Ich sagte, es stehe ihr sehr gut, so aus der Bibel vorzulesen, doch müsse sie sich nun anziehen, denn Herr Kostka käme bald zurück. »Wie spät ist es?« fragte sie. »Halb sieben«, sagte ich. Sie faßte mich am linken Handgelenk, an dem ich meine Armbanduhr trug, und schrie: »Du Lügner! Es ist erst Viertel vor sechs! Du willst mich loswerden!«

Ich wünschte mir sehnlichst, daß sie fort wäre; daß ihr (so verzweifelt materieller) Körper sich entmaterialisiere, zerschmelze, sich in ein Bächlein verwandle und fortfließe, oder sich in Dampf verflüchtige und durchs Fenster entweiche – aber der Körper war da, ein Körper, den ich niemandem weggenommen hatte, durch den ich niemanden überwältigt oder vernichtet hatte, ein abgelegter, vom Ehemann verlassener Körper, ein Körper, den ich hatte mißbrauchen wollen, der aber mich mißbraucht hatte und sich jetzt unverfroren darüber freute und ausgelassen herumhüpfte.

Es gelang mir auf keine Weise, meine eigentümlichen Qualen zu verkürzen. Erst kurz vor halb sieben begann sie sich anzukleiden. Dabei entdeckte sie auf ihrem Arm einen roten Fleck von einem meiner Schläge; sie streichelte ihn und sagte, sie habe ein Andenken an mich, bis sie mich wiedersähe; dann verbesserte sie sich rasch: sie würde mich doch bestimmt viel früher wiedersehen, noch bevor dieses Andenken auf ihrem Körper verschwunden sei; sie stand vor mir (einen Strumpf hatte sie angezogen, den anderen hielt sie in der Hand) und verlangte von mir das Versprechen, daß wir uns wirklich noch vorher wiedersähen; ich nickte; das war ihr zuwenig, sie wollte mein Versprechen, daß wir uns bis zu dem Zeitpunkt noch *viele Male* wiedersähen.

Sie zog sich lange an. Sie ging einige Minuten vor sieben.

5.

Ich öffnete das Fenster, weil ich den Wind spüren wollte, der rasch jede Erinnerung an diesen sinnlosen Nachmittag wegwehen sollte, die letzten Reste von Gerüchen und Gefühlen. Dann stellte ich die Flasche an ihren Platz zurück, rückte die Polster auf der Couch zurecht, und als ich den Eindruck hatte, daß alle Spuren beseitigt waren, versank ich im Sessel am Fenster und freute mich (fast flehentlich) auf Kostka: auf seine männliche Stimme (ich sehnte mich sehr nach seiner tiefen, männlichen Stimme), auf seine lange, hagere Erscheinung mit der *flachen* Brust, auf seine ruhige, so sonderbare und weise Art zu erzählen, und auch darauf, daß er mir etwas über Lucie sagen würde, die im Unterschied zu Helena so herrlich unmateriell und abstrakt, so fern von Konflikten, Spannungen und Dramen war; und trotzdem nicht ganz ohne Einfluß auf mein Leben: mir ging durch den Kopf, daß sie es vielleicht in derselben Weise beeinflußte, wie nach Meinung der Astrologen die Bewegungen der Sterne das menschliche Leben beeinflussen; wie ich so im Sessel versunken dasaß (am offenen Fenster, durch das ich Helenas Geruch vertrieb), fiel mir ein, daß ich die Lösung meines abergläubischen Rebus nun vermutlich kannte und wußte, warum Lucie über den Himmel dieser beiden Tage geglitten war: nur, um meine Rache in ein Nichts zu verwandeln, um alles, weswegen ich hierhergefahren war, im Dunst zu verwandeln; denn Lucie, die Frau, die ich so sehr geliebt hatte und die mir auf völlig unbegreifliche Weise im letzten Moment entschwunden war, war die Göttin des Entschwindens, die Göttin des eitlen Wettlaufs, die Göttin des Dunstes; und meinen Kopf hielt sie ständig in ihren Händen.

Sechster Teil

Kostka

1.

Wir haben uns schon viele Jahre nicht mehr gesehen und sind uns im ganzen Leben eigentlich nur wenige Male begegnet. Das ist sonderbar, denn in meinen Vorstellungen begegne ich Ludvik Jahn sehr oft und wende mich in meinen Selbstgesprächen an ihn als meinen wichtigsten Widersacher. Ich hatte mich derart an seine nichtmaterielle Gegenwart gewöhnt, daß ich verwirrt war, als ich ihm gestern nach vielen Jahren als leibhaftigem Menschen aus Knochen und Fleisch plötzlich begegnete.

Ich habe Ludvik meinen Widersacher genannt. Habe ich ein Recht, ihn so zu nennen? Ich bin ihm doch durch eine Fügung von Umständen immer dann begegnet, wenn ich fast ohne Hilfe dastand, und gerade er hat mir immer geholfen. Doch hinter diesem äußeren Bündnis klaffte ein Abgrund innerer Unstimmigkeiten. Ich weiß nicht, ob Ludvik dies in demselben Maße bewußt war wie mir. Ganz entschieden maß er unserem äußeren Bündnis eine größere Bedeutung zu als unserer inneren Verschiedenheit. Er war äußeren Widersachern gegenüber unversöhnlich, inneren Mißstimmigkeiten gegenüber tolerant. Ich nicht. Ich gerade umgekehrt. Damit will ich nicht sagen, daß ich Ludvik nicht mag. Ich liebe ihn, wie man einen Widersacher liebt.

2.

Kennengelernt habe ich ihn im Jahre siebenundvierzig bei einer der stürmischen Versammlungen, die damals die Hochschulen zum Brodeln brachten. Es wurde über die Zukunft der Nation entschieden. Alle ahnten es, auch ich ahnte es und war bei allen Diskussionen, Streitgesprächen und Abstimmungen auf der Seite der kommunistischen Minderheit.

Viele Christen, Katholiken wie Protestanten, nahmen mir das damals übel. Sie hielten es für Verrat, daß ich mich mit einer Bewegung verbündete, die die Gottlosigkeit auf ihr Banner geschrieben hatte. Wenn ich ihnen heute begegne, nehmen sie an, daß ich spätestens nach diesen fünfzehn Jahren meinen damaligen Irrtum eingesehen habe. Doch ich muß sie enttäuschen. Ich habe bis heute nichts an meinem Standpunkt geändert.

Die kommunistische Bewegung ist natürlich gottlos. Aber nur Christen, die den Balken im eigenen Auge nicht sehen wollen, können dem Kommunismus dafür die Schuld in die Schuhe schieben. Ich sage Christen. Wo sind sie eigentlich? Ich sehe um mich herum nichts als Scheinchristen, die genau so leben wie die Ungläubigen. Christ zu sein, bedeutet aber, anders zu leben. Es bedeutet, den Weg Christi zu gehen, Christus *nachzuahmen*. Es bedeutet, auf persönliche Interessen, auf Wohlstand und auf Macht zu verzichten und sich mit offenen Augen den Armen, Erniedrigten und Leidenden zuzuwenden. Haben die Kirchen das aber getan? Mein Vater war ein Arbeiter gewesen, der ewig arbeitslos war und ergeben an Gott glaubte. Er wandte ihm sein frommes Antlitz zu, die Kirche aber wandte ihm ihr Antlitz niemals zu. Er blieb verlassen unter seinen Nächsten, verlassen innerhalb der Kirche, allein mit seinem Gott, bis zu seiner Krankheit, bis zu seinem Tod.

Die Kirchen hatten nicht begriffen, daß die Arbeiterbewegung eine Bewegung von Erniedrigten und Seufzenden war, die sich nach Gerechtigkeit sehnten. Sie hatten kein Interesse daran, zusammen mit ihnen und für sie das Reich Gottes auf Erden zu errichten. Sie verbündeten sich mit den Unterdrückern und nahmen so der Arbeiterbewegung ihren Gott. Und nun wollen sie ihr vorwerfen, gottlos zu sein? Was für ein Pharisäertum! Gewiß, die sozialistische Bewegung ist gottlos, aber ich sehe darin Gottes Tadel an uns, uns Christen! Einen Tadel für unsere Gefühllosigkeit den Armen und Leidenden gegenüber.

Und was soll ich in dieser Situation tun? Soll ich darüber

entsetzt sein, daß die Kirche immer weniger Mitglieder hat? Soll ich darüber entsetzt sein, daß die Kinder in der Schule in religionsfeindlichem Denken unterrichtet werden? Wie töricht! Eine wahre Religion braucht nicht die Gunst der weltlichen Macht. Weltliche Mißgunst macht den Glauben nur noch stärker.

Und soll ich etwa den Sozialismus bekämpfen, weil er durch unsere Schuld gottlos ist? Das wäre eine noch größere Torheit! Ich kann den tragischen Irrtum, der den Sozialismus von Gott weggeführt hat, nur zutiefst bedauern. Ich kann nichts anderes tun, als diesen Irrtum zu interpretieren und an seiner Wiedergutmachung mitzuwirken.

Warum übrigens so unruhig, ihr christlichen Brüder? Alles geschieht nach dem Willen Gottes, und ich frage mich oft, ob Gott die Menschheit nicht absichtlich erkennen läßt, daß man sich nicht ungestraft auf seinen Thron setzen darf und eine noch so gerechte Ordnung der weltlichen Verhältnisse ohne seine Anteilnahme umgestoßen und zunichte gemacht wird.

Ich erinnere mich an jene Jahre, da die Menschen in unserem Land sich nur noch einen Schritt vom Paradies entfernt wähnten. Und sie waren stolz darauf, daß es ihr Paradies war, für das sie niemanden im Himmel brauchten. Und dann zerrann es ihnen jäh zwischen den Fingern.

3.

Vor dem Februar war den Kommunisten mein Christentum übrigens sehr gelegen gekommen. Sie hörten gerne zu, wenn ich den sozialen Gehalt des Evangeliums erläuterte, gegen die Morschheit der alten Welt des Besitzes und der Kriege zu Felde zog und eine Verwandtschaft zwischen Christentum und Kommunismus nachwies. Es ging ihnen schließlich darum, so breite Schichten wie nur möglich auf ihre Seite zu ziehen, und so wollten sie auch die Gläubigen für sich gewinnen. Aber kurz nach dem Februar wurde alles anders. Als

Hochschulassistent setzte ich mich für einige Studenten ein, die aufgrund der politischen Gesinnung ihrer Eltern von der Fakultät gewiesen werden sollten. Ich protestierte dagegen und geriet in Konflikt mit der Hochschulleitung. Und da wurden auf einmal Stimmen laut, daß ein so ausgeprägt christlich orientierter Mensch für die Erziehung einer sozialistischen Jugend nicht gerade geeignet wäre. Es sah so aus, als würde ich um meine Existenz kämpfen müssen. Und da kam mir zu Ohren, daß der Student Ludvik Jahn mich auf einer Plenarversammlung der Partei verteidigt hatte. Er sagte, es wäre pure Undankbarkeit, wenn man vergäße, was ich vor dem Februar für die Partei getan hätte. Und als man ihm mein Christentum vorhielt, sagte er, daß dieses in meinem Leben gewiß eine Übergangsphase darstelle, die ich dank meiner Jugend überwinden würde.

Ich suchte ihn damals auf und dankte ihm, daß er für mich eingetreten war. Ich sagte ihm aber, daß ich ihn ungern enttäuschen wolle und ihn darauf aufmerksam machen müsse, daß ich älter sei als er und keine Hoffnung bestehe, daß ich meinen Glauben »überwinden« würde. Wir begannen eine Diskussion über die Existenz Gottes, über die Endlichkeit und die Ewigkeit, darüber, was für ein Verhältnis Descartes zur Religion hatte, ob Spinoza Materialist war und vieles andere. Wir konnten uns nicht einigen. Zum Schluß fragte ich Ludvik, ob er es nicht bereue, daß er für mich eingetreten sei, wo er doch sehe, wie unverbesserlich ich sei. Er sagte, mein religiöser Glaube sei meine Privatangelegenheit, die letzten Endes niemanden etwas angehe.

Seit jener Zeit habe ich ihn nicht mehr in der Fakultät gesehen. Umso größer wurde die Ähnlichkeit zwischen unseren Schicksalen. Etwa drei Monate nach unserem Gespräch wurde Jahn aus der Partei ausgeschlossen und von der Hochschule gewiesen. Und ein halbes Jahr später verließ auch ich die Fakultät. War ich hinausgeworfen worden? Hinausgeekelt? Das kann ich nicht sagen. Die Wahrheit ist einzig die, daß sich immer mehr Stimmen gegen mich und meine Überzeugung erhoben. Es stimmt, daß einige Kollegen mir andeuteten, ich sollte irgendeine öffentliche Erklärung atheistischen Inhalts abgeben. Und es stimmt auch, daß ich während der Vorlesungen einige unangenehme Auftritte mit aggressiven kommunistischen Studenten hatte, die meinen Glauben beleidigen wollten. Der Antrag für meinen Abgang von der Hochschule lag tatsächlich in der Luft. Es stimmt aber auch, daß ich unter den Kommunisten an der Fakultät nach wie vor genügend Freunde hatte, die mich für meine Haltung vor dem Februar schätzten. Vielleicht hätte es nur einer Kleinigkeit bedurft: ich hätte mich nur selbst zur Wehr setzen müssen – und sie hätten sich bestimmt hinter mich gestellt. Das habe ich aber nicht getan.

4.

»Folget mir«, sprach Jesus zu seinen Jüngern, und sie verließen ihre Netze, ihre Boote, ihr Zuhause und ihre Familien ohne Widerrede und folgten ihm. »Wer seine Hand an den Pflug legt und zurückblickt, der ist nicht geschickt zum Reiche Gottes.«

Wenn wir Christi Ruf vernehmen, müssen wir ihm bedingungslos folgen. Das ist aus dem Evangelium bestens bekannt, in der modernen Zeit klingt das alles nur noch wie eine Sage. Was für ein Ruf denn, was für eine Nachfolge in unserem prosaischen Leben? Wohin sollen wir gehen, wem folgen, wenn wir unsere Netze verlassen?

Und dennoch dringt die Stimme dieses Rufes auch in dieser Welt an unser Ohr, wenn wir aufmerksam hinhören. Doch der Ruf kommt nicht mit der Post wie eine eingeschriebene Depesche. Er kommt vermummt. Und nur ganz selten in einem rosaroten, verführerischen Kostüm. »Nicht das Werk, das du erwähltest, nicht das Leiden, das du erdenkest, sondern das dir wider dein Erwählen, Denken, Begierden zukommet, da folge, da rufe ich, da sei Schüler, da ist es Zeit, dein Meister ist da kommen . . .«, schrieb Luther.

Ich hatte viele Gründe, an meiner Assistentenstelle zu hängen. Sie war verhältnismäßig bequem, ließ mir viel Zeit für die Weiterbildung und versprach mir die Karriere eines

Lebens als Hochschullehrer. Und dennoch erschrak ich gerade darüber, daß ich an meiner Stelle hing. Ich erschrak umso mehr, als ich in jener Zeit mitansehen mußte, wie viele wertvolle Menschen, Pädagogen und Studenten, unfreiwillig die Hochschulen verließen. Ich erschrak über meine Bindung an ein gutes Leben, das mich durch seine Zufriedenheit und seine Sicherheit den bewegten Schicksalen meiner Nächsten entfremdet hätte. Ich begriff, daß die Anträge für mein Verlassen der Schule ein *Ruf* waren. Ich hörte, daß mich jemand abberief. Daß mich jemand vor einer bequemen Karriere warnte, die mein Denken, meinen Glauben und mein Gewissen gefangengenommen hätte.

Meine Frau, mit der ich ein damals fünfjähriges Kind hatte, drängte allerdings auf jede erdenkliche Weise, daß ich mich zur Wehr setzte und alles täte, um an der Schule bleiben zu können. Sie dachte an ihr Söhnchen, an die Zukunft der Familie. Für sie gab es nichts anderes. Wenn ich in ihr damals bereits alterndes Gesicht blickte, erschrak ich über die endlose Besorgtheit, die Besorgtheit um den morgigen Tag und das kommende Jahr, die beklemmende Besorgtheit um alle künftigen Tage und Jahre bis ins Unabsehbare. Ich erschrak über diese Last und hörte im Geiste die Worte Jesu: »Darum sorget nicht für den anderen Morgen, denn der morgige Tag wird für das Seine sorgen. Es ist genug, daß ein jeglicher Tag seine eigene Plage habe.«

Meine Feinde hatten erwartet, daß ich von Sorgen gequält würde, ich aber verspürte in meinem Innern vorerst eine unerwartete Sorglosigkeit. Sie hatten gemeint, ich würde mich in meiner Freiheit eingeschränkt fühlen, ich aber entdeckte gerade in jenem Moment die wahre Freiheit für mich. Ich begriff, daß der Mensch nichts hatte, was er verlieren könnte, daß sein Platz überall war, überall dort, wo auch Jesus hingegangen war, was bedeutete: überall unter den Menschen.

Nach anfänglicher Verwunderung und anfänglichem Bedauern kam ich dem Zorn meiner Widersacher entgegen. Ich faßte das Unrecht, das sie mir zufügten, als einen verschlüsselten Ruf auf.

5.

Kommunisten setzen in vollkommen religiöser Weise voraus, daß einem Menschen, der sich der Partei gegenüber irgend etwas hat zuschulden kommen lassen, die Sünden vergeben werden, wenn er eine gewisse Zeit unter Landarbeitern oder Fabrikarbeitern verbringt. So arbeiteten in den Jahren nach dem Februar viele Vertreter der Intelligenzija für kürzere oder längere Zeit in Kohlenbergwerken und Fabriken, schufteten auf Baustellen und Staatsgütern, um nach einer geheimnisvollen Läuterung in dieser Umgebung wieder in ihre Ämter, Schulen oder Sekretariate zurückzukehren.

Als ich der Schulleitung den Vorschlag machte, die Fakultät zu verlassen, ohne eine neue wissenschaftliche Stelle zu beanspruchen, weil ich unters Volk gehen wollte, am liebsten als Facharbeiter auf ein Staatsgut, legten die Kommunisten an der Schule, Freunde wie Feinde, dies nicht im Sinne meines, sondern im Sinne ihres Glaubens aus: als Ausdruck einer ganz ungewöhnlichen Selbstkritik. Sie wußten das zu schätzen und halfen mir, eine ausgezeichnete Stelle auf einem Staatsgut in Westböhmen zu finden, eine Stelle mit einem guten Direktor, in einer schönen Gegend. Auf den Weg gaben sie mir als kostbares Geschenk ein außerordentlich positives Kadergutachten mit.

Ich war an meiner neuen Arbeitsstätte wirklich glücklich. Ich fühlte mich wie neugeboren. Das Staatsgut war in einem verlassenen, erst halbwegs neubesiedelten Dorf gegründet worden, in jenem Grenzgebiet, aus dem die Deutschen nach dem Krieg ausgesiedelt worden waren. In der Umgebung erstreckten sich meist kahle, von Weideland bedeckte Hügel. In den Tälern dazwischen lagen, in beträchtlicher Entfernung voneinander, die Häuser der ungewöhnlich langgezogenen Dörfer. Die häufigen Nebel, die die Landschaft überzogen, legten sich wie eine bewegliche Trennwand zwischen mich und das besiedelte Land, so daß mir die Welt wie am fünften Tag der Schöpfung vorkam, als Gott möglicherweise noch zögerte, sie dem Menschen zu übergeben.

Auch die Menschen waren hier viel ursprünglicher. Sie lebten von Angesicht zu Angesicht mit der Natur, den endlosen Weiden, den Kuh- und den Schafherden. Ich fühlte mich bei ihnen wohl. Bald schon hatte ich viele Ideen, wie man die Pflanzenwelt dieser hügeligen Landschaft besser nutzen könnte: Düngemittel, Heulagerung, ein Versuchsfeld mit Heilpflanzen, ein Treibhaus. Der Direktor war mir für meine Ideen dankbar, und ich war dankbar, daß er es mir ermöglichte, mein Brot durch nützliche Arbeit zu verdienen.

6.

Das war im Jahre 1951. Der September war kühl, Mitte Oktober wurde es aber plötzlich wieder warm, und bis tief in den November hinein herrschte ein herrlicher Herbst. Die Heuhaufen trockneten auf den hügeligen Wiesen, und ihr Duft breitete sich weit über die Gegend aus. Im Gras kamen die zarten Körper der Herbstzeitlosen zum Vorschein. Und da begann man in den umliegenden Dörfern, von einer jungen Landstreicherin zu erzählen.

Junge Leute aus dem Nachbardorf gingen einmal über eine gemähte Wiese. Sie unterhielten sich laut, riefen sich Dinge zu, und da wollten sie auf einmal gesehen haben, wie ein Mädchen aus einem Heuhaufen kroch, ganz zerzaust, mit Halmen im Haar, ein Mädchen, das keiner von ihnen je gesehen hatte. Es blickte aufgeschreckt um sich und lief dann auf den Wald zu. Es war verschwunden, bevor sie sich entschließen konnten, ihm nachzulaufen.

Dazu erzählte eine Bäuerin aus demselben Dorf, wie eines Nachmittags, als sie auf dem Hof herumhantierte, aus heiterem Himmel ein etwa zwanzigjähriges Mädchen in einem sehr abgetragenen Mantel vor ihr aufgetaucht war und sie mit gesenktem Kopf um ein Stück Brot gebeten hatte. »Mädel, wo willst du hin?« fragte die Bäuerin. Das Mädchen antwortete, sie habe noch einen weiten Weg vor sich. »Und da gehst du zu Fuß?« »Ich habe mein Geld verloren«, antwortete sie. Die Bäuerin stellte ihr keine weiteren Fragen und gab ihr Brot und Milch.

Diesen Erzählungen schloß sich auch der Hirte unseres Gutes an. Als er über die Hügel zog, legte er einmal, wie er erzählte, ein Butterbrot und ein Kännchen mit Milch auf einen Baumstumpf. Er ging eine Weile zu seiner Herde, und als er zurückkehrte, waren das Brot und das Kännchen auf rätselhafte Weise verschwunden.

Die Kinder griffen alle diese Gerüchte sofort auf und schmückten sie mit ihrer blühenden Phantasie aus. Ging jemandem etwas verloren, sahen sie darin einen Beweis für die Existenz des Mädchens. Sie sahen sie, wie sie gegen Abend im Teich hinter dem Dorf badete, obwohl es Anfang November war und das Wasser schon sehr kalt. Ein andermal ertönte gegen Abend aus der Ferne der Gesang einer zarten Frauenstimme. Die Erwachsenen behaupteten, in einer der Hütten auf den Hügeln hätte jemand das Radio voll aufgedreht, die Kinder aber wußten, daß sie es war, die kleine Wilde, die über die Kämme der Hügel zog, singend und mit gelöstem Haar.

Eines Abends machten sie am Dorfrand ein Feuer, sie verbrannten Kartoffelkraut und legten Kartoffeln in die glühende Asche. Dann sahen sie zum Wald hinüber, und ein Mädchen rief, daß sie die Wilde erkenne, wie sie ihnen aus der Dunkelheit des Waldes zuschaue. Ein Junge nahm einen Erdklumpen in die Hand und warf ihn in die Richtung, in die das Mädchen zeigte. Erstaunlicherweise war kein Schrei zu hören, es geschah aber etwas anderes. Alle Kinder fuhren den Jungen an, und fast hätten sie ihn verprügelt.

Ja, so war es: die übliche kindliche Grausamkeit verschonte das Gerücht vom umherirrenden Mädchen, obwohl kleine Diebstähle mit seiner Darstellung verbunden waren. Von Anfang an genoß das Mädchen geheimnisvolle Sympathien. Hatte sie die Herzen der Menschen etwa gerade durch die unschuldige Geringfügigkeit dieser Diebstähle gewonnen? Oder durch ihr jugendliches Alter? Oder hielt ein Schutzengel seine Hand über sie?

So oder so, der geschleuderte Erdklumpen hatte die Liebe der Kinder zu dem umherirrenden Mädchen geweckt. Noch an demselben Tag ließen sie neben der verlöschenden Feuerstelle ein paar gebratene Kartoffeln liegen, die sie mit Asche zudeckten, damit sie nicht kalt würden, und sie steckten einen Tannenzweig in das Häufchen. Sie fanden auch einen Namen für das Mädchen. Auf ein Papier, das sie aus einem Heft gerissen hatten, schrieben sie mit Bleistift in großen Buchstaben: *Irrwisch, das ist für dich.* Sie legten das Papier auf das Häufchen und beschwerten es mit einem Erdklumpen. Dann gingen sie weg und versteckten sich im nahen Gebüsch, um nach dem scheuen Mädchen Ausschau zu halten. Der Abend wurde langsam zur Nacht, und niemand kam. Schließlich mußten die Kinder ihre Verstecke verlassen und nach Hause gehen. Gleich am nächsten Morgen liefen sie wieder zu der Feuerstelle vom Vortag. Und es war geschehen. Das Häufchen Kartoffeln mitsamt dem Blatt Papier und dem Zweig war verschwunden.

Das Mädchen wurde für die Kinder zu einer verwöhnten Fee. Sie stellten ihr immer wieder ein Töpfchen Milch, Brot, Kartoffeln und Briefchen bereit. Sie wählten aber für ihre Geschenke niemals denselben Ort. Sie legten ihr die Speisen nicht an eine *bestimmte* Stelle, wie sie es für einen Bettler täten. Sie spielten mit ihr ein Spiel. Sie spielten Verborgener Schatz. Sie gingen von dem Ort aus, wo sie ihr zum ersten Mal die Kartoffeln zurückgelassen hatten, und zogen dann immer weiter vom Dorf fort in die Landschaft hinein. Sie hinterlegten ihre Schätze bei einem Baumstumpf, bei einem Felsblock, bei einem Kruzifix an einer Weggabelung, bei einem wilden Rosenstrauch. Niemandem verrieten sie die Stellen, an denen sie die Geschenke versteckt hatten. Niemals verletzten sie das spinnwebzarte Spiel, niemals lauerten sie dem Mädchen auf, nie kreuzten sie ihre Wege. Sie ließen ihr ihre Unsichtbarkeit.

7.

Dieses Märchen dauerte nicht lange. Einmal brachen der Direktor unseres Gutes und der Vorsitzende des örtlichen Nationalausschusses weit ins Landesinnere auf, um sich einige unbewohnte, noch von den Deutschen stammende Häuser anzusehen, in denen Unterkünfte für jene Landarbeiter hergerichtet werden sollten, die weit vom Dorf entfernt arbeiteten. Unterwegs wurden sie vom Regen überrascht, der sich schnell in einen Wolkenbruch verwandelte. In der Nähe war nur ein niedriges Tannenwäldchen und an seinem Rand eine graue Hütte – ein Heuschober. Sie liefen dorthin, öffneten die nur mit einem Holzriegel verschlossene Tür und schlüpften ins Innere. Das Licht drang durch die geöffnete Tür und die Ritzen des Daches. Sie entdeckten im Heu eine Mulde. Sie streckten sich darin aus, lauschten, wie die Tropfen auf das Dach prasselten, atmeten den betörenden Duft ein und plauderten. Als der Vorsitzende mit einer Hand im Heu herumspielte, spürte er plötzlich unter den trockenen Halmen etwas Hartes. Es war ein kleiner Koffer. Ein altes, billiges, häßliches Köfferchen aus Vulkanfiber. Ich weiß nicht, wie lange die beiden Männer dem Geheimnis unschlüssig gegenüberstanden. Fest steht, daß sie das Köfferchen öffneten und darin vier Frauenkleider fanden, alle neu und schön. Die Eleganz dieser Kleider stand in einem sonderbaren Kontrast zu der Derbheit und Schäbigkeit des Köfferchens und weckte den Verdacht, daß es sich um einen Diebstahl handelte. Unter den Kleidern lagen außerdem ein paar Wäschestücke und dazwischen ein mit einem blauen Band zusammengehaltenes Bündel Briefe. Das war alles. Bis heute weiß ich nichts über diese Briefe, und ich weiß nicht einmal, ob der Direktor und der Vorsitzende sie gelesen haben. Ich weiß nur, daß man anhand dieser Briefe den Namen der Empfängerin feststellte: Lucie Šebetková.

Als sie sich über den unerwarteten Fund berieten, entdeckte der Vorsitzende einen weiteren Gegenstand im Heu. Ein verbeultes Milchkännchen. Jenes blaue Emailkännchen, von dessen geheimnisvollem Verschwinden der Hirte des

Gutes schon seit vierzehn Tagen Abend für Abend im Wirtshaus erzählte.

Danach nahm alles seinen unabwendbaren Lauf. Der Vorsitzende versteckte sich im Tannenwald und wartete, während der Direktor ins Dorf hinunterging, um den Polizisten zum Vorsitzenden hinaufzuschicken. Das Mädchen kehrte in der Dämmerung in ihr wohlriechendes Nachtasyl zurück. Sie ließen sie eintreten und die Tür hinter sich schließen, dann warteten sie eine halbe Minute und traten ebenfalls ein.

8.

Die beiden Männer, die Lucie im Heuschober aufstöberten, waren gute Menschen. Der Vorsitzende, ein ehemaliger Landarbeiter, war ein ehrbarer Vater von sechs Kindern, er erinnerte an einen alten Dorfschreiber. Der Polizist war ein naiver, gutmütiger Bär mit einem prächtigen Schnurrbart unter der Nase. Keiner von ihnen hätte einer Fliege etwas zuleide getan.

Und dennoch empfand ich sogleich ein sonderbar quälendes Gefühl, als ich hörte, daß man Lucie festgenommen hatte. Heute noch krampft sich mein Herz zusammen, wenn ich mir den Direktor und den Vorsitzenden vorstelle, wie sie im Köfferchen herumwühlen, wie sie die schamhaft gehütete Vergegenständlichung von Lucies Intimität, das zarte Geheimnis ihrer verschmutzten Wäsche, in den Händen hielten, wie sie in etwas Einblick nahmen, wo Einblicknahme verboten war.

Und dasselbe quälende Gefühl habe ich noch immer, wenn ich mir diese kleine Heuhöhle vorstelle, aus der es kein Entrinnen gab, deren einzige Tür von zwei großen Männern verstellt war.

Als ich später mehr über Lucie erfuhr, wurde mir staunend bewußt, daß sie mir in diesen beiden qualvollen Situationen gleich beim ersten Mal das Wesen ihres Schicksals offenbart hatte. Beide Situationen waren *Bilder der Schändung.*

9.

Diese Nacht schlief Lucie nicht mehr im Heuhaufen, sondern auf einem eisernen Bett in einem ehemaligen Laden, den die Polizei als Amtslokal benutzte. Am nächsten Tag wurde sie vom Nationalausschuß verhört. Man erfuhr, daß sie bisher in Ostrava gearbeitet und gewohnt hatte. Daß sie durchgebrannt war, weil sie es dort nicht mehr ausgehalten hatte. Als man etwas Konkretes erfahren wollte, stieß man auf hartnäckiges Schweigen.

Warum sie hierher geflohen sei, nach Westböhmen? Sie sagte, ihre Eltern lebten in Eger. Warum sie nicht zu ihnen gegangen sei? Sie sei lange vor ihrer Heimatstadt aus dem Zug gestiegen, weil sie unterwegs Angst bekommen habe. Ihr Vater habe sie ihr Leben lang nur geschlagen.

Der Vorsitzende des Nationalausschusses teilte Lucie mit, daß man sie nach Ostrava zurückschicken werde, da sie es ohne ordnungsgemäße Kündigung verlassen habe. Lucie sagte ihnen, sie würde an der ersten Station aus dem Zug flüchten. Eine Weile schrien sie auf sie ein, doch dann begriffen sie, daß sie damit nichts erreichten. Sie fragten sie also, ob sie nach Hause geschickt werden wolle, nach Eger. Sie schüttelte verzweifelt den Kopf. Sie waren noch eine Weile streng zu ihr, doch dann erlag der Vorsitzende seiner eigenen Weichheit. »Was willst du denn?« Sie fragte, ob sie nicht hierbleiben und arbeiten dürfe. Sie zuckten mit den Schultern und sagten, sie wollten sich auf dem Staatsgut erkundigen.

Der Direktor hatte ständig mit einem Mangel an Arbeitskräften zu kämpfen. Er nahm den Vorschlag des Nationalausschusses ohne zu zögern an. Dann teilte er mir mit, daß ich endlich die seit langem angeforderte Arbeitskraft für das Treibhaus bekäme. Und noch am selben Tag kam der Vorsitzende, um mir Lucie vorzustellen.

Ich erinnere mich gut an jenen Tag. Es war in der zweiten Novemberhälfte, und der bisher sonnige Herbst zeigte zum ersten Mal sein windiges und wolkiges Gesicht. Es nieselte. In einem braunen Mantel, mit einem Köfferchen, mit gesenktem Haupt und teilnahmslosen Augen stand sie neben dem hochgewachsenen Vorsitzenden. Der Vorsitzende hielt das blaue Kännchen in der Hand und sagte feierlich: »Falls du etwas Böses getan hast, haben wir dir vergeben und wir vertrauen dir. Wir hätten dich nach Ostrava zurückschicken können, aber wir behalten dich hier. Die Arbeiterklasse braucht überall ehrliche Leute. Enttäusche sie also nicht.«

Dann ging er ins Büro, um das Kännchen für unseren Hirten abzugeben, und ich führte Lucie ins Treibhaus, stellte sie ihren beiden Mitarbeiterinnen vor und erklärte ihr ihre Arbeit.

10.

Lucie überschattet in meiner Erinnerung alles, was ich damals erlebt habe. Dennoch zeichnet sich die Gestalt des Vorsitzenden des Nationalausschusses in diesem Schatten ziemlich deutlich ab. Als Sie mir gestern im Sessel gegenübersaßen, Ludvik, wollte ich Ihnen nicht zu nahe treten. Ich sage Ihnen also wenigstens jetzt, da Sie wieder so vor mir stehen, wie ich sie am besten kenne, als meine Vorstellung und mein Schatten: Der ehemalige Landarbeiter, der für seine leidenden Nächsten ein Paradies schaffen wollte, dieser begeisterte Ehrenmann und Enthusiast, der naiv erhabene Worte über Vergebung, Vertrauen und über die Arbeiterklasse vortrug, stand meinem Herzen und meinem Denken viel näher als Sie, obwohl er für mich persönlich niemals Sympathie bekundet hat.

Sie haben einst behauptet, daß der Sozialismus aus dem Stamm des europäischen Rationalismus und Skeptizismus gewachsen sei, aus einem areligiösen und antireligiösen Stamm, und daß er anders nicht denkbar sei. Wollen Sie auch weiterhin ernsthaft behaupten, ohne den Glauben an die Priorität der Materie ließe sich keine sozialistische Gesellschaft aufbauen? Denken Sie tatsächlich, daß Leute, die an Gott glauben, keine Fabriken verstaatlichen können?

Ich bin mir ganz sicher, daß jene Linie des europäischen Denkens, die von der Botschaft Jesu ausgeht, viel gesetzmäßiger zu sozialer Gerechtigkeit und zum Sozialismus führt. Und wenn ich mir die leidenschaftlichsten Kommunisten aus den ersten Jahren des Sozialismus in meinem Land vorstelle, zum Beispiel jenen Vorsitzenden, der Lucie meinen Händen anvertraut hat, so scheinen sie mir religiösen Eiferern viel ähnlicher zu sein als zweifelnden Voltairianern. Die revolutionäre Zeitspanne von 1948 bis 1956 hatte mit Skeptizismus und Rationalismus wenig zu tun. Es war die Zeit des großen kollektiven Glaubens. Ein Mensch, der in Übereinstimmung mit dieser Zeit lebte, hatte Empfindungen, die religiösen Gefühlen gleichkamen: er sagte sich von seinem Ich, seiner Person, seinem Privatleben los, zugunsten von etwas Höherem, etwas Überpersönlichem. Die marxistischen Lehrsätze hatten zwar absolut weltliche Ursprünge, aber die Bedeutung, die ihnen beigemessen wurde, glich der Bedeutung des Evangeliums und der biblischen Gebote. Es bildete sich ein Kreis von Gedanken heraus, der unantastbar war, also heilig in unserer Terminologie.

Diese Religion war grausam. Sie hat uns beide nicht zu ihren Priestern erwählt, uns beiden vielleicht Unrecht getan. Dennoch war mir jene vergangene Zeit hundertmal näher, als es die heutige ist, diese Zeit des Spottes, der Skepsis, der Zersetzung, eine kleinliche Zeit, in deren Rampenlicht der ironische Intellektuelle steht, während sich im Hintergrund Massen von Jugendlichen versammeln, die grob, zynisch und boshaft sind, ohne Begeisterung und ohne Ideale.

Jene verflossene Zeit hatte wenigstens noch etwas vom Geist der großen religiösen Bewegungen. Schade, daß sie es nicht verstanden hat, bis ans Ende ihrer religiösen Selbsterforschung zu gehen. Sie hatte zwar religiöse Gesten und Gefühle, blieb in ihrem Innern aber leer, ohne Gott. Ich aber habe damals geglaubt, daß Gott sich erbarme, daß er sich zu erkennen gäbe und diesen großen weltlichen Glauben schließlich segnete. Ich habe umsonst gewartet.

Jene Zeit hat letztlich ihre Religiosität verraten und für ihr rationalistisches Erbe gebüßt, zu dem sie sich nur deshalb bekannte, weil sie sich selbst nicht verstand. Dieser rationalistische Skeptizismus nagt schon seit zweitausend Jahren am Christentum. Er nagt daran, vermag es aber nicht zu zernagen. Die kommunistische Theorie jedoch, seine eigene Schöpfung, wird er in wenigen Jahrzehnten zerstören. In Ihnen hat er sie schon zerstört, Ludvik. Sie wissen es selbst nur allzugut.

11.

Wenn die Menschen sich in ihren Vorstellungen ins Reich der Märchen versetzen können, sind sie vielleicht noch voller Edelmut, Mitgefühl und Poesie. Im Reich des alltäglichen Lebens sind sie leider eher von Vorsicht, Mißtrauen und Verdacht erfüllt. So verhielten sie sich auch Lucie gegenüber. Kaum war sie aus dem Märchenreich der Kinder herausgetreten und ein wirkliches Mädchen geworden, eine Mitarbeiterin und Mitbewohnerin, wurde sie augenblicklich zu einem Gegenstand der Neugier, einer Neugier, der es an Böswilligkeit nicht mangelte, wie man sie für Engel hegt, die vom Himmel gefallen oder für Feen, die aus der Fabel vertrieben worden sind.

Es half Lucie wenig, daß sie verschlossen war. Nach etwa einem Monat traf das Kadermaterial aus Ostrava auf unserem Gut ein. Wir erfuhren daraus, daß sie zunächst in Eger als Lehrling in einem Friseursalon gearbeitet hatte. Wegen eines Sittlichkeitsdelikts verbrachte sie ein Jahr in einem Heim für Schwererziehbare und von dort kam sie nach Ostrava. In Ostrava bewährte sie sich als gute Arbeiterin. Im Wohnheim verhielt sie sich vorbildlich. Vor ihrer Flucht hatte sie sich ein einziges, völlig unerwartetes Vergehen zuschulden kommen lassen: sie wurde ertappt, als sie auf dem Friedhof Blumen stahl.

Die Angaben waren knapp, und statt Lucies Geheimnis zu lüften, umhüllten sie es mit noch größerer Rätselhaftigkeit.

Ich versprach dem Direktor, mich um Lucie zu kümmern. Sie faszinierte mich. Sie arbeitete schweigsam und engagiert.

Sie war ruhig in ihrer Schüchternheit. Ich konnte an ihr keine Spur der Exzentrizität eines Mädchens feststellen, das wochenlang als Landstreicherin gelebt hatte. Sie erklärte mehrmals, daß sie auf dem Gut zufrieden sei und nicht mehr von hier fortwolle. Sie war friedliebend und in jedem Streit zum Nachgeben bereit, so daß sie ihre Mitarbeiterinnen langsam für sich gewann. Dennoch blieb in ihrer Schweigsamkeit etwas zurück, was ein schmerzvolles Los und eine verwundete Seele verriet. Ich wünschte mir nichts sehnlicher, als daß sie sich mir anvertraute, aber ich wußte auch, daß sie im Leben schon genug Fragen und Erkundigungen hatte über sich ergehen lassen müssen und diese in ihr wahrscheinlich die Vorstellung von Verhören wachriefen. Und so fragte ich nichts und begann selbst zu erzählen. Wir unterhielten uns täglich. Ich sprach von meinem Plan, auf dem Gut eine Plantage mit Heilkräutern anzulegen. Ich erzählte ihr, wie die Leute auf dem Dorf sich in alten Zeiten mit Suden und Extrakten aus verschiedenen Pflanzen kuriert hatten. Ich erzählte ihr von der Pimpernell, mit der man Cholera und Pest linderte, ich erzählte ihr vom Steinbrech, der tatsächlich Steine brach, Harn- und Gallensteine. Lucie hörte zu. Sie liebte Pflanzen. Aber welch heilige Einfalt! Sie wußte nichts darüber, kannte fast keine Namen.

Es war schon Winter geworden, und Lucie besaß nichts außer ihren schönen Sommerkleidern. Ich half ihr, einen Plan für ihre Ausgaben aufzustellen. Ich zwang sie, sich einen Regenmantel und einen Pullover zu kaufen und später auch noch andere Sachen: Schuhe, einen Pyjama, Strümpfe, einen Wintermantel . . .

Eines Tages fragte ich sie, ob sie an Gott glaube. Sie antwortete auf eine Weise, die mir bemerkenswert schien. Sie sagte nämlich weder ja noch nein. Sie zuckte mit den Schultern und sagte: »Ich weiß nicht.« Ich fragte sie, ob sie wisse, wer Jesus Christus war. Sie bejahte. Aber sie wußte nichts von ihm. Sein Name war für sie verschwommen mit der Vorstellung von Weihnachten und mit irgendeiner Kreuzigung verbunden, es waren aber nur Nebelfetzen aus zwei oder drei Bildern, die zusammen keinen Sinn ergaben. Lucie hatte bislang weder Glauben noch Unglauben kennengelernt. Ich verspürte in diesem Moment einen leichten Taumel, vielleicht demjenigen vergleichbar, den ein Verliebter empfindet, wenn er feststellt, daß ihm bei seiner Geliebten noch kein männlicher Körper zuvorgekommen ist. »Willst du, daß ich dir von ihm erzähle?« fragte ich, und sie nickte. Da waren die Weiden und die Hügel schon schneebedeckt. Ich erzählte. Lucie hörte zu . . .

12.

Sie hatte viel zuviel auf ihren zarten Schultern zu tragen. Sie brauchte jemanden, der ihr half, aber niemand konnte das. Die Hilfe, die einem die Religion bietet, ist einfach, Lucie: Gib dich hin. Gib dich hin mitsamt deiner Bürde, unter der du zusammenbrichst. Es liegt eine große Erleichterung darin, in Hingabe zu leben. Ich weiß, du hattest nie jemanden, dem du dich hättest hingeben können, weil du dich vor den Menschen gefürchtet hast. Aber es gibt Gott. Gib dich ihm hin. Du wirst erleichtert sein.

Sich hinzugeben bedeutet, sein vergangenes Leben abzulegen. Es aus der Seele zu nehmen. Zu beichten. Sag mir, Lucie, warum bist du aus Ostrava geflohen? War es wegen dieser Blumen auf dem Grab?

Das auch.

Und warum hast du die Blumen genommen?

Sie war traurig gewesen und deswegen hatte sie sie in ihrem Zimmer im Wohnheim in eine Vase gestellt. Sie hatte auch in der freien Natur Blumen gepflückt, aber Ostrava war eine schwarze Stadt, um die herum es praktisch keine Natur gab, nur Halden, Zäune, Parzellen und ab und zu ein schütteres Wäldchen voller Ruß. Schöne Blumen fand Lucie nur auf dem Friedhof. Erhabene, feierliche Blumen. Gladiolen, Rosen und Lilien. Und auch Chrysanthemen mit den großen Blüten aus zarten Blütenblättern . . .

Und wie hat man dich erwischt?

Sie war oft und gern auf den Friedhof gegangen. Nicht nur

der Blumen wegen, die sie mitnahm, sondern auch, weil es dort schön und ruhig war und diese Ruhe sie tröstete. Jedes Grab war ein besonderes, eigenständiges Gärtchen, und deshalb blieb sie gerne vor den einzelnen Gräbern stehen und betrachtete die Steine mit ihren traurigen Inschriften. Um nicht gestört zu werden, machte sie sich die Gewohnheit einiger vorwiegend älterer Besucher zu eigen und kniete sich mit dem Gesicht zum Grabstein nieder. So gefiel ihr einmal ein fast frisches Grab. Der Sarg war erst einige Tage zuvor beigesetzt worden. Die Erde des Grabes war noch locker, es lagen Kränze darauf, und vorn in einer Vase stand ein wundervoller Rosenstrauß. Lucie kniete nieder, eine Trauerweide wölbte sich über ihr wie ein vertrautes, flüsterndes Himmelszelt. Lucie schwelgte in unaussprechlicher Seligkeit. Und ausgerechnet in diesem Moment traten ein älterer Herr und seine Frau auf das Grab zu. Vielleicht war es das Grab ihres Sohnes oder ihres Bruders, wer weiß. Sie sahen ein unbekanntes Mädchen vor dem Grab knien. Sie waren sehr erstaunt. Wer war dieses Mädchen? Es schien ihnen, als verstecke sich in ihrer Erscheinung ein Geheimnis, ein Familiengeheimnis, vielleicht eine unbekannte Verwandte oder eine unbekannte Geliebte des Verstorbenen . . . Sie fürchteten, sie zu stören und blieben stehen. Sie betrachteten sie aus einiger Entfernung. Und da sahen sie, wie das Mädchen aufstand und den schönen Rosenstrauß aus der Vase nahm, den sie selbst vor einigen Tagen hergebracht hatten, wie sie sich umdrehte und wegging. Sie liefen hinter ihr her. Wer sind Sie, fragten sie. Sie war verwirrt, wußte nicht, was sie sagen sollte, stammelte irgend etwas. Es stellte sich heraus, daß dieses unbekannte Mädchen ihren Toten überhaupt nicht gekannt hatte. Sie riefen die Gärtnerin zu Hilfe. Sie verlangten, daß sie sich ausweise. Sie schrien sie an und behaupteten, es gäbe nichts Schrecklicheres, als Tote zu bestehlen. Die Gärtnerin bestätigte, daß dies nicht der erste Blumendiebstahl auf ihrem Friedhof sei. Man rief also einen Polizisten, nahm Lucie nochmals ins Gebet, und sie gestand alles.

13.

»Laßt die Toten ihre Toten begraben«, sprach Jesus. Die Blumen auf den Gräbern gehören den Lebenden. Du hast Gott nicht gekannt, Lucie, aber du hast dich nach ihm gesehnt. In der Schönheit irdischer Blumen hat sich dir das Überirdische offenbart. Du hast die Blumen für niemanden gebraucht. Nur für dich selbst. Für die Leere in deiner Seele. Und man hat dich erwischt und erniedrigt. Aber war das der einzige Grund, warum du aus der schwarzen Stadt geflohen bist?

Sie schwieg. Dann schüttelte sie den Kopf.

Hat dir jemand weh getan?

Sie nickte.

Erzähl, Lucie!

Es war ein ganz kleiner Raum. An der Decke hing eine Glühbirne, die keinen Lampenschirm hatte und wollüstig nackt und schief in der Fassung hing. An der Wand ein Bett, über dem Bett ein Bild, und auf dem Bild ein schöner Mann, er trug ein blaues Gewand und kniete am Boden. Es war der Garten Gethsemane, aber das wußte Lucie nicht. Dort also hatte er sie hingeführt, und sie hatte sich gewehrt und geschrien. Er wollte sie vergewaltigen und ihr die Kleider vom Leib reißen, aber sie entwand sich ihm und lief davon.

Wer war das, Lucie?

Ein Soldat.

Hast du ihn geliebt?

Nein, geliebt habe sie ihn nicht.

Warum bist du dann mit ihm in diesen Raum gegangen, in dem es nur eine nackte Glühbirne und ein Bett gab?

Es war nichts als diese Leere in der Seele, die sie zu ihm hingezogen hatte. Und dafür hatte sie, die Ärmste, nur einen Halbwüchsigen gefunden, einen Soldaten im Militärdienst.

Ich verstehe das noch immer nicht, Lucie. Wenn du zuerst mit ihm in diesen Raum gegangen bist, in dem nur ein kahles Bett stand, warum bist du ihm dann weggelaufen?

Er war böse und grob wie alle.

Von wem sprichst du, Lucie? Wer alle?

Sie schwieg.

Wen hast du vor diesem Soldaten gekannt! Rede! Erzähl, Lucie!

14.

Es waren sechs, und sie war allein. Sechs, zwischen sechzehn und zwanzig. Sie war sechzehn Jahre alt. Sie bildeten eine Clique, und sie sprachen ehrfurchtsvoll von dieser Clique, als handelte es sich um eine heidnische Sekte. An jenem Tag sprachen sie von Einweihung. Sie brachten ein paar Flaschen billigen Wein mit. Sie beteiligte sich an der Trinkerei mit einer blinden Ergebenheit, in die sie die ganze ungestillte Liebe einer Tochter zu Vater und Mutter legte. Sie trank, wenn die anderen tranken, sie lachte, wenn die anderen lachten. Dann befahlen sie ihr, sich auszuziehen. Sie hatte das noch nie vor jemandem getan. Da sie zögerte, zog sich zuerst der Anführer der Clique aus, und sie begriff, daß der Befehl sich keineswegs nur auf sie bezog, und sie führte ihn ergeben aus. Sie vertraute ihnen, sie vertraute auch ihrer Grobheit, sie waren ihr Schutz und ihr Schild, sie konnte sich nicht vorstellen, sie zu verlieren. Sie waren ihr Mutter und Vater. Sie tranken, lachten und gaben ihr weitere Befehle. Sie spreizte die Beine. Sie hatte Angst, sie wußte, was es bedeutete, aber sie gehorchte. Dann schrie sie auf, und sie verlor Blut. Die Jungen lärmten, hoben ihre Gläser und gossen den schlechten Schaumwein auf den Rücken des Anführers, auf ihren schmächtigen Körper und zwischen ihre Beine, und sie schrien irgendwelche Wörter wie Taufe und Einweihung, und dann löste sich der Anführer von ihr und ein weiteres Mitglied der Clique trat zu ihr, sie kamen dem Alter nach, zuletzt der Jüngste, der sechzehn war wie sie, doch da konnte Lucie nicht mehr, sie konnte die Schmerzen nicht mehr ertragen, sie wollte Ruhe haben, sie wollte allein sein, und weil er der Jüngste war, wagte sie es, ihn wegzustoßen. Aber gerade, weil er der Jüngste war, wollte er nicht erniedrigt werden! Er war schließlich Mitglied der Clique, ein vollberechtigtes Mitglied! Er wollte dies beweisen und schlug Lucie deshalb ins Gesicht, und keiner verteidigte sie, denn alle wußten, daß der Jüngste im Recht war und sich nur das nehmen wollte, was ihm zustand. Lucie stürzten Tränen aus den Augen, aber sie hatte nicht den Mut, sich zu widersetzen, und so spreizte sie ihre dünnen Beine zum sechsten Mal . . .

Wo war das, Lucie?

In der Wohnung eines Jungen aus der Clique, dessen Eltern beide Nachtschicht hatten, es gab dort eine Küche und ein Zimmer, in dem Zimmer einen Tisch, ein Sofa und ein Bett, über der Tür in einem Rahmen die Inschrift Grüß Gott, tritt ein, bring Glück herein, und über dem Bett in einem Rahmen eine schöne Frau in einem blauen Gewand, die ein Kind an ihre Brust drückte.

Die Jungfrau Maria?

Sie wußte es nicht.

Und weiter, Lucie, was war weiter?

Das wiederholte sich dann oft, in dieser Wohnung und in anderen Wohnungen und auch draußen im Freien. Es war in der Clique zur Gewohnheit geworden.

Und hat dir das gefallen, Lucie?

Es hat ihr nicht gefallen, sie behandelten sie von diesem Zeitpunkt an schlechter, herablassender und brutaler, aber von dort führte kein Weg weiter, weder vorwärts noch rückwärts, nirgendwohin.

Und wie hat es geendet, Lucie?

Eines Abends in so einer leeren Wohnung. Da kam die Polizei und nahm sie alle mit. Die Jungen hatten einige Diebstähle auf dem Gewissen. Lucie hatte nichts davon gewußt, es war aber bekannt, daß sie mit der Clique herumzog, und es war auch bekannt, daß sie der Clique alles bot, was sie ihr als Mädchen bieten konnte. Sie war das Stadtgespräch von ganz Eger, und zu Hause wurde sie grün und blau geprügelt. Die Jungen bekamen verschiedene Strafen, und sie wurde in ein Heim für Schwererziehbare gesteckt. Dort blieb sie ein Jahr – bis sie siebzehn war. Um nichts auf der Welt wollte sie nach Hause zurück. Und so kam sie in die schwarze Stadt.

15.

Es hatte mich überrascht und verblüfft, als Ludvik mir vorgestern am Telefon verriet, daß er Lucie kannte. Zum Glück kannte er sie nur oberflächlich. Angeblich hatte er in Ostrava eine flüchtige Bekanntschaft mit einem Mädchen gehabt, das in demselben Wohnheim wohnte. Als er mich gestern nochmals nach ihr fragte, erzählte ich ihm alles. Ich hatte längst schon das Bedürfnis, mich dieser Last zu entledigen, doch hatte ich bislang keinen Menschen gefunden, dem ich mich hätte anvertrauen können. Ludvik ist mir wohlgesonnen, und darüber hinaus ist er weit genug von meinem und noch weiter von Lucies Leben entfernt. Ich brauchte also nicht zu fürchten, daß ich Lucies Geheimnis einer Gefahr preisgab.

Nein, was Lucie mir anvertraut hatte, habe ich nie jemandem erzählt, außer gestern abend Ludvik. Allerdings wußten damals alle auf dem Gut aus dem Kadermaterial, daß sie auf einem Friedhof Blumen gestohlen hatte und in einem Heim für Schwererziehbare gewesen war. Man ging ganz freundlich mit ihr um, erinnerte sie aber immer wieder an ihre Vergangenheit. Der Direktor sprach von ihr als von der »kleinen Grabplünderin«. Das war zwar gutmütig gemeint, doch wurden Lucies vergangene Sünden durch diese Redensarten ständig am Leben erhalten. Lucie war fortwährend und ununterbrochen schuldig. Und dabei brauchte sie nichts anderes als vollkommene Vergebung. Ja, Ludvik, sie brauchte Vergebung, sie hatte das Bedürfnis, jene geheimnisvolle Läuterung zu durchschreiten, die Ihnen unbekannt und unverständlich ist.

Die Menschen selbst vermögen nämlich nicht zu verzeihen, es liegt auch nicht in ihrer Macht. Es liegt nicht in ihrer Macht, eine begangene Sünde ungeschehen zu machen. Es liegt nicht in den Kräften des Menschen. Einer Sünde ihre Geltung zu nehmen, sie zu tilgen, sie aus der Zeit zu löschen, also ungeschehen zu machen, ist eine geheimnisvolle, überirdische Handlung. Nur Gott vermag eine Sünde reinzuwaschen, sie in nichts zu verwandeln, sie zu vergeben, denn er entzieht sich den irdischen Gesetzen, er ist frei, er kann Wunder vollbringen. Der Mensch kann dem Menschen nur vergeben, weil er sich auf Gottes Vergebung beruft.

Auch Sie, Ludvik, können nicht vergeben, da sie nicht an Gott glauben. Sie erinnern sich ständig an die Plenarversammlung, auf der alle einmütig die Hand gegen sie erhoben und sich damit einverstanden erklärt haben, daß Ihr Leben zerstört werde. Sie haben es ihnen niemals verziehen. Nicht nur ihnen als Einzelperson. Es waren etwa hundert, und das ist bereits eine Menge, die ein kleines Modell der Menschheit sein kann. Sie haben es auch der Menschheit nie verziehen. Sie haben seit jener Zeit kein Vertrauen mehr zu ihr, Sie hegen Haß gegen sie. Ich kann Sie verstehen, das ändert aber nichts an der Tatsache, daß solch ein allgemeiner Haß auf die Menschen furchtbar und sündhaft ist. Er ist zu einer Verdammung geworden. *Denn in einer Welt zu leben, in der niemandem vergeben wird, wo alle unerlösbar sind, ist dasselbe, wie in der Hölle zu leben.* Sie leben in der Hölle, Ludvik, und ich habe Mitleid mit Ihnen.

16.

Alles, was auf dieser Erde Gott gehört, kann auch dem Teufel gehören. Selbst die Bewegungen eines Liebespaares in der Liebe. Für Lucie waren sie zu einer Sphäre des Abscheulichen geworden. Für sie waren sie verbunden mit den tierischen Gesichtern der Jungen aus der Clique und später mit dem Gesicht des zudringlichen Soldaten. Oh, ich sehe ihn klar vor mir, als würde ich ihn kennen! Er vermischt banale, zuckersüße Worte über die Liebe mit der vulgären Gewalttätigkeit einer Männlichkeit, die ohne Frauen hinter Kasernenzäunen gehalten wird! Lucie erkennt jäh, daß die zärtlichen Worte nur ein falscher Schleier auf dem Wolfsleib der Gemeinheit sind. Die ganze Welt der Liebe stürzt für sie in die Tiefe, in einen Abgrund des Ekels.

Hier lag die Quelle ihrer Krankheit, bei der ich ansetzen

mußte. Wenn jemand am Meeresstrand entlanggeht und wie verrückt eine Laterne in der erhobenen Hand schwenkt, kann es ein Irrsinniger sein. In der Nacht aber, wenn ein verirrtes Boot auf den Wellen hin und her getrieben wird, kann derselbe Mensch zum Retter werden. Die Erde, auf der wir leben, ist das Grenzgebiet zwischen Himmel und Hölle. Keine Handlung ist an sich gut oder böse. Erst ihr Platz in einer Ordnung macht sie gut oder böse. Auch die körperliche Liebe, Lucie, ist nicht an sich gut oder schlecht. Wenn sie mit der von Gott geschaffenen Ordnung in Einklang steht, wenn du in aufrichtiger Liebe liebst, wird auch die körperliche Liebe gut sein, und du bist glücklich. Denn Gott hat bestimmt: »Darum wird ein Mensch Vater und Mutter verlassen und an seinem Weibe hangen, und die zwei werden ein Fleisch sein.«

Ich sprach Tag für Tag mit Lucie, Tag für Tag wiederholte ich, daß ihr vergeben worden sei, daß sie sich nicht abkapseln dürfe, daß sie die Zwangsjacke ihrer Seele öffnen und sich demütig der Ordnung Gottes fügen solle, in der auch die Liebe des Körpers ihren Platz habe.

Und so vergingen Wochen . . .

Dann kam ein Frühlingstag. Auf den Hängen der Hügel blühten die Apfelbäume, und ihre Kronen glichen im sanften Wind schwingenden Glocken. Ich schloß die Augen, um ihrem samtweichen Klang zu lauschen. Dann öffnete ich die Augen und sah Lucie im blauen Arbeitskittel mit der Hacke in der Hand. Sie blickte ins Tal hinunter und lächelte.

Ich beobachtete dieses Lächeln und las begierig darin. War das möglich? Lucies Seele war bisher eine ständige Flucht gewesen, Flucht vor der Vergangenheit und Flucht vor der Zukunft. Sie fürchtete sich vor allem. Vergangenheit und Zukunft waren für sie Wasserschluchten. Sie klammerte sich bange an das löchrige Boot der Gegenwart wie an einen schwankenden Zufluchtsort.

Und siehe da, heute lächelte sie. Ohne Anlaß. Einfach so. Und dieses Lächeln sagte mir, daß sie vertrauensvoll in die Zukunft blickte. Mir war in diesem Moment zumute wie einem Schiffer, der nach vielen Monaten das gesuchte Land erreichte. Ich war glücklich. Ich lehnte mich an den schiefgewachsenen Stamm des Apfelbaumes und schloß wieder für eine Weile die Augen. Ich hörte den leichten Wind und das samtweiche Läuten der weißen Kronen, ich hörte das Zwitschern der Vögel, und dieses Zwitschern verwandelte sich vor meinen geschlossenen Augen in Tausende von Laternen und Lichtern, die von unsichtbaren Händen zu einem großen Fest getragen wurden. Ich sah diese Hände nicht, doch ich hörte die hohen Töne der Stimmen, und es schien mir, als seien es Kinder, ein fröhlicher Festzug von Kindern . . . Und da spürte ich plötzlich eine Hand auf meinem Gesicht. Und ich hörte eine Stimme: »Herr Kostka, Sie sind so gut . . .« Ich öffnete nicht die Augen. Bewegte nicht die Hände. Ich sah noch immer diese in ein Laternenmeer verwandelten Vogelstimmen vor mir, ich hörte noch immer das Läuten der Apfelbäume. Und die Stimme fügte leiser hinzu: »Ich liebe Sie.«

Vielleicht hätte ich nur auf diesen Augenblick warten und dann schnell weggehen sollen, denn meine Aufgabe war erfüllt. Aber noch bevor ich mir irgend etwas klarmachen konnte, wurde ich von einer schwärmerischen Schwäche übermannt. Wir waren ganz allein in der weiten Landschaft zwischen den armseligen Apfelbäumen, und ich umarmte Lucie und legte mich mit ihr auf das Lager der Natur.

17.

Es war geschehen, was nicht hätte geschehen dürfen. Als ich durch Lucies Lächeln hindurch ihre versöhnte Seele erblickte, war ich am Ziel angelangt und hätte gehen sollen. Ich ging aber nicht. Und das war schlimm. Wir lebten auch weiterhin auf demselben Gut. Lucie war glücklich, sie strahlte, sie sah aus wie der Frühling, der um uns herum langsam in den Sommer überging. Ich jedoch, statt ebenfalls glücklich zu sein, erschrak über diesen großen weiblichen Frühling an meiner Seite, den ich selbst zum Leben erweckt hatte und der sich mir nun mit all seinen offenen Blüten zuwandte, von denen ich wußte, daß sie mir nicht gehörten, mir nicht gehören durften. Ich hatte schließlich einen Sohn und eine Frau in Prag, die geduldig auf meine seltenen Besuche warteten.

Ich hatte Angst, die einmal begonnene Vertraulichkeit mit Lucie abzubrechen, denn ich wollte sie nicht verletzen, aber ich wagte es ebensowenig, sie fortzusetzen, weil ich wußte, daß ich kein Recht darauf hatte. Ich sehnte mich nach Lucie, hatte zugleich aber Angst vor ihrer Liebe, weil ich nicht wußte, was ich damit anfangen sollte. Nur unter größter Anstrengung konnte ich die Natürlichkeit der früheren Gespräche beibehalten. Meine Zweifel traten zwischen uns. Mir kam es vor, als sei meine seelische Hilfe für Lucie nun demaskiert. Als hätte ich sie von dem Moment an, da ich sie zum ersten Mal sah, körperlich begehrt. Als hätte ich gehandelt wie ein Verführer, der sich in das Gewand eines Trösters und Predigers hüllte. Als seien alle diese Gespräche über Jesus und Gott nur ein Deckmantel für meine niedrigen körperlichen Begierden gewesen. Mir schien, als hätte ich in dem Moment, da ich meiner Geschlechtlichkeit nachgab, die Reinheit meiner ursprünglichen Absicht beschmutzt und mich so vor Gott gänzlich um meine Verdienste gebracht.

Kaum war ich bei diesem Gedanken angelangt, machten meine Überlegungen eine Kehrtwendung: was für eine Eitelkeit, rief ich mir im Geiste zu, was für ein selbstgefälliges Verlangen, sich vor Gott verdient zu machen, ihm gefallen zu wollen! Was bedeuten menschliche Verdienste vor Ihm? Nichts, nichts und nochmals nichts! Lucie liebte mich, und ihr Wohlergehen war von meiner Liebe abhängig! Was wäre, wenn ich sie in ihre Verzweiflung zurückstieße, nur um rein zu bleiben? Würde Gott mich nicht gerade dafür verachten? Und wenn meine Liebe Sünde war, was war wertvoller, Lucies Leben oder meine Sündlosigkeit? Es wäre schließlich *meine* Sünde, *ich* allein würde sie tragen, nur ich selbst verurteilte mich durch meine Sünde!

In diese Überlegungen und Zweifel griff plötzlich ein äußeres Ereignis ein. In der Zentrale hatte man politische Anschuldigungen gegen meinen Direktor ausgeheckt. Dieser wehrte sich mit Händen und Füßen, worauf man ihm außerdem vorwarf, daß er sich mit verdächtigen Elementen umgebe. Eines dieser Elemente war ich: ein Mensch, der angeblich wegen seiner staatsfeindlichen Gesinnung von der Hochschule gewiesen worden war, ein Klerikaler. Der Direktor versuchte vergeblich zu beweisen, daß ich weder ein Klerikaler noch von der Hochschule gewiesen worden sei. Je mehr er mich verteidigte, desto stärker bewies er sein Bündnis mit mir, desto mehr schadete er sich. Meine Situation war fast hoffnungslos.

Ein Unrecht, Ludvik? Ja, das ist das Wort, das Sie am häufigsten gebrauchen, wenn Ihnen diese oder ähnliche Geschichten zu Ohren kommen. Ich weiß aber nicht, was Unrecht ist. Wenn es über den menschlichen Dingen nichts anderes gäbe und die Taten nur die Bedeutung hätten, die deren Schöpfer ihnen zuschreiben, dann wäre der Begriff »Unrecht« berechtigt und dann könnte auch ich von Unrecht sprechen, da ich sozusagen vom Staatsgut geworfen wurde, auf dem ich vorher aufopfernd gearbeitet hatte. Vielleicht wäre es dann auch logisch, daß ich mich gegen dieses Unrecht zur Wehr setzte und verzweifelt um meine kleinen Menschenrechte kämpfte.

Nur haben die Geschichten größtenteils eine andere Bedeutung, als deren blinde Autoren ihnen zuschreiben; sie sind oft verschlüsselte Winke von oben, und die Menschen, die sie vollbringen, sind nichts als unbewußte Boten eines höheren Willens, von dem sie nichts ahnen.

Ich war mir sicher, daß es sich auch diesmal so verhielt. Daher nahm ich die Ereignisse auf dem Gut mit Erleichterung zur Kenntnis. Ich sah darin einen deutlichen Wink: Geh von Lucie weg, ehe es zu spät ist. Deine Aufgabe ist erfüllt. Ihre Früchte gehören dir nicht. Dein Weg führt anderswohin.

Und so tat ich dasselbe wie vor zwei Jahren an der naturwissenschaftlichen Fakultät. Ich nahm Abschied von der weinenden und verzweifelten Lucie und ging dem scheinbaren Verhängnis entgegen. Ich machte selbst den Vorschlag, das Staatsgut zu verlassen. Der Direktor wollte mich zwar daran hindern, doch wußte ich, daß er es aus Anstand tat und im Grunde seines Herzens froh darüber war.

Nur war diesmal niemand mehr gerührt über die Freiwilligkeit meines Abgangs. Es gab hier keine kommunistischen Freunde aus der Zeit vor dem Februar, die mir zum Abschied den Weg mit günstigen Kadergutachten und Ratschlägen geebnet hätten. Ich verließ das Gut als ein Mensch, der selbst zugab, unwürdig zu sein, in diesem Staat eine auch nur halbwegs bedeutende Arbeit zu verrichten. Und so wurde ich Bauarbeiter.

18.

Es war ein Herbsttag des Jahres 1956. Da traf ich Ludvik zum ersten Mal seit fünf Jahren wieder, im Speisewagen des Schnellzuges von Prag nach Bratislava. Ich fuhr nach Ostmähren, wo eine Fabrik gebaut wurde. Ludvik hatte gerade sein Arbeitsverhältnis in der Kohlengrube von Ostrava aufgelöst und in Prag ein Gesuch eingereicht, sein Studium abschließen zu dürfen. Jetzt fuhr er nach Hause, ebenfalls nach Mähren. Fast hätten wir uns nicht wiedererkannt. Und als wir uns erkannten, waren wir beide über unsere Schicksale überrascht.

Ich erinnere mich gut daran, Ludvik, mit welcher Anteilnahme Sie zuhörten, als ich Ihnen meinen Abgang von der Hochschule und die Intrigen auf dem Staatsgut schilderte, die zur Folge hatten, daß ich Maurer wurde. Ich danke Ihnen für diese Anteilnahme. Sie waren wütend, Sie haben von Ungerechtigkeit, Unrecht, Verachtung der Intellektuellen und der Absurdität der Kaderpolitik gesprochen. Und Sie wurden auch auf mich wütend: Sie fragten vorwurfsvoll, warum ich mich nicht zur Wehr gesetzt, warum ich den Kampf aufgegeben hätte. Sie meinten, wir sollten nirgendwo freiwillig abtreten. Soll der Gegner doch gezwungen sein, zu den schlimmsten Mitteln zu greifen! Wozu ihm das Gewissen erleichtern?

Sie Bergarbeiter, ich Bauarbeiter. Unsere Schicksale ziemlich ähnlich, wir beide dennoch so verschieden. Ich nachsichtig, Sie unversöhnlich, ich friedfertig, Sie trotzig. Wie nah waren wir uns im Äußeren, wie weit voneinander entfernt im Inneren!

Von unserer inneren Entfernung wußten Sie viel weniger als ich. Als Sie mir in allen Einzelheiten schilderten, warum Sie aus der Partei ausgeschlossen worden waren, setzten Sie mit der größten Selbstverständlichkeit voraus, daß ich auf Ihrer Seite stände und mich genauso wie Sie über die Scheinheiligkeit der Genossen empörte, die Sie dafür bestraften, daß Sie sich über etwas lustig gemacht hatten, was denen heilig war. Was ist schon dabei? fragten Sie mit aufrichtiger Verwunderung.

Ich will Ihnen etwas sagen: zu der Zeit, als Calvin Genf beherrschte, lebte dort ein junger Mann, der Ihnen vermutlich ähnlich war, ein intelligenter Junge, ein Spaßvogel, bei dem man ein Notizbuch mit Spöttereien und Angriffen gegen Jesus Christus und das Evangelium fand. Was ist schon dabei? hat dieser Ihnen so ähnliche Junge gewiß auch gedacht. Er hatte schließlich nichts Böses getan, sondern nur gescherzt. Haß kannte er vermutlich noch gar nicht. Er kannte offensichtlich nur Geringschätzung und Gleichgültigkeit. Er wurde hingerichtet.

Ach, halten Sie mich nicht für einen Befürworter solcher Grausamkeit. Ich will nur sagen, daß keine große Bewegung, die die Welt verändern soll, Lächerlichmachung und Herabsetzung duldet, denn das ist der Rost, der alles zerfrißt.

Verfolgen Sie Ihre Haltung weiter, Ludvik. Man hat Sie aus der Partei ausgeschlossen, von der Schule gewiesen, beim Militär den politisch gefährlichen Soldaten zugeordnet und dann für weitere zwei, drei Jahre in die Kohlengrube geschickt. Und Sie? Sie sind verbittert bis auf den Grund Ihrer Seele, überzeugt von einem ungeheuren Unrecht. Dieses Gefühl des Unrechts bestimmt bis heute Ihre ganze Lebenshaltung. Ich begreife Sie nicht! Warum von Unrecht reden? Man hat Sie unter die schwarzen Soldaten geschickt – unter die Feinde des Kommunismus. Gut. War das ein Unrecht? War das nicht vielmehr eine große Chance für Sie? Sie konnten doch unter den Feinden wirken! Gibt es eine wichtigere, eine größere Sendung? Schickt Jesus seine Jünger nicht »wie

Schafe mitten unter die Wölfe«? »Nicht die Gesunden bedürfen des Arztes, sondern die Kranken«, sprach Jesus. »Ich bin nicht gekommen, um die Gerechten zu rufen, sondern die Sünder . . .« Sie aber hatten kein Verlangen, unter die Sünder und die Kranken zu gehen!

Sie werden einwenden, mein Vergleich sei nicht zutreffend. Daß Jesus seine Jünger mit seinem Segen »mitten unter die Wölfe« geschickt habe, während Sie selbst zuerst ausgestoßen und verflucht worden sind, und dann hat man Sie als Feind unter die Feinde geschickt, als Wolf unter die Wölfe, als Sündiger unter die Sündigen.

Aber warum bestreiten Sie, wirklich sündig gewesen zu sein? Haben Sie sich in den Augen Ihrer Gemeinschaft wirklich nichts zuschulden kommen lassen? Wo nehmen Sie diesen Hochmut her? Ein Mensch, der seinem Glauben ergeben ist, ist demütig und hat selbst eine ungerechte Strafe demütig hinzunehmen. Die Erniedrigten werden erhöht werden. Den Reumütigen wird vergeben werden. Diejenigen, denen ein Unrecht widerfährt, haben eine Gelegenheit, ihre Treue unter Beweis zu stellen. Wenn Sie Ihrer Gemeinschaft gegenüber nur verbittert sind, weil sie Ihnen eine zu schwere Last aufgebürdet hat, dann war Ihr Glaube schwach und Sie haben die Prüfung, die Ihnen auferlegt wurde, nicht bestanden.

In Ihrem Streit mit der Partei stehe ich nicht auf Ihrer Seite, Ludvik, denn ich weiß, daß man die großen Dinge auf dieser Welt nur mit einem Kollektiv von grenzenlos ergebenen Menschen schaffen kann, die ihr Leben demütig für einen höheren Zweck hingeben. Sie, Ludvik, sind nicht grenzenlos ergeben. Ihr Glaube ist zerbrechlich. Wie könnte es anders sei, da Sie sich ständig nur auf sich selbst und Ihren kläglichen Verstand berufen haben!

Ich bin nicht undankbar, Ludvik, ich weiß, was Sie für mich und für viele andere Menschen getan haben, die unter dem System zu leiden hatten. Sie benutzen Ihre Bekanntschaften mit bedeutenden Kommunisten aus der Zeit vor dem Februar sowie Ihre heutige Stellung dazu, ein gutes Wort einzulegen, zu intervenieren, zu helfen. Dafür mag ich Sie. Aber ich sage es Ihnen ein letztes Mal: schauen Sie auf den Grund Ihrer Seele! Der allertiefste Antrieb Ihrer Wohltätigkeit ist nicht Liebe, sondern Haß! Haß auf diejenigen, die im Saal ihre Hand gegen Sie erhoben haben! Ihre Seele kennt Gott nicht, und deswegen kennt sie auch keine Vergebung. Sie verlangen nach Vergeltung. Sie identifizieren diejenigen, die Ihnen einst Unrecht getan haben, mit denen, die anderen Unrecht tun, und Sie rächen sich an ihnen. Ja, Sie rächen sich! Sie sind voller Haß, obwohl Sie den Leuten helfen! Ich spüre das. Ich spüre es aus jedem Ihrer Worte. Was aber bringt der Haß anderes hervor als den Haß der Vergeltung und eine ganze Kette von weiterem Haß? Sie leben in der Hölle, Ludvik, ich wiederhole es noch einmal, Sie leben in der Hölle, und ich habe Mitleid mit Ihnen.

19.

Hätte Ludvik meinen Monolog gehört, hätte er denken können, ich sei undankbar. Ich weiß, daß er mir sehr geholfen hat. Damals, im Jahre sechsundfünfzig, als wir uns in der Eisenbahn trafen, war er betrübt über mein Leben, er beklagte meine Fähigkeiten und begann sofort nachzudenken, wie er für mich eine Stelle finden könnte, die mir gefiel und wo ich mich nützlicher machen konnte. Es hatte mich damals überrascht, wie schnell und zielstrebig er handelte. Er sprach in seiner Geburtsstadt mit einem Freund. Er wollte, daß ich an der Mittelschule Naturkunde unterrichtete. Das war mutig. Die antireligiöse Propaganda war damals in vollem Gange, und einen gläubigen Lehrer an einer Mittelschule anzustellen, war so gut wie unmöglich. Das erwog übrigens auch Ludviks Freund und dachte sich eine andere Lösung aus. Und so kam ich an die virologische Abteilung des hiesigen Krankenhauses, wo ich seit acht Jahren an Mäusen und Kaninchen mit Viren und Bakterien experimentiere.

So ist es. Ohne Ludvik wohnte ich nicht hier, und auch Lucie wäre nicht hier.

Einige Jahre, nachdem ich das Gut verlassen hatte, heiratete sie. Auf dem Gut konnte sie nicht bleiben, da ihr Mann eine Stellung in einer Stadt suchte. Sie überlegten, wo sie Fuß fassen sollten. Und damals setzte sie bei ihrem Mann durch, daß sie hierherzogen, in die Stadt, in der ich wohnte.

Ich habe im Leben kein größeres Geschenk, keine größere Belohnung bekommen. Mein Schäfchen, mein Täubchen, das Kind, das ich mit meiner eigenen Seele geheilt und gestillt hatte, kehrte zu mir zurück. Sie will nichts von mir. Sie hat ihren Mann. Aber sie will mich in ihrer Nähe wissen. Sie braucht mich. Sie muß mich manchmal hören. Mich am Sonntag im Gottesdienst sehen. Mir auf der Straße begegnen. Ich war glücklich, und ich spürte in diesem Moment, daß ich nicht mehr jung war, daß ich älter war, als ich geahnt hatte, und Lucie vielleicht mein einziges Lebenswerk war.

Sie meinen, daß sei wenig, Ludvik? O nein. Es ist genug, und ich bin glücklich. Ich bin glücklich, ich bin glücklich . . .

20.

Oh, wie ich mich doch selbst betrüge! Wie ich verzweifelt versuche, mich von der Richtigkeit meines Lebensweges zu überzeugen! Wie ich mich mit der Macht meines Glaubens vor Ungläubigen brüste!

Ja, es ist mir gelungen, Lucie auf den Weg des Glaubens an Gott zu führen. Es ist mir gelungen, sie zu besänftigen und zu heilen. Ich habe sie vom Ekel vor der körperlichen Liebe befreit. Und dann habe ich das Feld geräumt. Ja, aber habe ich ihr damit etwas Gutes getan?

Ihre Ehe ist nicht gut. Ihr Mann ist ein Grobian, der sie unverhohlen betrügt, und es wird gesagt, daß er sie mißhandelte. Lucie hat das mir gegenüber nie zugegeben. Sie weiß, daß sie mich damit betrüben würde. Sie hält ihr Leben im Glück vor mir aufrecht wie eine Attrappe. Wir leben aber in einer kleinen Stadt, in der nichts verborgen bleibt.

Oh, wie gut ich es verstehe, mich selbst zu betrügen! Ich

habe die politischen Intrigen gegen den Direktor des Staatsgutes als verschlüsselten Wink Gottes verstanden, von dort fortzugehen. Wie kann man die Stimme Gottes aber unter so vielen anderen Stimmen heraushören? Was ist, wenn die Stimme, die ich damals vernahm, nur die Stimme meiner Feigheit war?

Ich hatte schließlich in Prag Frau und Kind. Ich hing nicht an ihnen, konnte mich aber auch nicht von ihnen trennen. Ich hatte Angst vor einer unlösbaren Situation. Ich fürchtete Lucies Liebe, ich wußte nicht, was ich damit anfangen sollte. Ich schreckte vor den Schwierigkeiten zurück, in die sie mich gestürzt hätte.

Ich gebärdete mich wie ein Engel, der Lucie Erlösung brachte, in Wirklichkeit aber war ich nichts anderes als ein weiterer Schänder. Ich habe sie ein einziges Mal geliebt und mich dann von ihr abgewendet. Ich habe mich gebärdet, als brächte ich Vergebung, und dabei war sie es, die mir etwas zu vergeben hatte. Sie war verzweifelt und weinte, als ich abreiste, und dennoch folgte sie mir einige Jahre später und ließ sich hier nieder. Sie sprach mit mir. Sie wandte sich an mich wie an einen Freund. Sie hatte mir verziehen. Übrigens war es völlig klar. Es war mir im Leben nicht oft widerfahren, aber dieses Mädchen hatte mich geliebt. Ich hielt ihr Leben in meinen Händen. Ihr Glück lag in meiner Macht. Und ich lief davon. Niemand hat sich an ihr je so schwer vergangen wie ich.

Und da fällt mir ein, daß ich die vermeintlichen Rufe Gottes nur als Vorwand benutzte, um mich meiner menschlichen Pflichten zu entziehen. Ich habe Angst vor Frauen. Angst vor ihrer Wärme. Angst vor ihrer ständigen Anwesenheit. Ich schreckte vor einem Leben mit Lucie zurück, genauso wie ich jetzt vor dem Gedanken zurückschrecke, für immer in die Zweizimmerwohnung der Lehrerin in der Nachbarstadt zu ziehen.

Und warum habe ich eigentlich vor fünfzehn Jahren die Fakultät freiwillig verlassen? Ich habe meine Frau, die sechs Jahre älter war als ich, nicht geliebt. Ich konnte ihre Stimme und ihr Gesicht nicht mehr ertragen, das regelmäßige Ticken der Wanduhr nicht mehr aushalten. Ich konnte nicht mit ihr leben, konnte ihr aber auch nicht mit einer Scheidung weh tun, denn sie war gut und hatte sich mir gegenüber nie etwas zuschulden kommen lassen. Und so vernahm ich auf einmal die rettende Stimme eines erhabenen Rufes. Ich hörte Jesus rufen, ich solle meine Netze verlassen.

O Gott, ist das wirklich so? Bin ich wirklich so entsetzlich lächerlich? Sag, daß es nicht so ist! Gib mir Gewißheit! Laß deine Stimme hören, mein Gott, lauter! Ich kann dich in diesem undeutlichen Stimmengewirr überhaupt nicht hören!

Siebter Teil

Ludvik – Helena – Jaroslav

1.

Als ich spätabends von Kostka ins Hotel zurückkehrte, war ich entschlossen, gleich am nächsten Morgen nach Prag zu fahren, da ich hier absolut nichts mehr zu suchen hatte: die trügerische Mission in meiner Geburtsstadt war beendet. Unglücklicherweise drehte sich in meinem Kopf aber ein solches Karussell, daß ich mich bis tief in die Nacht hinein auf dem Bett (dem quietschenden Bett) hin- und herwälzte und nicht einschlafen konnte; als ich endlich doch einschlief, lag ich wie auf Wasser, wachte immer wieder auf und fiel erst am Morgen in einen tieferen Schlaf. So kam es, daß ich spät aufwachte, es war schon kurz vor neun, die Frühbusse und die Morgenzüge waren bereits abgefahren, und es gab erst um zwei Uhr nachmittags wieder eine Verbindung nach Prag. Als mir das zum Bewußtsein kam, war ich der Verzweiflung nahe: ich fühlte mich wie ein Schiffbrüchiger und hatte auf einmal große Sehnsucht nach Prag, nach meiner Arbeit, nach dem Schreibtisch in meiner Wohnung, nach meinen Büchern. Es war aber nicht zu ändern; ich mußte die Zähne zusammenbeißen und ins Restaurant hinuntergehen, um zu frühstücken.

Ich trat ganz vorsichtig ein, weil ich Angst hatte, Helena zu begegnen. Sie war aber nicht da (vermutlich klapperte sie bereits mit dem Tonband über der Schulter das Nachbardorf ab und belästigte Vorübergehende mit ihrem Mikrophon und ihren dummen Fragen); dafür war der Raum von anderen Leuten überfüllt, die lärmend und rauchend vor ihren Bieren, schwarzen Kaffees und Cognacs saßen. O weh, ich begriff, daß meine Heimatstadt mir auch heute kein anständiges Frühstück gönnte.

Ich trat auf die Straße; der blaue Himmel, die Wolkenfetzen, die beginnende Schwüle, der leicht über dem Boden wirbelnde Staub, die Straße, die in den flachen, breiten Platz mit dem emporragenden Turm mündete (ja, dem Turm, der einem Soldaten mit Helm glich), all das umwehte mich mit der Traurigkeit der Ödnis. Aus der Ferne erklang das trunkene Gegröle eines melancholischen mährischen Liedes (in dem mir Wehmut, Steppe und lange Ritte angeheuerter Ulanen verwunschen schienen), und in meinen Gedanken tauchte Lucie auf, diese längst vergangene Geschichte, die in diesem Moment einem melancholischen Lied glich und mein Herz ansprach, durch das (wie durch eine Steppe) so viele Frauen gezogen waren, ohne darin etwas zurückzulassen, genau wie der aufwirbelnde Staub keine Spuren auf diesem flachen, breiten Platz hinterließ, er setzte sich zwischen die Pflastersteine, wirbelte wieder auf und wurde mit dem nächsten Windstoß weitergetragen.

Ich ging über die staubbedeckten Pflastersteine und fühlte die belastende Leichtigkeit der Leere, die auf meinem Leben lag: Lucie, die Göttin des Dunstes, hatte sich mir einst selbst entzogen, gestern hatte sie meine genau durchdachte Rache zunichte gemacht und anschließend auch meine Erinnerung an sie in etwas verzweifelt Lächerliches verwandelt, in einen grotesken Irrtum, denn das, was Kostka mir erzählt hatte, sprach dafür, daß ich all die Jahre an jemand anderen gedacht hatte, weil ich im Grunde genommen nie gewußt hatte, wer Lucie war.

Ich hatte mir immer eingeredet, daß Lucie für mich etwas Abstraktes, eine Legende, ein Mythos war, und nun begriff ich, daß sich hinter diesen poetischen Begriffen eine völlig unpoetische Wahrheit verbarg: daß ich sie nicht gekannt hatte; daß ich sie nicht so gekannt hatte, wie sie wirklich war, in sich und für sich. Ich nahm an ihr (in meiner jugendlichen Egozentrik) nur die Seiten ihres Wesens wahr, die sich mir spontan zuwandten (meiner Verlassenheit, meiner Unfreiheit, meinem Verlangen nach Zärtlichkeit und Liebenswürdigkeit); sie war für mich nichts weiter gewesen als eine *Funktion meiner eigenen Lebenssituation*; alles, wodurch sie diese konkrete Lebenssituation überragte, alles, wodurch sie nur sie selbst war, war mir entgangen. Wenn sie für mich tatsächlich nur Funktion einer Situation war, dann war es nur logisch, daß in dem Moment, da die Situation sich änderte (da ich selbst älter wurde und mich veränderte), auch *meine*

Lucie verschwand, weil sie weiterhin nur noch war, was mir an ihr entgangen war, was mich nicht betraf, womit sie mich überragte. Und deshalb war es auch völlig logisch, daß ich sie nach fünfzehn Jahren nicht wiedererkannte. Sie war für mich (für den sie nie etwas anderes als ein »Wesen für mich« gewesen war) längst schon zu einem anderen, unbekannten Menschen geworden.

Fünfzehn Jahre lang war die Depesche über meine Niederlage mir nachgereist, und nun hatte sie mich eingeholt. Der Sonderling Kostka (den ich stets nur halbwegs ernst genommen hatte) bedeutete mehr für Lucie, er hatte mehr für sie getan, er kannte sie besser und er hatte sie *besser* geliebt (ich will nicht sagen *mehr* geliebt, denn die Stärke meiner Liebe war die größtmögliche gewesen): ihm hatte sie alles anvertraut – mir nichts; er hatte sie glücklich gemacht – ich sie unglücklich; er hatte ihren Körper kennengelernt – ich niemals. Und dabei hatte damals nur etwas, etwas ganz Einfaches gefehlt, um ihren Körper zu bekommen, nach dem ich mich so verzweifelt sehnte: sie zu verstehen, sie zu kennen, an ihr nicht nur das zu lieben, was sie mir zuwandte, sondern auch das, was mich nicht unmittelbar betraf, was sie in ihren Augen und für sich selbst war. Ich aber hatte das nicht verstanden und so mir selbst und ihr weh getan. Ich wurde von einer Welle der Wut gegen mich selbst erfaßt, gegen mein damaliges Alter, dieses einfältige *lyrische* Alter, da der Mensch für sich selbst noch ein allzu großes Rätsel darstellt, als daß er sich Rätseln zuwenden könnte, die außerhalb seiner selbst liegen, wenn die anderen (auch die allerliebsten) nur bewegliche Spiegel sind, in denen er entsetzt sein eigenes Gefühl erblickt, seine eigene Rührung, seinen eigenen Wert. Ja, ich hatte die ganzen fünfzehn Jahre lang an Lucie nur als an einen Spiegel gedacht, der mein damaliges Bild aufbewahrte!

Vor meinen Augen erstand das kalte Zimmer mit dem einen Bett, in das von draußen die Laterne durch die schmutzige Fensterscheibe schien, und ich erinnerte mich an Lucies wilden Widerstand. Das alles war wie ein schlechter Scherz: ich hielt sie für eine Jungfrau, und sie wehrte sich, gerade weil sie nicht mehr Jungfrau war und sich vermutlich vor dem Augenblick fürchtete, da ich die Wahrheit erkennen würde. Oder es gab für ihre Weigerung noch eine andere Erklärung (die mit dem Bild übereinstimmte, das Kostka sich von Lucie gemacht hatte): die drastischen ersten sexuellen Erlebnisse hatten den Liebesakt für Lucie zu etwas Abscheulichem gemacht und der Bedeutung beraubt, die die meisten Menschen ihm beimessen; sie hatten den Liebesakt für sie der Zärtlichkeit und der Verliebtheit beraubt; für dieses mädchenhafte kleine Flittchen war der Körper etwas Häßliches und die Liebe etwas Körperloses geworden; die Seele hatte dem Körper einen stillen, erbitterten Krieg erklärt.

Diese (so melodramatische und doch so wahrscheinliche) Deutung bestätigte mir von neuem die traurige Spaltung zwischen Körper und Seele (die ich selbst in vielen verschiedenen Formen sehr genau kannte), und sie rief mir eine Geschichte in Erinnerung, über die ich einst sehr gelacht hatte (weil des Traurige sich hier ständig mit dem Lächerlichen überschnitt): eine gute Bekannte von mir, eine Frau von bemerkenswert lockeren Sitten (was ich selbst zur Genüge mißbraucht hatte), verlobte sich mit einem Physiker und beschloß, diesmal endlich *die Liebe* zu erleben; um sie jedoch als *wahre* Liebe zu empfinden (die anders war als Dutzende von Liebesabenteuern, die sie bereits hinter sich hatte) verweigerte sie dem Verlobten bis zur Hochzeitsnacht jeden körperlichen Kontakt, sie spazierte händchenhaltend mit ihm durch abendliche Alleen, küßte ihn unter Laternen und gönnte ihrer Seele, sich auf diese Weise (unbelastet vom Körper) hoch emporzuschwingen und sich Schwindelgefühlen hinzugeben. Einen Monat nach der Hochzeit ließ sie sich von ihm scheiden und beklagte sich bitterlich, daß er ihre großen Gefühle enttäuscht habe, weil er sich als schlechter, fast impotenter Liebhaber erwiesen hatte.

Aus der Ferne ertönte noch immer das trunkene Grölen des melancholischen mährischen Liedes, und es vermischte sich mit dem grotesken Nachgeschmack der erwähnten Geschichte, mit der staubigen Leere der Stadt und mit meiner Traurigkeit, zu der sich aus meinen Eingeweiden jetzt auch noch der Hunger zu Wort meldete. Übrigens war ich nur wenige Schritte von der Milchbar entfernt; ich rüttelte an der

Tür, doch sie war geschlossen. Ein Passant ging vorbei und sagte: »Ja, heute ist die ganze Milchbar beim Fest.« »Beim Ritt der Könige?« »Ja, sie haben dort ihren Stand.«

Ich fluchte, mußte mich jedoch damit abfinden; ich ging in der Richtung weiter, aus der die Lieder kamen. Zu dem folkloristischen Fest, dem ich verzweifelt aus dem Weg gehen wollte, führte mich nun mein knurrender Magen.

2.

Müdigkeit. Müdigkeit seit dem frühen Morgen. Als hätte ich die ganze Nacht durchgefeiert. Dabei habe ich die ganze Nacht geschlafen. Allerdings ist mein Schlaf nur noch ein Abklatsch von Schlaf. Ich mußte beim Frühstück das Gähnen unterdrücken. Dann fanden sich langsam die Leute bei uns zu Hause ein. Vladimirs Kameraden und verschiedene Schaulustige. Ein Knecht aus der Genossenschaft führte das Pferd für Vladimir in unseren Hof. Und unter all diesen Leuten tauchte plötzlich Karasek auf, der Kulturreferent des Nationalausschusses in unserem Bezirk. Seit zwei Jahren führe ich Krieg gegen ihn. Er trug einen schwarzen Anzug, machte eine feierliche Miene und hatte eine elegante Frau an seiner Seite. Eine Redakteurin des Prager Rundfunks. Ich sollte mit ihnen gehen. Die Dame wolle Interviews für ihre Sendung über den Ritt der Könige aufnehmen.

Laßt mich in Frieden! Ich werde nicht den Hanswurst spielen. Die Redakteurin schmolz vor Begeisterung, daß sie mich persönlich kennenlernte, und natürlich stimmte auch Karasek ein. Es sei meine politische Pflicht mitzugehen. Dieser Gaukler. Ich hätte es ihnen abgeschlagen. Ich sagte, mein Sohn sei heute König, und ich wolle bei den Vorbereitungen dabeisein. Aber Vlasta fiel mir in den Rücken. Angeblich sei es ihre Sache, den Sohn auszustaffieren. Ich solle getrost gehen und etwas für den Rundfunk erzählen.

Und so bin ich schließlich schön brav mitgegangen. Die Redakteurin hatte sich in einem Lokal des Nationalausschusses einquartiert. Sie hatte dort ein Tonbandgerät stehen und einen jungen Mann, der es bediente. Sie redete wie ein Wasserfall und lachte fortwährend. Dann hielt sie sich das Mikrophon vor den Mund und stellte Karasek die erste Frage.

Karasek hüstelte und legte los. Die Pflege der Volkskunst sei ein untrennbarer Bestandteil der kommunistischen Erziehung. Der Nationalausschuß des Bezirks verstehe das voll und ganz. Deshalb unterstütze er sie auch voll und ganz. Er wünsche guten Erfolg und gutes Gelingen. Er danke allen, die sich daran beteiligt hätten. Begeisterte Veranstalter und begeisterte Schulkinder, die alle voll und ganz.

Müdigkeit, Müdigkeit. Immer die gleichen Sätze. Fünfzehn Jahre lang immer die gleichen Sätze hören. Und sie diesmal von Karasek hören, der schließlich auf die Volkskunst pfeift. Die Volkskunst ist für ihn ein Mittel. Ein Mittel, um sich mit einer neuen Aktion zu brüsten. Um das Plansoll zu erfüllen. Um seine Verdienste hervorzuheben. Er hat für den Ritt der Könige keinen Finger gerührt und knausert mit jedem Kreuzer für uns. Dennoch wird der Ritt der Könige ausgerechnet ihm angerechnet werden. Er ist im Bezirk der Herrscher über die Kultur. Ein ehemaliger Ladengehilfe, der eine Geige nicht von einer Gitarre unterscheiden kann.

Die Redakteurin hielt sich das Mikrophon vor den Mund. Wie ich mit dem diesjährigen Ritt der Könige zufrieden sei. Ich wollte mich über sie lustig machen. Der Ritt der Könige habe ja noch gar nicht begonnen. Doch machte sie sich über mich lustig. Ich sei doch ein so erfahrener Folklorist, so daß ich bestimmt wisse, ob er gelingen werde. Ja, sie, sie wissen immer alles schon im voraus. Ihnen ist der Verlauf aller kommenden Dinge schon bekannt. Die Zukunft hat für sie bereits stattgefunden und wird sich nur noch wiederholen.

Ich hatte Lust, ihr alles zu sagen, was ich mir dachte. Daß der Ritt der Könige schlechter sein würde als in anderen Jahren. Daß die Volkskunst Jahr für Jahr mehr Anhänger verlöre. Daß sie auch das früher vorhandene Interesse der Institutionen verlieren würde. Daß sie schon fast nicht mehr lebte. Die Tatsache, daß der Rundfunk ständig eine Art Volksmusik spielte, könnte uns nicht täuschen. Alle diese Orchester für Volksinstrumente und diese Ensembles für

Volkslieder und Volkstänze, das seien vielleicht Opern, Operetten oder Unterhaltungsmusik, aber keine Volkskunst. Ein Orchester für Volksinstrumente mit einem Dirigenten, einer Partitur und einem Notenpult! Eine fast schon symphonische Instrumentierung! Welche Entstellung! Das, was Sie an Orchestern und Ensembles kennen, Frau Redakteurin, ist nichts als romantisches musikalisches Denken, das sich Volksmelodien ausgeliehen hat! Die wahre Volkskunst lebt nicht mehr, Frau Redakteurin, nein, sie lebt nicht mehr.

Das alles wollte ich vor dem Mikrophon hastig herunterhaspeln, aber am Ende sagte ich etwas ganz anderes. Der Ritt der Könige sei schön. Die Kraft der Volkskunst. Die Fülle der Farben. Ich sei voll und ganz einverstanden. Ich dankte allen, die sich daran beteiligt haben. Begeisterte Organisatoren und begeisterte Schulkinder, die alle voll und ganz.

Ich schämte mich, daß ich so redete, wie sie es wollten. War ich so feige? Oder so diszipliniert? Oder so müde?

Ich war froh, als ich ausgeredet hatte und rasch verschwinden konnte. Ich freute mich auf zu Hause. Auf dem Hof standen viele Schaulustige und Helfer, die das Pferd mit Schleifen und Bändern schmückten. Ich wollte sehen, wie Vladimir sich vorbereitete. Ich ging ins Haus, doch die Tür zum Wohnzimmer, in dem er eingekleidet wurde, war verschlossen. Ich klopfte und rief. Von drinnen ertönte Vlastas Stimme. Du hast hier nichts zu suchen, hier wird der König eingekleidet. Herrgott, sagte ich, warum sollte ich da nichts zu suchen haben? Es widerspricht der Tradition, antwortete Vlastas Stimme. Ich wußte nicht, warum es der Tradition widersprechen sollte, wenn der Vater beim Einkleiden des Königs anwesend war, aber ich konnte es ihr nicht ausreden. Ich hörte Begeisterung in ihrer Stimme, und das freute mich. Es freute mich, daß sie sich für meine Welt begeisterte. Für meine armselige, verwaiste Welt.

Und so ging ich wieder auf den Hof und plauderte mit den Leuten, die das Pferd schmückten. Es war ein schweres Zugpferd aus der Genossenschaft. Geduldig und ruhig.

Dann hörte ich von der Straße her menschliche Stimmen durch das geschlossene Tor dringen. Und dann ein Rufen und Pochen. Meine Stunde war gekommen. Ich war aufgeregt. Ich öffnete das Tor und trat hinaus. Die Reiterei der Könige hatte sich vor unserem Haus versammelt. Mit Bändern und Schleifen geschmückte Pferde. Darauf junge Männer in bunten Trachten. Wie vor zwanzig Jahren. Wie vor zwanzig Jahren, als sie mich abholten. Als sie meinen Vater baten, ihnen seinen Sohn zum König zu geben.

Ganz vorn, direkt vor dem Tor, saßen die beiden Pagen auf ihren Pferden, in Frauentracht und mit dem Säbel in der Hand. Sie warteten auf Vladimir, den sie den ganzen Tag begleiten und bewachen sollten. Aus der Schar der Reiter kam ein junger Mann hervorgeritten, brachte sein Pferd knapp vor mir zum Stehen und begann mit seinen Versen:

»Hylom, hylom, hört ihr Leut!
Lieber Vater, wir kommen zu Euch geritten
um heut Euren Sohn zum König zu erbitten!«

Dann versprach er, daß sie den König gut beschützen würden. Ihn mitten durch die feindlichen Heere führen wollten. Ihn nicht in die Hände der Feinde fallen lassen würden. Daß sie zu kämpfen bereit wären. Hylom, hylom.

Ich blickte nach hinten: in der dunklen Einfahrt unseres Hauses saß bereits eine Gestalt auf dem geschmückten Pferd, in einer Frauentracht mit Puffärmeln und bunten Bändern über dem Gesicht. Der König. Vladimir. Mit einem Mal vergaß ich meine Müdigkeit und meinen Ärger und fühlte mich wohl. Der alte König schickte den jungen König in die Welt hinaus. Ich drehte mich um und ging auf ihn zu. Ich stand dicht neben dem Pferd und stellte mich auf die Zehenspitzen, um mit dem Mund dem vermummten Gesicht so nahe wie möglich zu sein. »Vladimir, gute Reise!« flüsterte ich ihm zu. Er antwortete nicht. Er rührte sich nicht. Und Vlasta sagte mit einem Lächeln: Er darf dir nicht antworten. Er darf bis zum Abend kein einziges Wort sprechen.

3.

Es dauerte eine knappe Viertelstunde, und ich befand mich im Dorf (in meiner Jugendzeit war es durch einen Gürtel von Feldern von der Stadt getrennt gewesen, heute bildet es mit ihr ein zusammenhängendes Ganzes); der Gesang, den ich schon in der Stadt gehört hatte (wo er fern und wehmütig klang), ertönte nun in voller Lautstärke, und zwar aus Lautsprechern, die an Häusern oder Leitungsmasten angebracht waren (ich ewig betrogener Tor: eben noch hatte ich mich von der Wehmut und der vermeintlichen Trunkenheit der Stimme in eine traurige Stimmung versetzen lassen, dabei handelte es sich um eine reproduzierte Stimme, die man der Verstärkeranlage im Nationalausschuß und zwei abgespielten Schallplatten verdankte!); kurz vor dem Dorfplatz war eine Ehrenpforte mit einem großen Papiertransparent errichtet worden, auf dem in roten Zierbuchstaben WILLKOMMEN stand; die Leute drängten sich hier schon dichter, sie trugen meist Zivilkleider, doch waren hie und da auch alte Männer in Volkstrachten zu sehen: in Stiefeln, weißen Leinenhosen und einem mit Stickereien verzierten Hemd. Hier weitete sich die Straße auch schon zum Dorfplatz aus: zwischen der Straße und einer Häuserreihe erstreckte sich ein breiter Grasstreifen mit weit auseinander gepflanzten Bäumchen, zwischen denen (für das heutige Fest) einige Stände aufgestellt waren, an denen Bier, Limonade, Erdnüsse, Schokolade, Lebkuchen, Würstchen mit Senf und Waffeln verkauft wurden; einen dieser Stände betrieb die Milchbar der Stadt: hier bekam man Milch, Käse, Butter, Joghurt und saure Sahne; (außer Bier) wurde an keinem der Stände Alkohol ausgeschenkt, und dennoch schienen mir die meisten Leute betrunken zu sein; sie drängten sich um die Stände, standen einander im Weg, lungerten herum; hin und wieder begann jemand laut zu singen, es war jedoch immer nur ein vergebliches Ausholen einer Stimme (begleitet vom betrunkenen Ausholen eines Armes), zwei, drei Takte eines Liedes, die sogleich im Lärm des Platzes untergingen, und dieser Lärm wurde noch durch die kaum zu übertönende Schallplatte mit der Volksmusik aus den Lautsprechern verstärkt. Über den ganzen Platz lagen bereits (obwohl es noch früh war und der Ritt der Könige noch nicht aufgebrochen war) Bierbecher aus Wachspapier und Papierteller mit Senfflecken verstreut.

Der Stand mit Milch und Joghurt hatte den Geruch von Abstinenz und stieß die Leute ab; als es mir gelang, fast ohne Wartezeit einen Becher Milch und ein Hörnchen zu erstehen, zog ich mich an eine relativ menschenleere Stelle zurück, damit niemand mich anrempelte, und schlürfte meine Milch. In diesem Moment erhob sich am anderen Ende des Platzes ein Lärm: der Ritt der Könige zog auf den Dorfplatz.

Schwarze Hütchen mit Hahnenfedern, weite Puffärmel an weißen Hemden, blaue Westen mit roten Wollquasten und bunte Papierbänder, die an den Pferdeleibern flatterten, füllten den Dorfplatz aus; sogleich mischten sich neue Töne in das Gesumme der Menschen und die Lieder aus den Lautsprechern: Pferdegewieher und Rufe von Reitern:

»Hylom, hylom, hört ihr Leut,
von Berg und Tal, von fern und nah,
was da am Pfingstsonntag geschah.
Unser König, der ist arm,
aber ohne allen Harm
und man hat ihm tausend Fohlen
aus dem leeren Schloß gestohlen . . .«

Für Auge und Ohr entstand ein verwirrendes Bild, in dem sich alles gegenseitig überlagerte: die Folklore aus den Lautsprechern mit der Folklore auf den Pferden; die Farbenpracht der Trachten und der Pferde mit dem unschönen Braun und Grau der schlechtgeschnittenen Kleider des Publikums; die angestrengte Munterkeit der Reiter und die angestrengte Besorgtheit der Veranstalter, die mit roten Armbinden zwischen den Pferden und den Zuschauern hin und her rannten und versuchten, in dem entstandenen Chaos eine Ordnung aufrechtzuerhalten, was bei weitem nicht einfach war, nicht nur wegen der Undiszipliniertheit der (zum Glück nicht sehr zahlreichen) Zuschauer, sondern vor allem, weil die Straße nicht für den Verkehr gesperrt worden war; die Veranstalter standen zu beiden Enden des berittenen Haufens und gaben den Autos Zeichen, die Fahrt zu verlangsamen; und so zwängten sich auch noch Autos und Lastwagen und knatternde Motorräder zwischen den Pferden durch, was diese unruhig machte und die Reiter unsicher.

Ehrlich gesagt, wenn ich es so beharrlich vermied, an dieser (oder irgendeiner anderen) folkloristischen Feier teilzunehmen, so befürchtete ich etwas anderes als das, was ich jetzt zu sehen bekam: ich hatte mit Geschmacklosigkeit gerechnet, mit einem stillosen Mischmasch von echter Volkskunst und Kitsch, mit Eröffnungsansprachen törichter Redner, mit allen möglichen Aktualisierungen (ich hätte mich nicht gewundert, wenn beflissene Funktionäre aus dem Ritt der Könige zum Beispiel einen Ritt der Partisanen gemacht hätten), ja, ich hatte mit dem Allerschlimmsten, mit Bombast und Falschheit gerechnet, nicht aber mit dem, was dieses Fest von allem Anfang an unerbittlich kennzeichnete, mit dieser traurigen, fast schon rührenden *Armseligkeit*; sie haftete an allem: an den wenigen Ständen, an dem zwar nicht zahlreichen, aber vollkommen undisziplinierten und unaufmerksamen Publikum, an dem Widerstreit zwischen Alltagsverkehr und anachronistischem Festzug, an den scheuenden Pferden, den grölenden Lautsprechern, die mit der Unbeirrtheit einer Maschine unablässig dieselben zwei Volkslieder in die Welt hinausposaunten, so daß sie (zusammen mit dem Geknatter der Motorräder) die jungen Reiter ganz und gar überschrien, die mit angeschwollenen Halsadern ihre Verse rezitierten.

Ich warf den Milchbecher weg, und nachdem der Ritt der Könige sich dem versammelten Publikum genügend lange vorgestellt hatte, trat er seinen vielstündigen Zug durch das Dorf an. Ich kannte das alles gut, war ich im letzten Jahr vor Kriegsende doch selbst (in eine festliche Frauentracht gekleidet und mit einem Säbel in der Hand) als Page mitgeritten, an Jaroslavs Seite, der damals König war. Ich hatte keine Lust, in rührseligen Erinnerungen zu schwelgen, wollte mich aber (als wäre ich durch die Armseligkeit des Festes entwaffnet) auch nicht gewaltsam von dem Bild losreißen, das sich vor mir entfaltete; ich schritt langsam hinter der Reiterschar her, die jetzt in die Breite ausschwärmte; in der Mitte der Straße drängten sich drei Reiter aneinander: in der Mitte der König und zu seinen Seiten die Pagen. Um sie herum tummelten sich noch einige Reiter aus dem königlichen Gefolge, die sogenannten *Minister*. Der Rest der Schar teilte sich in zwei selbständige Flügel, die zu beiden Seiten der Straße weiterritten; auch hier waren die Aufgaben der Reiter ganz genau vorgeschrieben: es gab *Fähnriche* (mit einer Fahne, deren Stange im Stiefelschaft steckte, so daß der rote, mit Stickereien verzierte Stoff an der Flanke des Pferdes flatterte), es gab *Ausrufer* (vor jedem Haus riefen sie die gereimte Botschaft über den *armen* König *ohne Harm* aus, dem man tausend *Fohlen* aus dem leeren Schloß *gestohlen* hatte), und schließlich gab es die *Einnehmer* (die nur zum Spenden aufriefen: »Für den König, Mütterchen, für den König!«, und ein Weidenkörbchen für die Gaben bereithielten).

4.

Ich danke dir, Ludvik, ich kenne dich erst acht Tage, aber ich liebe dich, wie ich noch nie jemanden geliebt habe, ich liebe dich und glaube dir, ich will über nichts nachdenken und glauben, denn selbst wenn der Verstand mich täuschte, das Gefühl mich täuschte, die Seele mich täuschte, der Körper ist nicht hinterhältig, der Körper ist ehrlicher als die Seele, und mein Körper weiß, daß er noch nie so etwas erlebt hat wie gestern, soviel Sinnlichkeit, Zärtlichkeit, Grausamkeit, Wonne und Wunden, mein Körper hat nie an so etwas gedacht, unsere Körper haben sich gestern verschworen, und unsere Köpfe haben jetzt gehorsam mit unseren Körpern zu gehen, ich kenne dich erst acht Tage, und ich danke dir, Ludvik.

Ich danke dir auch dafür, daß du im allerletzten Moment gekommen bist und mich gerettet hast. Der Tag heute war schon vom frühen Morgen an wunderschön, der Himmel licht und blau, in mir alles licht und leicht, alles ist mir heute morgen geglückt, und dann sind wir zum Haus der Eltern gegangen, um eine Aufnahme vom Ritt zu machen, wie die

Reiterei um den König bittet, und da ist er plötzlich auf mich zugekommen, ich bin erschrocken, ich wußte nicht, daß er schon hier war, ich hatte ihn nicht so früh aus Bratislava zurückerwartet, und ich hatte auch nicht erwartet, daß er so grausam sein würde, stell dir vor, Ludvik, er war so gemein und ist mit ihr gekommen!

Und ich Idiotin habe bis zum letzten Augenblick geglaubt, meine Ehe sei noch nicht völlig verloren, sie sei noch zu retten, ich Idiotin hätte für diese verpfuschte Ehe um ein Haar auch dich geopfert und dir das Treffen hier verweigert, ich Idiotin, um ein Haar hätte ich mich wieder von seiner honigsüßen Stimme betören lassen, als er mir sagte, er würde mich auf der Rückfahrt von Bratislava hier abholen, er wolle unbedingt mit mir reden, offen und ehrlich reden, und dabei ist er mit ihr gekommen, mit diesem Luder, mit diesem Häschen, mit dieser Zweiundzwanzigjährigen, die dreizehn Jahre jünger ist als ich, es ist so schmachvoll, nur zu verlieren, weil man früher geboren wurde, es ist zum Heulen, diese Hilflosigkeit, doch durfte ich nicht heulen, ich mußte lächeln und ihr höflich die Hand hinstrecken, ich danke dir, daß du mir die Kraft gegeben hast, Ludvik.

Als sie etwas abseits stand, sagte er, jetzt hätten wir die Gelegenheit, zu dritt alles offen zu besprechen, so sei es seiner Meinung nach am ehrenhaftesten, ehrenhaft, ehrenhaft, ich kenne seine Ehrenhaftigkeit, seit zwei Jahren liebäugelt er mit der Scheidung und weiß, daß er Aug in Aug mit mir nichts erreicht, jetzt rechnet er damit, daß ich mich in Gegenwart dieses Mädchens schäme, daß ich es nicht wagen werde, die schmähliche Rolle der hartherzigen Ehefrau zu spielen, daß ich unter Tränen weich werden und freiwillig auf ihn verzichten werde. Ich hasse ihn, er stößt mir seelenruhig das Messer in den Rücken, gerade während der Arbeit, während einer Reportage, wenn ich Ruhe brauche, wenigstens meine Arbeit sollte er respektieren, sie ein bißchen achten, aber so ist es immer, schon seit vielen Jahren, immer werde ich in den Hintergrund gedrängt, immer bin ich die Verliererin, immer werde ich erniedrigt, doch nun ist in mir der Widerstand erwacht, ich spüre dich und deine Liebe hinter mir stehen, ich spüre dich noch in mir und an mir, und diese schönen bunten Reiter um mich herum, die schreien und jubeln, kommen mir vor, als riefen sie aus, daß es dich gibt, daß es ein Leben gibt, daß es eine Zukunft gibt, und ich habe einen Stolz empfunden, den ich schon fast verloren hatte, dieser Stolz hat mich überflutet wie ein Wasserfall, ich habe es geschafft, freundlich zu lächeln, und ich habe zu ihm gesagt: Dazu brauche ich doch nicht mit euch beiden nach Prag zu fahren, ich werde euch nicht stören, ich habe einen Wagen vom Rundfunk hier, und was diese Aussprache betrifft, um die es dir geht, so läßt sich das sehr rasch erledigen, ich kann dir den Mann vorstellen, mit dem ich leben will, sicher werden wir uns alle gütlich einigen.

Vielleicht habe ich etwas Verrücktes gemacht, aber was soll's, wenn ich es gemacht habe, hat es sich für diesen Augenblick süßen Stolzes gelohnt, es hat sich gelohnt, er ist sofort fünfmal so freundlich geworden, offensichtlich war er froh, aber er fürchtete, daß ich es nicht ernst gemeint haben könnte, er ließ es sich nochmals wiederholen, ich sagte ihm deinen vollen Namen, Ludvik Jahn, Ludvik Jahn, und dann sagte ich ihm ausdrücklich, hab keine Angst, bei meiner Ehre, ich werde unserer Scheidung nicht mehr den kleinsten Stein in den Weg legen, hab keine Angst, ich will dich nicht mehr, selbst wenn du mich noch wolltest. Er sagte daraufhin, wir würden bestimmt gute Freunde bleiben, ich lächelte und sagte, daran zweifelte ich nicht.

5.

Vor vielen Jahren, als ich in der Musikkapelle noch Klarinette spielte, zerbrachen wir uns den Kopf darüber, was der Ritt der Könige eigentlich bedeutete. Als der besiegte ungarische König Matthias von Böhmen nach Ungarn floh, mußte ihn seine Reiterei angeblich in Mähren vor seinen böhmischen Verfolgern verstecken und ihn und sich selbst durch Betteln durchbringen. Es wurde erzählt, daß der Ritt der Könige eine Erinnerung an dieses historische Ereignis sei, doch brauchte man nur in alten Urkunden nachzuforschen, um festzustellen, daß der Ritt der Könige als Brauch viel älter war als das erwähnte Ereignis. Wo kommt er also her, und was bedeutet er? Stammt er vielleicht aus heidnischen Zeiten und ist eine Erinnerung an das Ritual, mit dem die Jünglinge in die Reihen der Männer aufgenommen wurden? Und warum tragen der König und seine Pagen Frauenkleider? Ist es ein Bild dafür, wie einst ein Gefolge von Kriegern (ob nun jenes des Matthias oder ein viel älteres) seinen Anführer verkleidet durch eine feindliche Gegend führte, oder ist es ein Überbleibsel des alten heidnischen Aberglaubens, dem zufolge Verkleidung vor bösen Geistern schützt? Und warum darf der König die ganze Zeit kein Wort sprechen? Und warum heißt die Zeremonie Ritt der Könige, wenn es dabei nur einen König gibt? Was hat das alles zu bedeuten? Wer weiß. Es gibt viele Hypothesen dafür, belegt ist keine. Der Ritt der Könige ist eine geheimnisvolle Zeremonie; niemand weiß, was sie eigentlich bedeutet, was sie sagen will, aber so, wie die ägyptischen Hieroglyphen für jemanden, der sie nicht lesen kann (und sie nur als phantastische Zeichnungen sieht), schöner sind, ist auch der Ritt der Könige wohl deshalb so schön, weil der Inhalt seiner Botschaft längst verloren ist und daher die Gesten, Farben und Worte immer mehr in den Vordergrund treten und auf sich selbst, auf ihre eigene Form verweisen.

Und so fiel das anfängliche Unbehagen, mit dem ich den chaotisch anmutenden Ritt der Könige anlaufen sah, zu meiner Verwunderung von mir ab, und ich war auf einmal ganz versunken in die bunte Reiterschar, die sich gemächlich von Haus zu Haus vorwärtsschob; übrigens verstummten nun auch die Lautsprecher, die eben noch die penetrante Stimme einer Sängerin in die Gegend hinausposaunt hatten, und (abgesehen von zeitweiligem Verkehrslärm, den ich längst schon aus meinen Höreindrücken zu verbannen gewöhnt war) war nun nichts als die sonderbare Musik der Ausrufer zu vernehmen.

Ich hatte Lust stehenzubleiben, die Augen zu schließen und nur noch zu lauschen: mir wurde bewußt, daß ich gerade hier, inmitten eines mährischen Dorfes, *Verse* vernahm,

Verse im ursprünglichsten Sinne des Wortes, wie ich sie nie im Radio, im Fernsehen oder im Theater hörte, Verse als feierlich rhythmisches Rufen, in einer Form an der Grenze von Sprache und Gesang, Verse, die durch das Pathos des Metrums auf suggestive Weise faszinierten, wie sie wahrscheinlich fasziniert haben, als sie in den Amphitheatern der Antike vorgetragen wurden. Es war eine wundervolle *mehrstimmige* Musik: jeder Ausrufer rief seine Verse monton auf einem Ton, aber jeder auf einem anderen, so daß sich die Stimmen unwillkürlich zu einem Akkord vereinigten; dabei riefen die Jungen nicht alle gleichzeitig, sondern jeder setzte zu einem anderen Zeitpunkt ein, jeder vor einem anderen Haus, so daß die Stimmen aus verschiedenen Richtungen und in verschiedenen Augenblicken erklangen, wodurch sie an einen mehrstimmigen Kanon erinnerten; die eine Stimme war bereits zu Ende, die zweite noch in der Mitte, während schon wieder eine neue Stimme in einer anderen Tonhöhe zu rufen anfing.

Der Ritt der Könige zog (ständig durch den Autoverkehr gestört) durch die lange Hauptstraße und teilte sich an einer Kreuzung: der rechte Flügel ritt weiter, während der linke in eine Gasse einbog; dort stand gleich an der Ecke ein kleines gelbes Haus mit einem Zaun und einem Gärtchen, das übersät war mit bunten Blumen. Der Ausrufer begann humorvoll zu improvisieren: er rief, neben diesem Haus, da stehe eine *Pumpe*, und der Sohn der Hausherrin sei ein *Lumpe*; vor dem Haus stand tatsächlich eine grüngestrichene Pumpe, und eine dicke Mittvierzigerin, die sichtlich erfreut war über den Titel, mit dem man ihren Sohn bedacht hatte, lachte und gab dem Reiter (dem Einnehmer), der »für den König, Mütterchen, für den König« rief, einen Geldschein. Der Einnehmer legte ihn in sein Körbchen, das er am Sattel befestigt hatte, und da war auch schon der zweite Ausrufer zur Stelle und rief der Mittvierzigerin zu, sie sei eine schöne Jungfer, *potz Blitz*, noch schöner sei aber ihr *Slibowitz*, und er neigte den Kopf nach hinten, formte die Hände zu einem Trichter und führte ihn an seinen Mund. Alle um ihn herum lachten, und die Mittvierzigerin eilte zufrieden und verlegen ins Haus; der Slibowitz stand offenbar schon bereit, denn sie kehrte umgehend mit einer Flasche und einem Becher zurück, den sie füllte und den Reitern reichte.

Während das königliche Heer trank und scherzte, stand der König mit seinen beiden Pagen etwas abseits, unbewegt und ernst, wie es wohl tatsächlich das Los eines Königs ist, sich in Ernst zu hüllen und einsam und teilnahmslos inmitten des lärmenden Heeres zu stehen. Die Pferde der beiden Pagen standen dicht neben dem des Königs, so daß die Stiefel der drei Reiter sich berührten (die Pferde hatten große Lebkuchenherzen auf der Brust, die über und über mit Spiegelchen und farbigen Glasuren verziert waren, auf der Stirn trugen sie Papierrosen, und in ihre Mähnen waren Bänder aus farbigem Kreppapier geflochten). Die drei schweigenden Reiter trugen Frauenkleider; weite Röcke, gestärkte Puffärmel und auf dem Kopf reichverzierte Hauben; nur der König trug statt einer Haube ein silbern funkelndes Diadem, von dem drei lange, breite Bänder herabhingen, die beiden äußeren blau, das mittlere rot, die sein Gesicht völlig verdeckten und ihm ein geheimnisvolles und pathetisches Aussehen verliehen.

Ich war ganz verzückt vom Anblick dieses erstarrten Dreigespanns; zwar hatte ich vor zwanzig Jahren genau wie sie auf einem geschmückten Pferd gesessen, da ich aber damals den Ritt der Könige *von innen* gesehen hatte, hatte ich im Grunde gar nichts gesehen. Erst jetzt sah ich ihn wirklich, und ich konnte den Blick nicht losreißen: der König saß (einige Meter von mir entfernt) hoch aufgerichtet im Sattel und glich einer bewachten, in eine Fahne gehüllten Statue; und vielleicht, ging es mir plötzlich durch den Kopf, vielleicht war es gar kein König, vielleicht war es eine Königin; vielleicht war es Königin Lucie, die gekommen war, um sich mir in ihrer wahren Gestalt zu offenbaren, denn ihre *wahre* Gestalt war gerade ihre *verhüllte* Gestalt.

Und in diesem Moment fiel mir ein, daß Kostka ein Sonderling war, bei dem sich verbissene Grübelei mit Schwärmerei paarte, und daher war zwar alles, was er erzählt hatte, möglich, aber ungewiß; allerdings kannte er Lucie, und vielleicht wußte er viel über sie, aber das Wesentliche wußte er nicht: den Soldaten, der sich in der geliehenen Bergmannswohnung um sie bemüht hatte, den hatte Lucie wirklich geliebt; ich konnte es einfach nicht ernst nehmen, daß Lucie die Blumen wegen ihrer unklaren religiösen Sehnsüchte gepflückt haben sollte, da ich mich erinnerte, daß sie es für mich getan hatte; und wenn sie das Kostka verheimlicht hatte und damit auch das ganze zärtliche Halbjahr unserer Liebe, so hatte sie sich ihm gegenüber ein unantastbares Geheimnis bewahrt, und auch er kannte sie nicht; und außerdem war nicht sicher, ob sie seinetwegen in diese Stadt gezogen war; vielleicht war sie durch Zufall hierhergekommen, es war aber auch möglich, daß sie meinetwegen hierhergezogen war, denn sie wußte, daß ich hier gewohnt hatte! Ich spürte, daß der Bericht über die erste Vergewaltigung der Wahrheit entsprach, doch an der Genauigkeit der Einzelheiten zweifelte ich bereits: die Geschichte war stellenweise sichtlich blutrot verfärbt durch den Blick eines Menschen, den die Sünde erregte, dann wiederum war sie so himmelblau gefärbt, wie nur ein Mensch es sehen kann, der oft zum Himmel emporblickt; es war klar: in Kostkas Erzählung vermischte sich Dichtung und Wahrheit, und es war wieder nur eine neue Legende, die (vielleicht wahrheitsgetreuer, schöner und tiefer) die ehemalige Legende überdeckte.

Ich schaute den verhüllten König an und sah Lucie, wie sie (unerkannt und unkenntlich) feierlich (und spöttisch) durch mein Leben zog. Dann ließ ich meinen Blick (aus einem inneren Zwang heraus) zur Seite schweifen, und meine Augen fingen den Blick eines Mannes auf, der mich offenbar schon eine Zeitlang lächelnd beobachtete. Er sagte: »Grüß dich« und kam, o weh, auf mich zu. »Hallo«, sagte ich. Er streckte mir die Hand entgegen; ich drückte sie. Dann drehte er sich um und rief einem Mädchen, das ich erst jetzt bemerkte, zu: »Was stehst du herum? Komm her, ich mache euch bekannt.« Das Mädchen (hochgewachsen und schön, mit dunklem Haar und dunklen Augen) kam auf mich zu und sagte: »Brodska.« Sie gab mir die Hand, und ich sagte: »Jahn. Freut mich.« »Mensch, dich habe ich ja eine Ewigkeit nicht mehr gesehen«, sagte er freundschaftlich und jovial; es war Zemanek.

6.

Müdigkeit, Müdigkeit. Ich wurde sie nicht los. Die Reiterei war mit dem König auf den Dorfplatz gezogen, und ich schlenderte langsam hinter ihnen her. Ich holte tief Luft, um die Müdigkeit zu überwinden. Ich blieb bei den Nachbarn stehen, die aus ihren Häusern getreten waren und zuschauten. Ich fühlte mit einem Mal, daß auch ich ein bedächtiger, bodenständiger Nachbar geworden war. Daß ich nicht mehr an Reisen, nicht mehr an Abenteuer dachte. Daß ich hoffnungslos an die zwei oder drei Straßen, in denen ich lebte, gebunden war.

Ich erreichte den Dorfplatz erst, als der Ritt der Könige bereits langsam durch die lange Hauptstraße zog. Ich wollte ihm folgen, doch da erblickte ich Ludvik. Er stand allein auf dem Grasstreifen am Straßenrand und betrachtete gedankenverloren die jungen Burschen auf ihren Pferden. Verfluchter Ludvik! Zum Teufel mit ihm! Soll er hingehen, wo der Pfeffer wächst! Bisher war er mir ausgewichen, heute würde ich ihm ausweichen. Ich kehrte ihm den Rücken zu und ging zu einer Bank, die unter einem jungen Apfelbaum auf dem Dorfplatz stand. Hier wollte ich mich niedersetzen und zuhören, wie das Rufen der Reiter aus der Ferne zu mir drang.

Und so saß ich da, lauschte und blickte vor mich hin. Der Ritt der Könige entfernte sich langsam. Sie drückten sich kläglich an die Ränder der Straße, auf der ununterbrochen Autos und Motorräder fuhren. Ihnen folgte ein Häufchen von Leuten. Ein jämmerlich kleines Häufchen. Jahr für Jahr kamen weniger Leute zum Ritt der Könige. Dafür war Ludvik dieses Jahr da. Was machte er eigentlich hier? Der Teufel soll dich holen, Ludvik. Jetzt ist es zu spät. Jetzt ist es für alles zu spät. Du bist nur als schlechtes Omen gekommen. Als schwarzes Vorzeichen. Als Menetekel. Und ausgerechnet jetzt, da mein Vladimir König ist.

Ich wandte den Blick ab. Auf dem Dorfplatz standen nur noch wenige Leute an den Ständen und vor dem Eingang zum Wirtshaus herum. Die meisten waren betrunken. Säufer sind die treuesten Anhänger folkloristischer Veranstaltungen. Die letzten Anhänger. Sie haben wenigstens einmal einen edlen Anlaß zum Trinken.

Dann setzte sich der alte Pekar zu mir auf die Bank. Es sei nicht mehr wie in alten Zeiten. Ich gab ihm recht. Es sei nicht mehr so. Wie schön mußten diese Ritte der Könige vor vielen Jahrzehnten oder Jahrhunderten gewesen sein! Sie waren vermutlich nicht so farbig wie heute. Heute ist es ein bißchen Kitsch und ein bißchen Kirmesmaskerade! Lebkuchenherzen auf den Brüsten der Pferde! Tonnen von Papierbändern aus dem Großhandel! Früher waren die Trachten auch bunt, aber einfacher. Die Pferde waren nur mit einem roten Tuch geschmückt, das man ihnen über dem Nacken vor die Brust band. Selbst der König trug keine Maske aus farbig gemusterten Bändern, sondern nur einen einfachen Schleier. Dafür hielt er eine Rose im Mund. Damit er nicht sprechen konnte.

Ja, Väterchen, vor einigen Jahrhunderten war es besser. Niemand mußte mühevoll den Jungen nachlaufen, damit sie sich gnädigst herabließen, am Ritt der Könige teilzunehmen. Niemand mußte vorher viele Tage auf Versammlungen vergeuden und sich herumstreiten, wer den Ritt organisieren und wem der Erlös zufallen sollte. Der Ritt der Könige entsprang dem dörflichen Leben wie eine Quelle. Und er zog aus seinem Dorf in die umliegenden Dörfer, um für seinen maskierten König Almosen zu sammeln. Irgendwo in einem fremden Dorf stieß man auf einen anderen Ritt der Könige, und es entbrannte ein Kampf. Beide Seiten verteidigten erbittert ihren König. Oft blitzten Messer und Säbel, oft floß Blut. Wenn die Reiterei einen fremden König gefangennahm, betrank sie sich in einem Wirtshaus auf Kosten von dessen Vater bis zur Bewußtlosigkeit.

Ja, ja, Väterchen, Ihr habt recht. Selbst damals, als ich König war, während der Okkupation, auch da war es anders als heute. Und sogar nach dem Krieg taugte das Ganze noch etwas. Wir hatten geglaubt, eine ganz neue Welt zu schaffen. Und daß die Menschen wie ehdem in ihren Volkstraditionen leben würden. Daß der Ritt der Könige wieder aus der Tiefe ihres Lebens hervorquelle. Bei diesem Hervorquellen wollten wir nachhelfen. Wir organisierten voller Begeisterung Volksfeste. Doch eine Quelle läßt sich nicht organisieren. Eine Quelle sprudelt, oder es gibt sie nicht. Seht, Väterchen, wie das alles nur noch herausgepreßt wird, unsere Lieder und die Ritte der Könige und all das. Es sind nur noch die letzten Tropfen, die letzten Tröpfchen.

Ach ja. Der Ritt der Könige war schon nicht mehr zu sehen. Er war wahrscheinlich in eine Seitengasse eingebogen. Doch das Rufen konnte man noch hören. Dieses Rufen war wunderschön. Ich schloß die Augen und stellte mir vor, daß ich zu einem anderen Zeitpunkt lebte. In einem anderen Jahrhundert. Vor langer Zeit. Und dann öffnete ich die Augen und sagte mir, es sei gut, daß Vladimir König war. Er war der König eines fast toten, aber unübertrefflich prachtvollen Reiches. Eines Reiches, dem ich bis an sein Ende treu bleiben würde.

Ich erhob mich von der Bank. Jemand begrüßte mich. Es war der alte Koutecky. Ich hatte ihn seit langem nicht gesehen. Er ging mühsam, auf einen Stock gestützt. Ich hatte ihn nie gemocht, auf einmal tat er mir wegen seines Alters leid. »Wohin des Weges?« fragte ich ihn. Er sagte, er mache seiner Gesundheit zuliebe jeden Sonntag einen Spaziergang. »Wie hat Ihnen der Ritt gefallen?« fragte ich. Er winkte ab: »Ich habe ihn mir nicht einmal angeschaut.« »Warum?« fragte ich. Er winkte verärgert ab, und in diesem Moment wurde mir klar, warum er ihn sich nicht angeschaut hatte. Unter den Zuschauern war Ludvik. Koutecky wollte ihm ebensowenig begegnen wie ich.

»Das wundert mich nicht«, sagte ich. »Mein Sohn ist König bei diesem Ritt, und trotzdem habe ich keine Lust, hinter ihm herzutrotten.« »Ihr Sohn ist dabei, der Vladimir?« »Ja«, sagte ich, »er reitet als König.« Koutecky sagte: »Das ist aber interessant.« »Warum sollte das interessant sein«, fragte ich. »Es ist sogar sehr interessant«, sagte Koutecky, und seine Augen blitzten. »Warum?« fragte ich abermals. »Der Vladimir ist doch mit unserem Mila zusammen«, sagte Koutecky. Ich wußte nicht, mit welchem Mila. Er erklärte mir, es sei sein Enkel, der Sohn seiner Tochter. »Das ist doch unmöglich«, sagte ich, »ich habe ihn eben noch gesehen, wie er aus unserem Hof geritten ist!« »Ich habe ihn auch gesehen. Mila hat ihn auf seinem Motorrad mitgenommen«, sagte Koutecky. »Das ist Unsinn«, sagte ich, aber gleich darauf fragte ich trotzdem: »Wohin sind sie gefahren?« »Ja, wenn Sie nichts davon wissen, werde ich es Ihnen nicht erzählen«, sagte Koutecky und verabschiedete sich.

7.

Ich hatte ganz und gar nicht damit gerechnet, Zemanek hier zu treffen (Helena hatte behauptet, er würde sie erst am Nachmittag abholen), und es war mir äußerst unangenehm, ihm hier zu begegnen. Es war aber nicht zu ändern, er stand jetzt hier vor mir und sah sich absolut ähnlich: sein gelbes Haar war immer noch genauso gelb, obwohl er es nicht mehr in langen Wellen nach hinten kämmte, sondern kurz geschnitten trug und nach der letzten Mode in die Stirn fallen ließ, er hielt sich immer noch genauso aufrecht und drückte den Nacken genauso krampfhaft nach hinten, während der Kopf sich ständig leicht vorneigte; er war immer noch genauso jovial und zufrieden, unverletzlich, die Gunst der Engel und eines jungen Mädchens waren ihm vergönnt, die Schönheit des Mädchens weckte in mir augenblicklich die Erinnerung an die peinliche Unvollkommenheit jenes Körpers, mit dem ich den gestrigen Nachmittag verbracht hatte.

In der Hoffnung, daß unsere Begegnung so kurz wie möglich sein würde, versuchte ich, die üblichen Konversationsbanalitäten, mit denen er mich überhäufte, mit üblichen Konversationsbanalitäten zu beantworten: er erklärte nochmals, wir hätten uns ja jahrelang nicht gesehen, und wunderte sich, daß wir uns nach so langer Zeit ausgerechnet hier begegneten, in diesem »Nest, wo Fuchs und Hase sich gute Nacht sagen«; ich sagte ihm, ich sei hier zur Welt gekommen; er sagte, ich solle ihm verzeihen, in diesem Falle habe hier sicher noch nie ein Fuchs einem Hasen gute Nacht gesagt; Fräulein Brodska lachte; ich reagierte nicht auf den

Witz und sagte, ich wundere mich nicht, ihm hier zu begegnen, er sei ja, soweit ich mich erinnere, schon immer ein Liebhaber der Folklore gewesen; Fräulein Brodska lachte wieder und sagte, sie seien nicht zum Ritt der Könige hierhergekommen; ich fragte sie, ob der Ritt der Könige ihr denn nicht gefalle; sie sagte, so etwas amüsiere sie nicht; ich fragte, warum; sie zuckte mit den Schultern, und Zemanek sagte: »Lieber Ludvik, die Zeiten haben sich geändert.«

Der Ritt der Könige war inzwischen wieder ein Haus weiter gezogen, zwei Reiter kämpften mit ihren Tieren, die störrisch geworden waren. Ein Reiter schrie den anderen an und beschuldigte ihn, das Pferd schlecht im Zaum zu halten, und Rufe wie »Rindvieh!« und »Idiot!« mischten sich auf lächerliche Weise in das Ritual des Festes. Fräulein Brodska sagte: »Das wäre schön, wenn alle Pferde scheuten!« Zemanek lachte fröhlich darüber, doch es gelang den Reitern nach einer Weile, ihre Pferde zu beruhigen, und das Hylom, hylom erschallte wieder gleichmäßig und erhaben durch das Dorf.

Wir gingen langsam hinter der schallend rufenden Reiterei her durch eine schmale Nebenstraße, die mit Gärtchen voller Blumen gesäumt war, und ich versuchte vergeblich nach einem natürlichen und ungezwungenen Vorwand, um mich von Zemanek zu verabschieden; ich mußte demütig an der Seite seines schönen Fräuleins gehen und den schleppenden Austausch unserer Konversationssätze weiterführen: ich erfuhr, daß in Bratislava, wo meine Gesprächspartner noch heute früh gewesen waren, genauso schönes Wetter war wie hier; ich erfuhr, daß sie mit Zemaneks Wagen hierhergekommen waren und kurz hinter Bratislava die Zündkerzen hatten auswechseln müssen; dann erfuhr ich auch, daß Fräulein Brodska Zemaneks Studentin war. Ich wußte von Helena, daß Zemanek an der Hochschule Marxismus-Leninismus lehrte, fragte ihn aber trotzdem, was er eigentlich unterrichte. Er antwortete *Philosophie* (die Art und Weise, wie er sein Fachgebiet nannte, schien mir kennzeichnend; noch vor wenigen Jahren hätte er gesagt, er lehre *Marxismus*, in letzter Zeit hatte dieses Fach aber, vor allem bei der Jugend, dermaßen an Beliebtheit eingebüßt, daß Zemanek, für den die Frage der Beliebtheit stets die wichtigste Frage gewesen war, den Marxismus schamhaft hinter einem allgemeineren Begriff versteckte). Ich wunderte mich und sagte, wenn ich mich richtig erinnerte, habe er doch Biologie studiert; in dieser Bemerkung lag Boshaftigkeit, die auf den weitverbreiteten Dilettantismus der Dozenten für Marxismus anspielte, die nicht durch Anstrengungen auf wissenschaftlichem Gebiet zu ihrem Beruf gekommen waren, sondern oft nur als Propagandisten des staatlichen Systems. In diesem Moment mischte sich Fräulein Brodska in das Gespräch ein und erklärte, die Lehrer für Marxismus hätten statt eines Gehirns eine politische Broschüre in ihrem Kopf, Pavel sei jedoch ganz anders. Zemanek kamen die Worte des Fräuleins gerade gelegen; er protestierte schwach, wodurch er seine Bescheidenheit zur Schau stellte, zugleich aber das Fräulein zu weiteren Lobreden provozierte. Und so erfuhr ich, daß Zemanek zu den beliebtesten Dozenten der Schule gehörte, daß die Studenten ihn gerade aus den Gründen vergötterten, aus denen ihn die Schulleitung nicht mochte: weil er immer sagte, was er dachte, weil er mutig war und auf seiten der Jugend stand. Zemanek protestierte immer noch schwach, und so erfuhr ich von dem Fräulein weitere Einzelheiten über verschiedene Konflikte, die Zemanek in den letzten Jahren hatte: als man ihn sogar von seinem Posten werfen wollte, weil er sich in seinen Vorlesungen nicht an die verknöcherten und veralteten Statuten hielt und die Jugend mit allem vertraut machen wollte, was sich in der modernen Philosophie abspielte (man behauptete, er wolle eine »feindliche Ideologie« einschmuggeln); als er einen Studenten davor bewahrte, wegen eines kindischen Zwischenfalls (eines Streits mit einem Polizisten) von der Schule gewiesen zu werden; der Rektor (Zemaneks Feind) habe das Verhalten des Studenten nämlich als *politisches* Vergehen qualifiziert; die Studentinnen der Fakultät hätten eine geheime Abstimmung durchgeführt, aus der Zemanek siegreich als beliebtester Pädagoge hervorgegangen sei. Zemanek protestierte gar nicht mehr gegen diese Flut des Lobes, und ich sagte (mit einem ironischen Unterton, der aber leider kaum verständlich war), daß ich Fräulein Brodska verstehen könnte, denn Zemanek sei, soweit ich mich erinnerte, auch zu meiner

Studentenzeit sehr beliebt und populär gewesen. Fräulein Brodska pflichtete mir eifrig bei: das wundere sie nicht, denn Pavel verstehe phantastisch zu reden und jeden Gegner in einer Debatte zu zerfetzen. »Das schon«, lachte jetzt Zemanek, »aber wenn ich sie in einer Debatte zerfetze, dann können sie mich auf andere Weise und mit viel wirksameren Mitteln zerfetzen.«

In der Selbstgefälligkeit des letzten Satzes sah ich Zemanek so, wie ich ihn kannte; doch der *Inhalt* dieser Worte entsetzte mich: Zemanek hatte seine ehemaligen Ansichten und Standpunkte offensichtlich radikal geändert, und wenn ich heute in seiner Nähe lebte, stünde ich in den Konflikten, die er durchmachte, wohl oder übel auf seiner Seite. Und gerade das war schrecklich, gerade darauf war ich nicht gefaßt gewesen, gerade damit hatte ich nicht gerechnet, obwohl eine solche Änderung der Einstellung natürlich kein Wunder war, im Gegenteil, sie war normal, sehr viele hatten sie hinter sich, und langsam aber sicher machte die ganze Gesellschaft sie durch. Nur hatte ich gerade bei Zemanek nicht mit dieser Veränderung gerechnet; er war in meinem Gedächtnis als die Gestalt versteinert, wie ich ihn zum letzten Mal gesehen hatte, und ich verweigerte ihm jetzt verbissen das Recht, anders zu sein, als ich ihn gekannt hatte.

Gewisse Leute behaupten, die Menschheit zu lieben, und andere setzen dem zu Recht entgegen, lieben könne man nur im Singular, also nur einzelne Menschen; ich bin damit einverstanden und füge dem noch hinzu, daß dies nicht nur für die Liebe, sondern auch für den Haß gilt. Der Mensch, dieses Wesen, das nach Gleichgewicht lechzt, gleicht die ihm aufgebürdete Last des Bösen durch die Last des Hasses aus. Versuchen Sie aber, den Haß auf eine reine Abstraktion von Prinzipien zu richten, auf Ungerechtigkeit, Fanatismus, Grausamkeit, oder, wenn Sie zu dem Schluß gelangt sind, daß das menschliche Prinzip an sich hassenswert sei, versuchen Sie einmal, die Menschheit zu hassen! Solche Haßgefühle sind übermenschlich, und folglich konzentriert der Mensch seinen Zorn, um ihn zu mildern (im Bewußtsein seiner begrenzten Kräfte) am Ende immer nur auf einen einzelnen.

Und deshalb war ich so entsetzt. Auf einmal fiel mir ein, daß Zemanek sich jeden Augenblick auf seine Wandlung (die er mir übrigens fast verdächtig schnell demonstriert hatte) berufen und mich in deren Namen um Verzeihung bitten könnte. Das schien mir schrecklich. Was sollte ich ihm sagen? Was sollte ich ihm antworten? Wie sollte ich ihm erklären, daß ich mich nicht mit ihm versöhnen konnte? Wie sollte ich ihm erklären, daß ich mit einem Schlag mein inneres Gleichgewicht verlieren würde? Wie sollte ich ihm erklären, daß dadurch ein Arm meiner inneren Waage plötzlich nach oben schnellen würde? Wie sollte ich ihm erklären, daß ich durch den Haß auf ihn die Last des Bösen aufwog, die auf meine Jugend, auf mein Leben niedergefallen war? Wie sollte ich ihm erklären, daß ich alles Böse in meinem Leben gerade in ihm verkörpert sah? Wie sollte ich ihm erklären, daß ich ihn hassen *mußte*?

8.

Die Leiber der Pferde füllten die schmale Straße aus. Ich sah den König aus einigen Metern Entfernung. Er saß etwas abseits von den übrigen auf seinem Pferd. An seiner Seite zwei andere Pferde mit zwei anderen Jungen, seinen Pagen. Ich war verwirrt. Er hat einen leicht gebeugten Rücken wie Vladimir. Er sitzt ruhig da, irgendwie ohne Interesse. Ist er es? Vielleicht. Aber es könnte genausogut jemand anderes sein.

Ich drängte mich weiter vor. Ich muß ihn doch erkennen, seine Körperhaltung, jede seiner Gesten ist doch in mein Gedächtnis eingegraben! Ich liebe ihn doch, und die Liebe hat ihren Instinkt!

Jetzt stand ich dicht neben ihm. Ich könnte ihn ansprechen. Es wäre so einfach. Aber sinnlos. Der König darf nicht sprechen.

Dann zog die Reiterei ein Haus weiter. Jetzt werde ich ihn erkennen! Der Schritt des Pferdes wird ihn zu einer Bewegung veranlassen, durch die er sich verraten wird. Der König richtete sich tatsächlich ein wenig auf, als das Pferd die ersten Schritte machte, doch verriet das keineswegs, wer unter dem Tuch verborgen war. Die grellfarbenen Bänder über seinem Gesicht waren hoffnungslos undurchsichtig.

9.

Der Ritt der Könige war einige Häuser weitergezogen, mit einem Häufchen anderer Neugieriger folgten wir ihm, und unser Gespräch sprang auf andere Themen über: Fräulein Brodska war von Zemanek auf sich selbst gekommen und erzählte, wie gern sie per Anhalter führe. Der (etwas affektierte) Nachdruck, mit dem sie darüber sprach, machte mir sogleich klar, daß sie ihre *Generationsdemonstration* vollführte. Die Unterwerfung unter eine Generationsmentalität (diesen Herdenstolz) war mir schon immer zuwider gewesen. Als Fräulein Brodska eine provokative Betrachtung darüber anstellte (ich hatte sie von ihren Altersgenossen bestimmt schon fünfzigmal gehört), daß die Menschheit sich aufteile in diejenigen, die Anhalter mitnähmen (frei denkende Menschen, die Abenteuer liebten) und solche, die nicht anhielten (unmenschliche Menschen, die Angst vor dem Leben hatten), nannte ich sie scherzend eine »Dogmatikerin des Autostops«. Sie antwortete mir scharf, sie sei weder eine Dogmatikerin noch eine Revisionistin, weder eine Sektiererin noch eine Abweichlerin, sie sei weder klassenbewußt noch unbewußt, das seien alles nur Wörter, die wir uns ausgedacht hätten, die zu uns gehörten, *ihnen* aber fremd seien.

»Ja«, sagte Zemanek, »sie sind anders. *Zum Glück* sind sie anders. Auch ihr Wortschatz ist zum Glück anders. Weder unser Erfolg noch unsere Schuld interessieren sie. Du wirst es kaum glauben, aber bei den Aufnahmeprüfungen für die Hochschule wissen diese jungen Leute nicht einmal mehr, was die Prozesse gewesen sind, Stalin ist für sie nur noch ein Name. Stell dir vor, die Mehrheit hat nicht einmal gewußt, daß auch in Prag vor zehn Jahren Prozesse stattgefunden haben.«

»Gerade das kommt mir schrecklich vor«, sagte ich.

»Es spricht nicht gerade für ihre Bildung. Doch liegt darin für sie eine Befreiung. Sie haben unserer Welt den Zutritt zu ihrem Bewußtsein verwehrt. Sie haben sie mit allem, was dazugehört, abgelehnt.«

»Blindheit hat Blindheit abgelöst.«

»Ich würde das nicht so sagen. Sie imponieren mir nämlich. Ich mag sie, gerade weil sie völlig anders sind. Sie lieben ihre Körper. Wir haben sie vernachlässigt. Sie reisen gern. Wir haben immer auf demselben Fleck gehockt. Sie lieben das Abenteuer. Wir haben unser Leben auf Versammlungen abgesessen. Sie lieben Jazz. Wir haben nicht sehr gelungen die Folklore imitiert. Sie widmen sich egoistisch nur sich selbst. Wir wollten die Welt erlösen. In Wirklichkeit haben wir mit unserem Messianismus die Welt beinahe vernichtet. Sie werden sie mit ihrem Egoismus vielleicht retten.«

10.

Wie ist das möglich? Der König! Die hochaufgerichtete, in bunte Farben gehüllte Gestalt auf dem Pferd! Wie oft habe ich ihn gesehen, und wie oft habe ich ihn mir vorgestellt! Die vertrauteste aller Vorstellungen! Und nun ist sie Wirklichkeit geworden, und die ganze Vertrautheit ist verschwunden. Es ist plötzlich nur noch eine farbige Larve, und ich weiß nicht, was hinter ihr steckt. Aber was ist vertraut an dieser wirklichen Welt, wenn nicht mein König?

Mein Sohn. Der Mensch, der mir am nächsten ist. Ich stehe vor ihm und weiß nicht, ob er es ist oder nicht. Was weiß ich denn, wenn ich nicht einmal das weiß? Was für Sicherheiten habe ich auf dieser Welt, wenn nicht einmal das für mich eine Sicherheit ist?

11.

Während Zemanek sich dem Lobgesang auf die junge Generation hingab, betrachtete ich Fräulein Brodska und stellte betrübt fest, daß sie ein hübsches und sympathisches Mädchen war, und ich empfand Neid und Bedauern, daß sie nicht mir gehörte. Sie ging neben Zemanek, war gesprächig, ergriff immer wieder seine Hand, wandte sich vertrauensvoll an ihn, und ich dachte (wie ich es von Jahr zu Jahr häufiger tue), daß ich seit Lucies Zeiten nie mehr ein Mädchen hatte, das ich geliebt und geachtet hätte. Das Leben verhöhnte mich, indem es mir meinen Mißerfolg in der Gestalt der Geliebten jenes Mannes vor Augen führte, den ich tags zuvor in einer grotesken sexuellen Schlacht auf selbstbetrügerische Weise zu besiegen versucht hatte.

Je mehr Fräulein Brodska mir gefiel, desto deutlicher wurde mir klar, wie stark sie mit der Denkweise ihrer Altersgenossen übereinstimmte, für die ich und meine Altersgenossen zu einer gleichförmigen Masse zerflossen; für sie waren wir alle durch denselben unverständlichen Jargon deformiert, durch dasselbe überpolitisierte Denken, durch dieselben Ängste, durch dieselben eigenartigen Erlebnisse in irgendeiner schwarzen, ihnen schon fernen Zeit.

In diesem Augenblick begriff ich schlagartig, daß die Ähnlichkeit zwischen mir und Zemanek nicht darauf beruhte, daß sich Zemanek in seinen Ansichten gewandelt hatte und mir dadurch nähergekommen war, sondern daß sie tiefer lag und unsere Schicksale *insgesamt* betraf: der Blick Fräulein Brodskas und ihrer Altersgenossen ließ uns auch dort ähnlich werden, wo wir uns als erbitterte Gegner gegenüberstanden. Ich spürte mit einem Mal: müßte ich die Geschichte meines Parteiausschlusses vor Fräulein Brodska erzählen (ich würde mich weigern!), so käme diese ihr fremd und zu *literarisch* vor (ach ja, ein Thema, das schon in so vielen schlechten Romanen abgehandelt worden ist!), und in dieser Geschichte wären Zemanek und ich ihr gleich zuwider, mein und sein Denken, meine und seine Haltung (beide gleich abartig). Ich sah, wie über unseren Streit, den ich als noch immer gegenwärtig und lebendig empfand, die glättenden Wogen der Zeit hinweggingen, die bekanntlich die Unterschiede zwischen ganzen Epochen und erst recht zwischen zwei armseligen Einzelwesen verschwinden lassen konnten. Ich aber wehrte mich mit Händen und Füßen dagegen, auf den Vorschlag zur Versöhnung, den die Zeit selbst machte, einzugehen. Ich lebte schließlich nicht in der Ewigkeit, ich war in den siebenunddreißig Jahren meines Lebens verankert und wollte mich nicht von ihnen lossagen (wie Zemanek sich von ihnen losgesagt hatte, indem er sich die Mentalität der Jüngeren so rasch zu eigen gemacht hatte), nein, ich wollte nicht aus der Schale meines Schicksals schlüpfen, mich nicht von meinen siebenunddreißig Jahren lossagen, mochten sie eine noch so geringe, noch so flüchtige Zeitspanne darstellen, die schon jetzt in Vergessenheit geriet, jetzt schon vergessen war.

Und wenn Zemanek sich vertraulich zu mir neigte und von dem zu reden anfinge, was damals gewesen war, und wenn er Versöhnung verlangte, so würde ich diese Versöhnung ablehnen; ja, ich würde diese Versöhnung ablehnen, auch wenn Fräulein Brodska und alle ihre Altersgenossen, auch wenn die Zeit selbst Fürsprache einlegen sollte.

12.

Müdigkeit. Auf einmal hatte ich Lust, alles mit einer Handbewegung abzutun. Fortzugehen und mich um nichts mehr zu kümmern. Ich mag nicht mehr in dieser Welt der materiellen Dinge sein, die ich nicht verstehe und die mich täuschen. Es gibt noch eine andere Welt. Eine Welt, in der ich daheim bin, in der ich mich auskenne. Dort gibt es einen Weg, einen Strauch wilder Rosen, einen Deserteur, einen fahrenden Musikanten und meine Mutter.

Dann habe ich mich trotzdem überwunden. Ich muß. Ich muß meinen Streit mit der Welt der materiellen Dinge bis zum Ende ausfechten. Ich muß allen Irrtümern und allen Täuschungen auf den Grund blicken.

Soll ich jemanden fragen? Die Jungen aus dem Reiterzug? Soll ich mich von allen auslachen lassen? Der heutige Morgen kam mir in den Sinn. Das Einkleiden des Königs. Und plötzlich wußte ich, wohin ich gehen mußte.

13.

Unser König, der ist arm, aber ohne allen Harm, riefen die Reiter, schon wieder einige Häuser weiter, und wir gingen hinter ihnen her. Die reich mit Bändern verzierten Hinterteile der Pferde, blaue, rosarote, grüne und violette Hinterteile, wogten vor uns auf und ab, und Zemanek wies plötzlich in ihre Richtung und sagte zu mir: »Da ist Helena.« Ich blickte dorthin, sah aber nichts weiter als farbige Pferdeleiber. Zemanek zeigte noch einmal: »Dort.« Ich sah sie, halb verdeckt von einem Pferd, und da spürte ich, wie ich errötete: die Art, wie Zemanek sie mir zeigte (er sagte nicht »meine Frau«, sondern »Helena«), sprach dafür, daß er wußte, daß ich sie kannte.

Helena stand am Rande des Gehsteigs und hielt das Mikrophon in der ausgestreckten Hand; vom Mikrophon führte ein Kabel zum Tonband, das ein junger Mann in Lederjacke und Jeans mit Kopfhörern auf den Ohren über der Schulter hängen hatte. Wir blieben unweit von ihnen stehen. Zemanek sagte (völlig unvermittelt und beiläufig), Helena sei eine fantastische Frau, die nicht nur immer noch fabelhaft aussähe, sondern auch unheimlich fähig sei, und er wundere sich überhaupt nicht, daß ich mich mit ihr verstehe.

Ich spürte, wie meine Wangen heiß wurden: Zemaneks Bemerkung war nicht aggressiv vorgebracht, vielmehr in einem sehr wohlwollenden Ton, und über das Wesen der Dinge ließ mich auch Fräulein Brodska nicht im Zweifel, die mich bedeutungsvoll lächelnd anblickte, als wollte sie mir unbedingt zu verstehen geben, daß sie informiert sei, mit mir sympathisiere, ja sogar meine Verbündete sei.

Zemanek fuhr inzwischen mit seinen wohlwollenden Bemerkungen über seine Ehefrau fort, und er bemühte sich, mir zu verstehen zu geben (über Umwege und durch Anspielungen), daß er alles wisse, darin aber nichts sehe, was nicht in Ordnung wäre, daß er Helenas Privatleben ganz liberal gegenüberstehe; um seinen Worten sorglose Leichtigkeit zu verleihen, zeigte er auf den jungen Mann, der das Tonband trug, und sagte, dieser Jüngling (der mit seinen Kopfhörern wie ein großer Käfer aussehe) sei schon seit zwei Jahren rasend in Helena verliebt, ich sollte mich vor ihm in acht nehmen. Fräulein Brodska lachte und fragte, wie alt er vor diesen zwei Jahren denn gewesen sei. Zemanek sagte, siebzehn, und um sich zu verlieben, sei das alt genug. Dann erklärte er scherzhaft, Helena habe allerdings für Grünschnäbel nichts übrig und sei überhaupt eine ehrbare Frau, so ein Junge sei aber umso wilder, je erfolgloser er sei, und sicher würde er sich sogar auf eine Schlägerei einlassen. Fräulein Brodska warf (ganz im Sinne unserer belanglosen Scherze) ein, ich würde mit dem Jungen doch sicher fertig werden.

»Ich weiß nicht, ich weiß nicht«, sagte Zemanek lächelnd.

»Du darfst nicht vergessen, daß ich in der Kohlengrube gearbeitet habe. Seither habe ich Muskeln«, sagte ich, um auch etwas belanglos Scherzhaftes hinzuzufügen; ich war mir nicht bewußt, daß ich mit dieser Bemerkung das Scherzhafte unserer Unterhaltung überschritten hatte.

»Sie haben in einer Kohlengrube gearbeitet?« fragte Fräulein Brodska.

»Diese zwanzigjährigen Jungs«, hielt Zemanek stur an seinem Thema fest, »sind wirklich gefährlich, wenn sie in einer Clique sind, sie können jemanden, der ihnen nicht paßt, ganz schön zurichten.«

»Und wie lange?« fragte Fräulein Brodska.

»Fünf Jahre«, sagte ich.

»Und wann?«

»Noch vor neun Jahren.«

»Das ist schon lange her, da sind Ihre Muskeln inzwischen wieder erschlafft«, sagte sie, weil sie den freundschaftlichen Scherzen schnell ein eigenes Scherzchen hinzufügen wollte. Ich dachte in diesem Moment aber tatsächlich an meine Muskeln und daran, daß sie keineswegs erschlafft waren, daß ich im Gegenteil noch in glänzender Kondition war und den Blondschopf, mit dem ich mich da unterhielt, nach allen erdenklichen Regeln verprügeln könnte – und was das Wichtigste und das Traurigste war: daß ich nichts hatte als diese Muskeln, um ihm die alte Schuld heimzuzahlen.

Wieder stellte ich mir vor, daß sich Zemanek jovial und lächelnd zu mir wandte und mich bat, alles zu vergessen, was einmal zwischen uns gewesen war, und ich hatte das Gefühl, als sei man mir in den Rücken gefallen: Zemaneks Bitte um Verzeihung wurde nämlich nicht nur von seinem Gesinnungswandel, von der Zeit und ihrer Vogelperspektive, von Fräulein Brodska und ihren Altersgenossen, sondern auch von Helena unterstützt (ja, alle standen jetzt an seiner Seite und gegen mich!), indem Zemanek mir den Ehebruch verzieh, bestach er mich, daß auch ich ihm verzeihen sollte!

Als ich (in meiner Vorstellung) sein erpresserisches Gesicht sah, das sich durch seine großen Verbündeten so sicher fühlte, packte mich plötzlich eine solche Lust, ihn zu schlagen, daß ich tatsächlich sah, wie ich ihn schlug. Um uns herum stampften die rufenden Reiter, die Sonne war herrlich golden, Fräulein Brodska erzählte etwas, und ich sah vor meinen wütenden Augen, wie Blut über sein Gesicht rann.

Ja, so war das in meiner Vorstellung; was aber würde ich in Wirklichkeit tun, wenn er mich bäte, ihm zu verzeihen?

Mit Entsetzen wurde mir klar, daß ich nichts täte.

Wir waren inzwischen bei Helena und ihrem Techniker angelangt, der sich gerade die Kopfhörer abnahm. »Ihr habt bereits Bekanntschaft geschlossen?« fragte Helena verwundert, als sie mich mit Zemanek sah.

»Wir kennen uns schon sehr lange«, sagte Zemanek.

»Woher denn?« wunderte sie sich.

»Wir kennen uns aus unserer Studentenzeit, wir haben an derselben Fakultät studiert«, sagte Zemanek, und mir schien, als sei dies eine der letzten Brücken, über die er mich zu der schmachvollen (einer Hinrichtungsstätte vergleichbaren) Stelle führte, an der er mich um Verzeihung bitten würde.

»Mein Gott, so ein Zufall«, sagte Helena.

»So geht es auf dieser Welt«, sagte der Techniker, um kundzutun, daß er auch noch auf der Welt war.

»Euch beide habe ich noch nicht bekannt gemacht«, fiel Helena ein, und sie sagte: »Das ist Jindra.«

Ich reichte Jindra (einem unscheinbaren Jungen mit Sommersprossen) die Hand, und Zemanek sagte zu Helena: »Fräulein Brodska und ich hatten gedacht, wir würden dich mitnehmen, aber ich verstehe gut, daß dir das jetzt ungelegen kommt und du mit Ludvik zurückfahren möchtest . . .«

»Sie fahren mit uns?« fragte mich der Junge in den Jeans, und mir schien, als fragte er das nicht gerade freundlich.

»Bist du mit dem Wagen hier?« fragte mich Zemanek.

»Ich habe kein Auto«, antwortete ich.

»Dann fährst du am besten mit den beiden, da hast du es bequem und bist in bester Gesellschaft«, sagte er.

»Ich fahre aber hundertdreißig! Nicht, daß Sie sich fürchten!« sagte der Junge in den Jeans.

»Jindra!« wies Helena ihn zurecht.

»Du könntest auch mit uns fahren«, sagte Zemanek, »ich denke aber, daß du die neue Freundin dem alten Freund vorziehst.« Er nannte mich jovial und ganz nebenbei seinen *Freund*, und ich war mir sicher, daß die schmachvolle Versöhnung nur noch ein kleines Stück von uns entfernt war; übrigens verstummte Zemanek jetzt für ein Weilchen, als zögerte er, und ich hatte das Gefühl, als würde er mich im nächsten Augenblick zur Seite nehmen, um mit mir unter vier Augen zu sprechen (ich neigte den Kopf, als legte ich ihn unter ein Fallbeil), aber ich hatte mich geirrt: Zemanek sah auf seine Uhr und sagte: »Wir haben eigentlich nicht mehr viel Zeit, da wir vor fünf in Prag sein möchten. Na, das ist weiter nicht schlimm, wir müssen uns verabschieden. Tschüß, Helena.« Er gab Helena die Hand, sagte dann noch zu mir und dem Techniker tschüß und reichte uns die Hand. Auch Fräulein Brodska gab allen die Hand, hakte sich bei Zemanek ein, und die beiden gingen weg.

Sie gingen weg. Ich konnte meine Augen nicht von ihnen losreißen: Zemanek ging aufrecht, mit seinem stolzen, hocherhobenen (siegreichen) blonden Kopf, und die Dunkelhaarige schwebte an seiner Seite; sie war selbst von hinten schön, sie hatte einen leichten Gang, sie gefiel mir; sie gefiel mir fast schmerzlich, da ihre entschwindende Schönheit mir gegenüber von eisiger *Gleichgültigkeit* war, genau so, wie Zemanek (in seiner Herzlichkeit, seiner Beredsamkeit, mit seinem Gedächtnis und seinem Gewissen) mir gegenüber gleichgültig war, genau so, wie meine ganze Vergangenheit mir gegenüber gleichgültig war, diese Vergangenheit, mit der ich mich in meiner Geburtsstadt verabredet hatte, um mich an ihr zu rächen, die jedoch so achtlos an mir vorbeigegangen war, als würde sie mich nicht kennen.

Ich glaubte, vor Erniedrigung und Schmach zu ersticken. Ich wünschte mir nichts sehnlicher, als zu verschwinden, allein zu sein und diese ganze schmutzige und irrige Geschichte auszulöschen, diesen dummen Scherz, Helena und Zemanek auszulöschen, das Vorgestern, das Gestern und das Heute, es auszulöschen, auszulöschen, damit keine Spur mehr davon übrigbliebe. »Sind Sie mir böse, wenn ich mit der Genossin Redakteurin ein paar Worte unter vier Augen rede?« fragte ich den Techniker.

Ich nahm Helena beiseite; sie wollte mir etwas erklären, sie sagte etwas von Zemanek und seinem Fräulein, sie entschuldigte sich verworren, daß sie ihm alles habe sagen müssen; doch in diesem Augenblick interessierte mich nichts mehr; ich war von einem einzigen Wunsch erfüllt: fort zu sein, fort zu sein von hier und von dieser ganzen Geschichte; hinter alles einen Schlußpunkt zu setzen. Ich wußte, daß ich Helena nicht länger täuschen durfte; sie war mir gegenüber schuldlos, und ich hatte gemein gehandelt, als ich sie für mich in einen bloßen Gegenstand verwandelte, in einen Stein, den ich nach jemand anderem werfen wollte (und nicht konnte). Ich glaubte, an dem höhnischen Mißerfolg meiner Rache und an der Niedertracht meines eigenen Handelns zu ersticken, und ich war entschlossen, wenigstens jetzt dem allem ein Ende zu setzen, spät zwar, aber ehe es zu spät wäre. Erklären konnte ich ihr aber nichts; nicht nur, weil ich sie durch die Wahrheit verletzt hätte, sondern auch, weil sie das kaum begriffen hätte. Also suchte ich nur in der Resolutheit meiner Feststellung Zuflucht: ich wiederholte ihr mehrere Male, daß wir zum letzten Mal zusammen gewesen wären, daß ich sie nicht mehr treffen würde, daß ich sie nicht liebte und sie das begreifen müßte.

Es war aber weit schlimmer, als ich geahnt hatte; Helena erblaßte, sie begann zu zittern, sie wollte mir nicht glauben, sie wollte mich nicht loslassen; ich machte ein kleines Martyrium durch, ehe ich mich endlich freimachen und weggehen konnte.

14.

Rundum nur Pferde und Bänder, und ich blieb stehen, stand lange dort, und dann kam Jindra zu mir und faßte meine Hand, drückte sie und fragte, was haben Sie, was haben Sie, und ich ließ meine Hand in der seinen und sagte, nichts Jindra, ich habe nichts, was sollte ich haben, und meine Stimme klang irgendwie fremd und hoch, ich redete in seltsamer Hast weiter: was müssen wir noch aufnehmen, dieses Ausrufen haben wir, wir haben zwei Interviews, jetzt muß ich noch den Kommentar sprechen, und ich redete über Dinge, an die ich überhaupt nicht denken konnte, und er stand wortlos neben mir und drückte meine Hand.

Eigentlich hatte er mich noch nie berührt, er war immer schüchtern gewesen, doch alle wußten, daß er in mich verliebt war, und jetzt stand er neben mir und drückte meine Hand, und ich faselte etwas über die Sendung, die wir vorbereiteten, ich dachte aber nicht daran, ich dachte an Ludvik, und dann ging mir außerdem durch den Kopf, und das war komisch, wie ich jetzt vor Jindra dastehe, ob ich nicht durch diese Aufregung häßlich aussehe, aber das vermutlich nicht, ich hatte ja nicht geheult, ich war nur aufgewühlt, nichts weiter . . .

Weißt du was, Jindra, laß mich ein Weilchen allein, ich werde diesen Kommentar schreiben und wir nehmen ihn gleich auf, er hielt mich noch etwas an der Hand und fragte zärtlich, was haben Sie, Helena, was haben Sie, ich entwand mich ihm und ging in den Nationalausschuß, wo man uns einen Raum zur Verfügung gestellt hatte, ich kam dort an, endlich war ich allein, ein leerer Raum, ich sank auf einen Stuhl nieder und legte den Kopf auf den Tisch und verharrte eine Weile so. Mein Kopf schmerzte irrsinnig. Ich öffnete meine Handtasche, ob ich nicht Tabletten bei mir hätte, ich wußte aber nicht, weshalb ich sie öffnete, denn ich wußte ja, daß ich keine Tabletten bei mir hatte, dann kam mir in den Sinn, daß Jindra stets verschiedene Medikamente bei sich hatte, am Kleiderständer hing sein Kittel, ich steckte die Hand in die Tasche und tatsächlich, es war ein Röhrchen drin, ja, gegen Kopfschmerzen, Zahnschmerzen, Ischias und Neuralgien, gegen Seelenschmerz war es nicht, aber wenigstens dem Kopf könnte es helfen.

Ich ging zum Wasserhahn, der sich in einer Ecke des Nachbarraumes befand, füllte ein altes Senfglas und spülte zwei Tabletten hinunter. Zwei, das genügt, das hilft vermutlich, gegen Seelenschmerz hilft mir Algena allerdings nicht, es sei denn, ich schlucke das ganze Röhrchen, in großer Dosis ist Algena ein Gift, und Jindras Röhrchen ist noch fast voll, das könnte ausreichen.

Das war aber nur eine Idee, eine reine Vorstellung, nur kehrte diese Vorstellung unablässig zurück, ich mußte daran denken, warum ich überhaupt lebte, was für einen Sinn es hatte, daß ich weiterlebte, aber eigentlich stimmte das nicht, ich dachte nichts Derartiges, ich dachte in diesem Augenblick überhaupt nicht viel, ich stellte mir nur vor, daß ich nicht mehr lebte, und bei diesem Gedanken wurde mir plötzlich so leicht ums Herz, so sonderbar leicht, daß ich Lust hatte zu lachen, und ich begann wohl wirklich zu lachen.

Ich legte noch eine Tablette auf die Zunge, ich war keineswegs entschlossen, mich zu vergiften, ich hielt nur dieses Röhrchen fest in meiner Hand und sagte mir, »Ich halte meinen Tod in der Hand«, und ich war wie verzaubert von dieser Einfachheit, es war mir, als näherte ich mich Schritt für Schritt einer tiefen Schlucht, nicht etwa, um mich hinabzustürzen, sondern nur, um hinunterzuschauen. Ich füllte das Glas mit Wasser, schluckte noch eine Tablette und kehrte in unseren Raum zurück, das Fenster stand offen, und von weitem war immer noch das Hylom, hylom, hört ihr Leut zu vernehmen, dazwischen hörte man Autolärm, dröhnende

Lastwagen, dröhnende Motorräder, die Motorräder übertönten alles, was schön war auf dieser Welt, woran ich glaubte und wofür ich lebte, dieser Krach war unerträglich, und unerträglich war auch die machtlose Schwäche der ausrufenden Stimmchen, und so schloß ich das Fenster und verspürte wieder diesen langen, beharrlichen Schmerz in der Seele.

In meinem ganzen Leben hat Pavel mir nie so weh getan wie du, Ludvik, in einer einzigen Minute, Pavel verzeihe ich, ich verstehe ihn, seine Flamme verbrennt rasch, er muß sich neue Nahrung und neue Zuschauer und ein neues Publikum suchen, er hat mir oft weh getan, doch durch diesen frischen Schmerz hindurch sehe ich ihn jetzt ohne Zorn, ganz wie eine Mutter, er ist ein Prahlhans, ein Komödiant, ich lächle über seinen jahrelangen Versuch, sich meinen Armen zu entwinden, ach geh doch, Pavel, geh, ich verstehe dich, aber dich, Ludvik, dich verstehe ich nicht, du bist in einer Maske zu mir gekommen, du bist gekommen, um mich zum Leben zu erwecken und die zu neuem Leben Erweckte zu vernichten, dich und nur dich verfluche ist, ich verfluche dich und bitte dich gleichzeitig zu kommen, zu kommen und dich meiner zu erbarmen.

Mein Gott, vielleicht ist alles nur ein grauenhaftes Mißverständnis, vielleicht hat Pavel dir etwas gesagt, als ihr beide allein wart, was weiß ich, ich habe dich danach gefragt, ich habe dich angefleht, mir zu erklären, weshalb du mich nicht mehr liebst, ich wollte dich nicht loslassen, viermal habe ich dich zurückgehalten, aber du wolltest nichts hören, du hast gesagt, es sei Schluß, Schluß, endgültig Schluß, unwiderruflich Schluß, also gut, Schluß, habe ich dir schließlich zugestimmt, und ich hatte eine hohe Sopranstimme, als redete jemand anderes, ein Mädchen vor der Pubertät, und mit dieser hohen Stimme habe ich gesagt, *dann wünsche ich dir eine gute Reise*, das ist komisch, ich weiß überhaupt nicht, weshalb ich dir eine gute Reise gewünscht habe, aber ständig lag mir das zuvorderst auf der Zunge, ich wünsche dir eine gute Reise, dann wünsche ich dir eine gute Reise . . .

Vielleicht weißt du nicht, wie sehr ich dich liebe, bestimmt weißt du nicht, wie sehr ich dich liebe, vielleicht denkst du, ich sei nur so ein Weibsbild, das auf Abenteuer aus ist, und du ahnst nicht, daß du mein Schicksal, mein Leben, mein alles bist . . . Vielleicht wirst du mich hier finden, zugedeckt unter einem weißen Tuch, und dann wirst du begreifen, daß du das Kostbarste, was du im Leben hattest, getötet hast . . . oder du wirst kommen, mein Gott, und ich werde noch am Leben sein, und du wirst mich retten können, und du wirst vor mir knien und weinen, und ich werde deine Hände und deine Haare streicheln und dir verzeihen, alles werde ich dir verzeihen . . .

15.

Da war wirklich nichts zu machen, ich mußte diese schlechte Geschichte verscheuchen, diesen schlechten Scherz, der sich nicht mit sich selbst zufriedengab, sondern sich ungeheuerlich um weitere und weitere dumme Scherze vermehrte, ich wollte diesen ganzen Tag auslöschen, der nur durch ein Versehen entstanden war, weil ich nämlich am Morgen zu spät aufgewacht war und nicht mehr abreisen konnte, aber ich wollte alles auslöschen, was auf diesen Tag hingezielt hatte, das törichte Bemühen um Helena, das ebenfalls auf einem Irrtum beruhte.

Ich eilte davon, als spürte ich Helenas verfolgende Schritte in meinem Rücken, und da fiel mir ein: selbst wenn es möglich wäre, diese überflüssigen Tage tatsächlich aus meinem Leben zu löschen, was würde es helfen, wo doch die *ganze* Geschichte meines Lebens auf einem Irrtum beruhte, auf dem schlechten Scherz der Ansichtskarte, auf diesem Zufall, diesem Unsinn? Und ich empfand Entsetzen darüber, daß irrtümlich entstandene Dinge genau so wirklich waren wie zu Recht und aus Notwendigkeit entstandene Dinge.

Wie gerne widerriefe ich die Geschichte meines Lebens! Doch durch welche Macht könnte ich sie widerrufen, da die Irrtümer, aus denen sie hervorgegangen war, nicht nur *meine* Irrtümer waren? *Wer* hatte sich denn damals geirrt, als der dumme Scherz meiner Ansichtskarte ernstgenommen wurde? Wer hatte sich geirrt, als Alexejs Vater (der heute übrigens rehabilitiert, aber dennoch tot ist) verhaftet und ins Gefängnis geworfen wurde? Diese Irrtümer waren so üblich und so allgemein, daß sie keineswegs eine Ausnahme oder einen »Fehler« in der Ordnung der Dinge darstellten, nein, gerade sie bildeten die Ordnung der Dinge. Wer also hatte sich geirrt? Die Geschichte selbst? Die göttliche, die vernünftige? Aber warum eigentlich sollten dies ihre *Irrtümer* sein? So erscheint es nur meinem menschlichen Verstand, falls die Geschichte aber tatsächlich einen eigenen Verstand hat, warum sollte es ein Verstand sein, der nach menschlichem Verständnis strebt? Was ist, wenn die Geschichte scherzt? Und da wurde mir klar, welch hilfloses Unterfangen es war, seinen eigenen Scherz widerrufen zu wollen, wo ich selbst mit meinem ganzen Leben in einen viel umfassenderen (für mich nicht absehbaren) und absolut unwiderrufbaren Scherz verwickelt war.

Auf dem Dorfplatz (auf dem es bereits still war, da der Ritt der Könige nun durch die andere Hälfte des Dorfes zog) sah ich eine große, gegen eine Mauer gelehnte Tafel, auf der mit roten Buchstaben angekündigt wurde, daß heute um vier Uhr nachmittags im Gartenrestaurant die Zimbalkapelle spielte. Neben der Tafel war die Eingangstür zum Wirtshaus, und da mir bis zur Abfahrt des Busses noch fast zwei Stunden blieben und es Zeit zum Mittagessen war, ging ich hinein.

16.

Ich hatte eine wahnsinnige Lust, noch ein Stückchen näher an diesen Abgrund heranzutreten, ich wollte mich über das Geländer beugen und hinunterblicken, als könnte dieser Blick mir Trost und Versöhnung bringen, als könnten wir dort unten, wenigstens dort unten, wenn schon nicht anderswo, als könnten wir dort unten zueinander finden und zusammensein, ohne Mißverständnisse, ohne böse Menschen, ohne zu altern, ohne Traurigkeit und für immer ... Ich ging wieder in das andere Zimmer, bisher hatte ich vier Tabletten genommen, das ist nichts, da bin ich noch weit von diesem Abgrund entfernt, da kann ich noch nicht einmal sein Geländer berühren. Ich schüttete die restlichen Tabletten in meine Hand. Dann hörte ich, daß jemand im Flur eine Tür öffnete, ich erschrak, steckte die Tabletten in den Mund und schluckte sie überstürzt hinunter, es war ein zu großer Happen, ich spürte einen Schmerz in der Speiseröhre, obwohl ich nachspülte, soviel ich nur konnte.

Es war Jindra, er fragte, wie ich mit meiner Arbeit vorankäme, und plötzlich war ich ganz verändert, die Verwirrung fiel von mir ab, ich hatte keine hohe, fremde Stimme mehr, ich war zielbewußt und entschlossen. Gut, daß du gekommen bist, Jindra, bitte, ich brauche etwas von dir. Er errötete und sagte, für mich würde er immer alles tun, er sei froh, daß es mir wieder gut ginge. Ja, es geht mir wieder gut, warte nur einen Augenblick, ich will etwas schreiben, und ich setzte mich, nahm ein Blatt Papier und schrieb. Ludvik, Liebster, ich habe Dich mit meiner ganzen Seele und mit meinem ganzen Körper geliebt, und mein Körper und meine Seele wissen nun nicht mehr, wofür sie noch leben sollten. Ich sage Dir Lebewohl, ich liebe Dich, sei gegrüßt, Helena. Ich las nicht mehr durch, was ich geschrieben hatte, Jindra saß mir gegenüber, er sah mich an und wußte nicht, was ich schrieb, ich faltete das Blatt rasch zusammen und wollte es in einen Umschlag stecken, es war aber keiner da, Jindra, hast du keinen Umschlag?

Jindra ging seelenruhig zum Schrank, öffnete ihn und begann, darin herumzustöbern, bei anderer Gelegenheit hätte ich ihn zurechtgewiesen, nicht in fremden Sachen zu wühlen, diesmal wollte ich aber nur schnell, schnell einen Umschlag haben, er gab ihn mir, er trug den Briefkopf des örtlichen Nationalausschusses, ich steckte den Brief hinein, klebte den Umschlag zu und schrieb Ludvik Jahn darauf, bitte, Jindra, erinnerst du dich an den Mann, der neben uns stand, als mein Mann und dieses Fräulein hier waren, ja, der Schwarzhaarige, ich kann jetzt nicht weg hier, und ich möchte dringend, daß du ihn findest und ihm das gibst.

Wieder faßte er meine Hand, der Ärmste, was mochte er sich denken, wie mochte er sich meine Aufregung erklären, es konnte ihm nicht im Traum einfallen, was hier vor sich ging, er fühlte nur, daß mit mir etwas Schlimmes geschehen war, wieder hielt er meine Hand, und auf einmal kam ich mir jämmerlich vor, er neigte sich zu mir hinab und umarmte mich und preßte seinen Mund auf den meinen, ich wollte mich wehren, doch er hielt mich fest umschlungen, und plötzlich ging mir durch den Kopf, daß er der letzte Mann in meinem Leben war, den ich küßte, daß dies mein letzter Kuß war, und plötzlich war mir ganz verrückt zumute, ich umarmte ihn ebenfalls, drückte ihn an mich und öffnete meinen Mund ein wenig, ich fühlte seine Zunge an meiner Zunge und seine Hände auf meinem Körper, und in diesem Augenblick wurde ich von einem Schwindelgefühl erfaßt, dem Gefühl, daß ich jetzt vollkommen frei sei und nichts mehr Wichtigkeit hatte, denn ich war von allen verlassen und meine Welt ist zusammengebrochen, und deshalb bin ich ganz frei und kann tun, was ich will, ich bin frei wie das Mädchen, das wir aus dem Rundfunk geworfen haben, nichts unterscheidet mich von ihr, meine Welt ist zerbrochen und ich werde sie nie mehr zusammenkitten können, es gibt keinen Grund mehr, treu zu sein, es gibt niemanden mehr, dem ich treu sein könnte, ich bin plötzlich genau so frei wie diese Technikerin, dieses Flittchen, die jeden Abend in einem anderen Bett lag, wenn ich weiterlebte, würde auch ich jeden Abend in einem anderen Bett liegen, ich fühlte Jindras Zunge in meinem Mund, ich bin frei, ich weiß, daß ich mit Jindra schlafen kann, ich möchte mit ihm schlafen, wo auch immer mit ihm schlafen, zum Beispiel hier auf dem Tisch oder auf dem hölzernen Fußboden, sofort und rasch und schnell, zum letzten Mal sich lieben, vor dem Ende sich noch einmal lieben, aber da richtete Jindra sich auf und lächelte stolz, er sei schon unterwegs und werde sich beeilen, daß er bald zurück sei.

17.

Durch die kleine, verrauchte und überfüllte Gaststube mit den fünf, sechs Tischen hastete ein Kellner, der auf der ausgestreckten Hand ein großes Tablett mit einer Menge Teller trug, auf denen ich panierte Schnitzel und Kartoffelsalat (anscheinend das einzige Sonntagsmenü) erkannte, und er bahnte sich rabiat einen Weg zwischen Tischen und Leuten und lief aus der Gaststube auf den Flur hinaus. Ich folgte ihm und stellte fest, daß am Ende des Flurs eine geöffnete Tür in den Garten führte, wo ebenfalls gegessen wurde. Ganz hinten, unter einer Linde, stand ein freier Tisch; dort setzte ich mich hin.

Aus der Ferne hallte über die Dächer des Dorfes hinweg das herzergreifende Hylom, hylom, es kam von so weit her, daß es fast unwirklich in diesen von Hausmauern umgebenen Wirtshausgarten drang. Und diese scheinbare Unwirklichkeit brachte mich auf den Gedanken, daß alles um mich herum gar nicht Gegenwart war, sondern nur Vergangenheit, eine fünfzehn, zwanzig Jahre alte Vergangenheit: das Hylom, hylom ist Vergangenheit, Lucie ist Vergangenheit, Zemanek ist Vergangenheit und Helena ist nichts als ein Stein, den ich auf diese Vergangenheit habe werfen wollen; diese ganzen drei Tage sind nichts als ein Schauspiel der Schatten gewesen.

Wie? Nur diese drei Tage? Mein ganzes Leben, scheint mir, ist immer von allzu vielen Schatten bevölkert gewesen, und die Gegenwart hat darin vermutlich einen ziemlich unwürdigen Platz eingenommen. Ich stelle mir einen fahrenden Gehsteig vor (die Zeit), und darauf einen Menschen (mich), der gegen die Fahrtrichtung des Gehsteigs anläuft; doch der Gehsteig bewegt sich schneller als ich und trägt mich langsam von dem Ziel fort, auf das ich zulaufe; dieses Ziel (ein sonderbares Ziel, das *hinten* liegt!) ist die Vergangenheit der politischen Prozesse, die Vergangenheit der Säle, in denen Hände gehoben wurden, die Vergangenheit der Angst, die Vergangenheit der Schwarzen Soldaten und Lucies Vergangenheit, eine Vergangenheit, die ich zu enträtseln, zu entwirren, zu entziffern versuche und die mich daran hindert, so zu leben, wie der Mensch leben sollte, mit der Stirn nach vorn.

Und das wichtigste Band, durch das ich mit der Vergangenheit, die mich hypnotisierte, verbunden sein wollte, war das Band der Rache, doch war die Rache, wie ich in diesen Tagen festgestellt hatte, genauso nichtig, wie mein ganzer Rückwartslauf nichtig war. Ja, damals, als Zemanek im Auditorium der Fakultät Fučíks *Reportage, unter dem Strang geschrieben* vorlas, da hätte ich auf ihn zugehen und ihn ins Gesicht schlagen sollen, einzig und allein damals. Durch den Aufschub verwandelt sich die Rache in etwas Trügerisches, in eine individuelle Religion, in einen Mythos, der sich Tag für Tag mehr von den beteiligten Menschen abtrennt, die unverändert im Mythos der Rache verharren, während sie in Wirklichkeit (der Gehsteig ist ständig in Bewegung) längst jemand anderes geworden sind: heute stand ein anderer Jahn vor einem anderen Zemanek, und der Schlag, den ich schuldig geblieben war, kann nicht nachgeholt werden, ist nicht zu rekonstruieren, er ist endgültig verloren.

Ich zerschnitt das große panierte Schnitzel auf meinem Teller, und wieder drang das Hylom, hylom, das leise und wehmütig über den Dächern des Dorfes schwebte, an mein Ohr; ich stellte mir den verhüllten König und seine Reiterei vor, und mein Herz krampfte sich über der Unverständlichkeit der menschlichen Gesten zusammen:

Schon seit vielen Jahrhunderten reiten genau wie heute in den mährischen Dörfern die Jungen aus, mit einer sonderbaren Botschaft, deren Buchstaben, die in einer fremden Sprache geschrieben sind, sie in rührender Treue verkünden, ohne sie zu verstehen. Menschen aus längst vergangenen Zeiten wollten damit bestimmt etwas Wichtiges sagen, und sie leben heute in ihren Nachfahren wieder auf wie taubstumme Redner, die sich mit schönen, doch unverständlichen Gesten an ein Publikum wenden. Ihre Botschaft wird nie enträtselt werden, nicht nur, weil der Schlüssel dazu fehlt, sondern auch, weil die Menschen nicht die Geduld haben, ihr in einer Zeit zuzuhören, da sich bereits so unübersichtliche Mengen von alten und neuen Botschaften angesammelt haben, daß deren sich gegenseitig übertönende Mitteilungen überhaupt nicht mehr zu unterscheiden sind. Schon heute ist die Geschichte nur noch eine dünne Schnur des Erinnerten über einem Ozean des Vergessenen, aber auch die Zeit schreitet voran, und es wird eine Zeit der hohen Jahreszahlen anbrechen, die der einzelne mit seinem gleichgroß gebliebenen Gedächtnis nicht mehr wird erfassen können; ganze Jahrhunderte und Jahrtausende werden ihm entfallen, Jahrhunderte von Bildern und Musik, Jahrhunderte von Entdeckungen, Schlachten und Büchern, und es wird schlimm sein, da der Mensch das Bewußtsein seiner selbst verlieren wird und seine nicht faßbare, nicht greifbare Geschichte auf einige schematische, sinnentleerte Kürzungen zusammenschrumpft. Tausende von taubstummen Königen werden diesen fernen Menschen mit anklagenden und unverständlichen Botschaften entgegenreiten, und niemand wird Zeit haben, sie anzuhören.

Ich saß in einer Ecke des Gartenrestaurants vor meinem leeren Teller, hatte, ohne es zu bemerken, das Schnitzel aufgegessen und machte mir klar, daß auch ich (schon jetzt, schon heute!) in dieses unabwendbare, unermeßliche Vergessen einbezogen war. Der Kellner kam, nahm den Teller weg, wischte mit einer Serviette einige Krümel vom Tischtuch und eilte zu einem anderen Tisch. Ich wurde von Wehmut über diesen Tag überwältigt, nicht nur, weil er nichtig war, sondern auch, weil nicht einmal diese Nichtigkeit von ihm übrigbleiben würde, weil er ganz in Vergessenheit geraten würde, mit diesem Tisch, mit dieser Fliege, die um meinen Kopf summte, mit diesem gelben Staub, den die blühende Linde auf mein Tischtuch streute, mit dieser langsamen und schlechten, für den gegenwärtigen Zustand der Gesellschaft so bezeichnenden Bedienung, und weil auch diese Gesellschaft in Vergessenheit geraten würde, und noch viel früher würden ihre Fehler, Irrtümer und Ungerechtigkeiten vergessen sein, mit denen ich mich herumquälte, die mich aufzehrten und die ich vergeblich wiedergutzumachen, zu bestrafen und zu tilgen versuchte, vergeblich, denn was immer geschehen ist, ist geschehen und läßt sich nicht wiedergutmachen.

Ja, so sah ich das plötzlich: die meisten Menschen betrügen sich durch einen doppelten Irrglauben: sie glauben an ein *ewiges Gedächtnis* (für Menschen, Dinge, Taten und Völker) und an die *Wiedergutmachung* (von Taten, Irrtümern, Sünden und Unrecht). Beides ist ein falscher Glaube. In Wirklichkeit ist es genau umgekehrt: alles wird vergessen und nichts wird wiedergutgemacht. Die Aufgabe der Wiedergutmachung (des Rächens wie des Verzeihens) wird vom Vergessen übernommen. Niemand wird geschehenes Unrecht wiedergutmachen, aber alles Unrecht wird vergessen sein.

Ich blickte aufmerksam um mich, weil ich wußte, daß die Linde vergessen sein würde, der Tisch, die Menschen um den Tisch herum, der (nach der mittäglichen Hetze) müde Kellner und dieses Gasthaus, das (von der Straße aus) zwar unfreundlich aussah, hier im Garten jedoch ganz hübsch war, mit Weinlaub umrankt. Ich blickte zur geöffneten Tür, durch die der Kellner (dieses müde, kleine Herz in dem fast schon menschenleeren und still gewordenen Winkel) gerade verschwunden war; kaum hatte die Dunkelheit des Flurs ihn verschluckt, tauchte dort ein Junge in Jeans und Lederjacke auf; er betrat den Garten und sah sich um; dann sah er mich und kam auf mich zu; erst nach einigen Sekunden wurde mir klar, daß es Helenas Techniker war.

Situationen, in denen eine liebende und ungeliebte Frau mit ihrer Rückkehr droht, durchlebe ich mit Bangen, und als der Junge mir den Umschlag überreichte (»Das schickt Ihnen Frau Zemanek«), wollte ich vor allem das Lesen des Briefes etwas hinauszögern. Ich sagte ihm, er solle sich zu mir setzen; er gehorchte (er stützte sich mit dem Ellenbogen auf den Tisch und starrte mit zusammengekniffenen Augen in die sonnendurchflutete Linde), und ich legte den Umschlag vor mich hin und fragte: »Wollen wir etwas trinken?«

Er zuckte mit den Schultern; ich schlug Wodka vor, er lehnte ab, da er Auto fahren müsse; er fügte aber hinzu, wenn ich Lust darauf hätte, würde er mir gern Gesellschaft leisten. Ich hatte überhaupt keine Lust, weil aber noch immer dieser Umschlag, den ich nicht öffnen wollte, vor mir auf dem Tisch lag, war mir jede andere Tätigkeit willkommen. Ich bat also den Kellner, der vorbeiging, mir einen Wodka zu bringen.

»Was will Helena von mir, haben Sie eine Ahnung?« fragte ich ihn.

»Wie soll ich das wissen. Lesen Sie den Brief«, antwortete er.

»Etwas Dringendes?« fragte ich.

»Denken Sie, ich hätte ihn auswendig lernen müssen, für den Fall, daß ich überfallen werde?« sagte er.

Ich nahm den Umschlag in die Finger (es war ein amtlicher Umschlag mit dem Aufdruck Örtlicher Nationalausschuß); dann legte ich ihn wieder vor mich auf das Tischtuch, und weil ich nicht wußte, was ich sagen sollte, sagte ich: »Schade, daß Sie nichts trinken.«

»Es geht schließlich auch um *Ihre* Sicherheit«, sagte er. Ich hörte die Anspielung heraus, und auch die Tatsache, daß er sie nicht einfach so hingeworfen hatte, sondern die Anwesenheit an meinem Tisch dazu nutzen wollte, um die Rückfahrt und die Hoffnung auf ein Alleinsein mit Helena zu klären. Er war ganz nett; auf seinem Gesicht (klein, blaß, mit Sommersprossen und einer kurzen Stupsnase) war alles abzulesen, was sich in seinem Inneren abspielte; dieses Gesicht war vielleicht deshalb so durchsichtig, weil es ein unabänderlich kindliches Gesicht war (ich sage unabänderlich, weil diese Kindlichkeit in einer anormalen Zartheit der Züge lag, die mit zunehmendem Alter um nichts männlicher werden, so daß auch Greisengesichter wie alternde Kindergesichter aussehen). Diese Kindlichkeit kann einen zwanzigjährigen jungen Mann kaum freuen, weil es ihn in diesem Alter disqualifiziert, so daß ihm nichts anderes übrigbleibt, als es mit allen Mitteln zu überspielen (so wie einst – o ewiges Schauspiel der Schatten! – das Kommandeursbürschchen in unserer Kaserne es überspielt hatte): durch die Kleider (die Lederjacke des Jungen hatte breite Schultern, war schick und gut geschnitten) sowie durch das Benehmen (der Junge trat selbstbewußt auf, ein bißchen rauh, und gab sich von Zeit von Zeit betont lässig und gleichgültig). In diesem Überspielen verriet er sich leider ständig selbst: er errötete, beherrschte seine Stimme nicht gut genug, die sich bei der geringsten Aufregung leicht zu überschlagen begann (das hatte ich bereits bei der ersten Begegnung bemerkt), er beherrschte aber auch seine Augen und seine Mimik nicht (er wollte mir zwar zu verstehen geben, daß es ihm gleichgültig war, ob ich mit ihnen nach Prag zurückfuhr oder nicht, als ich ihm aber versicherte, daß ich noch hierbleiben würde, da leuchteten seine Augen untrüglich auf).

Als der Kellner nach einer Weile irrtümlicherweise nicht ein, sondern zwei Gläschen Wodka an unseren Tisch brachte, winkte der Junge ab und sagte, der Kellner brauche den Wodka nicht zurückzubringen, er werde ihn trinken. »Ich kann Sie doch nicht allein lassen«, sagte er und hob das Glas: »Auf Ihr Wohl!«

»Auf Ihr Wohl!« sagte ich, und wir stießen an.

Wir fingen zu plaudern an, und ich erfuhr, daß der Junge damit rechnete, in etwa zwei Stunden loszufahren, da Helena das aufgenommene Material an Ort und Stelle bearbeiten und eventuell noch einen eigenen Kommentar sprechen wollte, damit das Ganze schon morgen ausgestrahlt werden konnte. Ich fragte ihn, wie er mit Helena zusammenarbeite. Er errötete wieder leicht und antwortete, Helena verstehe ihre Sache sehr gut, schinde aber ihre Mitarbeiter zu sehr, weil sie jederzeit bereit sei, Überstunden zu machen, ohne Rücksicht darauf, ob es andere zum Beispiel eilig hätten, nach Hause zu kommen. Ich fragte ihn, ob er es jeweils auch eilig habe, nach Hause zu kommen. Er sagte, nein, er nicht; ihm persönlich mache das ziemlich viel Spaß. Und dann nutzte er die Gelegenheit, daß ich mich nach Helena erkundigt hatte, um unauffällig und wie nebenbei zu fragen: »Woher kennen Sie Helena überhaupt?« Ich sagte es ihm, und er forschte weiter: »Helena ist prima, nicht wahr?«

Besonders, wenn von Helena die Rede war, gab er sich betont zufrieden, und ich schrieb auch das seinem Willen zu, die Dinge zu überspielen, denn man wußte anscheinend überall von seiner hoffnungslosen Verehrung für Helena, und er mußte sich auf alle möglichen Arten gegen die Krone des unglücklich Verliebten wehren, eine bekanntlich schmachvolle Krone. Obwohl ich die Zufriedenheit des Jungen nicht ganz ernst nahm, wurde dadurch wenigstens der Brief vor mir etwas leichter, so daß ich ihn endlich vom Tischtuch nahm und öffnete: »Mein Körper und meine Seele . . . wissen nun nicht mehr, wofür sie noch leben sollten . . . Ich sage Dir Lebwohl . . .«

Ich sah den Kellner am anderen Ende des Gartens und schrie: »Zahlen!« Der Kellner nickte, ließ sich aber nicht aus seiner Bahn bringen und verschwand im Flur.

»Kommen Sie, wir haben keine Zeit«, sagte ich zu dem Jungen. Ich stand auf und durchquerte rasch den Garten; der Junge ging hinter mir her. Wir gingen durch den Flur und die Gaststube zum Ausgang, so daß der Kellner uns wohl oder übel nachlaufen mußte.

»Ein Schnitzel, eine Suppe, zwei Wodka«, diktierte ich.

»Was ist los?« fragte der Junge mit zaghafter Stimme.

Ich bezahlte und bat den Jungen, mich schnell zu Helena zu führen. Wir gingen eilig hinaus.

»Was ist passiert?« fragte er.

»Wie weit ist es?« fragte ich.

Er zeigte mit der Hand geradeaus, und ich begann zu laufen; wir liefen beide und standen schon bald vor dem Nationalausschuß. Es war ein ebenerdiges, weißgetünchtes Haus; das Eingangstor und zwei Fenster zeigten zur Straße. Wir gingen hinein; wir standen in einem unfreundlichen Büro: unter dem Fenster zwei aneinandergeschobene Schreibtische; auf dem einen das offene Tonbandgerät, ein Block Papier und eine Damenhandtasche (ja, Helenas); vor beiden Tischen Stühle und in einer Ecke des Raumes ein Kleiderständer aus Metall. Daran hingen zwei Mäntel: Helenas blauer Regenmantel und ein schmutziger Herrenkittel.

»Hier ist es«, sagte der Junge.

»Hier hat sie Ihnen diesen Brief gegeben?«

»Ja.«

Nur herrschte in dem Büro in diesem Augenblick hoffnungslose Leere; ich rief: »Helena!« und erschrak, wie unsicher und beklommen meine Stimme klang. Alles blieb still. Ich rief wieder: »Helena!«, und der Junge fragte:

»Hat sie sich etwas angetan?«

»Es sieht so aus«, sagte ich.

»Hat sie es Ihnen in diesem Brief geschrieben?«

»Ja«, sagte ich. »Hattet ihr keinen anderen Raum zur Verfügung?«

»Nein«, sagte er.

»Und im Hotel?«

»Da sind wir schon am Morgen ausgezogen.«

»Dann muß sie hier sein«, sagte ich und hörte die Stimme des Jungen, die sich überschlug und angstvoll rief: »Helena!«

Ich öffnete die Tür, die in den Nebenraum führte; es war ebenfalls ein Büro: ein Schreibtisch, ein Papierkorb, drei Stühle, ein Schrank und ein Kleiderständer (der gleiche wie im ersten Raum: eine Metallstange auf drei Beinen, die sich oben – ähnlich wie unten – in drei Metalläste verzweigte: da an diesem Ständer keine Mäntel hingen, stand er verwaist und menschlich da; seine eiserne Nacktheit und seine lächerlich ausgestreckten Ärmchen flößten mir Angst ein); über dem Schreibtisch war ein Fenster, sonst aber gab es nur kahle Wände; keine Tür führte von hier weiter; die beiden Büros waren offensichtlich die einzigen Räume im Haus.

Wir kehrten in das erste Zimmer zurück; ich nahm den Schreibblock vom Tisch und blätterte ihn durch; er enthielt schwer lesbare Notizen, die sich (nach den wenigen Worten zu urteilen, die ich entziffern konnte) auf die Schilderung des Ritts der Könige bezogen; keine Mitteilung, keine weiteren Abschiedsworte. Ich öffnete die Handtasche: darin waren ein Taschentuch, ein Geldbeutel, ein Lippenstift, eine Puderdose, zwei aus dem Päckchen gerutschte Zigaretten, ein Feuerzeug; kein Röhrchen mit Medikamenten, kein geleertes Giftfläschchen. Ich überlegte fieberhaft, was Helena sich angetan haben könnte, und von allen Möglichkeiten drängte sich mir die Vorstellung von Gift als die naheliegendste auf; vom Gift hätte aber ein Fläschchen oder ein Röhrchen zurückbleiben müssen. Ich ging zum Kleiderständer und steckte die Hand in die Taschen des Regenmantels: sie waren leer.

»Ob sie auf dem Dachboden ist?« fragte der Junge plötzlich ungeduldig, da ihm meine Nachforschungen in diesem Raum, obwohl sie nur wenige Sekunden gedauert hatten, offenbar unzweckmäßig erschienen. Wir liefen auf den Flur hinaus und sahen zwei Türen: die eine war im oberen Drittel verglast, und man konnte verschwommen auf den Hof hinaussehen; wir öffneten die andere, die näherliegende Tür, hinter der eine dunkle, von einer Staub- und Rußschicht bedeckte Steintreppe zum Vorschein kam. Wir eilten nach oben; ein Halbdunkel umfing uns, denn das Dach hatte eine einzige Luke (mit schmutzigem Glas), durch die mattes, graues Licht fiel. Ringsum zeichneten sich Haufen von Gerümpel ab (Kisten, Gartengeräte, Hacken, Spaten, Harken, aber auch Berge von Aktenbündeln sowie ein alter, zerbrochener Sessel); wir stolperten dazwischen herum.

Ich wollte Helena! rufen, aber vor lauter Angst konnte ich es nicht; ich fürchtete die Stille, die folgen würde. Der Junge rief auch nicht. Wir warfen den Kram durcheinander und tasteten wortlos die dunklen Winkel ab; ich spürte, wie aufgeregt wir beide waren. Und das größte Entsetzen befiel uns ob unseres eigenen Schweigens, durch das wir uns eingestanden, daß wir von Helena keine Antwort mehr erwarteten und nur noch ihren liegenden oder hängenden Körper suchten.

Wir fanden jedoch nichts und kehrten wieder ins Büro zurück. Ich durchsuchte noch einmal das gesamte Inventar, die Tische, die Stühle, den Kleiderständer, der ihren Mantel an seinem ausgestreckten Arm hielt, und danach das Inventar des zweiten Raumes: den Tisch, den Stuhl, den Schrank und wieder den Kleiderständer mit den verzweifelt ausgestreckten, leeren Ärmchen. Der Junge rief (vergeblich) Helena!, und ich öffnete (vergeblich) den Schrank, in dem Regale voller Akten, Schreibutensilien, Klebebänder und Lineale lagen.

»Es muß hier doch noch etwas geben! Eine Toilette! Oder einen Keller!« rief ich, und wir gingen wieder auf den Flur hinaus; der Junge öffnete die Tür zum Hof. Der Hof war klein; in einer Ecke stand ein Kaninchenstall; hinter dem Hof lag ein von einer satten, ungemähten Wiese überwucherter Garten, in dem Stämme von Obstbäumen emporragten (in einem Winkel meines Denkens vergegenwärtigte ich mir, daß dieser Garten schön war; zwischen dem Grün der Zweige hingen Stücke blauen Himmels, die Baumstämme waren knorrig und krumm, und dazwischen leuchteten einige gelbe Sonnenblumen); am Rande des Gartens sah ich im idyllischen Schatten eines Apfelbaumes ein hölzernes Klosetthäuschen, wie man sie auf dem Lande findet. Ich lief dorthin.

Der drehbare Holzriegel, der mit einem einzigen großen

Nagel am schmalen Türrahmen befestigt war (um in waagerechter Position die Tür von außen zu verriegeln), war in die Senkrechte gedreht worden. Ich schob die Finger in die Ritze zwischen Tür und Rahmen und stellte durch einen leichten Druck fest, daß das Häuschen von innen verschlossen war; das konnte nichts anderes bedeuten, als daß Helena dort drinnen war. Ich sagte leise: »Helena! Helena!« Nichts rührte sich, nur die Zweige des Apfelbaumes, in die ein leiser Wind fuhr, berührten raschelnd das hölzerne Dach des Häuschens.

Ich wußte, daß das Schweigen in dem verschlossenen Häuschen das Schlimmste bedeutete, ich wußte aber auch, daß nichts anderes übrigblieb, als die Tür aufzubrechen, und daß gerade ich es tun mußte. Ich schob also die Finger wieder in die Ritze zwischen Tür und Rahmen und riß mit voller Kraft daran. Die Tür (die nicht mit einem Haken, sondern, wie oft auf dem Land, nur mit einer Schnur gesichert war) leistete keinen Widerstand und flog sperrangelweit auf. Vor mir auf dem Holzbrett saß Helena im Gestank der Latrine. Sie war blaß, aber lebendig. Sie sah mich mit entsetzten Augen an und versuchte mit einer reflexartigen Geste, den hochgezogenen Rock hinunterzuziehen, aber auch nach großer Anstrengung bedeckte er kaum die Hälfte der Schenkel; Helena hielt den Saum mit beiden Händen fest und preßte die Beine zusammen. »Um Gottes willen, gehen Sie weg!« schrie sie verzweifelt.

»Was ist mit Ihnen los?« schrie ich sie an. »Was haben Sie geschluckt?«

»Gehen Sie weg! Lassen Sie mich in Ruhe!« schrie sie.

Hinter meinem Rücken tauchte nun auch der Junge auf, und Helena schrie: »Jindra, geh weg, geh weg!« Sie erhob sich ein wenig von der Holzbank und streckte die Hand nach der Tür aus, ich trat aber dazwischen, so daß sie sich taumelnd wieder auf die kreisrunde Öffnung der Latrine setzen mußte.

Im selben Augenblick raffte sie sich noch einmal hoch und stürzte sich mit verzweifelter Kraft auf mich (mit wirklich *verzweifelter* Kraft, denn sie hatte nach der großen Erschöpfung nur noch einen kleinen Rest von Kraft übrig). Sie packte mich mit beiden Händen an den Aufschlägen meines

Sakkos und drückte mich hinaus; wir standen vor der Schwelle des Häuschens. »Du bist ein Vieh, ein Vieh, ein Vieh!« schrie sie (falls man die wütende Überanstrengung ihrer geschwächten Stimme noch als Schreien bezeichnen konnte) und schüttelte mich; dann ließ sie mich plötzlich los und wollte über die Wiese auf den Hof zu laufen. Sie wollte fliehen, fand sich aber verraten: sie hatte die Latrine in äußerster Verwirrung verlassen, ohne ihre Kleidung vorher in Ordnung zu bringen, so daß ihr Höschen (das ich von gestern her kannte, das Lastexhöschen, das zugleich die Funktion eines Strumpfhalters erfüllte) noch um die Knie gespannt war und sie beim Gehen behinderte (den Rock hatte sie zwar hinuntergezogen, die Seidenstrümpfe waren jedoch unter die Knie gerutscht, so daß die dunklen Ränder mit den daran befestigten Haltern unterhalb des Saumes zum Vorschein kamen); sie machte ein paar kleine Schrittchen oder Hopser (sie trug Schuhe mit hohen Absätzen), kam knappe drei Meter weit und fiel zu Boden (sie fiel ins sonnengetränkte Gras unter die Äste eines Baumes, unweit einer hohen, schreiend gelben Sonnenblume); ich nahm ihre Hand und wollte ihr aufhelfen; sie riß sich los, und als ich mich nochmals über sie beugte, begann sie, wie wahnsinnig um sich zu schlagen, so daß ich einige Schläge abbekam und sie mit aller Kraft packen mußte, sie an mich ziehen, hochheben und mit meinen Armen wie in einer Zwangsjacke umschließen. »Vieh, Vieh, Vieh, Vieh«, zischte sie wütend und trommelte mit der freien Hand auf meinen Rücken; als ich (so ruhig wie möglich) zu ihr sagte: »Helena, Ruhe«, spuckte sie mir ins Gesicht.

Ich gab sie nicht aus meiner Umklammerung frei und sagte: »Ich lasse Sie nicht los, wenn Sie mir nicht sagen, was Sie eingenommen haben!«

»Gehen Sie, gehen Sie weg, weg, weg!« wiederholte sie wie von Sinnen, doch dann verstummte sie plötzlich, ihr Widerstand erlahmte, und sie sagte: »Lassen Sie mich los«, sie sagte es mit einer völlig anderen, leisen und müden Stimme, so daß ich meine Umklammerung lockerte und sie ansah; ich bemerkte entsetzt, wie sich tiefe Furchen einer furchtbaren Anstrengung in ihr Gesicht gruben, ihre Kiefer sich krampfhaft zusammenpreßten, ihre Augen ins Leere schauten und der Körper leicht einknickte und sich vornüberneigte.

»Was ist mit Ihnen los?« fragte ich, und sie drehte sich wortlos um und ging zum Häuschen zurück; sie entfernte sich mit einem Gang, den ich nie vergessen werde: langsame, kleine Schrittchen gefesselter Beine, unregelmäßig rasche Schrittchen; es waren nur drei bis vier Meter, dennoch blieb sie auf dieser kurzen Strecke mehrere Male stehen, und in diesem Moment konnte man (an ihrem leicht gekrümmten Körper) sehen, daß sie einen schweren Kampf mit ihren revoltierenden Eingeweiden ausfocht; endlich war sie beim Häuschen angelangt, sie hielt sich an der Tür fest (die noch immer offenstand) und schloß sie dann hinter sich zu.

Ich war an der Stelle stehengeblieben, wo ich Helena vom Boden aufgehoben hatte; und als jetzt vom Häuschen ein lautes, klagendes Keuchen herüberdrang, wich ich noch weiter zurück. Erst jetzt bemerkte ich, daß der Junge neben mir stand. »Bleiben Sie hier«, sagte ich zu ihm. »Ich muß einen Arzt auftreiben.«

Ich betrat das Büro; von der Tür aus sah ich sofort das Telefon; es stand auf dem Schreibtisch. Schlimmer war es mit dem Telefonbuch; das sah ich nirgends; ich zog am Griff der mittleren Schreibtischschublade, doch sie war verschlossen, und alle kleinen Schubladen in den Seitenteilen ebenfalls; auch der zweite Schreibtisch war verschlossen. Ich ging in den anderen Raum; dort hatte der Schreibtisch nur eine Schublade; sie stand zwar offen, doch außer einigen Fotografien und einem Papiermesser enthielt sie nichts. Ich wußte nicht, was ich tun sollte, und ich wurde (nun, da ich wußte, daß Helena lebte und kaum in Todesgefahr schwebte) von Müdigkeit befallen; ich stand eine Weile da und starrte stumpf auf den Kleiderständer (diesen mageren metallenen Ständer, der die Arme emporhob, als würde er sich auf Gedeih und Verderb ausliefern); dann öffnete ich (mehr aus Verlegenheit) den Schrank; auf einem Aktenstoß sah ich ein blaugrünes Telefonbuch liegen; ich ging damit zum Apparat und suchte die Seite des Krankenhauses. Ich hatte die Nummer schon gewählt und hörte das Klingeln in der Muschel, als der Junge in den Raum gerannt kam.

»Rufen Sie nicht an! Es ist überflüssig!« rief er.

Ich verstand nicht.

Er riß mir den Hörer aus der Hand und legte ihn auf die Gabel. »Ich sage Ihnen doch, es ist überflüssig.«

Ich wollte, daß er mir erklärte, was los war.

»Es ist keine Vergiftung!« sagte er und trat zum Kleiderständer; er griff in die Tasche des Kittels und zog ein Röhrchen hervor; er öffnete es und drehte es um; es war leer.

»Ist es das, was sie genommen hat?« fragte ich.

Er nickte.

»Wieso wissen Sie das?«

»Sie hat es mir gesagt.«

»Gehört das Röhrchen Ihnen?«

Er nickte. Ich nahm es ihm aus der Hand; es trug die Aufschrift Algena.

»Glauben Sie etwa, Schmerzmittel in einer solchen Dosis seien unschädlich?« schrie ich ihn an.

»Es waren keine Schmerztabletten drin«, sagte er.

»Was war dann drin?« schrie ich.

»Abführpillen«, sagte er kurz.

Ich schrie ihn an, er solle mich nicht zum Narren halten, ich müsse wissen, was passiert sei, ich sei auf seine Frechheiten nicht neugierig. Ich befahl ihm, mir augenblicklich zu antworten.

Als er mich so schreien hörte, fing er ebenfalls zu schreien an: »Ich habe Ihnen doch gesagt, daß es Abführpillen waren! Soll die ganze Welt wissen, daß ich kranke Därme habe!« Und ich begriff, daß das, was ich als schlechten Scherz angesehen hatte, die Wahrheit war.

Ich sah ihn an, sein gerötetes kleines Gesicht, seine Stupsnase (klein und doch groß genug für eine ganze Menge Sommersprossen), und der Sinn der ganzen Geschichte wurde mir klar: das Algenaröhrchen sollte das Lächerliche seiner Krankheit genau so verdecken wie die Jeans und die mächtige Jacke das Lächerliche seines kindlichen Aussehens; er schämte sich seiner selbst und trug sein jugendliches Los nur mit Mühe durchs Leben; ich mochte ihn in diesem Augenblick; mit seinem Schamgefühl (dieser Noblesse der Jugend) hatte er Helena das Leben und mir den Schlaf der nächsten Jahre gerettet. Mit stumpfer Dankbarkeit betrachtete ich seine abstehenden Ohren. Ja, er hatte Helena das Leben gerettet; allerdings um den Preis ihrer unsäglich peinlichen Schmach; das wußte ich, und ich wußte auch, daß es eine Schmach für nichts und wieder nichts war, eine Schmach ohne Sinn und ohne den leisesten Hauch von Gerechtigkeit; ich wußte, daß es wiederum etwas Nichtwiedergutzumachendes in der Kette des Nichtwiedergutzumachenden war; ich fühlte mich schuldig und verspürte ein dringendes (wenn auch unklares) Bedürfnis, zu ihr zu laufen, rasch zu ihr zu laufen und sie von dieser Schmach zu erlösen, mich vor ihr zu erniedrigen und zu demütigen, alle Schuld und alle Verantwortung für diese so unsinnig grausame Geschichte auf mich zu nehmen.

»Was gaffen Sie mich so an!« schnauzte der Junge mich an. Ich gab keine Antwort und ging an ihm vorbei auf den Flur hinaus; ich wandte mich zur Tür, die auf den Hof hinausführte.

»Was wollen Sie dort?« Er packte mich von hinten an der Schulter des Sakkos und versuchte, mich zurückzuhalten; sekundenlang sahen wir uns in die Augen; ich faßte sein Handgelenk und nahm die Hand von meiner Schulter. Er überholte mich und stellte sich mir in den Weg. Ich trat auf ihn zu und wollte ihn wegstoßen. In diesem Augenblick holte er aus und schlug mir mit der Faust auf die Brust.

Der Schlag war ganz schwach, der Junge sprang aber zurück und stellte sich in naiver Boxerpose vor mich hin; in seinem Gesichtsausdruck vermischte sich Angst mit tollkühnem Mut.

»Sie haben bei ihr nichts zu suchen!« schrie er mich an. Ich blieb stehen. Und ich sagte mir, daß der Junge möglicherweise recht hatte: daß ich das Nichtwiedergutzumachende vermutlich durch nichts mehr gutmachen konnte. Und als der Junge sah, daß ich dastand und mich nicht wehrte, schrie er weiter: »Sie sind ihr zuwider! Sie scheißt auf Sie! Sie hat es mir gesagt! Sie scheißt auf Sie!«

Übermäßige Nervenanspannung macht einen nicht nur dem Weinen, sondern auch dem Lachen gegenüber wehrlos; der wörtliche Sinn dieser Worte des Jungen hatte zur Folge, daß meine Mundwinkel leicht zuckten. Das machte den Jungen rasend; diesmal traf er meine Lippen, und den nächsten Schlag konnte ich nur mit Mühe abwehren. Er trat wieder zurück und hielt die Fäuste wie ein Boxer vor sein Gesicht, so daß man dahinter nur noch die abstehenden, rosarot angelaufenen Ohren sehen konnte.

Ich sagte zu ihm: »Lassen Sie das. Ich gehe ja schon.«

Er rief noch hinter mir her: »Hosenscheißer! Hosenscheißer! Ich weiß, daß du deine Finger im Spiel hattest! Ich werde dich schon noch kriegen! Dreckskerl! Dreckskerl!«

Ich ging hinaus auf die Straße. Sie war leer, wie Straßen nach Volksfesten leer zu sein pflegen; nur ein leiser Wind wirbelte den Staub auf und trieb ihn über den flachen Erdboden, der öde war wie mein Kopf, mein leerer, betäubter Kopf, in dem lange kein Gedanke mehr entstehen wollte . . .

Erst später bemerkte ich plötzlich, daß ich das leere Tablettenröhrchen in der Hand hielt; ich sah es an; es war stark abgegriffen: anscheinend hatte es dem Jungen schon lange als Verkleidung für die Abführpillen gedient.

Dieses Röhrchen rief mir nach einer weiteren Weile zwei andere Röhrchen in Erinnerung, die beiden Röhrchen mit Alexejs Schlaftabletten; und da fiel mir ein, daß dieser Junge Helena keineswegs das Leben gerettet hatte: wären im Röhrchen tatsächlich Schmerzmittel gewesen, hätten sie Helena kaum mehr als Magenbeschwerden verursachen können, dies umso mehr, als der Junge und ich ja ganz in ihrer Nähe waren; Helenas Verzweiflung hatte ihre Rechnung mit dem Leben in absolut sicherer Distanz zu der Schwelle des Todes geregelt.

18.

Sie stand in der Küche am Herd. Sie stand mit dem Rücken zu mir. Als wäre nichts geschehen. »Vladimir?« antwortete sie, ohne sich umzudrehen: »Du hast ihn doch gesehen! Wie kannst du bloß fragen?« »Du lügst«, sagte ich, »Vladimir ist heute früh mit Kouteckys Enkel auf dem Motorrad weggefahren. Ich bin gekommen, um dir zu sagen, daß ich es weiß. Ich weiß, warum euch diese dämliche Redakteurin heute morgen so gelegen kam. Ich weiß, weshalb ich beim Einkleiden des Königs nicht dabeisein durfte. Ich weiß, warum der König sich an das Schweigegebot hielt, noch bevor er sich der Reiterei anschloß. Ihr habt alles vorzüglich ausgeheckt.«

Vlasta war durch meine Sicherheit verwirrt. Sie fand jedoch ihre Geistesgegenwart rasch wieder und wollte sich durch einen Angriff retten. Es war ein sonderbarer Angriff. Sonderbar schon deshalb, weil die Gegner sich nicht Aug in Auge gegenüberstanden. Sie stand mit dem Rücken zu mir und hatte das Gesicht der brodelnden Suppe zugewandt. Ihre Stimme war nicht lauter geworden. Sie klang fast gleichgültig. Als sei das, was sie mir sagte, eine alte Selbstverständlichkeit, die sie jetzt aufgrund meiner Verständnislosigkeit und meines Eigensinns überflüssigerweise laut aussprechen mußte. Wenn ich es hören wollte, dann sollte ich es eben hören. Vladimir habe von Anfang an nicht den König spielen wollen. Und Vlasta wundere das nicht. Früher hätten die Jungen den Ritt der Könige selbst organisiert. Jetzt besorgten das zehn Organisationen, und selbst der Bezirksausschuß der Partei hielt darüber eine Sitzung ab. Nichts dürfe man heutzutage selbst machen, aus freien Stücken. Alles werde von oben gelenkt. Früher hätten die Jungen den König selbst gewählt. Diesmal sei ihnen von oben Vladimir empfohlen worden, um sich seinem Vater gegenüber erkenntlich zu zeigen, und alle hätten gehorchen müssen. Vladimir habe sich geschämt, ein Protektionskind zu sein. Ein Protektionskind möge keiner.

»Willst du damit sagen, daß Vladimir sich meiner schämt?«
»Er will nicht als Protektionskind dastehen«, wiederholte Vlasta. »Und deshalb verkehrt er mit der Familie Koutecky? Mit diesen beschränkten Köpfen? Mit diesen kleinbürgerlichen Idioten?« fragte ich. »Ja. Deshalb«, bestätigte Vlasta: »Mila darf wegen seines Großvaters nicht einmal studieren. Nur, weil der Großvater ein Bauunternehmen hatte. Für Vladimir stehen alle Türen offen. Nur, weil du sein Vater

bist. Vladimir ist das peinlich. Kannst du das nicht begreifen?«

Zum ersten Mal im Leben war ich auf sie wütend. Sie hatten mich hinters Licht geführt. Ungerührt hatten die beiden die ganze Zeit über beobachtet, wie ich mich freute. Wie ich sentimental und aufgeregt war. Sie hatten mich in aller Ruhe hintergangen, und sie hatten mich in aller Ruhe beobachtet: »War es denn notwendig, mich so zu hintergehen?«

Vlasta salzte den Nudelteig und sagte, es sei eben schwierig mit mir. Ich lebte in meiner Welt. Ich sei ein Träumer. Sie wollten mir meine Ideale nicht nehmen, aber Vladimir sei anders. Er habe keinen Sinn für meine Lieder und mein Gejauchze. Es mache ihm keinen Spaß. Es langweile ihn. Ich müsse mich damit abfinden. Vladimir sei ein moderner Mensch. Er schlage ihrem Vater nach. Der habe immer eine Nase für den Fortschritt gehabt. Er sei der erste Bauer in ihrem Dorf gewesen, der schon vor dem Krieg einen Traktor besessen habe. Dann habe man ihnen alles weggenommen. Aber die Felder trügen bei weitem nicht mehr so viel, seit sie der Genossenschaft gehörten.

»Eure Felder interessieren mich nicht. Ich will wissen, wohin Vladimir gefahren ist. Er ist zum Motorradrennen nach Brünn gefahren. Gib es zu!«

Sie stand mit dem Rücken zu mir, mischte den Nudelteig und ließ sich nicht irritieren. Vladimir sei nach dem Großvater geraten. Er habe sein Kinn und seine Augen. Und Vladimir interessiere sich nicht für den Ritt der Könige. Ja, wenn ich es wissen wolle, er sei zum Rennen gefahren. Er habe sich das Rennen ansehen wollen. Warum auch nicht. Motorräder interessierten ihn mehr als mit Bändern behangene Gäule. Was sei schon dabei. Vladimir sei ein moderner Mensch.

Motorräder, Gitarren, Motorräder, Gitarren. Eine idiotische, fremde Welt. Ich fragte: »Ich bitte dich, und was ist ein moderner Mensch?«

Sie stand mit dem Rücken zu mir, mischte den Nudelteig und antwortete, daß nicht einmal unsere Wohnung modern eingerichtet werden dürfe. Was hätte ich wegen der modernen Stehlampe für ein Geschrei gemacht! Auch der moderne

Leuchter gefiele mir nicht. Und dabei seien alle der Meinung, daß diese moderne Stehlampe schön sei. Überall würden heutzutage solche Lampen gekauft.

»Schweig«, sagte ich zu ihr. Es war aber nicht möglich, sie zu stoppen. Sie war in Rage. Sie kehrte mir den Rücken zu. Ihren kleinen, bösen, mageren Rücken. Das versetzte mich am meisten in Wut. Dieser Rücken. Ein Rücken, der keine Augen hatte. Ein Rücken, der so unbeirrbar selbstsicher war. Ein Rücken, mit dem man sich nicht verständigen konnte. Ich wollte sie zum Schweigen bringen. Sie mit der Stirn zu mir umdrehen. Doch ich empfand einen solchen Widerwillen gegen sie, daß ich sie nicht berühren mochte. Ich würde sie auf eine andere Weise dazu bringen, sich mir zuzuwenden. Ich öffnete die Anrichte und nahm einen Teller in die Hand. Ich ließ ihn auf den Boden fallen. Sie verstummte auf der Stelle. Aber sie drehte sich nicht um. Noch ein Teller, und noch ein Teller. Sie stand noch immer mit dem Rücken zu mir. In sich geduckt. Ich sah es ihrem Rücken an, daß sie Angst hatte. Ja, sie hatte Angst, aber sie war widerspenstig und wollte nicht klein beigeben. Sie hörte auf zu rühren und hielt den Kochlöffel umklammert. Sie klammerte sich an ihn wie an einen Rettungshalm. Ich haßte sie, und sie haßte mich. Sie rührte sich nicht, und ich ließ sie nicht aus den Augen, während ich immer mehr Geschirr aus der Anrichte auf den Boden warf. Ich haßte sie, und ich haßte in diesem Moment ihre ganze Küche. Eine moderne Serienküche mit einer modernen Anrichte, modernen Tellern und modernen Gläsern.

Ich war nicht mehr wütend. Ich blickte ruhig, traurig und sehr müde auf den mit Scherben übersäten Boden, auf die durcheinandergeworfenen Töpfe und Pfannen. Ich hatte mein Zuhause auf den Boden geworfen. Mein Zuhause, das ich liebte, wo ich Zuflucht gesucht hatte. Mein Zuhause, in dem ich das sanfte Walten meines armen Mägdeleins gespürt hatte. Mein Zuhause, das ich mit Märchen, Liedern und gutmütigen Kobolden bevölkert hatte. Schau, auf diesen drei Stühlen haben wir bei unseren Mahlzeiten gesessen. Ach, diese friedlichen Mahlzeiten, bei denen der dumme, gutgläubige Ernährer der Familie besänftigt und übertölpelt wurde. Ich nahm einen Stuhl nach dem andern und brach ihnen die

Beine ab. Ich warf sie auf den Boden zu den Töpfen und den zerbrochenen Gläsern. Ich stürzte den Küchentisch um, daß er mit den Beinen nach oben zeigte. Vlasta stand immer noch regungslos am Herd und kehrte mir den Rücken zu.

Ich verließ die Küche und ging in mein Zimmer. Dort hing eine rosarote Kugel von der Decke herab, dort standen eine Stehlampe und eine häßliche moderne Couch. Auf dem Harmonium lag der schwarze Kasten mit meiner Geige. Ich nahm sie in die Hand. Um vier Uhr mußten wir im Gartenrestaurant spielen. Aber jetzt war es erst eins. Wo sollte ich hingehen?

Aus der Küche vernahm ich ein Schluchzen. Vlasta weinte. Es war ein herzzerreißendes Schluchzen, und ich verspürte tief in meinem Inneren schmerzliche Reue. Warum hatte sie nicht zehn Minuten früher zu weinen begonnen? Ich hätte mich von der alten Selbsttäuschung überwältigen lassen und in ihr wieder das arme Mägdelein gesehen. Aber nun war es zu spät.

Ich verließ das Haus. Über den Dächern des Dorfes schwebten die Rufe des Rittes der Könige. Unser König, der ist arm, aber ohne allen Harm. Wo soll ich hin? Die Straßen gehören dem Ritt der Könige, das Zuhause Vlasta, die Wirtshäuser den Betrunkenen. Wo gehöre ich hin? Ich bin ein alter, verlassener, vertriebener König. Ein an den Bettelstab gebrachter König, ohne Harm und ohne Nachfolger. Der letzte König.

Zum Glück liegen hinter dem Dorf die Felder. Der Weg. Und zehn Minuten später der Fluß, die March. Ich legte mich am Ufer nieder. Den Geigenkasten schob ich unter meinen Kopf. Ich lag lange so. Eine, vielleicht zwei Stunden. Und ich dachte daran, daß ich am Ende war. So plötzlich und so unerwartet. Doch es war da. Ich konnte mir keine Fortsetzung vorstellen. Ich habe stets in zwei Welten zugleich gelebt. An ihre wechselseitige Harmonie geglaubt. Das war ein Irrtum. Jetzt bin ich aus der einen Welt vertrieben worden. Aus der wirklichen Welt. Es bleibt mir nur noch die erdachte. Doch kann ich nicht nur in einer erdachten Welt leben. Obwohl man mich dort erwartet. Obwohl der Deserteur mich ruft und ein Pferd und ein rotes Tuch für mich bereithält. Oh, jetzt verstehe ich ihn! Jetzt verstehe ich, warum er mir untersagte, das Tuch abzunehmen, warum er mir alles nur erzählen wollte! Jetzt erst begreife ich, warum der König sein Gesicht verhüllen muß! Nicht, damit er nicht gesehen wird, sondern damit er nicht sieht!

Ich kann mir überhaupt nicht vorstellen, aufzustehen und weiterzugehen. Ich kann mir keinen einzigen Schritt vorstellen. Um vier Uhr werde ich erwartet. Ich werde aber nicht die Kraft haben, aufzustehen und hinzugehen. Nur hier fühle ich mich wohl. Hier am Fluß. Hier fließt das Wasser, langsam, schon seit Jahrhunderten. Es fließt langsam, und ich werde hier langsam und lange liegen.

Da sprach mich jemand an. Es war Ludvik. Ich war auf einen weiteren Schlag gefaßt. Doch fürchtete ich nichts mehr. Mich konnte nichts mehr erschüttern.

Er setzte sich neben mich und fragte, ob ich mich für den Auftritt am Nachmittag vorbereite. »Willst du denn hingehen?« fragte ich ihn. »Ja«, sagte er. »Bist du deswegen hergekommen?« fragte ich ihn. »Nein«, sagte er, »ich bin nicht deswegen gekommen. Aber die Dinge enden anders, als wir es annehmen.« »Ja«, sagte ich, »ganz anders.« »Ich streife schon seit einer Stunde durch die Felder. Ich hätte nie gedacht, dich hier zu finden.« »Ich auch nicht.« »Ich habe eine Bitte«, sagte er dann, ohne mir in die Augen zu blicken. Genau wie Vlasta. Er blickte mir nicht in die Augen. Doch bei ihm störte mich das nicht. Bei ihm freute es mich, daß er mir nicht in die Augen blickte. Es kam mir vor, als läge Scham in diesem Nicht-Blicken. Und diese Scham wärmte mich und tat mir wohl. »Ich habe eine Bitte an dich«, sagte er. »Ob du mich heute mit euch spielen läßt.«

19.

Bis zur Abfahrt des nächsten Busses dauerte es noch einige Stunden. Von innerer Unruhe getrieben, verließ ich das Dorf durch Nebenstraßen und gelangte hinter den letzten Scheunen in die Felder, während ich versuchte, alle Gedanken an den heutigen Tag aus meinem Kopf zu verjagen. Das war nicht leicht: ich fühlte, wie meine von der Faust des Jungen aufgeschlagenen Lippen brannten, und wieder tauchten unklar die Umrisse von Lucies Erscheinung auf, die mich daran erinnerten, daß ich überall, wo ich versucht hatte, erlittenes Unrecht wiedergutzumachen, zum Schluß selbst als derjenige dastand, der Unrecht beging. Ich verscheuchte diese Gedanken, denn ich wußte in diesem Augenblick bereits alles, was sich unablässig in meinem Kopf wiederholte; ich versuchte, den Kopf leerzuhalten und nur noch das ferne (kaum mehr vernehmbare) Rufen der Reiter wahrzunehmen, das mich irgendwohin außerhalb meiner selbst und meiner peinlichen Geschichte führte und mir so Linderung verschaffte.

Ich ging auf Feldwegen um das Dorf herum, bis ich ans Ufer der March gelangte, von wo aus ich stromaufwärts weiterwanderte; auf dem gegenüberliegenden Ufer waren ein paar Gänse, in der Ferne ein flacher Wald und sonst nichts als Felder, Felder. Und dann sah ich in der Ferne eine Gestalt auf der grasbewachsenen Böschung liegen. Als ich näher kam, erkannte ich ihn: er lag auf dem Rücken, hatte sein Gesicht dem Himmel zugewandt und seinen Kopf auf den Geigenkasten gebettet (rundherum erstreckten sich Felder, flach und weit, wie schon vor Jahrhunderten, nur waren sie hier von Eisenmasten durchbohrt, die schwere Drähte von Hochspannungsleitungen trugen). Nichts war einfacher, als ihm aus dem Weg zu gehen, denn er starrte in den Himmel und sah mich nicht. Doch diesmal wollte ich ihm nicht aus dem Weg gehen, ich wollte vielmehr mir selbst und den Gedanken, die mich bedrängten, aus dem Weg gehen, und so trat ich auf ihn zu und sprach ihn an. Er hob den Blick zu mir empor, und seine Augen schienen mir angstvoll und verschüchtert, und ich bemerkte (zum ersten Mal seit vielen Jahren sah ich ihn so aus der Nähe), daß von seinem dichten Haar, das seine hohe Gestalt stets noch einige Zentimeter größer gemacht hatte, nur ein schütterer Rest übriggeblieben war und am Hinterkopf nur noch ein paar armselige Strähnen die kahle Haut bedeckten; die fehlenden Haare vergegenwärtigten mir die vielen Jahre, in denen ich ihn nicht gesehen hatte, und plötzlich bereute ich diese Zeit, diese langen Jahre, da wir uns nicht gesehen hatten, da ich ihm aus dem Weg gegangen war (aus der Ferne drang kaum noch hörbar das Rufen der Reiter zu uns), und ich empfand für ihn eine heftige, schuldbewußte Liebe. Er lag vor mir, hatte sich auf die Ellenbogen gestützt, war groß und ungelenk, und der Geigenkasten war schwarz und schmal wie ein Sarg für einen Säugling. Ich wußte, daß seine Kapelle (einst auch *meine* Kapelle) heute nachmittag im Dorf spielen würde, und ich bat ihn, mitspielen zu dürfen.

Diese Bitte hatte ich ausgesprochen, noch bevor ich fähig war, sie zu durchdenken (als hätten sich die Worte noch vor den Gedanken gebildet), ich sprach sie also übereilt, aber in Übereinstimmung mit meinem Herzen aus; ich war in diesem Moment nämlich von trauriger Liebe erfüllt; von Liebe für diese Welt, die ich vor Jahren vollkommen verlassen hatte, für eine ferne, längst vergangene Welt, in der Reiter mit einem vermummten König durchs Dorf zogen, in der man weiße Hemden mit Puffärmeln trug und Lieder sang, für eine Welt, die für mich mit dem Bild meiner Geburtsstadt und dem Bild meiner Mutter (meiner verscharrten Mutter) und meiner Jugend verschmolz; im Laufe des Tages war diese Liebe leise in mir herangewachsen, und in diesem Augenblick brach sie fast rührselig hervor; ich liebte diese längst vergangene Welt und bat sie, mir Zuflucht zu gewähren und mich zu erlösen.

Wie aber, und mit welchem Recht? War ich Jaroslav nicht noch vor zwei Tagen nur deshalb ausgewichen, weil seine Erscheinung für mich wie eine unerträglich laute Volksmusik klang? Hatte ich mich dem Volksfest noch heute morgen nicht mit Widerwillen genähert? Was hatte in mir die alten Schranken durchbrochen, die mich fünfzehn Jahre lang daran gehindert hatten, glückerfüllt an die in der Zimbalkapelle verbrachte Jugend zurückzudenken und gerührt in die Geburtsstadt zurückzukehren? War es, weil Zemanek sich vor einigen Stunden über den Ritt der Könige lustig gemacht hatte? Hatte *er* mir die Volkslieder verleidet und war *er* es, der sie jetzt wieder geläutert hatte? War ich tatsächlich nur das andere Ende einer Kompaßnadel, deren Spitze er war? War ich tatsächlich so schmachvoll von ihm abhängig? Nein, es war nicht nur Zemaneks Spott, der bewirkte, daß ich die Welt der Trachten, der Lieder und der Zimbalkapellen mit einem Mal wieder lieben konnte; ich konnte diese Welt lieben, weil ich sie (unerwartet) schon am Morgen in ihrer Armseligkeit vorgefunden hatte; in ihrer Armseligkeit und in ihrer *Verlassenheit*; diese Welt war verlassen von Bombast und Reklame, verlassen von politischer Propaganda, verlassen von sozialen Utopien, verlassen von den Truppen der Kulturbeamten, verlassen vom affektierten Bekennertum meiner Generation und (auch) verlassen vom Zemanek; durch diese Verlassenheit wurde diese Welt geläutert; diese Verlassenheit war vorwurfsvoll, und sie läuterte diese Welt, o weh, wie jemanden, der in den letzten Zügen lag; diese Verlassenheit umgab sie mit dem Licht einer unwiderstehlichen *letzten Schönheit*; diese Verlassenheit brachte sie zu mir zurück.

Der Auftritt der Kapelle sollte in demselben Gartenrestaurant stattfinden, in dem ich eben noch gegessen und Helenas Brief gelesen hatte; als Jaroslav und ich dort ankamen, saßen bereits einige ältere (geduldig den musikalischen Nachmittag erwartende) Leute dort, und in etwa gleich großer Zahl torkelten Betrunkene zwischen den Tischen herum; weiter hinten, unter der ausladenden Krone der Linde, standen einige Stühle, die Baßgeige lehnte in einer grauen Hülle am Baumstamm, ein Stück von ihr entfernt stand das offene Zimbal, hinter dem ein Mann in einem weißen Hemd mit Puffärmeln saß und leise die Klöppel über die Saiten gleiten ließ; die übrigen Mitglieder der Kapelle standen ein wenig abseits, und Jaroslav stellte sie mir vor: der zweite Geiger war Arzt im hiesigen Krankenhaus; der bebrillte Baßgeiger war Kulturinspektor des Nationalausschusses im Bezirk; der Klarinettist (er würde mir freundlicherweise die Klarinette leihen und wir könnten abwechseln) war Lehrer; der Zimbalist war Planungsfachmann in einer Fabrik; es waren alles neue Gesichter, von der alten Formation war niemand mehr da. Nachdem Jaroslav mich feierlich als Veteranen, als Mitbegründer der Kapelle und als Ehrenklarinettisten, vorgestellt hatte, setzten wir uns auf die Stühle unter der Linde und begannen zu spielen.

Ich hatte schon lange keine Klarinette mehr in der Hand gehalten, doch das Lied, mit dem wir begannen, kannte ich gut, und so fielen die anfänglichen Hemmungen rasch von mir ab, besonders, als meine Mitspieler mich nach dem Ende des Liedes lobten und nicht glauben wollten, daß ich zum ersten Mal nach so langer Zeit wieder spielte; dann brachte der Kellner (derselbe, dem ich vor einigen Stunden in verzweifelter Eile das Mittagessen bezahlt hatte) einen Tisch unter die Linde und stellte uns sechs Gläser und eine große Korbflasche mit Wein darauf; wir tranken ab und zu einen Schluck. Nach einigen Liedern nickte ich dem Lehrer zu; er übernahm wieder seine Klarinette und sagte noch einmal, daß ich hervorragend spielte; ich war glücklich über das Lob und lehnte mich an den Stamm der Linde, und während ich der Kapelle zusah, wie sie ohne mich spielte, wurde ich von einem lange nicht mehr empfundenen Gefühl inniger Kameradschaft durchflutet, und ich dankte dem Gefühl, daß es am Ende dieses bitteren Tages gekommen war, um mir zu helfen. Und abermals tauchte Lucie vor meinen Augen auf, und mir wurde erst jetzt klar, weshalb sie mir im Friseurladen und tags darauf in Kostkas Erzählung, die Legende und Wahrheit verband, erschienen war: vielleicht wollte sie mir sagen, daß ihr Schicksal (das Schicksal eines geschändeten Mädchens) meinem Schicksal nahestand; daß wir beide uns zwar verfehlt und nicht verstanden hatten, daß unsere Lebensgeschichten aber wie die von Zwillingen miteinander verbunden waren, daß sie einander entsprachen, denn beide waren sie *Geschichten einer Verwüstung*; wie man Lucie die körperliche Liebe verwüstet und ihr Leben so des elementarsten Wertes beraubt hatte, waren auch meinem Leben die Werte geraubt worden, auf die zu bauen es beabsichtigt hatte und die ursprünglich rein und unschuldig gewesen waren; ja, unschuldig: die körperliche Liebe ist schließlich unschuldig, wie sehr sie auch in Lucies Leben verwüstet sein mochte, genau so wie die Lieder meiner Gegend unschuldig waren und wie die Zimbalkapelle unschuldig war, genau so unschuldig wie mein Zuhause, das man mir verleidet hatte, genau so wie

Fučík mir gegenüber unschuldig war, ich aber sein Bild nicht ohne Widerwillen betrachten konnte, und genau so wie das Wort Genosse, das für mich bedrohlich klang, unschuldig war wie das Wort Du und das Wort Zukunft und viele andere Wörter mehr. Die Schuld lag anderswo, und sie war so groß, daß ihr Schatten sich über die ganze Welt der unschuldigen Dinge (und Worte) ausbreitete und sie verwüstete. Wir lebten, Lucie und ich, in einer verwüsteten Welt; und da wir die verwüsteten Dinge nicht zu bemitleiden verstanden, wandten wir uns von ihnen ab und taten damit ihnen wie uns weh. Lucie, mein so sehr geliebtes, mein so schlecht geliebtes Mädchen, bist du nach Jahren gekommen, um mir das zu sagen? Bist du gekommen, um für die verwüstete Welt ein gutes Wort einzulegen?

Das Lied war zu Ende, und der Lehrer reichte mir die Klarinette; er meinte, er wollte heute nicht mehr spielen, ich spielte besser als er und hätte es verdient, solange wie möglich zu spielen, wer weiß, wann ich zurückkehren würde. Ich fing Jaroslavs Blick auf und sagte, ich wäre sehr froh, wenn ich die Kapelle bald wieder besuchen könnte. Jaroslav fragte, ob ich das ernst meinte. Ich bejahte, und wir fingen zu spielen an. Jaroslav saß längst nicht mehr, er stand mit gesenktem Kopf, die Geige gegen jede Regel auf die Brust gestützt, und schritt während des Spielens auf und ab; auch der zweite Geiger und ich standen immer wieder auf, besonders, wenn wir dem Schwung bei der Improvisation mehr Raum geben wollten. Und gerade in den Augenblicken, da wir uns den Abenteuern der Improvisation hingaben, die Phantasie, Präzision und großes gegenseitiges Verständnis erforderten, wurde Jaroslav unser aller Seele, ich bewunderte ihn, was für ein hervorragender Musikant dieser hünenhafte Mann doch war, der ebenfalls (er vor allem) zu den verwüsteten Werten meines Lebens gehörte; er war mir weggenommen worden, und ich hatte ihn mir wegnehmen lassen (zu meinem Schaden und zu meiner Schande), obwohl er vielleicht mein treuster, mein uneigennützigster, mein unschuldigster Freund gewesen war.

Allmählich veränderte sich das im Garten versammelte Publikum: zu den halbbesetzten Tischen, die unser Spiel von

Anfang an mit warmem Interesse verfolgt hatten, gesellte sich eine große Zahl von jungen Männern und Mädchen (vielleicht aus dem Dorf, eher aber aus der Stadt); sie besetzten die restlichen Tische, bestellten (sehr laut) Bier und Wein und brachten (mit steigendem Alkoholspiegel) schon bald zum Ausdruck, daß sie gesehen, gehört und anerkannt werden wollten. Und so veränderte sich die Atmosphäre im Garten rasch, sie wurde lärmender und nervöser (die jungen Männer schwankten zwischen den Tischen hin und her und schrien sich und ihren Mädchen ständig etwas zu), bis ich mich dabei ertappte, daß ich mich nicht mehr auf das Spiel konzentrierte, allzuoft zu diesen Tischen hinübersah und die Gesichter der Halbwüchsigen mit unverhohlenem Haß beobachtete. Als ich diese langhaarigen Köpfe sah, die betont theatralisch mit Wörtern und Spucke um sich spieen, loderte mein früherer Haß auf das Alter der Unreife wieder auf, und mir schien, als sähe ich vor mir lauter Schauspieler mit Masken auf den Gesichtern, die stupide Männlichkeit, hochmütige Erbarmungslosigkeit und Grobheit darstellen sollten; und ich sah keine Rechtfertigung darin, daß vielleicht unter jeder Maske ein anderes (menschlicheres) Gesicht verborgen war, denn mir schien es besonders gräßlich, daß die Gesichter unter den Masken so fanatisch der Unmenschlichkeit und der Niedertracht der Masken ergeben waren.

Jaroslav hatte anscheinend ähnliche Empfindungen wie ich, denn er ließ seine Geige plötzlich sinken und erklärte, er habe absolut keine Lust, vor diesem Publikum zu spielen. Er schlug vor zu gehen; wir könnten auf Umwegen über die Felder in die Stadt wandern, wie wir das vor sehr langer Zeit getan hatten; es sei ein schöner Tag, bald begänne es zu dämmern, der Abend würde lau werden, die Sterne würden leuchten, irgendwo bei einem wilden Rosenstrauch würden wir anhalten und nur für uns spielen, uns zur Freude, wie wir es früher getan hätten; jetzt seien wir gewohnt (dummerweise gewohnt), nur noch bei organisierten Anlässen zu spielen, und das habe er, Jaroslav, nun satt.

Zunächst stimmten ihm alle fast begeistert bei, weil auch sie offenbar spürten, daß ihre Liebe zur Volksmusik sich eigentlich in einer intimeren Umgebung äußern müßte, doch der Baßgeiger (der Kulturinspektor) wandte ein, daß wir laut Vertrag bis um neun Uhr hier spielen müßten, die Genossen vom Bezirk und der Leiter des Restaurants rechneten damit, es sei so geplant, wir müßten die Aufgabe, zu der wir uns verpflichtet hätten, erfüllen, sonst störten wir den Ablauf des Festes, und draußen in der freien Natur könnten wir ja ein anderes Mal spielen.

In diesem Moment gingen im Garten die Lampen an, die an langen, zwischen den Bäumen gespannten Drähten hingen; da es noch nicht dunkel war und die Dämmerung gerade erst anbrach, verbreiteten sie keinen Lichtschein, sondern saßen im grau werdenden Raum wie große, reglose Tränen, wie weißschimmernde Tränen, die man nicht wegwischen konnte und die nicht hinuntertropfen durften; es lag darin eine jähe, unverständliche Bangigkeit, der man sich unmöglich entziehen konnte. Jaroslav wiederholte (diesmal fast bittend), er wolle nicht länger hierbleiben, er wolle in die Felder zum Rosenstrauch gehen und dort nur zu seiner eigenen Freude spielen, doch dann winkte er ab, hob die Geige an die Brust und begann zu spielen.

Diesmal ließen wir uns nicht vom Publikum ablenken und spielten viel konzentrierter als zuvor; je gleichgültiger und feindseliger die Stimmung im Wirtshausgarten wurde, je mehr sie uns mit ihrem lärmenden Desinteresse umgab und uns dadurch zu einer verlassenen Insel machte, je banger uns zumute war, desto stärker zogen wir uns in uns selbst zurück, wir spielten also mehr für uns als für die anderen, wodurch es uns schließlich gelang, alle um uns herum zu vergessen und aus der Musik eine Art magischen Kreis um uns zu schaffen, innerhalb dessen wir uns inmitten der lärmenden Betrunkenen wie in einer gläsernen Kajüte befanden, die man in die Tiefe eines kalten Gewässers versenkt hatte.

»Wären die Berge aus Papier und die Meere aus Tinte, wenn die Sterne am Himmel, die ganze Welt mitschriebe, nie könnte man es schreiben, das Testament meiner Liebe«, sang Jaroslav, ohne die Geige unter dem Kinn wegzunehmen, und ich fühlte mich glücklich inmitten dieser Lieder (im Inneren der gläsernen Kajüte dieser Lieder), wo die Trauer nicht verspielt, das Lachen nicht verzerrt, die Liebe nicht lächerlich und der Haß nicht verzagt war, wo die Menschen mit ihrem Körper und ihrer Seele liebten (ja, Lucie, mit Körper und Seele zugleich!), wo sie vor Freude tanzten und vor Verzweiflung in die Donau sprangen, wo die Liebe noch Liebe und der Schmerz noch Schmerz und die Werte noch nicht verwüstet waren; mir schien, als sei ich in diesen Liedern *zu Hause*, als sei ich aus ihnen hervorgegangen, als sei ihre Welt mein ursprüngliches Wesen, mein Zuhause, dem ich untreu geworden war, das aber *umso mehr* mein Zuhause war (denn die flehentlichste Stimme hat das Zuhause, dem gegenüber wir uns schuldig gemacht haben); sogleich wurde mir aber klar, daß dieses Zuhause nicht zu dieser Welt gehörte (was für ein Zuhause war es denn, wenn es nicht zu dieser Welt gehörte?), daß das, was wir hier sangen und spielten, nur Erinnerung war, Andenken, bildhaftes Aufbewahren von etwas, das es nicht mehr gab, und ich fühlte, wie das Festland dieses Zuhauses unter meinen Füßen einbrach, wie ich versank, wie ich die Klarinette an meinen Mund preßte und in der Tiefe der Jahrhunderte versank, in einer bodenlosen Tiefe (in der die Liebe Liebe, der Schmerz Schmerz war), und ich sagte mir erstaunt, daß mein einziges Zuhause gerade dieses Versinken war, dieser suchende, sehnsüchtige Sturz, und ich gab mich ihm hin und empfand einen süßen Taumel.

Dann sah ich Jaroslav an, um an seinem Gesichtsausdruck zu prüfen, ob ich in meiner Exaltation nicht allein war, und ich bemerkte (sein Gesicht wurde von einer Lampe erleuchtet, die in der Linde aufgehängt war), daß er sehr blaß war; ich bemerkte, daß er aufgehört hatte, zu seinem Spiel zu singen, und daß er die Lippen zusammenpreßte; daß seine ängstlichen Augen noch erschrockener in die Welt blickten; daß in der Melodie, die er spielte, falsche Töne erklangen und die Hand, in der er die Geige hielt, langsam niedersank. Und dann hörte er ganz zu spielen auf und setzte sich auf einen Stuhl; ich kniete neben ihm nieder. »Was fehlt dir?« fragte ich ihn; über seine Stirn rann Schweiß, und er hielt den linken Arm unter der Schulter fest. »Ich habe wahnsinnige Schmerzen«, sagte er. Die anderen bemerkten nicht, daß es Jaroslav schlechtging, sie verharrten in ihrer Musiktrance, ohne erste

Geige und Klarinette, deren Verstummen der Zimbalist nutzte, um sein Instrument hervortreten zu lassen, das nur noch von der zweiten Geige und der Baßgeige begleitet wurde. Ich ging zum zweiten Geiger (ich erinnerte mich, daß Jaroslav ihn als Arzt vorgestellt hatte) und bat ihn, zu Jaroslav zu kommen. Jetzt spielten nur noch Zimbal und Baßgeige, während der zweite Geiger Jaroslavs linkes Handgelenk faßte und es lange, lange festhielt; er hob Jaroslavs Lider an und beobachtete dessen Augen; er berührte die schweißbedeckte Stirn. »Das Herz?« fragte er. »Der Arm und das Herz«, sagte Jaroslav, er war ganz grün im Gesicht. Jetzt bemerkte uns auch der Baßgeiger, er lehnte sein Instrument gegen die Linde und kam zu uns, so daß nur noch das Zimbal ertönte, denn der Zimbalist ahnte nichts und war selig, ein Solo zu spielen. »Ich rufe im Krankenhaus an«, sagte der zweite Geiger. Ich trat zu ihm hin: »Was ist es?« »Sein Puls ist kaum noch zu fühlen. Er hat eiskalten Schweiß. Es wird ein Herzinfarkt sein.« »Mein Gott«, sagte ich. »Hab keine Angst, er wird durchkommen«, tröstete er mich und eilte mit raschen Schritten auf das Restaurant zu. Er drängte sich zwischen den schon ziemlich betrunkenen Leuten hindurch, die überhaupt nicht bemerkt hatten, daß unsere Kapelle nicht mehr spielte, da sie ganz mit sich selbst beschäftigt waren, mit ihrem Bier, ihrem Gequatsche und Geschimpfe, das in der anderen Ecke des Gartens in eine Schlägerei ausgeartet war.

Nun verstummte auch das Zimbal, und wir alle umringten Jaroslav, der mich ansah und sagte, das käme alles nur daher, weil wir hiergeblieben seien, er habe nicht hierbleiben wollen, er habe in die Felder gehen wollen, vor allem, weil ich gekommen sei, weil ich zurückgekehrt sei, wir hätten in der freien Natur spielen können. »Sprich nicht«, sagte ich zu ihm, »du brauchst absolute Ruhe«, und ich dachte daran, daß er den Infarkt vermutlich überstehen würde, wie der zweite Geiger vorausgesagt hatte, daß aber das, was folgen würde, ein ganz anderes Leben war, ein Leben ohne leidenschaftliche Hingabe, ohne entfesseltes Spiel in der Kapelle, ein Leben unter dem Patronat des Todes, die zweite Halbzeit, die Halbzeit nach der Niederlage, und es überkam mich ein Gefühl (seine Berechtigung konnte ich in jenem Augenblick nicht abschätzen), daß das Schicksal oft lange vor dem Tod endete, daß das Ende des Schicksals nicht mit dem Tod identisch sei und daß Jaroslavs Schicksal zu Ende war. Von tiefem Mitleid übermannt, strich ich mit der Hand über Jaroslavs fast schon kahlen Kopf, über die armseligen langen Haarsträhnen, die seine Glatze bedeckten, und mit Entsetzen machte ich mir klar, daß diese Reise in meine Geburtsstadt, durch die ich den gehaßten Zemanek hatte erledigen wollen, damit endete, daß ich meinen erledigten Freund an der Hand hielt (ja, ich sah mich in diesem Moment, wie ich ihn an der Hand hielt, wie ich ihn festhielt und forttrug, ich trug ihn, groß und schwer, als trüge ich mein eigenes, unklares Verschulden, ich sah mich, wie ich ihn durch eine teilnahmslose Masse trug und weinte).

Wir standen ungefähr zehn Minuten um ihn herum, dann erschien der zweite Geiger und gab uns ein Zeichen, wir halfen Jaroslav auf, stützten ihn und führten ihn vorsichtig durch das Getümmel der grölenden Jugendlichen hindurch auf die Straße, wo ein weißer Sanitätswagen mit blinkendem Blaulicht wartete.

Beendet am 5. Dezember 1965

Inhalt